MMIV

C D E F G H I J K L M N Ñ O P Q R S T

Christian Jacq

El camino de fuego
Los misterios de Osiris 3

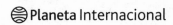 Planeta Internacional

CHRISTIAN JACQ

EL CAMINO DE FUEGO

LOS MISTERIOS DE OSIRIS 3

Traducción de Manuel Serrat Crespo

 Planeta

Título original: Les mystères d'Osiris. Le chemin de feu

© XO Éditions, 2004
© por la traducción, Manuel Serrat Crespo, 2005
© Editorial Planeta, S. A., 2005
  Diagonal, 662-664, 08034 Barcelona (España)
Diseño de la sobrecubierta: Estudi Juste Calduch
Ilustración de la sobrecubierta: © Kenneth Garrett/Getty Images
Primera edición: enero de 2005
Depósito Legal: B. 3-2005
ISBN 84-08-05663-8
ISBN 2-84563-113-8 editor XO Éditions; gestión de derechos
  internacional de XO Éditions: © Susanna Lea Associates.
  Todos los derechos reservados
Composición: Zero pre impresión, S. L.
Impresión: A&M Gràfic, S. L.
Encuadernación: Eurobinder, S. A.
Printed in Spain - Impreso en España

El rey es una llama en el viento,
hasta el extremo del cielo,
hasta el extremo de la tierra...
El rey asciende en un soplo de fuego.

«Textos de las pirámides»,
324c y 541b

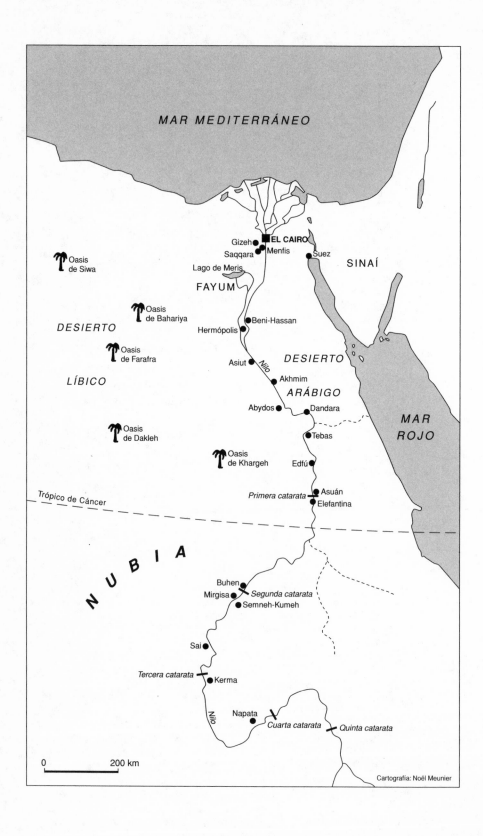

MAR MEDITERRÁNEO

SINAÍ

Gizeh ● ■ EL CAIRO
Saqqara ● ● Menfis
Lago de Meris ● Suez
FAYUM

Oasis
de Siwa

Oasis
de Bahariya

DESIERTO

Beni-Hassan
Hermópolis

Oasis
de Farafra

LÍBICO

Asiut   Nilo   DESIERTO
                            ARÁBIGO
                Akhmim

Abydos ●   ● Dandara

Oasis
de Dakleh

● Tebas

Oasis
de Khargeh

Edfú ●

MAR
ROJO

Trópico de Cáncer

Primera catarata   ● Asuán
                    ● Elefantina

N U B I A

Buhen ●
Mirgisa ●   Segunda catarata
        ● Semneh-Kumeh

Sai ●

Tercera catarata   ● Kerma

Nilo   Napata
        ●   Cuarta catarata   Quinta catarata

0   200 km

Cartografía: Noël Meunier

ABYDOS

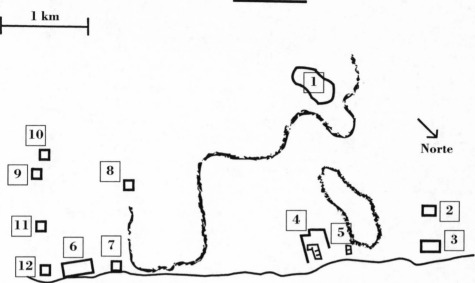

1

El dueño de la pequeña caravana se felicitó por haber elegido la solución menos peligrosa al decidir abandonar la pista vigilada por la policía del desierto. Ciertamente, temía a los merodeadores de las arenas, aquellos bandoleros que vagaban por toda la región sirio-palestina al acecho de una presa, pero su conocimiento del terreno le permitía escapar de ellos. Puesto que la protección de las fuerzas del orden no era gratuita, debería haberles concedido parte de su cargamento, que habría sido examinado minuciosamente para verificar que no transportase armas. En resumen, demasiadas molestias y una sustancial disminución de sus beneficios.

La caravana se dirigía hacia la principal ciudad de la región, Siquem (1), residencia del abrupto Nesmontu, general en jefe del ejército egipcio, decidido a luchar contra los inaprensibles grupúsculos terroristas que sembraban el pánico en la zona. ¿Peligro real o invento de Nesmontu, destinado a justificar la ocupación militar? Siquem había intentado rebelarse, pero aquel acceso de fiebre había terminado en una represión brutal y en la ejecución de los cabecillas del levantamiento.

Dentro de menos de tres horas, los asnos llegarían a la plaza del mercado y comenzarían los regateos. El momento preferido del vendedor: fi-

(1) La actual Naplusa.

jar un precio inverosímil, observar el rostro del comprador teñirse de indignación, escuchar sus ultrajadas protestas, iniciar una larga discusión y llegar a un término medio con el que ambos estuvieran satisfechos.

A unos treinta pasos por delante, un hombre y un niño.

Sin recibir órdenes, los asnos se detuvieron y, rebuznando, uno de ellos sembró el desasosiego entre sus congéneres.

—¡Calma, preciosos, calma!

El hombre era alto, con barba, iba vestido con una túnica de lana que le llegaba hasta los tobillos y llevaba la cabeza cubierta por un turbante.

Al acercarse, el propietario de la caravana descubrió su rostro demacrado animado por dos ojos rojizos profundamente hundidos en sus órbitas.

—¿Quién eres?

—El Anunciador.

—Ah... ¿Existes realmente?

El interpelado se limitó a sonreír.

—¿Es tu hijo, el chiquillo?

—Mi discípulo. Trece-Años ha comprendido que Dios me habla. Todos, en adelante, tendrán que obedecerme.

—¡No hay problema! Yo, a los dioses, los respeto a todos.

—No se trata de respeto, sino de obediencia absoluta.

—Me habría gustado charlar contigo, pero tengo prisa por llegar a Siquem. El día del mercado es sagrado.

—Tu cargamento me interesa.

—¡No pareces muy rico!

—Mis fieles necesitan alimentarse. De modo que donarás a nuestra causa la totalidad de tus mercancías.

—¡Detesto este tipo de bromas! Apartaos, tú y el chiquillo.

—Debes obedecerme, ¿acaso lo has olvidado ya?

El comerciante se encolerizó.

—No tengo tiempo que perder, muchacho. Somos diez; vosotros, uno y medio. Si te apetece recibir algunos garrotazos para recuperar la razón, te los daremos con mucho gusto.

—Última advertencia: o te doblegas o seréis ejecutados.

El jefe de la caravana se volvió hacia sus empleados.

—¡Vamos, muchachos, démosles una buena lección!

Y en ese instante, el Anunciador se transformó en una ave rapaz. Su nariz se convirtió en un pico que se clavó en el ojo izquierdo de su víctima, sus manos fueron zarpas que le labraron el corazón.

Armado con un puñal de doble filo, Trece-Años atacó con la vivacidad y la precisión de una víbora cornuda. Aprovechando el espanto de los arrieros, petrificados, cortó los tendones y clavó su arma en riñones y en espaldas.

Pronto todo fueron lamentos y gemidos de moribundos y heridos graves.

Trece-Años, orgulloso, se plantó ante su señor.

—Hermosa hazaña, muchacho. Acabas de demostrar tu valor.

El joven cananeo, encarcelado tras la agresión de un soldado egipcio, interrogado y liberado luego, soñaba con revueltas y matanzas. Estaba convencido de que el Anunciador sería su mejor guía, por lo que no dejaba de alabar sus méritos. Descubierto por uno de sus reclutadores, había sido llevado a una de las bases secretas. Allí, dos hallazgos fabulosos aguardaban a Trece-Años: por una parte, las enseñanzas del Anunciador, que predicaba la destrucción de Egipto y repetía continuamente las mismas fórmulas, coléricas, hasta la embriaguez; por otra, un avanzado entrenamiento militar del que el adolescente obtenía, hoy, los primeros beneficios.

—Señor, solicito una recompensa.

—Habla, Trece-Años.

—Estos caravaneros son unas cucarachas incapaces de reconocer vuestra grandeza. Permitidme rematarlos.

El Anunciador no puso objeción alguna.

Indiferente a las súplicas, el chiquillo llevó a cabo ferozmente su tarea. Se convertía así en un auténtico guerrero al servicio de la causa. Y, con la frente erguida, se puso a la cabeza del cortejo de asnos y se dirigieron todos al campamento de los fieles del Anunciador.

Pelirrojo, excelente en el manejo de un cuchillo de sílex con el que mataba por la espalda a sus víctimas, Shab el Retorcido era uno de los adeptos de primera hora. Conocer al Anunciador había cambiado su existencia de mediocre bandido. Su señor, capaz de dominar a los demonios del desierto, de transformarse en halcón y dotado de poderes sobrenaturales, impartía una enseñanza que cambiaría el mundo.

Asesino endurecido, convencido de la necesidad de emplear la violencia para imponer la nueva doctrina, Shab el Retorcido se entregaba cada vez más a menudo a impulsos místicos en los que encontraba la justificación de sus actos. Escuchar los juramentos del Anunciador lo sumía en una especie de éxtasis.

—Caravana a la vista —le advirtió un vigía.

—¿Cuántos hombres?

—Sólo dos: Trece-Años y el gran jefe.

—Shab agarró al vigía por el cuello.

—¡Aprende a ser respetuoso, gusano! Debes llamar al Anunciador «señor» o «maestro», y no de otro modo. ¿Comprendido? De lo contrario, probarás mi cuchillo.

El cananeo no iba a necesitar una segunda lección. Shab corrió al encuentro de la caravana.

—Nuestro nuevo discípulo se ha comportado de un modo admirable —reconoció el Anunciador.

—¡Los he matado a todos! —exclamó el chiquillo, rojo de placer.

—Felicidades, Trece-Años. Si nuestro señor está de acuerdo, te corresponde a ti hacer inventario del botín y proceder a la distribución.

El adolescente no se hizo de rogar. Ni un solo combatiente de la verdadera fe se atrevería, ya, a burlarse de su juventud y de su pequeño tamaño. Gracias a su memoria, recordaba mejor que nadie las palabras del maestro. Y acababa de liquidar a una buena cantidad de enemigos, pasando sin temblar a la acción. Ciertamente, no eran soldados egipcios, pero Trece-Años había adquirido una experiencia que le permitiría progresar.

—Necesitaríamos muchos como éste —observó el Retorcido.

—No te preocupes —recomendó el Anunciador—. Se nos reunirán multitudes.

Los dos hombres se retiraron a una tienda.

—Todos los miembros de nuestra organización en Menfis llegaron sanos y salvos a Canaán —indicó Shab—, salvo los que se quedaron bajo el control del libanés.

—¿No hay mensajes de su parte?

—El último era tranquilizador. Ninguno de sus agentes ha sido detenido, ni siquiera molestado. El palacio real tiembla. Pese a las medidas de seguridad adoptadas por el jefe de policía, Sobek el Protector, el faraón Sesostris sabe que puede ser víctima de un atentado en cualquier momento.

El Anunciador levantó los ojos como si intentara descubrir algo en la lejanía.

—Ese rey no sabe lo que es el miedo. Sus poderes son inmensos, sigue siendo nuestro principal adversario. Cada una de sus iniciativas será peligrosa. Tendremos que destruir, una a una, sus protecciones visibles e invisibles, y sólo cantaremos victoria el día en que él mismo y la institución faraónica, de la que es el representante terrestre, hayan sido aniquilados. Nuestra tarea se anuncia dura, perderemos batallas, morirán muchos creyentes.

—Pero ¿acaso no irán al paraíso, señor?

—¡Cierto, mi buen amigo! Pero debemos alimentar constantemente su deseo de vencer, sean cuales sean los obstáculos y las desilusiones. Por lo que se refiere a los traidores, a los cobardes y a los indecisos, que sean castigados.

—Contad conmigo.

—¿No hay noticias de Jeta-de-través?

A la cabeza del comando encargado de asesinar a Sesostris durante su sueño, el mercenario había estado a punto de tener éxito. Al conocer el fracaso y la eliminación de sus hombres, había huido.

—Ninguna, señor.

—Jeta-de-través conocía este lugar de reunión. Si ha sido detenido y ha hablado, corremos peligro.

—No esperamos a nadie más, sólo a él; ¿por qué no nos dirigimos a nuestro segundo punto de reunión? Varias tribus cananeas se unirán, allí, a nosotros.

—Encárgate inmediatamente de los preparativos de la partida.

El Anunciador consideraba a los cananeos jactanciosos y miedosos, aunque indispensables para llevar a cabo parte de su plan que tal vez condujera al faraón a cometer errores fatales. Tanto en las ciudades como en los pueblos, entre las facciones y los jefes de clan, reinaban el tumulto, los golpes bajos, la delación y las conspiraciones. El Anunciador pensaba poner algo de orden en todo aquel caos y formar algo parecido a un ejército que Sesostris consideraría como una amenaza. Así pues, había que federar varias tribus en nombre de la resistencia contra el ocupante y la liberación de Canaán, incapaz de subsistir, sin embargo, sin una permanente ayuda de Egipto.

Una joven asiática entró en su tienda. ¿Quién habría desconfiado de aquella morena irresistible, de ojos llenos de promesas amorosas?

No obstante, mezclando su sangre con la suya y abusando de ella, el Anunciador la había transformado en reina de la noche, temible arma que utilizaría cuando llegara el momento.

—Veámoslo.

Dócil, la hermosa Bina entregó a su dueño un texto codificado que él descifró con interés.

—¿Noticias importantes?

—Aprende a no hacer preguntas y limítate a obedecerme ciegamente.

La muchacha se prosternó.

—Haz que venga Trece-Años.

El adolescente obtenía un franco éxito narrando personalmente sus hazañas. A su único detractor, un campesino hirsuto y escéptico, le respondió de un modo convincente clavándole el cuchillo en el pie derecho. Desdeñando la suerte del bufón, cuyos aullidos de dolor provocaban las risas de la concurrencia, Trece-Años se encargaba de la distribución de los productos alimenticios que la caravana transportaba.

Entrevistarse a solas con el Anunciador aumentaba más aún su prestigio.

—¿Algún incidente, Trece-Años?

—¡Ni el más mínimo, señor! Ahora me respetan.

—Oremos juntos. Recita las fórmulas de maldición contra el faraón.

El muchacho, entusiasta, hizo lo que le pedía su señor, mientras soñaba con convertirse en el brazo armado que golpeara al tirano.

Concluida la letanía, los ojos rojizos del Anunciador llamearon. Trece-Años, subyugado, bebió sus palabras.

—Alcanzar el objetivo fijado por Dios exige dar muerte a los infieles. Lamentablemente, muchos no lo comprenden. Tú sabrás mostrarte digno de las más altas misiones. La que voy a confiarte te parecerá insólita, pero cúmplela sin hacerte preguntas. Así lo conseguirás.

—¿Podré utilizar mi puñal, señor?

—Será indispensable, hijo mío.

2

El hijo real Iker paseaba, solo, por el exuberante jardín del palacio de Menfis. Cualquier observador habría pensado que aquel joven elegante y apuesto se estaba tomando algún tiempo antes de acudir a una recepción donde todos iban a felicitarlo por su reciente ascenso, intentando conseguir su gracia. ¿Acaso él, el pequeño escriba llegado de provincias, no estaba haciendo una carrera fulgurante y fácil?

¡Una ilusión muy alejada de la realidad!

Iker se sentó bajo el granado que había sido testigo de su declaración de amor a Isis, una sacerdotisa de Abydos de la que estaba perdidamente enamorado desde su primer encuentro. Ella sólo le había dado una débil esperanza al confiarle: «Algunos de mis pensamientos permanecerán junto a vos», simple expresión de amistad, de benevolencia tal vez. Pero la mirada de la sublime muchacha no se apartaba ya de Iker, que se había salvado de innumerables peligros por su invisible presencia. ¿Cómo vivir lejos de ella?

Sin embargo, probablemente no volvería a verla jamás.

Muy pronto, una misión muy concreta lo llevaría a la región sirio-palestina: infiltrarse entre los terroristas cananeos haciéndose pasar por uno de sus partidarios, descubrir la madriguera de su jefe, Amu, apodado el Anunciador, y transmitir esas esenciales informaciones al ejército y a la policía egipcia para que tomaran cartas en el asunto.

El tal Anunciador no parecía un sedicioso ordinario. Dirigía una verdadera conjura de las fuerzas del mal, responsable del hechizo del árbol de vida, la acacia de Osiris en Abydos. Sin las intervenciones del faraón y el trabajo diario de los sacerdotes permanentes, se habría desecado por completo. Pero ¿durante cuánto tiempo podrían retrasar el proceso de degradación las protecciones rituales? Sólo la curación demostraría la victoria de la luz. Pero la situación no incitaba al optimismo, pues la búsqueda del oro salvador seguía siendo estéril.

Se imponía una urgente tarea: detener al Anunciador, hacerlo hablar y saber, por fin, de qué modo alimentaba el maleficio.

Gracias a esta misión, Iker expiaba su falta: marioneta manipulada por unos asiáticos al servicio del Anunciador, ¿acaso no había proyectado asesinar al faraón, al que consideraba, erróneamente, como un tirano? Pero finalmente había abierto los ojos. Y, en vez de condenarlo, Sesostris, ante la sorpresa general, lo había nombrado «pupilo único» e «hijo real», con gran enojo de numerosos cortesanos que aspiraban a esos deseados títulos.

Para Iker, solitario, meditabundo y poco dado a las mundanidades, esa distinción significaba menos que la enseñanza del rey acerca de Dios, de las divinidades y de Maat. Al pronunciar de un modo especial dos triviales palabras, «hijo mío», el faraón había puesto fin al vagabundeo de Iker. No apartarse ya del camino de Maat: ése era el imperativo primordial, tan difícil de observar. De un verdadero hijo real, que sólo tenía diecisiete años, el soberano exigía una voluntad recta y entera, capacidades de percepción y entendimiento, un espíritu colmado de pensamientos justos, el valor de afrontar el miedo y el peligro, y el deseo permanente de buscar la verdad, aun a riesgo de pagar con la propia vida. Sólo estas cualidades llevarían al *hotep*, a la plenitud del ser y la paz del alma. Iker se sentía aún tan alejado de ello que pensaba, más bien, en las palabras de su primer maestro, un viejo escriba de Medamud, retomadas sorprendentemente por Sesostris: «Sean cuales sean las pruebas, siempre estaré a tu lado para ayudarte a consumar un destino que ignoras todavía.»

Iker salió del jardín y recorrió las calles de la capital. Pese a los recientes dramas y el frustrado atentado contra el faraón, Menfis seguía siendo una ciudad alegre y abigarrada. Centro económico del país desde la primera dinastía, ocupaba el punto de equilibrio entre el valle del Nilo, el Alto Egipto, y las vastas extensiones acuáticas y verdeantes del Delta, el Bajo Egipto.

Los sacerdotes cumplían con sus deberes rituales animando los numerosos templos de la ciudad, los escribas se entregaban a sus ocupaciones administrativas, los artesanos moldeaban los objetos indispensables tanto para lo sacro como para lo profano, los comerciantes animaban los mercados, los estibadores descargaban mercancías... Aquella sociedad cálida y coloreada ignoraba que el árbol de vida amenazaba con extinguirse y, con él, la civilización egipcia.

Iker tuvo una visión: si el Anunciador prevalecía, si la acacia moría, Menfis se vería reducida a ruinas. Y la misma desgracia caería sobre todo el territorio.

Presentándose voluntario para descubrirlo, el joven quería borrar sus faltas y lavar su corazón, consciente de que se trataba de una especie de suicidio. A pesar de la formación militar recibida en la provincia del Oryx, no tenía la menor posibilidad de éxito. Sin embargo, el rey no lo desalentaba, asegurándole la necesidad de procurarse armas brotadas de lo invisible.

Si la mujer a la que amaba hubiera compartido su pasión, tal vez habría renunciado. ¡No, era indigno atribuir responsabilidad alguna a Isis! Iker debía partir, aunque el miedo lo atenazara, pues pensaba convertirse primero en un buen escriba y, luego, en un buen escritor. Lo complacía copiar los textos de Sabiduría, como las *Máximas* de Ptah-Hotep, y descubrir los tesoros de los antiguos. Nunca hablaban de sí mismos, siempre se empecinaban en transmitir Maat sin dejar de precisar las mediocridades y las bajezas de la especie humana. ¿Y qué decir de la magnitud, la belleza y la profundidad de los textos rituales a los que su función de sacerdote temporal de Anubis le había dado acceso? Autorizada a frecuentar las bibliotecas de las Casas de Vida, Isis conocía sin duda muchas otras maravillas.

Con ese porvenir había soñado Iker, y no con el de un enviado especial del faraón, condenado a explorar un caldero rebosante de maleficios donde muy pronto quedaría calcinado.

El hijo real, sumido en sus pensamientos, advirtió de pronto que se había perdido. Había ido a parar a una calleja extrañamente silenciosa, sin niños que jugaran, sin amas de casa chismorreando en el umbral de su casa, sin aguadores que ofrecieran sus servicios.

Quiso dar media vuelta, pero se topó con un bruto fornido y colérico. Armado con una gran piedra, el hombre se dirigió al paseante.

—Llevas un hermoso taparrabos y bellas sandalias, caramba... ¡Es bastante raro por aquí! Dámelos, pues, amablemente.

Iker se volvió.

Al otro extremo de la calleja, dos comparsas, igualmente amenazadores.

—No hay salida, muchacho. Si cooperas, no te haremos ningún daño. ¡El taparrabos y las sandalias, rápido!

Iker debía elegir en seguida su ángulo de ataque, antes de que la tenaza se cerrara y los tres ladrones lo molieran a palos, poniendo fin así, prematuramente, a su misión.

El escriba real se abalanzó sobre el fortachón que, de pronto, profirió una especie de estúpido quejido, soltó la piedra y cayó de bruces. Sus acólitos acudieron de inmediato junto a él. El más rápido se detuvo de pronto, como tocado por un rayo, y cayó de espaldas. Aterrorizado, su compañero huyó.

De la nada apareció de pronto un fuerte mocetón de rostro cuadrado, espesas cejas y panza redonda, que manejaba una honda con desenvoltura.

—¡Sekari! ¿Me... me has seguido desde palacio?

—¿Ves lo que ocurriría si no me ocupara de tu seguridad? De acuerdo, tal vez hubieras cascado a uno o dos, pero esos tipos son retorcidos, especialistas en golpes bajos. ¿Cómo se te ocurre pasear así vestido por semejante barrio?

—Estaba pensando y...

—Vamos a tomar una cerveza, eso te serenará las ideas. Conozco una taberna más bien elegante donde no llamarás demasiado la atención.

Sekari, un agente especial de Sesostris, había recibido la orden de proteger a Iker en cualquier circunstancia. Forjada al hilo de varias pruebas, una indefectible amistad unía a ambos compañeros. Sekari había nacido en un medio modesto, y tenía mil oficios, doméstico, minero, pajarero o jardinero. Era un maestro en el arte de desplazarse sin hacer ruido y sabía hacerse invisible. Pese a su zafia apariencia y su comportamiento de tipo sencillo y bonachón, Iker sospechaba que sabía muchas cosas sobre el «Círculo de oro» de Abydos, la cofradía más secreta de Egipto. Pero su amigo eludía las preguntas, como si estuviera sometido al silencio absoluto.

Más bien fuerte, la cerveza entonaba.

—No pareces muy animado —observó Sekari.

—¿Realmente crees que tengo una sola posibilidad de conseguirlo?

—¿Acaso piensas que el rey te mandaría a una muerte segura?

La pregunta turbó a Iker.

—Solo en la región sirio-palestina, un mundo desconocido, ante inaprensibles adversarios... ¿no voy a ser una presa fácil?

—¡Error, amigo mío, error total! Precisamente tu debilidad te salvará. Los terroristas reconocen fácilmente a un enemigo, sea cual sea su habilidad para ocultarse. Tú no parecerás peligroso. Si consigues mostrarte convincente, tu misión será un rotundo éxito. ¡Piensa, además, en tus anteriores hazañas! ¿Qué insensato habría apostado un trozo de trapo por tu supervivencia cuando estabas atado al mástil de *El Rápido*, víctima ofrecida al dios del mar y náufrago luego? Y, sin embargo, aquí estás, vivo y convertido en hijo real. Realmente no hay motivo para desesperarse, a pesar del aspecto peligroso de tu viaje. ¿Sabes?, yo he pasado por algo peor y he logrado salir airoso.

Iker recordó la pregunta de la serpiente gigante, que se le había aparecido en la isla del *ka*: «No pude impedir el fin de este mundo. ¿Salvarás tú el tuyo?»

—¿Recuerdas la reina de las turquesas que descubrimos juntos? —preguntó Sekari—. Si el Anunciador la posee, ¿de qué va a servirle? Semejante piedra tiene, forzosamente, unos poderes extraordinarios. Suponiendo que fuera curativa, nos sería muy útil.

—Tal vez se conserva en el cofre de acacia fabricado para el Anunciador.

—¡Conoce otros secretos! Y tú los descubrirás, Iker. Sabrás si mató a mi maestro, el general Sepi. La justicia real llegará, antes o después, y me gustaría ser su brazo armado. ¡Cuántas prometedoras perspectivas!

Sekari hacía desesperados esfuerzos por mostrarse tranquilizador, pero ni él ni su amigo se engañaban.

—Regresemos a palacio —decidió Iker—. Deseo entregarte mi más valioso bien.

Privado de su asno confidente, *Viento del Norte*, encomendado a Isis, el escriba se sentía muy solo. La transmisión del pensamiento les permitía combatir al adversario ayudándose mutuamente. Tras una desgarradora despedida, la joven sacerdotisa se había comportado con tanta dulzura que el animal había confiado de inmediato en ella.

Los dos hombres evitaron la entrada oficial. Sekari, cuyo verdadero papel ignoraban la mayoría de los dignatarios, se mostraba tan discreto como una sombra. Tras haber tomado caminos distintos, se reunió con Iker en sus aposentos, situados cerca de los del rey.

—Sobek el Protector es un buen profesional —reconoció—, y la seguridad del faraón me parece correctamente defendida. Incluso a mí me cuesta pasar desapercibido. Pero hay algo que sigue preocupándome: ¿quién envió a un falso policía para suprimirte? Si fue el Anunciador, no hay ningún problema; si no es así, debemos preocuparnos. Desde mi punto de vista, eso implicaría la existencia de otro testaferro, tal vez en el propio interior de este palacio.

—¿Piensas que Sobek es culpable?

—Eso sería espantoso, pero llevaré a cabo mi investigación sin excluir ninguna hipótesis.

—¡No olvides que Sobek tendrá la primicia de mis informaciones!

—Impediré que te haga daño.

Iker puso en manos de su amigo un material de escriba de notable calidad.

—Un regalo del general Sepi —recordó—. En Canaán no lo necesitaré.

—Guardaré este tesoro y lo encontrarás intacto cuando regreses. ¿Qué armas llevas contigo?

—Un amuleto con la forma del cetro «Potencia» y el cuchillo de genio guardián que me dio el rey.

—No bajes la guardia en ningún momento, no confíes en nadie y piensa siempre lo peor. Así no te cogerán desprevenido.

Iker se detuvo ante la ventana de su habitación y contempló el cielo, de un azul resplandeciente.

—¿Cómo agradecerte tu ayuda, Sekari? Sin ti, habría muerto hace ya mucho tiempo. Ahora, separémonos.

Sekari se volvió para ocultar su emoción.

—Tu fidelidad al rey sigue siendo inquebrantable, ¿no es cierto?

—¡No lo dudes, Iker!

—Supongo que ni un solo instante has pensado en desobedecerlo...

—¡Ni un solo instante!

—Así, permanecerás en Menfis y no me seguirás a Canaán.

—Eso es otra cosa...

—No, Sekari. Debo actuar solo, conseguirlo solo o fracasar solo. Esta vez no podrás protegerme.

3

Para Isis, alejarse de Abydos era un verdadero sufrimiento. Fueran cuales fuesen los encantos de Menfis o de cualquier otro lugar al que la llevaran sus deberes de sacerdotisa, sólo pensaba en regresar lo antes posible al centro espiritual del país, la gran tierra de Osiris, la isla de los Justos.

En cuanto descubrió el acantilado, las viviendas a lo largo del canal y el desierto poblado de monumentos, su corazón comenzó a palpitar con más fuerza. En aquel lugar sagrado se hallaban la morada de eternidad y el santuario de Osiris, hacia el que llevaba una vía procesional flanqueada de capillas y estelas. Allí se erguía el árbol de vida, el eje del mundo.

Abydos acababa de enriquecerse con dos obras maestras, el templo y la vasta tumba de Sesostris, donde Isis había vivido una importante etapa de su iniciación a los grandes misterios. Una pequeña ciudad, *Uahsut*, «Paciente de Lugares», completaba el conjunto arquitectónico. Allí vivían artesanos, administradores, sacerdotes y sacerdotisas permanentes, así como algunos temporales que acudían a tomarse unas vacaciones, cuya duración variaba de unos días a varios meses.

A causa de las agresiones sufridas por la acacia de Osiris, un cordón de seguridad protegía Abydos. Los ataques dirigidos contra la ciudad de Kahun y Dachur, emplazamiento de la pirámide real, demostraban la determinación de los enemigos de Egipto.

A lo largo de su viaje, Isis no había tenido tranquilidad de espíritu. Ciertamente, el número y la dificultad de las cargas que el faraón imponía habían desalentado al más resistente; pero la joven aguantaba. Exaltantes, sus tareas le procuraban insospechadas fuerzas. Y aunque los escasos resultados obtenidos contra las potencias de las tinieblas incitaban al pesimismo, ¡la acacia seguía viva! Incluso habían reverdecido dos ramas, y cada reconquista, por modesta que fuera, convencía a Isis de la victoria final.

Su turbación se debía a la declaración del hijo real Iker. La amaba, con un amor tan intenso que la asustaba, hasta el punto de impedirle responder a una pregunta esencial: ¿amaba ella, Isis, a Iker?

Hasta entonces, su existencia de sacerdotisa, los esfuerzos realizados para hacer mayor el conocimiento de los misterios y los ritos le hacían olvidar los meandros de los sentimientos y las pasiones.

Desde su encuentro con Iker, Isis se sentía distinta. Experimentaba extrañas sensaciones, muy diferentes de las vividas durante su experiencia espiritual. Nada contradictorio, en apariencia, aunque de desconocidas perspectivas. ¿Era preciso explorarlas?

Según su propia confesión, parte de sus pensamientos permanecían junto a Iker. No importaba que fuese hijo real, escriba provinciano o doméstico; lo único importante era su autenticidad y su sinceridad.

Iker, un ser excepcional.

Al separarse de él, Isis había sentido miedo. Miedo de no volver a verlo nunca, ya que se lanzaba a una aventura de la que probablemente no regresaría jamás. Y aquel temor se transformó en tristeza. ¿No debería haberle hablado de otro modo, evocar las dificultades de la existencia de una ritualista, mostrarse más amistosa?

Amistad, respeto mutuo, confianza... ¿Eran ésas las palabras adecuadas? ¿No estarían sirviendo de máscaras para un sentimiento que la muchacha se negaba a nombrar porque la apartaría de su destino?

Un insistente hocico le recordó que debía bajar por la pasarela. Isis sonrió, *Viento del Norte* la contempló con sus grandes ojos marrones. Desde el primer instante se comprendían. Muy afectado por la partida de Iker, el robusto asno hallaba el consuelo necesario junto a aquella muchacha, radiante y dulce. La transmisión de sus pensamientos se efectuaba con facilidad, y ni el uno ni la otra maquillaban la realidad: las posibilidades de supervivencia del hijo real parecían ínfimas.

El primer control no supuso problema alguno, ya que los militares conocían a Isis. Les encantaba volver a verla, puesto que, en su ausencia, Abydos parecía falto de vida.

En cambio, la reacción del segundo control fue muy distinta. Los policías vacilaban en detenerla, un temporal no pudo contener su indignación:

—Un asno en Abydos... ¡Un asno, el animal de Set! Mirad su cuello: ¡una mata de pelo rojo! ¡Esa bestia encarna el espíritu del mal! Avisaré de inmediato al Calvo.

Isis aguardó pacientemente la llegada de su superior.

El Calvo, a la cabeza de los permanentes de Abydos y representante oficial del faraón, no tomaba decisión alguna sin el consentimiento explícito del monarca. Encargado de velar por los archivos secretos de la Casa de Vida, cuyo acceso sólo él autorizaba, aquel sexagenario huraño, intransigente y carente del sentido del matiz, nunca abandonaba el dominio de Osiris. Le importaban un pimiento los honores, y no toleraba ningún error en el cumplimiento de las tareas rituales. Para él, sólo existía una consigna: rigor. Sancionaba cada transgresión de la Regla, considerando malas las buenas excusas.

—Un asno con una crin roja —advirtió, asombrado—. ¡Nunca dejarás de sorprenderme, Isis!

—*Viento del Norte* me fue confiado por el hijo real, Iker. Residirá junto a mi vivienda oficial y no perturbará el área sagrada. ¿Acaso no es uno de nuestros deberes dominar la fuerza de Set? No niego que el asno sea una de sus expresiones, pero ¿no son invitadas, las sacerdotisas de Hator, a pacificar su fuego?

—Set fue condenado a llevar a Osiris sobre su espalda —reconoció el Calvo—. ¿Sabrá este animal permanecer silencioso?

—Estoy convencida de ello.

—A la primera muestra de insumisión, al primer rebuzno, será expulsado.

—¿Lo has comprendido? —preguntó Isis al cuadrúpedo.

Como señal de asentimiento, *Viento del Norte* levantó la oreja derecha.

El Calvo masculló un comentario incomprensible y acarició la cabeza del asno.

—Instálate y reúnete conmigo en el templo de Sesostris.

Destinado a producir el *ka* que reforzaba las defensas mágicas del árbol de vida, el templo de millones de años del rey tenía el aspecto de un poderoso edificio, rodeado de una muralla y precedido por un pilono. Provisto de un complejo sistema de canalizaciones que servía para evacuar el agua de las purificaciones, aquel vasto cuadrilátero, al que llevaba una calzada adoquinada, parecía custodiar el desierto.

Isis entró en el patio bordeado por un pórtico cuyo techo sostenían catorce columnas, y acto seguido, en la sala cubierta, donde reinaba un profundo silencio habitado por la palabra de las divinidades a las que el rey hacía ofrenda. En el techo, el cielo estrellado.

El Calvo meditaba ante un bajorrelieve que representaba a Osiris.

—¿Cuáles son los resultados de tus investigaciones en la gran biblioteca de Menfis? —preguntó a la muchacha.

—Confirman nuestras suposiciones: sólo el oro más puro, nacido del vientre de la montaña divina, curará a la acacia.

—También es necesario para la celebración de los grandes misterios. Sin él, el ritual será letra muerta y Osiris no resucitará.

—He ahí el verdadero objetivo de nuestros enemigos —estimó Isis—. A pesar de la muerte del general Sepi, su majestad intensifica la exploración, pero nadie conoce el emplazamiento de la ciudad del oro y del país de Punt.

—¡Simples apelativos poéticos!

—Proseguiré mis investigaciones con la esperanza de descubrir uno o varios detalles significativos.

—¿Qué ha decidido el faraón?

—El responsable de nuestras desgracias probablemente es un rebelde que se hace llamar el Anunciador y actúa en Canaán. Sesostris ha mandado al hijo real Iker para intentar descubrirlo. Sólo el restringido círculo de los fieles amigos de su majestad, vos y yo, estamos al corriente.

Isis tenía que cumplir una misión especialmente delicada: ejercer una vigilancia constante y asegurarse de que ninguno de los permanentes o los temporales de Abydos fuera cómplice del enemigo. Gozaba de toda la confianza de su superior, y el rey la había autorizado a revelarle la confidencia.

—Durante tu ausencia no he advertido nada anormal —precisó el Calvo—. Cada cual cumple lo mejor posible con su tarea. ¿Cómo un demonio podría haberse introducido entre nosotros?

—El taller del templo de Hator de Menfis me facilitó un valioso objeto. Me gustaría comprobar su eficacia.

El Calvo y la sacerdotisa salieron del santuario de Sesostris y acudieron junto al árbol de vida, en pleno bosque sagrado de Peker. Como todos los días, el escaso número de permanentes llevaba a cabo escrupulosamente sus deberes. Con el fin de preservar la energía espiritual que impregnaba el lugar y mantener el vínculo vital con los seres de luz, el Servidor del *ka* celebraba el culto de los antepasados. El sacerdote encargado de derramar la libación de agua fresca no omitía ninguna mesa de ofrendas. Quien veía los secretos se encargaba del buen desarrollo de los rituales, y quien velaba por la integridad del gran cuerpo de Osiris verificaba los sellos puestos en la puerta de su tumba. Las siete tañedoras encargadas de hechizar el alma divina tocaban su partitura en consonancia con la armonía celestial.

Detentando la paleta de oro, que mostraba las fórmulas de conocimiento reveladas en Abydos, el faraón, estuviera donde estuviese, las pronunciaba diariamente en el secreto de un naos, evitando así la ruptura de la cadena de las revelaciones.

El Calvo y la sacerdotisa derramaron agua y leche al pie de la acacia. En ella sólo subsistían ya algunos rastros de vida. Plantadas en los cuatro puntos cardinales, cuatro jóvenes acacias mantenían un campo de fuerzas protectoras.

—Que te sea posible seguir residiendo en este árbol, Osiris —imploró el Calvo—. Que éste mantenga el vínculo entre el cielo, la tierra y las profundidades, que conceda la luz a los iniciados y la prosperidad a este país amado por los dioses.

Isis presentó a la acacia un magnífico espejo formado por un grueso disco de plata y un mango de jaspe adornado con un rostro de la diosa

Hator; unas finas barras de oro rodeaban incrustaciones de lapislázuli y cornalina.

La sacerdotisa orientó el disco hacia el sol, para que reflejara un rayo que acariciase el tronco del árbol y le insuflara algo de calor, sin quemarlo. La operación, extremadamente delicada, debía realizarse con prudencia y precisión.

Gracias a la celebración del ritual de las bolas de arcilla, asimiladas al ojo del sol, el faraón había reforzado la barrera mágica alrededor de la acacia. En adelante, ninguna onda maléfica conseguiría cruzarla. Pero ¿no resultaban tardías esas precauciones?

Isis depositó el espejo en una de las capillas del templo de Osiris, reservada a la barca que se utilizaba durante el ritual de los grandes misterios. Según había comprobado el Calvo, su modelo celestial ya no circulaba normalmente. Así pues, para evitar la dislocación, Isis había recibido del monarca el encargo de nombrar cada una de sus partes y preservar de ese modo su coherencia. Aquel mal menor mantenía vivo uno de los símbolos fundamentales de Abydos, garante de la energía indispensable para el proceso de resurrección.

La «Paciente de Lugares» había sido construida de modo riguroso, según el plano de Sesostris. Cada calle tenía cinco codos de ancho, las manzanas de casas habían sido delimitadas, y cada morada, construida con ladrillo, incluía un patio, una sala de recepción y los aposentos privados. Hermosas villas contemplaban el desierto. En el ángulo suroeste de la ciudad se hallaba la vasta residencia del alcalde (1).

Isis vivía en una casa de cuatro habitaciones, cuyas puertas de madera estaban adornadas con un marco de piedra calcárea. Entre la blancura de los muros exteriores y los vivos colores del interior había un arrobador contraste. Un mobiliario sencillo y robusto, una vajilla de piedra y cerámica, ropa de lino: los bienes materiales de la sacerdotisa le bastaban ampliamente. Dado su rango, tenía una sirvienta con apreciables dotes culinarias, que la aliviaba de las preocupaciones domésticas.

(1) 53 × 82 metros.

Echado ante el umbral, *Viento del Norte* velaba la residencia de su dueña. Todo Abydos sabía ya que un animal de Set acababa de adquirir el estatuto de residente provisional, a condición de que observara un religioso silencio.

—Te estás muriendo de hambre, ¿no es cierto?

El asno levantó la oreja derecha.

—Esta noche, régimen. Mañana mismo haré que te preparen comidas consistentes.

Juntos, pasearon por el lindero del desierto y admiraron la puesta de sol. Sus rayos teñían de rosa un viejo tamarisco. Su nombre, *iser*, evocaba *Usir*, el nombre de Osiris. A veces se depositaban en el interior del sarcófago ramas de ese árbol, que facilitaban la transformación de la momia en cuerpo osiríaco. El tamarisco, vigoroso, prevalecía sobre la sequedad del desierto, pues sus raíces obtenían el agua de las profundidades.

Isis hizo votos para que Osiris protegiera a Iker y le permitiese trazar un justo camino por el peligroso paraje en el que arriesgaría su vida antes de salvar Abydos y Egipto entero.

4

Con unos hiperactivos cuarenta años, el pelo muy negro pegado a su cabeza redonda, el rostro lunar, ancho el torso, las piernas cortas y los pies gordezuelos, Medes, secretario de la Casa del Rey, daba forma a las decisiones tomadas por el faraón y su consejo y, luego, las difundía por todo el país. No perdonaba falta alguna a su personal.

Orgulloso de aquel nombramiento, que lo convertía en uno de los más altos personajes del Estado, Medes alimentaba, sin embargo, otras ambiciones. Y especialmente la de entrar en aquella institución, centro vital del poder, aunque no para servirla mejor, sino con el fin de destruirla. Librarse de Sesostris no iba a resultar fácil, y el fracaso del último atentado contra el monarca demostraba la extensión de su protección mágica. Pero el dignatario no era hombre que renunciase fácilmente, sobre todo tras la alianza pactada con el Anunciador, un ser extraño y peligroso, decidido a derribar el trono del faraón.

Medes era siempre el primero en llegar a los locales de su administración y el último en marcharse, y se comportaba en todo momento como un funcionario responsable y riguroso al que no podía hacerse reproche alguno. Al restablecer el cargo de visir, atribuido a Khnum-Hotep, el rey limitaba la influencia del secretario de la Casa del Rey. Además, el anciano cumplía perfectamente con su función, manifestando una fidelidad absoluta a un soberano antaño combatido. Medes cuidaba prudentemente de no meterse en el dominio del visir, de obedecerlo sin discutir y de no darle motivo alguno de descontento, pues el monarca escuchaba a Khnum-Hotep.

Pensando en su cita nocturna, tan importante como arriesgada, Medes bullía de impaciencia. La cercanía de aquella entrevista lo ponía más irritable aún que de costumbre, de modo que azuzó a varios escribas, demasiado indolentes para su gusto, para desahogarse.

Estaba terminando de examinar un expediente cuando el gran tesorero Senankh, director de la Doble Casa blanca y ministro de Economía, le hizo una inesperada visita.

Medes detestaba a aquel vividor de hinchadas mejillas, creciente panza y engañosa apariencia. Especialista en las finanzas públicas, temido conductor de hombres, insensible al halago, no vacilaba en maltratar a los cortesanos, los perezosos y los incapaces. Medes había intentado comprometerlo y obligarlo a dimitir en varias ocasiones. Pero Senankh, astuto, se olía los retorcidos ataques y replicaba con vigor.

—¿Algún problema grave a la vista?

—Ninguno, gran tesorero.

—Las finanzas de tu departamento parecen especialmente saneadas.

—Evito incluso el menor derroche. Lamentablemente, es una labor interminable. En cuanto la atención se relaja un poco, el laxismo avanza.

—Gracias a tu excelente gestión, la Secretaría de la Casa del Rey nunca había funcionado tan bien. Tengo que darte una buena noticia: tu petición ha sido aceptada. Dispondrás de cinco embarcaciones rápidas más. Contrata el número de escribas que consideres necesarios y encárgate de que la información circule mejor.

—Nada podría alegrarme más, gran tesorero. Con esos medios podré difundir los decretos reales con mucha mayor rapidez.

—De ese modo, la cohesión de las Dos Tierras se fortalecerá más aún —consideró Senankh—. Sobre todo, no te relajes.

—No temáis.

Al regresar a casa, Medes se preguntó si acaso el gran tesorero no desconfiaría de él. Ni sus palabras ni su comportamiento permitían suponerlo, pero el ministro de Economía era lo bastante hábil para no dejar que se adivinaran sus verdaderas intenciones, y su interlocutor no debía bajar nunca la guardia. Fuera como fuese, Medes había obtenido lo que deseaba. Sus nuevos empleados, carteros y marinos, pertenecían a su red de informadores. Cuando hubiera que informar a los terroristas, la gestión sería mucho más fácil.

Medes vivía en una soberbia morada en el centro de Menfis. Del lado de la calle, una entrada de servicio y una puerta principal con dos batientes, permanentemente vigilada por un guardián. En cada uno de los dos pisos, unas puertas ventana con celosías de madera. Un balcón con columnitas pintadas de verde daba a un jardín.

Nada más entrar Medes en la sala de recepción, su esposa se le tiró al cuello.

—Estoy enferma, querido, ¡muy enferma! Me dejas sola demasiado tiempo.

—¿Qué te duele?

—Tengo náuseas, se me cae el pelo, y no tengo apetito... ¡Que venga de inmediato el doctor Gua!

—Mañana me encargaré de eso.

—¡Es urgente, muy urgente!

Medes la apartó.

—En estos momentos tengo otras ocupaciones.

—¡Deseas mi muerte!

—Sobrevivirás hasta mañana. Haz que me sirvan la cena y ponte en manos de tu camarera. Un masaje te relajará.

Con el estómago lleno, Medes aguardó a medianoche para salir de su casa, con la cabeza cubierta por un capuchón. Se detuvo y se volvió varias veces, asegurándose de que no lo siguieran. Sin embargo, volvió sobre sus pasos y describió un ancho círculo en torno a su verdadero destino.

Tranquilizado, llamó a la puerta de una casa acomodada, oculta en un barrio modesto, y le mostró a un reticente guardián un pequeño pedazo de cedro en el que se había grabado el jeroglífico del árbol. Acto seguido, el porche se abrió. Medes subió al primer piso, donde lo recibió un voluble personaje que parecía una pesada ánfora, perfumado en exceso y vestido con una túnica larga y recargada.

—¡Queridísimo amigo, qué placer volver a veros! ¿Degustaréis algunas golosinas?

Aunque el libanés luchara contra el exceso de peso, su vasto salón seguía lleno de mesas bajas repletas de pasteles, a cuál más tentador.

Medes se quitó el capuchón y se sentó.

—Sírveme licor de dátiles.

—¡En seguida!

El pocillo de plata era una pequeña maravilla.

—Es un regalo de uno de mis armadores, que intentó estafarme —reveló el libanés—. Antes de morir entre horribles sufrimientos, me legó todos sus bienes. Incluso los chicos malos demuestran, a veces, buenos sentimientos.

—Tus arreglos de cuentas no me interesan. Iker ha abandonado el palacio. Estoy convencido de que no ha regresado a su provincia natal y se dirige a Canaán.

—Mi organización ya está advertida, ¿pero cuál es la misión de ese joven?

—Descubrir la madriguera del Anunciador y avisar al ejército egipcio.

El libanés sonrió.

—¿No os parece ese hijo real tan tierno como presuntuoso?

—¡No lo subestimes demasiado! Iker ha escapado varias veces de la muerte y ha demostrado su capacidad para hacer daño. Ha cometido el error de aventurarse por territorio enemigo con la certeza de pasar desapercibido, así que, ¡aprovechémoslo!

—¿Por qué preocuparse tanto?

—Porque sin duda Iker ha sido enviado por el faraón en persona, ¡ha sido, pues, dotado de eficaces poderes! Sesostris no actúa a la ligera. Si el hijo real ha recibido la orden de infiltrarse entre los rebeldes cananeos, puedes estar seguro de que tiene alguna posibilidad de conseguirlo.

Los argumentos de Medes dieron en el blanco.

—Así pues, ¿deseáis organizar una emboscada?

—Si no me equivoco, Iker irá a Siquem. Que tus espías te avisen en cuanto llegue. Dejemos que penetre en un clan que lo liquidará sin esfuerzo, tras haberlo interrogado. Tal vez nos proporcione informaciones interesantes sobre la estrategia adversaria.

El libanés se rascó la barbilla.

—Podría ser un modo de actuar.

—¡Arréglatelas como quieras, pero elimina al tal Iker! Su desaparición debilitará a Sesostris.

—Me encargaré de vuestro protegido —prometió el comerciante—. ¿Y si habláramos de nuestros negocios? Os recuerdo que un nuevo cargamento de madera preciosa acaba de zarpar del Líbano. Los aduaneros deben seguir ciegos.

—Ya se tomarán las disposiciones necesarias.

—También hay que cambiar de almacén.

—No lo he olvidado. ¿Y... los aceites?

—Cuando llegue el momento, os avisaré.

En caso de tener éxito, los monstruosos proyectos del libanés costarían la vida a centenares, miles incluso, de egipcios.

El mal iba a golpear. Conmovido por un instante, el secretario de la Casa del Rey cedía ante la fascinación. Defender Maat al modo de Sesostris era venerar un pasado ya caduco.

Ciertamente, se extendería la violencia y el sufrimiento, ¿pero acaso no justificaba eso la conquista del poder? Desde hacía mucho, Medes había elegido su bando. Ahora, cualquier demora sería perjudicial. El encuentro con el Anunciador le ofrecía la inesperada ocasión de derribar unos obstáculos que creía insuperables. Vender su alma a un diablo brotado de las tinieblas le supondría gloria y fortuna.

—¿No hay ninguna alarma seria?

—La policía no ha descubierto a ninguno de los miembros de mi organización. Sin embargo, los sabuesos de Sobek el Protector no permanecen de brazos cruzados. Me felicito por haber mantenido en Menfis sólo a mis mejores elementos, que se encuentran perfectamente integrados en la sociedad egipcia.

Por orden del Anunciador, el grueso de cuyas tropas se había retirado a la región sirio-palestina, el libanés dirigía la organización menfita compuesta por comerciantes, vendedores ambulantes y peluqueros, que se habían convertido en maestros en el arte de descubrir a los curiosos y, si era necesario, eliminarlos. El hermetismo seguía siendo riguroso, y ni siquiera una deserción pondría en peligro el conjunto. El libanés no traicionaría nunca al Anunciador. Únicamente le había mentido una vez, sólo una. El predicador con ojos llameantes casi le había arrancado el corazón, y le había dejado en su carne una cicatriz que servía de permanente advertencia. Al primer desfallecimiento, el comerciante sabía que no iba a escapar a las garras del halcón-hombre.

—¿Y de vos, Medes, no sospecharán?

El alto dignatario se tomó un tiempo para reflexionar.

—No soy tan ingenuo; me hago constantemente esa pregunta. No hay ningún indicio turbador, aunque desconfío. Cuando el gran tesorero Senankh acepta mis proposiciones, me pregunto si se preocupa por los intereses del Estado o si quizá me está poniendo a prueba. Probablemente ambas cosas.

—No podemos permitirnos la menor imprudencia —recordó el libanés—, corremos el riesgo de tener que anular nuestros proyectos. Si uno de los fieles de Sesostris se acercara demasiado a vos, no dejéis de avisarme. Cortaríamos entonces por lo sano. Recordadlo, Medes: el Anunciador no nos perdonaría ningún fracaso.

5

Numerosos obreros trabajaban en la extensión de los Muros del Rey, línea de fortines destinados a reforzar la frontera nordeste de Egipto y a desalentar cualquier intento de invasión por parte de las tribus rebeldes que recorrían parte de la región sirio-palestina.

Se consolidaban los antiguos edificios y se construían otros nuevos. Los fortines se comunicaban entre sí mediante señales ópticas y palomas mensajeras. Formadas por soldados y aduaneros, las guarniciones controlaban puntillosamente las mercancías y la identidad de los viajeros. Tras el atentado contra el faraón Sesostris, la vigilancia había aumentado. Algunos terroristas cananeos habían sido abatidos, pero otros sin duda intentarían introducirse en el Delta y vengar a sus camaradas. Así pues, el ejército expulsaba a sospechosos e indeseables, y sólo extendía salvoconductos tras un minucioso interrogatorio. «Quien cruza esta frontera —proclamaba el decreto del faraón— se convierte en uno de mis hijos.»

Para salir de Egipto y dirigirse a Canaán había que acatar unas reglas estrictas: dar el nombre, las razones del viaje y concretar la fecha de retorno. Los escribas acumulaban expedientes, que eran puestos al día constantemente.

La tarea de Iker iba a ser delicada, pues no debía dejar huella alguna de su paso por allí. Esta primera prueba no sólo iba a ser un test decisivo, sino que además le permitiría afirmar ante los cananeos insumisos que huía de su país, donde lo buscaba la policía. Suponiendo que dispusieran de informadores entre el personal de los Muros del Rey, comprobarían que no le había sido concedida autorización oficial alguna, y que, en efecto, se comportaba como un clandestino.

Iker advirtió la magnitud de las medidas de seguridad: numerosos arqueros en las almenas de los torreones y tropas en el suelo, dispuestas a intervenir permanentemente. Ninguna expedición podía tener éxito, ya que un fortín tomado por asalto tendría tiempo de avisar a los más cercanos, la noticia del ataque se extendería muy pronto, y los refuerzos intervendrían de inmediato.

Sin informaciones precisas, Iker no habría conseguido cruzar los Muros del Rey. Sehotep, el Portador del sello real, le había entregado un mapa detallado que mencionaba el último punto débil del dispositivo. De este modo, el joven penetró, al caer la noche, en una zona de matorrales.

Ante él había un viejo fortín aislado, en restauración. El encendido de las antorchas señalaría la hora del relevo, e Iker dispondría de algunos minutos inciertos para poner pies en polvorosa y pasar a Canaán.

Al comandante no le gustaba demasiado su nuevo destino y añoraba el cuartel de Menfis, cercano a la capital y a sus innumerables distracciones. Aquí, el tiempo parecía muy largo.

Mañana mismo haría quemar la maleza. Quien se aventurara por el terreno abierto sería descubierto de inmediato. En caso de huida, los arqueros tenían orden de disparar; de ese modo, el ejercicio era diario y mataba el aburrimiento. Por fortuna, el general Nesmontu, como experimentado oficial, concedía numerosos permisos y cambiaba con frecuencia parte de la guarnición, para evitar el cansancio y las distracciones. Con un jefe de aquel temple, los soldados apreciaban su oficio.

Era la hora del relevo.

A la cabeza de una decena de arqueros, el comandante se dirigió hacia la torre de vigía, donde el encargado encendía unas antorchas. Por lo general, la maniobra se hacía bastante de prisa. Los hombres de guardia cedían de buena gana su lugar a quienes los reemplazaban, y se dirigían rápidamente al refectorio.

Aquella noche hubo una insólita agitación. Los arqueros, en su puesto aún, hablaban en voz alta, casi discutiendo, y no descendían.

—¿Qué ocurre ahí arriba?

—¡Venid, mi comandante, no lo logramos!

El oficial subió los peldaños de cuatro en cuatro.

En el suelo había un soldado tendido de espaldas con la nariz ensangrentada. Dos de sus compañeros dominaban, a duras penas, al agresor, que se sacudía como un toro enfurecido.

—¡Os habéis peleado!

—Ha sido él —murmuró el herido—, está enfermo... ¡Me ha golpeado sin razón alguna!

—¡No ha sido sin razón! —gritó el otro—. ¡Me has robado, basura!

—No quiero oír nada más —decidió el comandante—. Ambos compareceréis ante el tribunal militar y aclararemos los hechos.

Un arquero que, normalmente, debería haberse encontrado sentado a la mesa, observaba con mirada distraída la llanura cananea.

A la luz de la luna, lo que vio lo dejó estupefacto.

—¡Comandante, allí, un hombre corriendo!

—Disparad —ordenó el oficial—, disparad todos y no falléis.

Iker estaba aún cerca del fortín cuando la primera flecha silbó junto a su oreja izquierda. Otra le rozó el hombro. Educado en la ruda escuela de la provincia del Oryx, se felicitó por haberse convertido en un excelente corredor de fondo, de inagotable aliento. Concentrado en la lejanía y moviéndose en zigzag, apretó el paso.

Los siniestros silbidos se espaciaron y su intensidad se atenuó; luego ya sólo se oyó el ruido regular de sus pies, que golpeaban el suelo.

¡Iker había cruzado la frontera sano y salvo!

Sin embargo, mantuvo el mismo ritmo por temor a que enviaran una patrulla en su persecución. Pero había caído la noche, y el comandante no desguarnecería su efectivo, pues temía otros intentos de forzar el paso.

El hijo real ya sólo debía tomar la dirección de Siquem.

Una hormiga de tamaño considerable se paseó por su rostro y le salvó la vida al despertarlo.

Dos hombres mal afeitados se acercaban al matorral a cuyo abrigo había dormido Iker durante algunas horas. Incapaces de callar, se creían discretos.

—Te digo que hay algo allí.

—Probablemente, un montón de trapos.

—¿Y si hubiera un tipo en esos trapos? ¡Mira mejor!

—Parece alguien con su material de viaje.

—¡Desde aquí te hueles un buen negocio!

—Tal vez no quiera dárnoslo.

—¿Acaso tú darías el material?

—¿Has perdido la cabeza?

—Mejor será no pedirle nada, nos lo cargamos y le robamos. Si lo golpeamos lo suficientemente fuerte, no recordará nada.

Cuando los mal afeitados se disponían a atacar, Iker se incorporó, blandiendo el cuchillo del genio guardián.

—No os mováis —ordenó—. De lo contrario, os rajo las corvas.

El menos valeroso cayó de rodillas, el otro retrocedió un paso.

—¡No parece una broma! ¿Eres policía o soldado?

—Ni lo uno ni lo otro, pero sé manejar las armas. ¿Pensabais desvalijarme?

—¡Oh, no! —exclamó el que estaba arrodillado—. Sólo queríamos socorrerte.

—¿Ignoráis que los ladrones son condenados a trabajos forzados y los asesinos a la pena de muerte?

—¡Nosotros sólo somos unos pobres campesinos que buscan algo que comer! Por aquí no solemos tener distracciones.

—¿Acaso el general Nesmontu no ha traído la prosperidad?

Los dos bribones se miraron, inquietos.

—¿Eres... egipcio?

—Correcto.

—¿Y... trabajas para el general?

—Incorrecto.

—¿Qué haces por aquí, entonces?

—Intento escapar de él.

—¿Desertor?

—Algo así.

—¿Adónde quieres ir?

—A reunirme con quienes luchan contra el general y por la liberación de Canaán.

—¡Eso es muy peligroso!

—¿No seréis partidarios del Anunciador?

El que estaba de rodillas se levantó y se pegó a su compadre.

—Nosotros no nos mezclamos en esas historias.

—Un poco sí, ¿verdad?

—Muy poco. Muy, muy poco. Menos incluso.

—Ese «menos incluso» podría suponeros una buena propina.

—¿Y si hablaras más claro, amigo?

—Un lingote de cobre.

A los mal afeitados se les hizo la boca agua. ¡Una verdadera fortuna! Podrían beber hasta hartarse y acostarse con las mozas de las casas de cerveza.

—Es tu día de suerte, amigo.

—Llevadme al campamento del Anunciador —exigió Iker sin acabar de creérselo.

—¿Estás soñando o qué? ¡Nadie sabe dónde se oculta!

—Por fuerza tenéis que conocer a alguno de sus partidarios.

—Es posible... ¿Pero cómo podemos estar seguros de que eres un tío honesto?

—Por el lingote de cobre.

—¡Obviamente, tus argumentos son de peso!

—Os sigo, pues.

—El lingote primero.

—¿Acaso me tomáis por imbécil? Me guiaréis hasta los partidarios del Anunciador, y luego os pagaré. De lo contrario, adiós. Me las arreglaré solo.

—Debemos discutirlo primero.

—De acuerdo, pero rápido.

Los dos comparsas iniciaron una conversación bastante agitada. El uno se decantaba por la prudencia, el otro por la ganancia. Finalmente, eligieron un compromiso.

—La mejor opción es Siquem —declaró el más reservado—. En el campo nos arriesgamos a encontrarnos con sorpresas desagradables. En la ciudad tenemos nuestros contactos.

—¿No peinan la ciudad la policía y el ejército?

—Claro que sí, pero no vigilan todas las casas. Allí conocemos a gente que te llevará, sin duda, hasta el Anunciador.

—Pues vamos, caminad delante.

—¡Manténte a distancia, amigo! Sabemos arreglárnoslas con los egipcios. Si te detienen, nosotros no te conocemos.

—Dado vuestro salario, evitemos las barreras.

—¿Pero qué te has creído? ¡Si te echan mano, habremos trabajado gratis!

Ese grito salido del corazón tranquilizó a Iker.

Dieron algunos rodeos, hicieron numerosos altos y, ya a la vista de la ciudad, se apartaron del camino antes de llegar a un barrio popular cuyas casas rivalizaban en indigencia.

Saludaron a unos viejos que estaban sentados en el umbral de su pobre morada y los ancianos les devolvieron la cortesía. Evidentemente, los dos merodeadores no eran unos desconocidos. De pronto, varios chiquillos rodearon a Iker.

—¡Tú no eres de por aquí!

—Apartaos.

—¡Responde o te apedrearemos!

Iker no deseaba pelearse con unos niños, pero aquéllos no parecían bromear.

Uno de los mal afeitados dispersó a puntapiés la jauría.

—Id a montar guardia más lejos —les ordenó—. Éste viene con nosotros.

Los chiquillos obedecieron, gorjeando.

Iker siguió a sus guías hasta una casa de sucias paredes. En el exterior había un montón de estiércol sobre el que estaba agachada una anciana cubierta de harapos y la mirada vacía. A pleno sol, un asno atado a una estaca con una cuerda tan corta que apenas podía moverse.

—Al menos deberían darle de beber —estimó Iker.

—Sólo es un animal. Entra.

—¿Quién vive aquí?

—La gente que buscas.

—Me gustaría estar seguro.

—Somos gente honesta. Ahora, debes pagar.

La situación se ponía tensa.

Iker sacó de su bolsa un lingote de cobre, y una mano ávida se apoderó en seguida de él.

—Vamos, entra.

La estancia, con el suelo de tierra batida, olía tan mal que Iker vaciló. Y en el momento en que el hijo real cruzaba el umbral tapándose la nariz, lo empujaron con violencia. Tras él, sonó un portazo.

En la penumbra, una decena de cananeos armados con horcas y picos. Un barbudo de piojosa melena interpeló al recién llegado:

—¿Cómo te llamas?

—Iker.

—¿De dónde vienes?

—De Menfis.

—¿Egipcio?

—Sí, pero opuesto a la dictadura de Sesostris. Tras haber ayudado a mis amigos asiáticos, en Kahun, intenté suprimir al tirano. Desde mi fracaso me he ocultado con la esperanza de volver a encontrarlos. Para escapar de la policía, sólo me quedaba una solución: cruzar los Muros del Rey y refugiarme en Canaán. Quiero reanudar el combate contra el opresor. Si el Anunciador me acepta entre sus fieles, no lo decepcionaré.

—¿Quién te ha hablado de él?

—Mis aliados asiáticos. Su reputación no deja de crecer por todas partes. El faraón y sus íntimos comienzan a temblar. Otros egipcios se unirán muy pronto a la causa del Anunciador.

—¿Cómo cruzaste los Muros del Rey?

—Elegí un fortín aislado y pasé durante la noche. Los arqueros dispararon, me hirieron en el hombro izquierdo.

Iker mostró la herida.

—Debe de habérsela hecho él mismo —acusó un cananeo—. No me gusta la jeta de ese egipcio. ¡Sin duda es un espía!

—En ese caso, ¿habría sido tan estúpido de meterme en la boca del lobo? —objetó Iker—. He arriesgado ya varias veces la vida defendiendo vuestro país, y no renunciaré a ello mientras siga oprimido.

Uno de los chiquillos agresivos reapareció y murmuró unas palabras al oído del jefe. Luego se marchó corriendo.

—Has venido solo, nadie te ha seguido —advirtió el barbudo.

—¡Eso no demuestra nada! —replicó uno de sus compañeros—. Seamos prudentes y acabemos con él.

La atmósfera se hizo más pesada aún.

—No cometáis un error —advirtió Iker—. Como escriba bien informado de lo que ocurre en Menfis y de las costumbres de palacio, puedo proporcionaros una valiosa ayuda.

El argumento sembró la turbación entre los cananeos. Varios de ellos lo consideraron serio y se declararon dispuestos a acoger al joven, pero dos excitados continuaron exigiendo su ejecución.

—Necesitamos pensar —declaró el barbudo—. Mientras lo decidimos, serás nuestro prisionero. Si intentas huir, te mataremos.

6

Isis entró en la capilla del templo de Sesostris, donde se había depositado la barca de oro de Osiris. El edificio, permanentemente vigilado, ofrecía un abrigo seguro. Sólo la pareja real, los sacerdotes permanentes y la joven sacerdotisa accedían al santuario para cumplir con los ritos. En ausencia del faraón y de la gran esposa real, Isis reanimaba aquella barca que, debido a la enfermedad de la acacia, carecía de la energía indispensable para la celebración de los misterios. Sólo apelando a la voz de sus distintos elementos se mantenía con vida.

Recogida, la joven quitó el velo que recubría la inestimable reliquia.

—Tu proa es el busto del señor del Occidente, Osiris resucitado; tu popa, el del dios Min, el fuego regenerador. Tus ojos son los del espíritu capaz de ver al Grande. Tu gobernalle se compone de la pareja divina de la ciudad de Dios. Tu doble mástil es la estrella única que surca las nubes. Tus cabos de proa son la gran claridad; tus cabos de popa, la trenza de la pantera Mafdet, guardiana de la Casa de Vida; tus cabos de estribor, el brazo derecho del Creador, Atum; tus cabos de babor, su brazo izquierdo; tu cabina, la diosa Cielo provista de sus poderes; tus remos, los brazos de Horus cuando viaja (1).

(1) Indicaciones dadas por el capítulo 398 de los «textos de los sarcófagos» (según la traducción francesa de Paul Barguet).

Durante unos instantes, el oro pareció animado por una intensa luz. La capilla entera quedó iluminada, el techo se transformó en cielo estrellado y la barca navegó de nuevo por el cosmos.

Luego regresó de nuevo la oscuridad, el oro se apagó y el movimiento se interrumpió.

Mientras la acacia no hubiera reverdecido y Abydos estuviese privado del oro de los dioses, Isis no podía obtener nada más. Las fórmulas de conocimiento preservaban, por lo menos, la coherencia de la barca y le impedían dislocarse.

Concluida la tarea, la muchacha se aseguró de que *Viento del Norte* fuera alimentado adecuadamente. Todos los días paseaba largo rato con él por el lindero de los cultivos. Siempre dispuesto a transportar una carga, el asno acababa seduciendo a los más reticentes. Él, el animal de Set, se afirmaba ahora como un genio bueno, protector del lugar. Y todos reconocían que Isis había tenido razón al intentar la experiencia.

—Sin duda Iker ha cruzado los Muros del Rey —dijo ella.

Viento del Norte levantó la oreja derecha.

—Se encuentra en Canaán, pues.

El cuadrúpedo lo confirmó.

—Vive, ¿no es cierto?

La oreja derecha se levantó con vigor.

—¡Tú no mentirás nunca! Vivo, pero en peligro.

La respuesta siguió siendo afirmativa.

—No debería pensar en él —murmuró—. En todo caso, no tanto... Y me pidió una respuesta. ¿Es razonable amar a una sacerdotisa de Abydos? ¿Tengo, yo misma, derecho a amar a un hijo real? Mi existencia está aquí y en ninguna otra parte; debo cumplir con mis funciones sin desfallecer. ¿Me comprendes, *Viento del Norte*?

En los grandes ojos marrones del asno se reflejaba una inmensa ternura.

Bega contempló la palma de su mano diestra, en la que se había grabado para siempre una minúscula cabeza de Set, con grandes orejas y el hocico característico. Aquel emblema unía a los confederados del dios de la destrucción y de la violencia, Medes, secretario de la Casa del Rey, su testaferro Gergu, y él mismo, Bega, sacerdote permanente de Abydos.

Él, que se había comprometido a servir a Osiris durante toda su vida, lo traicionaba.

¿Acaso el propio faraón no lo había humillado al negarse a nombrarlo superior de Abydos y confiarle la clave de los grandes misterios? Y, sin embargo, la merecía: una existencia ejemplar, una competencia apreciada por todos, una austeridad y un rigor dignos de elogio... nadie, ni siquiera el Calvo lo igualaba.

No reconocer semejantes cualidades era una injuria insoportable que Sesostris pagaría muy cara. Pisoteando su juramento, detestando lo que veneraba, Bega deseaba ahora la muerte del tirano y también la de Egipto, vinculadas en la aniquilación de Abydos, centro vital del país.

Gélido como un viento invernal, alto, con el desagradable rostro devorado por una prominente nariz, Bega saboreaba su venganza destruyendo la espiritualidad osiríaca, zócalo sobre el que el faraón construía su pueblo y su país.

En el colmo de la amargura, Bega había conocido al Anunciador.

El mal se había apoderado entonces de su conciencia con la fuerza brutal de una tormenta. En lo más profundo de su acritud, ni siquiera imaginaba la magnitud del poder de Set.

Bega despreciaba a sus nuevos aliados, Gergu y Medes, aunque este último no careciera de dinamismo ni de voluntad, por muy perversa que fuese. Sin embargo, ante el Anunciador se comportaba como un muchachuelo aterrorizado, subyugado y obligado a obedecer. Él mismo, Bega, a pesar de su edad y de su experiencia, no oponía resistencia alguna.

Desde su juramento de fidelidad a las tinieblas, el sacerdote permanente se sentía mucho más tranquilo. Lanzando un maleficio a la acacia de Osiris, el Anunciador había demostrado su capacidad. Sólo él acabaría con el faraón y vaciaría Abydos de su sustancia. Como interlocutor privilegiado, puesto que detentaba parte de los secretos de Osiris, Bega desempeñaba un papel decisivo en la conspiración del mal.

Estaba concluyendo su servicio ritual cuando vio a Isis, que se dirigía a la biblioteca de la Casa de Vida.

—¿Progresan vuestras investigaciones?

—Con excesiva lentitud para mi gusto, pero no pierdo la esperanza. Los textos antiguos me han proporcionado ya valiosas indicaciones que serán la miel del faraón.

—Afortunadamente, la acacia ya no se marchita. Alabamos vuestra eficacia.

—Es muy mediocre, Bega, y sólo el espejo de la diosa Hator merece nuestra admiración. Su brillo asegura la circulación de la savia.

—Vuestra reputación no deja de crecer, y me felicito por ello.

—Me preocupa sobremanera la supervivencia de Abydos.

—Vos sois una pieza esencial en esta implacable guerra que nos opone a las fuerzas de las tinieblas.

—Sólo soy la ejecutora de las voluntades del faraón y de nuestro superior. Si fallo, otra sacerdotisa de Hator me sustituirá.

—El estado de la barca de Osiris nos preocupa a todos. Si permanece inmóvil, ¿cómo va a difundirse la energía de la resurrección?

—Evitar su dislocación es lo más urgente.

—¡Magro resultado, confesémoslo!

—Por lo menos, el alma de la barca sigue presente entre nosotros. ¿Qué más podemos esperar a estas horas?

—¡Es difícil no ceder al pesimismo! Gracias a vos, Isis, los permanentes desean creer todavía que no todo se ha perdido.

—Gozamos de la inquebrantable determinación de un monarca excepcional. Mientras él reine, la victoria estará a nuestro alcance.

—¡Que Osiris nos proteja!

Bega contempló cómo Isis entraba en la biblioteca. Trabajaría allí el resto de la jornada y también parte de la noche, dejándole el campo libre para preparar su futura transacción.

Pues hoy llegaba Gergu, el testaferro de Medes.

Para sobrellevar el tedio del viaje, Gergu se había emborrachado con cerveza fuerte. Antes de la partida, una prostituta siria le había arrebatado parte de su nerviosismo, a pesar de sus protestas por los bofetones que le administraba. Pegar a las mujeres le proporcionaba un gran placer. Sin la intervención de Medes, las denuncias de las tres esposas sucesivas de Gergu lo habrían mandado a la cárcel. Puesto que su patrón le prohibía formalmente volver a casarse, se limitaba a las profesionales poco exigentes y de baja estofa.

Recaudador, primero, de impuestos y tasas, Gergu había sido nombrado inspector principal de los graneros, también gracias a Medes, de quien era fiel y devoto servidor. El cargo le permitía esquilmar a honestos administradores, amenazándolos con sanciones, y montar una organización de crápulas destinada a producirle una pequeña fortuna, al malversar las reservas de grano. Buen comedor y bebedor, Gergu se habría limitado a esa fácil existencia si su patrón no hubiera tenido mayores ambiciones.

Desde su encuentro con el Anunciador, Medes no sólo quería derribar a Sesostris, sino también apoderarse de las riquezas del país y promover la omnipotencia de un nuevo dios que tenía la ventaja de reducir a las mujeres a su verdadero rango, el de criaturas inferiores.

Aquel arriesgado programa aterrorizaba a Gergu. Sin embargo, no era cuestión de desobedecer a Medes ni, menos aún, al Anunciador, que ejecutaba salvajemente a los renegados. Así pues, debía seguir el movimiento tomando todas las precauciones posibles para no exponerse demasiado.

Gergu acudía regularmente a Abydos, donde había obtenido el estatuto de temporal, lo que facilitaba el extraordinario tráfico puesto a punto con su cómplice, el sacerdote permanente Bega. El inspector principal de los graneros nunca habría supuesto que un iniciado en los misterios de Osiris cediese también ante la corrupción. Puesto que se trataba del asunto más suculento de su carrera, no iba a andarse con remilgos.

En el embarcadero, Gergu saludó a los policías, e intercambiaron algunas frases amistosas, felicitándose por la tranquilidad del lugar. Dada la magnitud del sistema de seguridad impuesto por el rey, realmente Abydos no tenía nada que temer.

Como de costumbre, Gergu entregaba alimentos de primera clase, las piezas de tejido, los ungüentos, las sandalias y otros productos que Bega le encargaba de modo oficial, para asegurar el bienestar de los residentes. Los dos hombres se entrevistaban durante largo rato, verificaban la lista de las mercancías y preparaban el próximo cargamento.

Pero, en realidad, se encargaban de un negocio secreto mucho más lucrativo.

Una vez resueltos los problemas administrativos en un plazo razonable, Bega llevó a Gergu hasta la terraza del Gran Dios. Tomaron la vía procesional, desierta salvo en período de fiestas, que no se organizarían ya durante mucho tiempo, suponiendo que alguna vez se celebraran de nuevo.

A un lado y a otro de la avenida que llevaba a la escalera de Osiris había numerosas capillas, que contenían estatuas y estelas, encargadas de asociar el alma de sus propietarios a la eternidad del Resucitado. Sólo algunos elegidos, tras haber sido iniciados, eran autorizados a sobrevivir así, formando parte de la corte de Osiris, tanto aquí como en el más allá.

Un apacible silencio rodeaba aquellos monumentos que arraigaban en lo invisible. Ningún profano ni tampoco ningún miembro de las fuerzas del orden turbaba la quietud del lugar. Así, Bega había tenido una idea diabólica: hacer salir de Abydos pequeñas estelas consagradas, de valor inestimable, pues, y venderlas a precio de oro al mejor postor, que se sentiría inmensamente feliz al adquirir su parte de inmortalidad. Y el sacerdote permanente no se detenía ahí: dando un sello a sus cómplices y revelándoles la fórmula que debía grabarse en las estelas, les permitía fabricar falsificaciones que vendían sin dificultad.

Bega no se andaba con remilgos. Por una parte, finalmente se enriquecía, después de tantos años de austeridad al servicio de Osiris; por otra, debilitaba la magia de Abydos arrebatándole algunas piedras sagradas, por muy modestas que fueran.

—Este cementerio me incomoda —reconoció Gergu—. Tengo la impresión de que los muertos me miran.

—Aunque así sea, nada pueden contra ti. Si se los teme, no se hace nada. Yo he acabado con ese tabú. Créeme, Gergu, esos seres inertes, reducidos a un estado mineral, no disponen de influencia alguna. Nosotros, en cambio, estamos vivos.

A pesar de ese aliento, el inspector principal de los graneros estaba impaciente por alejarse de la terraza del Gran Dios. Osiris velaba por sus protegidos, por lo que ¿no se irritaría contra los ladrones?

—¿Cómo lo hacemos?

—Como de costumbre —respondió Bega—. He elegido una soberbia y pequeña estela, metida en un lote de veinte y olvidada al fondo de una capilla. Ven conmigo y saquémosla.

Aunque los monumentos precedidos de jardincillos no contuviesen momia alguna, Gergu tenía la sensación de estar profanando una sepultura. Envolvió en un tejido blanco la piedra cubierta de jeroglíficos y la llevó hasta el desierto. Gotas de sudor corrían por su frente, no a causa del esfuerzo, sino porque temía la eventual agresión de aquella obra llena de magia. Precipitadamente, la enterró en la arena.

—No habrá problemas para lo demás, ¿no?

—No, no —prometió Gergu—. He sobornado al policía que está de guardia esta noche. Desenterrará la estela y la entregará al capitán de un barco que zarpa hacia Menfis.

—Cuento contigo, Gergu. Sobre todo no cometas el menor error.

—¡También yo estoy en primera línea!

—No te dejes cegar por los beneficios. El objetivo fijado por el Anunciador es mucho más alto, recuérdalo.

—Si apuntamos demasiado arriba, ¿no correremos el riesgo de fallar el blanco?

De pronto, a Gergu comenzó a dolerle la palma de la mano derecha. Al mirarla, advirtió que la minúscula cabeza de Set se estaba tornando roja.

—No pienses en traicionar —le recomendó Bega—. De lo contrario, el Anunciador te matará.

7

Comenzaba el tercer interrogatorio, conducido por el cananeo más hostil a Iker. Los dos primeros no habían permitido a los carceleros tomar una decisión final.

El joven escriba no se acostumbraba al hedor y a la suciedad del lugar, su aventura empezaba mal y corría el riesgo de terminar prematuramente.

—Confiesa que eres un espía a sueldo del faraón —exigió el cananeo.

—Tu opinión sobre mí no va a cambiar, así que ¿por qué debería protestar?

—¿Y tu misión real?

—Sólo me la atribuirá el Anunciador.

—¿Sabes dónde se encuentra y de cuántos hombres dispone?

—Si lo supiera, estaría a su lado.

—¿Cuáles son los planes de batalla del general Nesmontu?

—Me gustaría conocerlos para desmantelarlos.

—Háblanos del palacio de Menfis.

—Esa información está destinada al Anunciador, y a nadie más. Cuando sepa cómo me habéis tratado, pasarás un mal rato. Reteniéndome aquí de este modo haces que nuestra causa pierda tiempo.

El cananeo escupió sobre el egipcio, le arrancó luego el amuleto que llevaba al cuello y lo pisoteó con rabia.

—¡Ya no tienes protección alguna, sucio traidor! Torturémoslo ahora. Que me traigan el cuchillo que ocultaba. ¡Ya veréis como habla!

Iker dio un respingo. Morir era horrible de por sí, pero sufrir de ese modo... Sin embargo, callaría. Dijera lo que dijese, su verdugo se encarnizaría con él. Era mejor dejarlo que creyera que se equivocaba y ganarse, tal vez, la simpatía de sus comparsas.

El cananeo blandió el arma blanca y puso la hoja ante las narices del joven.

—Tienes miedo, ¿eh?

—¡Claro que tengo miedo! Y no comprendo por qué se me inflige semejante prueba.

—Primero te cortaré el pecho. Luego, la nariz, y finalmente, los testículos. Cuando haya terminado, ya no serás un hombre. Bueno, ¿confiesas?

—Solicito ser llevado ante el Anunciador.

—¡Vas a contármelo todo, perro espía!

La primera estría sanguinolenta arrancó un grito de dolor al hijo real.

Atado de pies y manos, no podía defenderse.

La hoja hería de nuevo su carne cuando la puerta del reducto se abrió bruscamente.

—¡Los soldados! ¡Huyamos, pronto!

Herido por una flecha que se le clavó entre los omóplatos, el vigía se derrumbó. Una veintena de infantes entraron en el hediondo local y acabaron con los cananeos.

—¿Qué hacemos con éste, jefe? —preguntó un soldado, señalando a Iker.

—Desátalo. Al general Nesmontu le gustará interrogar a un terrorista.

Oficialmente, Iker estaba detenido en el cuartel principal, donde Nesmontu, encantado de haber detenido por fin a un partidario del Anunciador, lo sometía a un interrogatorio tan violento que nadie asistía a él.

Militar de carrera, tosco, cuadrado, indiferente a los honores, al general le gustaba vivir entre sus hombres y nunca refunfuñaba ante el esfuerzo. A pesar de su edad, agotaba a los jóvenes.

—Es una herida superficial —observó, aplicando un ungüento en las carnes magulladas—. Con este producto, pronto estarás curado.

—Si no hubierais intervenido...

—Conozco las prácticas de esos bárbaros y el tiempo comenzaba a parecerme largo. Evidentemente, no conseguías convencerlos. Has tenido suerte, mis soldados podrían haber llegado demasiado tarde.

Los nervios del joven cedieron.

—Llora de una vez, eso te aliviará. Incluso los héroes sienten pánico ante la tortura. Bebe este vino añejo de mis viñas del Delta. Ninguna enfermedad se le resiste. Si tomas dos copas al día, no conoces la fatiga.

Y, ciertamente, el gran caldo devolvió el vigor al escriba. Poco a poco, sus temblores remitieron.

—No te faltan narices, hijo real, pero te enfrentas a temibles adversarios, peores que bestias feroces, y no pareces hecho para una misión de ese tipo. Todos los voluntarios que han intentado infiltrarse entre los terroristas han muerto de forma abominable, y tú has estado a punto de sufrir la misma suerte. Si quieres mi consejo, regresa a Menfis.

—¡No he obtenido resultado alguno!

—Has sobrevivido, no está tan mal.

—Puedo beneficiarme de ese incidente, general.

Nesmontu se sintió intrigado.

—¿De qué modo?

—Soy un terrorista, me habéis detenido, interrogado y condenado. Hacedlo saber, que nadie ponga en duda mi compromiso con la causa cananea. ¿No me sacarán mis aliados de la celda antes de mi ejecución?

—¡Me pides demasiado! Mi prisión es segura, su reputación no debe mancillarse. Existe una solución mucho más sencilla: la jaula.

—¿De qué se trata?

—Serás condenado a trabajos forzados y llevado a las afueras de Siquem, hasta el lugar donde purgarás tu pena. Antes te habremos encerrado en una jaula que cruzará la ciudad para que todos sean conscientes de lo que les aguarda si atacan a las autoridades egipcias. Dejarán el convoy sin vigilancia durante un alto. Si los terroristas desean liberarte, ésa será la ocasión ideal.

—Perfecto, general.

—Escucha, muchacho, podría ser tu abuelo. Por muy hijo real que seas, no prodigaré la reverencia y las inútiles cortesías. En primer lugar, el plan parece condenado al fracaso; pero, aunque funcionara, caerías en un auténtico horno. ¿No te basta tu reciente experiencia? Abandona y regresa a Egipto.

—Imposible, general.

—¿Por qué, Iker?

—Porque debo borrar mis errores pasados, obedecer al faraón y salvar el árbol de vida. En estos momentos, nuestra única estrategia consiste en intentar descubrir al Anunciador.

—¡Mis mejores sabuesos han fracasado!

—Pues conviene cambiar de método, y ésa es la razón de mi presencia aquí. Mis comienzos fueron difíciles, lo admito, ¿pero podía ser de otro modo? Pensándolo bien, los resultados no son tan malos. Al seguirme y asumir mi protección habéis eliminado una de las células terroristas de Siquem. La idea de la jaula me parece excelente. Todos sabrán que soy un mártir de la causa cananea, y me liberarán.

—¿Pero te llevarán por ello hasta el Anunciador?

—¡Cada cosa a su tiempo, general! Franqueemos ya esa etapa.

—¡Es una completa insensatez, Iker!

—Mi padre me ha confiado la misión. La cumpliré.

La gravedad del tono impresionó al viejo militar.

—No debería confesártelo, muchacho, pero en tu lugar yo no actuaría de otro modo.

—¿Habéis encontrado el cuchillo con el que me torturaba el cananeo?

—¡Diríase que es el arma de un genio guardián! Ha quemado la mano del soldado que lo recuperó.

—¿Y vos podéis manejarlo sin que os lastime?

—En efecto.

—¿Y acaso no es ése el privilegio de los miembros del «Círculo de oro» de Abydos?

—¿De dónde sacas semejantes ideas, Iker? Mis soldados temen la brujería, yo no. De modo que te interesas por Abydos...

—¡Es el centro espiritual de Egipto!

—Eso dicen.

—¡Me gustaría tanto conocerlo!

—¡Pues no vas en la dirección adecuada!

—Quién sabe. Hoy, mi camino pasa por Canaán.

Nesmontu entregó el cuchillo al hijo real.

—¿Y a ti no te quema la mano?

—No, más bien me dará energía.

—Desgraciadamente, no puedes llevártelo. Tras su interrogatorio, un terrorista va desnudo en la jaula y está más bien maltrecho. ¿Sigues decidido?

—Más que nunca.

—Si regresas vivo, te devolveré el arma.

—¿Cómo nos comunicaremos cuando haya descubierto la guarida del Anunciador?

—Por todos los medios imaginables, ninguno de ellos desprovisto de riesgos. Suponiendo que seas admitido en un clan cananeo, forzosamente éste será nómada. Deja en cada campamento un mensaje en escritura cifrada. Sólo yo podré leerlo, y se lo transmitiré a Sobek el Protector, que lo entregará a su majestad. Escribe sobre cualquier soporte: tronco de árbol, piedra, pedazo de tela... esperando que no te descubran y que la policía del desierto encuentre tu texto. Intenta comprar a un nómada y prométele una buena propina. Tal vez acuda a Siquem para informarme. Pero si das con un fiel del Anunciador, serás hombre muerto.

Iker se sintió desmoralizado.

—En resumen, nada es seguro.

—Nada, muchacho.

—Entonces, puedo tener éxito y fracasar al mismo tiempo, encontrar al Anunciador y no conseguir informaros.

—Afirmativo. ¿Sigues decidido a intentar lo imposible?

—Así es.

—Almorzaremos aquí, con la excusa de proseguir el interrogatorio.

Luego no irás a la cárcel, sino directamente a la jaula. A partir de ese instante será imposible dar marcha atrás.

—General, ¿confiáis en Sobek el Protector?

Nesmontu dio un respingo.

—¡Como en mí mismo! ¿A qué viene esa pregunta?

—No me aprecia demasiado y...

—¡No quiero oír nada más! Sobek es la integridad personificada y se dejaría matar para salvar al rey. Es normal que desconfíe de ti. Con tus actos lo convencerás de que debe concederte su estima. Por lo que se refiere a las informaciones que tú y yo le transmitamos, no las revelará a nadie más que al faraón. Sobek detesta a los chanchulleros y a los halagadores de la corte, y tiene toda la razón.

Comieron una suculenta costilla de buey y bebieron un excepcional vino tinto, y entonces Iker fue consciente de su locura. Las incertidumbres y los imprevistos eran tantos que realmente no tenía posibilidad alguna de conseguirlo.

8

Colocada en un carro de madera tirado por dos bueyes, la jaula fue exhibida por todo Siquem. Iker, obligado a mantenerse de pie, se agarraba a los barrotes y miraba a los cananeos, espectadores de tan triste exposición. Algunos hematomas, hábilmente pintados, maculaban el cuerpo del joven y demostraban la intensidad de la sesión de tortura. No había tenido lugar ninguna redada de la policía en los barrios sensibles, por lo que el infeliz no había hablado.

Los militares encargados de aquella demostración no se daban prisa. Cada habitante debía ser consciente de la suerte que les estaba reservada a los terroristas.

—Ese pobre muchacho no ha conocido aún lo peor —murmuró un anciano—. Ahora lo mandarán a trabajos forzados. No resistirá mucho tiempo.

Un pesado silencio acompañaba el paso de la jaula. A algunos les habría gustado atacar el convoy y liberar al prisionero, pero nadie se arriesgó a ello, por miedo a una terrible represión.

Iker esperaba una señal prometedora de una acción eventual, un simple gesto o una mirada significativa.

Pero nada.

Abrumados por la impotencia, los espectadores permanecían inertes.

Al finalizar el periplo, el condenado tuvo derecho a un poco de agua y a una torta endurecida.

Luego, los soldados salieron de Siquem y se dirigieron hacia el norte.

Los dos partidarios del Anunciador no estaban de acuerdo sobre la conducta que debían seguir.

—Las órdenes son las órdenes —recordó el nervioso—. Debemos matar a ese espía.

—¿Por qué correr tantos riesgos? —se rebeló el rubiales—. ¡Los egipcios lo harán por nosotros!

—Hay cosas que tú no sabes.

—¡Pues habla!

—El Anunciador me ha revelado que ese tal Iker está conchabado con los egipcios.

—¡No puede ser!

—Según las informaciones procedentes de Menfis, no cabe duda. Iker sería, incluso, un hijo real mandado por Sesostris para infiltrarse entre nosotros.

—¡Pero si ha sido torturado y metido en la jaula!

—Espejismos, cosa de Nesmontu. Así, la población cree que Iker es un mártir al servicio de nuestra causa.

Aterrado, el rubiales no mostró su estado de ánimo. Era el único agente de Nesmontu infiltrado en un clan cananeo, nunca había visto al Anunciador, y se preguntaba si no se trataría de un bulo. El terrorismo, en cambio, no era una ilusión. El rubiales transmitiría muy pronto al general ciertas informaciones que evitarían atentados y permitirían hacer numerosos arrestos.

De momento, tenía que cumplir una misión que no esperaba. Y lo que acababa de saber complicaba singularmente su tarea.

—No pienses en atacar este convoy —le dijo al nervioso—. ¡Sólo somos dos!

—No vigilarán permanentemente la jaula, puesto que el falso prisionero espera nuestra intervención. Cuando acampen, al caer la noche, lo liberaremos.

El rubiales corría el riesgo de que sospecharan de él, por lo que no podía oponerse a una orden del Anunciador. ¿Cómo resolver aquel insoluble problema? O participaba en el asesinato de un compatriota y un aliado, hijo real por añadidura, o lo salvaba y reducía a la nada meses de esfuerzo. Pues le sería imposible regresar al clan al que había traicionado.

Al crepúsculo, el convoy se detuvo junto a un bosquecillo. Los soldados dejaron la jaula al pie de un tamarisco y cenaron, charlando y bromeando animadamente. Luego se durmieron protegidos por un centinela, que se amodorró en seguida.

—Ya ves —observó el nervioso—, nos dejan actuar.

—¿No estarán tendiéndonos una trampa? —se preocupó el rubiales.

—De ningún modo, todo sucede como el Anunciador había previsto, él no se equivoca nunca.

—¿Y si elimináramos primero a los soldados? —propuso el rubiales, esperando que el intento de asalto concluyera con su precipitada huida. Luego habría que encontrar un medio para avisar a Iker de que lo habían denunciado y debía renunciar a su plan.

—De ningún modo —replicó el nervioso—. Fingen que no ven nada. Liberemos al egipcio.

El rubiales tomó una decisión: tras la liberación del hijo real, acabaría con el nervioso y revelaría su verdadera identidad. Su misión, como la de Iker, quedaría abortada. Pero, al menos, sobrevivirían.

Aquella reclusión era agotadora, pero el escriba aguantaba, recordando las palabras de los sabios y pensando en Isis. A veces, incluso sentía ganas de reír: si la muchacha lo hubiera visto en ese estado, ¿qué habría pensado de su declaración de amor?

Y luego regresaba el miedo, insidioso, obsesivo.

¿Intervendrían los terroristas, y de qué modo? ¿Cometerían una matanza?

Pudrirse en aquella jaula le ponía los nervios de punta. No conseguía dormir profundamente, y era sensible al menor ruido.

Dos hombres se arrastraban hacia él.

El centinela roncaba.

Los terroristas se levantaron. Con el índice en los labios, ordenaron a Iker que guardara silencio. Luego cortaron las gruesas cuerdas que sujetaban los troncos de madera.

¡El hijo real podía salir, por fin, de su prisión!

El nervioso no desconfiaba de su compañero. Cuando el prisionero, temblando, se disponía a salir de la jaula, el rubiales retrocedió y se colocó detrás del nervioso.

Pero al blandir el cuchillo para clavarlo en la espalda del terrorista, un atroz fuego le devoró la nuca.

El dolor fue tan violento que abrió la boca sin poder gritar. Soltó el arma y cayó de rodillas. Casi de inmediato, la misma hoja lo degolló.

Trece-Años mataba rápido y bien.

—Esa basura era un traidor a sueldo de Nesmontu —le dijo al nervioso, petrificado—. Yo soy un discípulo del Anunciador.

—¿Eres tú el chiquillo que se apoderó, solo, de una caravana?

—Yo soy, pero no soy un chiquillo. Llévate el cadáver de ese traidor y vámonos de aquí.

—¿Por qué cargar con esa carroña?

—Ya te lo contaré.

Los tres hombres se alejaron rápidamente.

Cuando consideraron que ya estaban seguros, recuperaron el aliento.

Iker, agotado, se tendió en el suelo y cerró los ojos, incapaz de resistir el sueño. Tenía que dormir, aunque sólo fuese una hora. Privado de energía, no tenía fuerzas para luchar.

—Será fácil —declaró el nervioso, librándose de su fardo.

—¿De qué estás hablando? —preguntó Trece-Años.

El nervioso llevó aparte al muchacho.

—Tengo órdenes.

—¿Cuáles?

—Tú déjame hacer a mí.

—¡Pero me gustaría saberlo!

—Escucha, pequeño, te das muchos aires, pero el Anunciador es nuestro jefe supremo.

—En eso estamos de acuerdo.

—Has acabado con un traidor, yo acabaré con otro.

—Quieres decir...

—Ese egipcio no es un prisionero de verdad, sino un fiel del faraón. Está haciendo teatro para inspirarnos confianza. Por fortuna, estamos bien informados. Sólo lo hemos liberado de su jaula para morir. Ahora duerme, por lo que no ofrecerá resistencia alguna.

El nervioso se acercó a Iker y se arrodilló.

Cuando se disponía a atravesarle el corazón, la punta de un cuchillo se hundió violentamente en sus lomos. La lengua salió de su boca como una serpiente que se irguiera, sus miembros se pusieron rígidos y el terrorista se derrumbó al lado del egipcio.

—El Anunciador es nuestro jefe supremo —confirmó Trece-Años— y me ha ordenado que salvara a Iker.

Los primeros rayos del sol naciente despertaron al hijo real.

Molido, se levantó penosamente. Vio primero a un chiquillo que masticaba tocino; luego, dos cadáveres, uno de ellos atrozmente desfigurado. En vez de rostro tenía una papilla sanguinolenta.

Aunque no tuviera casi nada que vomitar, el estómago de Iker se revolvió.

—¿Qué ha ocurrido?

—El rubiales era un espía del general Nesmontu. Hace más de un año que pertenecía a un clan cananeo, pero lo desenmascaramos. Por eso he acabado con él.

Iker se estremeció.

—¿Y el otro?

—Un buen ejecutor, pero limitado. Tenía la intención de acabar contigo.

—¿Y tú... tú me has salvado?

—Cumplo órdenes. Me llamo Trece-Años, pues siempre tendré la edad de mi primera hazaña. Soy un fiel discípulo del Anunciador, y tengo el honor de llevar a cabo misiones delicadas y confidenciales.

—¿Sabes... sabes quién soy?

—Te llamas Iker, eres hijo real de Sesostris, a quien pensabas asesinar. Como temías ser detenido, querías unirte a las filas de los cananeos rebeldes.

—¿Y estás dispuesto a ayudarme?

—Te llevaré a mi clan. Lucharás con nosotros contra el opresor.

Iker no creía lo que estaba oyendo. Era un primer paso, pero muy alentador.

—¿Por qué has desfigurado a ese infeliz?

—Necesitábamos su cadáver. Míralo bien: tiene la misma talla que tú, la misma musculatura, el mismo tipo de pelo. La única diferencia era el rostro, por eso lo he desfigurado. Y no he olvidado tus dos cicatrices: una en el hombro y la otra en el pecho. Cuando los soldados egipcios encuentren sus despojos y los del rubiales, sabrán que sus dos agentes han sido eliminados.

Iker dio un respingo.

—¿Acaso me tomas por un espía?

—Mi clan te transformará en un resistente cananeo. El hijo real Iker ha sido aniquilado, comienza tu nueva existencia. Estarás por completo al servicio de la causa.

Iker se sentía capaz de librarse de aquel chiquillo y regresar a Siquem. Pero la sádica sonrisa de Trece-Años lo dejó petrificado. De pronto, una veintena de cananeos armados con puñales y lanzas salieron de ninguna parte y rodearon a su presa.

Los soldados del cuartel principal de Siquem contemplaban, paralizados, los dos cadáveres que yacían en el suelo del patio.

Acostumbrado a los peores espectáculos, el general Nesmontu, sin embargo, estaba conmovido. Quería mucho al rubiales, valeroso voluntario, a punto de recoger los frutos de un trabajo a largo plazo. Sin duda había cometido una fatal imprudencia. Infiltrarse entre los terroristas cananeos parecía decididamente imposible, y la presencia del segundo cadáver reforzaba aquel lamentable fracaso.

¿Cómo podía ser alguien tan cruel para mutilar así a un ser humano, aunque se tratara de un enemigo? El torturado ya no tenía rostro, pero era fácil establecer su identidad.

Con el estómago revuelto, un oficial cubrió los despojos con una sábana blanca.

—¿Qué ordenáis, general?

—Detened a todos los sospechosos de Siquem, multiplicad las patrullas por el campo. En cuanto a esos dos valientes, que sean sumariamente momificados y repatriados luego a Menfis.

—Conocía bien al rubiales —dijo el oficial, deshecho—. ¿Pero quién es el otro?

—Un muchacho excepcional también.

Nesmontu regresó lentamente a su despacho para redactar el mensaje que anunciaba al faraón Sesostris la trágica muerte del hijo real Iker.

9

No, no estáis enferma.

—Pero bueno, doctor —protestó la esposa de Medes—, ¡me encuentro mal!

Pequeño, flaco y provisto de un pesado saco de cuero, Gua había abandonado a regañadientes su provincia. Convertido en uno de los médicos más famosos de Menfis, severo con sus enfermos, a quienes reprochaba su modo de vida y su alimentación, aceptaba sin embargo cuidarlos y obtenía buenos resultados que nutrían su reputación.

—Sufrís por un abuso de cuerpos grasos. Si no dejáis de absorberlos por la mañana, a mediodía y por la noche, vuestro hígado quedará atascado. Maat reside allí, por lo que seréis presa de vértigos y malestar.

—Dadme medicamentos, doctor, píldoras y bálsamos.

—Sin un estricto régimen, es inútil. Disciplina, y luego ya veremos.

A pesar de las recriminaciones de su paciente, el doctor Gua se mostró inflexible. Fue necesaria la enérgica intervención de Medes para que su esposa se calmara. Tras haberla encerrado en su habitación, el secretario de la Casa del Rey recibió al fiel Gergu, que regresaba de Abydos.

—¿Sigue mostrándose tan cooperador nuestro buen Bega?

—Tiene ganas de enriquecerse, pero eso no le basta. Siente tanto odio contra el faraón que refuerza su decisión.

—El viejo sacerdote me parece sólido —objetó Medes—. De hecho, su verdadera naturaleza se revela así. Corroído por la avidez, se engañó a sí mismo creyendo servir a Osiris y satisfaciéndose con poca cosa. Y su único dueño, hoy, es el Anunciador. El mal me fascina, Gergu, pues siempre lo puede todo. Destruye en un instante lo que a Maat le cuesta años construir. Cuando este país, sus templos y la sociedad sean sólo un campo lleno de ruinas, actuaremos a nuestra guisa.

Un vino blanco fresco calmó la sed de Gergu. Cuando su patrón le abría de ese modo su corazón, prefería no escucharlo. Si existía un tribunal en el otro mundo, afirmaría a los jueces que no estaba al corriente de nada para obtener así su indulgencia.

—¿Qué has recogido esta vez?

—Una estela magnífica, con la representación de Osiris y la fórmula sagrada de Abydos que asocia el difunto al culto de los antepasados. ¡Obtendremos una fortuna!

—¿Sigue siendo seguro el método?

—He comprado, y caro, a un policía de Abydos, y uno de vuestros carteros, muy bien pagado también, transporta el botín en uno de vuestros barcos postales. Bega considera que se impone la prudencia, y nunca sacamos más de una estela a la vez.

—En cuanto termine la transacción, no olvides untar a nuestros amigos aduaneros y elegir un nuevo almacén para la madera preciosa que llega del Nilo.

A Gergu le gustaba el tráfico clandestino. En aquella corrupción no intervenían dioses ni demonios, sino sólo un perfecto conocimiento de la administración portuaria y de los funcionarios poco exigentes.

La lúgubre atmósfera de palacio sorprendió a Medes. Ciertamente, el faraón exigía un perfecto comportamiento por parte de los escribas y los domésticos, pero, por lo general, sonreían y se mostraban amables. En cambio, hoy los rostros eran hoscos, y el silencio pesado.

Como de costumbre, Medes acudió a casa del Portador del sello real para recibir sus instrucciones. Como Sehotep estaba ausente, quiso dirigirse a Senankh. El gran tesorero no estaba en su despacho. Intrigado, Medes solicitó audiencia al visir, que lo recibió casi de inmediato.

De edad avanzada, corpulento y cortante, el antiguo jefe de la provincia del Oryx y adversario declarado de Sesostris, Khnum-Hotep, había acabado comprendiendo la necesidad de la unión del Bajo y el Alto Egipto bajo la autoridad del faraón. Excelente administrador y trabajador encarnizado, el visir esquivaba los achaques de la vejez sirviendo a su país con una abnegación y una competencia que todos admiraban. Quien se aventuraba a solicitar un favor inmerecido sufría su terrible cólera.

En su copa favorita, decorada con hojas de oro y adornada con pétalos de loto, Khnum-Hotep mezclaba tres vinos añejos. Gracias a aquel elixir de juventud y a unas sólidas comidas, disponía de una energía superior a la de sus subordinados, incapaces a menudo de seguir su ritmo.

Sus tres perros, un macho muy vivaz y dos hembras rechonchas, permanecían siempre a su lado. Dos veces al día, tenían derecho a un largo paseo y seguían a su dueño, quien, cómodamente instalado en una silla de manos con el respaldo reclinable, seguía examinando expedientes.

—¿A qué viene esta visita, Medes?

—Puesto que Sehotep y Senankh están ausentes, me gustaría saber si tengo que llevar a cabo alguna tarea urgente.

—Limítate a encargarte de los asuntos corrientes. Hoy no habrá reunión de la Casa del Rey.

—¿Acaso se ha producido algún incidente grave? El palacio parece abrumado por la tristeza.

—Por unas muy malas noticias llegadas de Canaán, su majestad está sufriendo una terrible prueba. Por eso nadie tiene ganas de sonreír.

—¿Un nuevo levantamiento de los rebeldes?

—El hijo real Iker ha sido asesinado —reveló el visir.

Medes puso cara de circunstancias.

—Sólo deseo una cosa: que los culpables sean castigados.

—El general Nesmontu no permanecerá inactivo, y el rey les partirá el espinazo a los insurrectos.

—¿Debo hacer que repatríen el cuerpo?

—Sehotep se encarga de ello, Senankh está preparando una tumba. Iker descansará en Menfis, los funerales serán discretos. El enemigo no debe saber que ha herido gravemente a su majestad. Tú y yo procuraremos que nada turbe el buen funcionamiento del Estado.

Al salir del despacho de Khnum-Hotep, Medes sintió ganas de cantar y bailar. Liberado de Iker, al que consideraba un peligro real, miraba el porvenir con optimismo. En cuanto al Anunciador, libre de la amenaza de un espía, éste ya no podría ser descubierto.

Con las manos atadas a la espalda, lo único que había hecho Iker fue cambiar de prisión, sin posibilidad de escaparse. Dado que Trece-Años lo sabía todo, su suerte estaba ya decidida: interrogatorio, tortura, ejecución. Sin embargo, el muchacho no se mostraba en absoluto agresivo, y le ofrecía comida y bebida a su futura víctima.

—No te preocupes, Iker, te reeducaremos. Hasta ahora has estado creyendo en valores falsos. No te he salvado para nada.

—Antes de morir, ¿podré por lo menos encontrarme con el Anunciador?

—¡No vas a morir! O, por lo menos, no hoy. Primero debes aprender a obedecer. Luego lucharás contra el tirano. Cuando te maten, irás al paraíso.

El hijo real aparentó sentirse decepcionado. Si se mostraba dócil, podría conseguir lograr su objetivo.

—El faraón considera al Anunciador un criminal —dijo con voz apagada—. Afirma que tan sólo Egipto velará por la prosperidad de Canaán.

—¡Miente! —contestó Trece-Años enfurecido—. ¡Él es el criminal! Han abusado de ti. Gracias a mi tribu, te convertirás en un hombre nuevo. Al principio, según nos ha contado Bina, fuiste un buen luchador, después te extraviaste. O consigues convertirte, o servirás de alimento a los cerdos.

De naturaleza cruel, el muchacho no conocía ni los remordimientos ni la lástima. Asesinaba como un animal salvaje y no toleraba la mínima discrepancia. Granjearse su amistad parecía algo imposible, pero el escriba intentaría engañarlo comulgando con sus fanáticas palabras.

Astuta, la pequeña tropa evitó todo tipo de contacto con las patrullas egipcias. Avanzó de prisa en dirección norte, alejándose así de la zona controlada por Nesmontu.

Muerto, olvidado, Iker se internaba en la nada.

El paisaje en nada recordaba al del valle del Nilo ni al del Delta. Ocultos en un bosque de espinos, donde no faltaban las aguadas, los miembros del clan de Trece-Años se alimentaban de caza y de bayas. Las mujeres pocas veces salían de sus chozas.

Tras sus recientes hazañas, el chiquillo adquiría la talla de un héroe. Incluso el jefe, un barbudo de nariz achatada, lo saludaba.

—He aquí a un egipcio que acabo de capturar por orden del Anunciador —declaró Trece-Años con orgullo.

—¿Por qué no lo has matado?

—Porque está condenado a ayudarnos.

—¿Un egipcio ayudando a los cananeos?

—El Anunciador ha decidido transformarlo en una arma contra sus compatriotas. Tú te encargarás de su educación.

Un perrazo enorme se puso al lado de su dueño. Miró al extranjero y gruñó de forma tan amenazadora que incluso inquietó a Trece-Años.

—¡Tranquilo, *Sanguíneo*!

Sin dejar de observar al prisionero, el monstruo gruñó con menos intensidad.

—Todas estas historias no me interesan —interrumpió el jefe—. Yo necesito un esclavo que sepa hacer pan con los cereales que robamos a los egipcios. O es capaz de hacerlo, o lo regalaré a mi perro.

Educado en el campo, Iker se había acostumbrado a las exigencias de la cotidianidad. Solía ayudar al panadero de Medamud a preparar sus tortas.

—Procuradme lo necesario.

—Intenta no decepcionarme, muchacho.

—Vuelvo junto al Anunciador —anunció Trece-Años.

Y desapareció sin dirigir la menor mirada a Iker.

—¡A trabajar, esclavo! —ordenó el jefe, que estaba encantado con aquella ayuda inesperada.

Las horas se sucedían, extenuantes. Con la ayuda de un celemín, Iker medía la cantidad de grano que sacudía en un cedazo, por encima de un mortero de terracota. Luego, con una basta maja, machacaba los granos para separarlos de su envoltura y producir una harina cuya calidad, a pesar de varios tamizados, dejaba mucho que desear. A continuación la humedecía y la amasaba durante largo rato hasta obtener una pasta poco satisfactoria. El escriba no disponía de buenas herramientas ni de la mano de un auténtico panadero, pero aun así se esforzaba por progresar.

Fases delicadas, añadir la cantidad de sal adecuada y la cocción sobre unas brasas cuidadosamente alimentadas. Por lo que a la forma de los panes se refiere, ésta dependía de unos moldes desportillados que habían sido arrebatados a algunos caravaneros.

Estaba también la cotidiana tarea de ir a buscar agua y limpiar el campamento. Todas las noches, Iker se derrumbaba, agotado, y dormía con un pesado sueño del que lo sacaban al alba.

El joven perdió las esperanzas varias veces, convencido de que no conseguiría llevar a cabo un esfuerzo más. Pero aún le quedaba una pizca de voluntad y, ante la burlona mirada de los cananeos, reanudaba su implacable labor.

Sin embargo, tras una asfixiante jornada, estaba tan agotado que se derrumbó ante el horno del pan, esperando con una especie de serenidad el golpe fatal que lo liberara de aquella abominable existencia. Una lengua muy suave le lamió las mejillas. A su modo, *Sanguíneo* lo reconfortaba. Inesperada, aquella manifestación de amistad salvó al hijo real.

Se levantó y, a partir de aquel instante, su cuerpo soportó mejor la prueba; en vez de acabar con él, las tareas lo reforzaron.

Cuando el jefe vio a su perro acompañando al prisionero y defendiéndolo contra uno de sus esbirros, deseoso de apalearlo, quedó pasmado. *Sanguíneo* era un asesino nato, y debería haber destrozado al esclavo. Para seducirlo de ese modo, Iker forzosamente debía de tener poderes mágicos. Además, ¿no debería haber sucumbido hacía ya mucho tiempo?

Nadie, ni siquiera el jefe del clan cananeo, se burlaba de un hechicero. Pero ¿y si, al desaparecer, arrojaba un hechizo a sus torturadores? Convendría respetar un poco a Iker sin quedar en ridículo. Las circunstancias se prestaban a ello, puesto que era preciso cambiar de refugio; hacía ya mucho tiempo que la tribu se encontraba allí.

Encargaron al hijo real que preparara las provisiones para el camino. Dócil, Iker obedeció. Si pensaba escapar, se equivocaba por completo: *Sanguíneo* devoraba a los que se fugaban.

10

Gracias a la organización tan segura como eficaz montada por Gergu, una nueva estela había salido de Abydos con total impunidad. Conociendo cada una de las capillas y su contenido, Bega tenía muchos tesoros para vender, por no hablar de sus futuras revelaciones sobre los misterios de Osiris. Semejantes divulgaciones lo obligarían a violar definitivamente su juramento, pero aquello no lo turbaba. Aliado de Set y discípulo del Anunciador, cuando se eliminara la jerarquía sería el primero en desvelar los últimos secretos a los que no tenía acceso todavía.

En el seno de la ciudad sagrada, nadie desconfiaba de él. El Calvo apreciaba su rigor y no sospechaba que un sacerdote permanente, de inmaculada reputación, albergara como mayor deseo la destrucción de Abydos.

Bega, por su parte, desconfiaba de Isis, cuyo ascenso estaba lejos de haber terminado. La muchacha, sin embargo, parecía indiferente al poder y a los honores, pero ¿no cambiaría su actitud?

Para evitar cualquier sorpresa desagradable, Bega vigilaba a Isis. Nada insólito: llevaba a cabo sus tareas y sus rituales, pasaba largas horas en la biblioteca de la Casa de Vida, meditaba en el templo, hablaba con sus colegas y se encargaba de su asno, que no había cometido aún ningún error en su conducta.

Aunque la sacerdotisa iba a menudo a Menfis, no abandonaba el dominio de la espiritualidad, que pronto se reduciría a la nada. ¿Acaso el faraón no debía a los misterios de Osiris la mayor parte de su poder? Seco el árbol de vida, dislocada la barca divina, Sesostris ya sólo sería un déspota vacilante y frágil a quien el Anunciador daría un golpe fatal.

¿Por qué odiaba Bega lo que había venerado? Porque la autoridad suprema del país no reconocía su valor, y aquella falta era imperdonable. Si el rey hubiera corregido su error, tal vez Bega habría renunciado a vengarse. Pero desde su encuentro con el Anunciador era ya demasiado tarde para retroceder.

—Estás de servicio en el templo de Sesostris —le anunció el Calvo.

—¿Los demás permanentes también?

—Todos actuarán en el lugar que les he asignado. Mañana por la mañana reanudaremos el curso normal de los ritos.

Bega comprendió: el «Círculo de oro» iba a reunirse. ¿Por qué no lo captaba la cofradía? Aquella humillación suplementaria fortaleció su decisión de probar su verdadera importancia, aunque el camino tomado se alejase definitivamente de Maat.

En cuanto Sesostris aparecía, todos sabían quién era el faraón. Gigante de severo rostro, de inmensas orejas, de párpados pesados y prominentes pómulos, tenía una mirada tan penetrante que nadie podía sostenerla. El atlético jefe de todas las policías del reino, Sobek el Protector, desaconsejaba en vano al monarca que viajase. Encargarse de su seguridad en Menfis tenía ya muchas dificultades, y los desplazamientos planteaban problemas insolubles. Formados personalmente por Sobek y sometidos a un riguroso entrenamiento, seis policías de élite velaban permanentemente por el faraón, e interceptarían a quien osara amenazar al rey. También era inquietante que Sesostris celebrase los ritos, solo en el naos de un templo, o concediera audiencias privadas. Según Sobek, todo el mundo era sospechoso. Y los dos intentos de atentado contra la persona real reforzaban ese punto de vista. Perpetuamente ansioso, ligero de sueño, el Protector no quería dejar nada al azar.

Sobek conocía el sueño de sus adversarios: mancillar su honor y desacreditarlo ante Sesostris. Su última maniobra, debida probablemente a una pandilla de cortesanos a los que detestaba tanto como ellos lo odiaban a él, había fracasado. Mantenido e, incluso, reafirmado en su puesto, a Sobek le encolerizaba no poder desmantelar la organización de terroristas cananeos que estaba convencido de que seguía operando en Menfis y, tal vez, en otros lugares. Un buen número de aquellos criminales había regresado a su país de origen, pero otros permanecían ocultos entre la población sin cometer la menor imprudencia. ¿Durante cuánto tiempo se limitarían a seguir agazapados en sus madrigueras? ¿Qué fechorías preparaban?

Había un dignatario que irritaba especialmente al Protector: el hijo real Iker, culpable de haber intentado acabar con Sesostris y cuyo arrepentimiento le parecía dudoso. A pesar de la atribución de tan prestigioso título, Sobek desconfiaba de aquel escriba, al que seguía considerando cómplice de los cananeos.

Hoy, esa amenaza desaparecía, puesto que el cadáver mutilado de Iker acababa de ser inhumado en la necrópolis menfita.

Sobek el Protector contempló la seguridad del paraje. Ningún temporal penetraría en él mientras los permanentes oficiaban en el templo de millones de años de Sesostris. Además, la policía recorría las calles de «Paciente de Lugares».

Así, el rey podía reunir con total tranquilidad el «Círculo de oro» en una de las salas del templo de Osiris.

Cuatro mesas de ofrendas estaban colocadas en los cuatro puntos cardinales. A oriente se sentaban el faraón y la reina; a occidente, el Calvo, Djehuty, el alcalde de Dachur, donde se levantaba la pirámide real, y el vacío sitial del general Sepi; a mediodía, el visir Khnum-Hotep, el gran tesorero Senankh y Sekari; a septentrión, el Portador del sello real Sehotep y el general Nesmontu.

El monarca dio la palabra al Calvo.

—Ningún nuevo maleficio ha alcanzado el árbol de vida —indicó—. Sin embargo, no sana. El conjunto de las protecciones mágicas resulta eficaz, ¿pero y si el enemigo acaba destruyéndolo?

—¿Ha sido útil la intervención de Isis? —preguntó la reina.

—Sí, majestad. Con el espejo de Hator, consigue devolver cierto vigor a la acacia. El conjunto de nuestros cuidados sólo obtiene mediocres resultados, y temo una súbita degradación.

Pesimista por naturaleza, el Calvo no solía disfrazar la verdad. Sin embargo, sus declaraciones no atenuaron el radical optimismo del elegante y apuesto Sehotep, cuyo fino rostro y cuyos ojos brillantes seducían a las más hermosas mujeres del país. Rápido y nervioso, preservaba los secretos de los templos y la prosperidad del ganado, feliz al asociar las preocupaciones espirituales con las materiales, como en su otra función de superior de todas las obras del faraón. Y precisamente por serlo, quería reconfortar a la concurrencia.

—Gracias al empecinado trabajo de Djehuty —precisó—, el conjunto de Dachur pronto estará terminado. De la pirámide procede el *ka* que asegura la estabilidad del reino y alimenta el árbol de vida. Tras haber recibido golpes muy duros, alguno de los cuales podría haber resultado mortal, hemos pasado a la ofensiva. Al construir, debilitamos al adversario.

Djehuty asintió. Friolero, padeciendo reumatismo, arrebujado siempre en un gran manto, el anciano retrasaba la muerte poniéndose al servicio del rey, tras haber dirigido la rica provincia de la Liebre. Todas las noches creía que ya no podría levantarse. Pero por la mañana, el deseo de proseguir la obra le procuraba nuevas fuerzas, y acudía a la obra con el mismo entusiasmo. La iniciación al «Círculo de oro» fortalecía su corazón, y él, superior de los misterios de Tot y sacerdote de Maat, se maravillaba al descubrir la magnitud del secreto osiríaco. Al concederle aquel inmenso privilegio, Sesostris iluminaría el crepúsculo de una larga existencia.

—Mi misión toca a su fin, majestad. Dachur ha visto la luz de acuerdo con el plan trazado por vuestra propia mano, y próximamente consagraréis su nacimiento.

—La seguridad del paraje me parece garantizada —añadió el visir Khnum-Hotep—. He consultado con el general Nesmontu para elegir al oficial que mande la guarnición, y os garantizo que una ofensiva terrorista está condenada al fracaso.

Conociendo la aversión de Khnum-Hotep por la fanfarronería, el «Círculo de oro» quedó tranquilizado.

—¿Ha progresado la investigación sobre la muerte de Sepi?

—Desgraciadamente, no —lamentó Senankh—. Nuestros equipos de prospectores esperan recoger algunas informaciones y descubrir la pista del oro curativo, pero no han tenido éxito hasta ahora.

Le llegó el turno de intervenir a Nesmontu; nuevas arrugas cruzaban su rostro marcado.

—La estrategia puesta a punto con el hijo real Iker ha fracasado. Éramos conscientes de los peligros de su misión, e intenté desalentarlo. Pero él se mostró inflexible, y decidimos, pues, intentar la aventura haciéndolo pasar por un aliado de los terroristas.

—¿De qué modo? —preguntó Sekari, muy abatido.

—La humillación de una jaula paseando por todo Siquem. Reservamos ese tratamiento a los más rabiosos. Para los cananeos, no cabía duda alguna: Iker era forzosamente uno de los suyos.

—¿Qué ocurrió luego?

—Como cualquier sedicioso condenado a trabajos forzados, Iker debía ser transferido a un penal donde purgaría su pena. Los guardias habían recibido la orden de permitir que los cananeos liberaran al prisionero. El plan funcionó, pero el resto fue un desastre.

—¿Y cómo te lo explicas?

—Ignoro los detalles. Una patrulla descubrió los cadáveres de Iker y de mi único agente infiltrado entre los cananeos. Debo añadir, lamentablemente, que el hijo real fue torturado con inaudita crueldad.

—¿Acaso quieren hacernos creer que se mataron entre sí? —preguntó Sehotep.

—Probablemente. Supongo que ambos cayeron en una emboscada. Identificado, mi agente recibió sin duda la orden de acabar con Iker. Después de su ejecución, los cananeos abandonaron los despojos a la vista de todo el mundo, demostrando así que ningún egipcio conseguirá engañarlos. Naturalmente, tras tan terrible fracaso presento mi dimisión a su majestad.

—La rechazo. Tu agente e Iker conocían los riesgos, no eres en absoluto responsable de esta tragedia. Expulsarte de tu cargo desmoralizaría a nuestro ejército.

Todos los integrantes del «Círculo de oro» asintieron.

—No cabe duda —intervino Senankh—: los dos héroes fueron traicionados.

—Imposible —objetó Nesmontu—. Sólo yo estaba al corriente de las misiones.

—Ciertamente —remachó el gran tesorero—. O tu agente cometió imprudencias, o un cananeo lo identificó. Por lo que a Iker se refiere, sin duda numerosos dignatarios advirtieron su ausencia. Un hijo real, sobre todo si ha sido nombrado recientemente, no abandona el patio sin motivos serios.

—De ahí a concluir que había sido enviado a Canaán hay un enorme paso —consideró Sehotep.

—No tanto si hay en Menfis una organización terrorista. Debe de estar al acecho de la menor de nuestras iniciativas, y ésta no se le escapó. En su lugar, yo hubiera puesto a mis aliados en estado de alerta.

—Si lo hemos comprendido correctamente, la misión de Iker había fracasado antes de comenzar, incluso —añadió el visir—. Además, habría que suponer que el enemigo dispone de informadores en la corte. ¿Actúan conscientemente o por idiotez?

—Prefiero la segunda opción —declaró Sehotep—, pero no podemos excluir la primera.

—En resumen —exclamó Sekari—, es indispensable descubrir a los traidores.

—Eso es trabajo de Sobek —señaló el rey—. Os recuerdo a todos vosotros la necesidad del secreto al margen del cual no se llevará a cabo ninguna obra de envergadura.

—Imposible convencer a la corte —deploró Senankh—, le gusta tanto charlar... Y nada va a cambiar sus malas costumbres.

—Sea quien sea el miserable que ha provocado la muerte de Iker, lo castigaré con mis propias manos —prometió Sekari.

—Deja eso en manos de la justicia —recomendó el visir—. ¿No debe ser condenado y calumniado según la ley de Maat?

—¿Cómo ves la situación en la región sirio-palestina? —preguntó el faraón a Nesmontu.

El anciano militar no ocultó su preocupación.

—A pesar de los esfuerzos de mis soldados, y no los escatimo, el terrorismo cananeo perdura. Ciertamente, he procedido a llevar a cabo numerosos arrestos y he conseguido desmantelar algunos grupúsculos, en Siquem y en los alrededores. Pero no he pescado ningún pez gordo y no dispongo de indicio alguno serio sobre la madriguera del Anunciador. Totalmente fieles, sus íntimos lo rodean como una infranqueable muralla. Así, me parece inútil enviar un nuevo agente, pues no tendría la más mínima posibilidad de infiltrarse.

—Entonces, ¿qué propones?

—Primero, reforzar los Muros del Rey; luego, limpiar al máximo Siquem, y finalmente, intentar poner a trabajar a los cananeos para que disfruten de la prosperidad. Sin embargo, se trata de medidas insuficientes. Y no quiero enviar patrullas demasiado al norte, por temor a que caigan en emboscadas. Por tanto, propongo que se deje crecer al monstruo y que crea que somos incapaces de destruirlo. Engrasar su vanidad nos ahorrará numerosas pérdidas. Finalmente, cuando las tropas del Anunciador salgan de su cubil, seguras de conquistar Siquem, me enfrentaré con ellas en campo abierto.

—¿No es demasiado aventurada esa estrategia? —se preocupó Khnum-Hotep.

—Me parece la más adecuada al terreno y a las circunstancias.

Antes de regresar a Menfis, el rey debía cumplir con una penosa tarea.

Al caer la noche se reunió con Isis, que paseaba con *Viento del Norte* por el lindero del desierto.

—¿Es el asno de Iker?

—Él me lo confió. Lograr que lo admitieran en el territorio sagrado de Osiris no parecía fácil, pero *Viento del Norte* respeta la regla de Abydos.

—Tengo una terrible noticia que darle.

El asno y la muchacha se inmovilizaron. *Viento del Norte* levantó los ojos hacia el gigante.

—Iker ha sido asesinado por unos terroristas cananeos.

La sacerdotisa tuvo la sensación de que un viento gélido la envolvía. De pronto, el porvenir le pareció carente de sentido, como si la ausencia del joven escriba le arrebatara su propia existencia.

La oreja izquierda del cuadrúpedo se levantó, firme y rígida.

—Mirad, majestad: no es eso lo que piensa *Viento del Norte*.

—El general Nesmontu identificó el cuerpo.

La oreja izquierda del cuadrúpedo permaneció tensa.

—La realidad es atroz, Isis, pero hay que aceptarla.

—¿Podemos desdeñar la opinión de *Viento del Norte*? Lo creo capaz de saber si su dueño está muerto o vivo.

—¿Y qué opinas tú, Isis?

La muchacha contempló el sol poniente que cubría de oro y de rojo occidente. Luego cerró los ojos y revivió el intenso momento en el que el hijo real le había declarado su amor.

—Iker sigue vivo, majestad.

11

Durante tres días y tres noches, el clan avanzó a marchas forzadas, sin permitirse más que unos breves altos. Atravesó un bosque, una estepa, una zona desértica, y flanqueó luego un uadi antes de dirigirse hacia un lago. *Sanguíneo* chapoteó en él y sólo Iker lo imitó. Los cananeos temían que un genio maligno que brotara del fondo de las aguas acabara con su vida. Luego llegó la hora de regresar a la cotidianidad: el escriba tuvo que transformarse de nuevo en panadero y en cocinero, bajo el yugo de sus torturadores.

En Egipto, todo el mundo le creía muerto. Todo el mundo salvo *Viento del Norte*, su único confidente, de eso estaba seguro. El animal vivía junto a Isis y, forzosamente, se comunicaba con ella, por lo que la muchacha debía de dudar de la desaparición de Iker. El hijo real se aferraba a esa mínima esperanza con todas sus fuerzas. ¿Quién iba a encontrarlo, tan lejos de Siquem, en un paraje perdido por donde no se aventuraba ninguna patrulla egipcia?

Algunos cananeos habrían azotado de buena gana al egipcio para entretenerse, pero los colmillos del perrazo los disuadieron. La actitud del perro divertía y tranquilizaba al jefe, pues el prisionero no podía estar mejor vigilado.

El éxodo prosiguió hacia el norte. Pero un día los rostros se endurecieron, no brotó ya broma alguna y dejaron de burlarse del esclavo. *Sanguíneo* gruñó mostrando los colmillos.

—¡Allí, jefe, una nube de polvo! —gritó el hombre que iba en cabeza.

—Merodeadores de las arenas, sin duda.

—¿Combatimos, entonces?

—Depende. Preparémonos para lo peor.

A veces, las tribus discutían y lograban entenderse. Pero, por lo general, al término de violentas discusiones se iniciaba la reyerta.

Esta vez ni siquiera hubo preliminares. Armada con hondas, mazas y palos, la pandilla de beduinos hambrientos se lanzó al asalto de los intrusos.

Puesto que no carecía de valor, el jefe se lanzó a la pelea, mientras algunos de sus hombres emprendían la huida.

—¡Regresad —aulló Iker—, y luchad!

La mayoría obedecieron aquella inesperada orden. Los demás fueron víctimas de los cortantes sílex lanzados por las hondas adversarias.

—Toma esto —dijo el jefe a Iker tendiéndole un bastón arrojadizo.

El hijo real apuntó al cabecilla, un furibundo que alentaba a sus camaradas gritando como una bestia salvaje.

No falló.

Tras haber creído en un fácil triunfo, los merodeadores de las arenas vivieron momentos de vacilación, que fueron aprovechados en seguida por los cananeos; el combate se inclinó a su favor. Manejando un pesado garrote, Iker derribó a un tipo furioso que estaba cubierto de sangre.

La paliza fue espantosa. Embriagados por la violencia, los vencedores no dieron cuartel.

—¡Nuestro jefe! ¡Nuestro jefe ha muerto! —exclamó un cananeo.

Con la frente hundida, el guerrero yacía entre dos beduinos. Su perro le lamía dulcemente la mejilla.

—Larguémonos —sugirió el decano del clan—. Sin duda hay otros bandoleros merodeando por aquí.

—¡Primero hay que enterrarlo! —protestó Iker.

—No hay tiempo. Tú has luchado bien. Te llevaremos con nosotros.

—¿Adónde pensáis ir?

—Nos reuniremos con la tribu de Amu y nos colocaremos bajo su protección.

Iker contuvo una alegría mezclada con miedo.

—¡Amu, el Anunciador!

Amu era alto, flaco y barbudo. A su alrededor, guerreros sirios armados con lanzas. Los cananeos depusieron sus armas e hicieron una gran reverencia, en señal de sumisión. Iker los imitó, observando a aquel personaje de rostro hosco, responsable del maleficio que afectaba a la acacia.

Haberlo descubierto parecía un milagro, pero también era preciso asegurarse de su culpabilidad y, luego, encontrar el medio de hacer llegar las informaciones a Nesmontu. ¿Le daría tiempo el Anunciador?

—¿De dónde venís, pandilla de harapientos? —preguntó Amu, agresivo.

—Del lago amargo —respondió el decano de los cananeos con voz temblorosa—. Unos merodeadores de las arenas nos atacaron, nuestro jefe resultó muerto. Sin la intervención de este joven egipcio, prisionero nuestro, nos habrían masacrado. Él arengó a los que huían y aseguró nuestras filas. Lo hemos convertido en un buen esclavo, te servirá bien.

—¿Cómo habéis llegado hasta aquí?

—El jefe sabía que habías acampado en la región. Deseaba venderte el rehén; yo te lo regalo como prenda de amistad.

—¡De modo que habéis huido ante el enemigo!

—¡Los beduinos nos agredieron antes de hablar! No es ésa la costumbre.

—Las costumbres de mi tribu imponen la eliminación de los cobardes. ¡Degolladlos a todos salvo al egipcio!

Sanguíneo se pegó a las piernas de Iker y enseñó los colmillos, impidiendo que nadie se acercara a él.

Los sirios se cargaron alegremente a los cananeos. Entre ambos pueblos no había estima ni amistad. De modo que Amu no perdía ocasión de eliminar a aquella chusma. Los cadáveres fueron desvalijados y abandonados a las hienas.

—Tu protector es temible —dijo Amu al extranjero—. Incluso herido por varias flechas, un perrazo de este tamaño sigue combatiendo. ¿Cómo te llamas?

—Iker.

—¿De dónde te sacaron esas ratas?

—Me liberaron.

Amu frunció el ceño.

—¿Quién te había detenido?

—Los egipcios.

—¿Tus compatriotas? ¡No lo comprendo!

—Tras haber intentado en vano acabar con el faraón Sesostris, me he convertido en su enemigo jurado. Conseguí abandonar Menfis y cruzar los Muros del Rey, pero la policía de Nesmontu me encarceló en Siquem. Esperaba que los cananeos me permitieran unirme a la resistencia, pero en vez de ayudarme, me redujeron a la esclavitud.

Amu escupió.

—¡Esos cobardes no valen nada! Aliarse con ellos lleva al desastre.

—Me he fijado un objetivo —afirmó Iker—: servir al Anunciador.

Los ojillos negros de Amu brillaron de excitación.

—¡Tienes ante ti al Anunciador! Y yo cumplo mis promesas.

—¿Seguís decidido a derribar a Sesostris?

—¡Ya está tambaleándose!

—El maleficio que ataca al árbol de vida carece de eficacia.

—¡Lanzaré otros maleficios! Hace mucho tiempo que los egipcios tratan de interceptarme, pero nunca lo conseguirán. Mi tribu domina la región y las mujeres me dan numerosos hijos. Pronto formarán un ejército victorioso.

—¿No pensáis en federar los clanes? De ese modo, lanzaríais una ofensiva capaz de barrer las tropas del general Nesmontu.

Amu pareció ofendido.

—Una tribu es una tribu, un clan es un clan. Si comenzamos a cambiar eso, ¿qué será de la región? El mejor jefe se impone a los demás, ¡ésa es la única ley! Y el mejor soy yo. ¿Sabes manejar el bastón arrojadizo, muchacho?

—Me las apaño.

—Tienes dos días para perfeccionarte. Luego atacaremos un campamento de merodeadores de las arenas que acaban de desvalijar una caravana. Pero en mi territorio soy yo el único que puede robar y matar.

Iker dormitaba, protegido por el perro. Se había entrenado durante horas para lanzar el bastón arrojadizo para alcanzar blancos cada vez más pequeños y cada vez más lejanos. Espiado, no podía hacer una actuación mediocre. Concentrado, con gesto amplio y seguro, no decepcionó.

Amu lo dejaba moverse con libertad, pero Iker se sentía constantemente vigilado. Si intentaba huir, sería abatido. La tribu lo juzgaría durante el combate contra los beduinos. So pena de sufrir la suerte de los cananeos, debería superar aquella prueba.

¿Qué estaría haciendo Isis en Abydos a aquellas horas? O celebraba los ritos o meditaba en un templo o, quizá, leía un texto que hablaba de los dioses, de lo sacro y del combate de la luz oponiéndose a la nada. Evidentemente, no pensaba en él. Cuando le comunicaron su muerte, ¿se habría conmovido aunque sólo fuera por un instante?

Algunos de sus pensamientos permanecían, sin embargo, junto a él... En los peores momentos, sólo aquel vínculo, tan tenue, lo salvaba. En lo más hondo de su soledad, Isis seguía dándole esperanza. La esperanza de decirle, con toda la fuerza de su amor, que no podía vivir sin ella.

—Despierta, muchacho, hay que partir. Mi explorador acaba de indicarme el emplazamiento del campamento de los beduinos. Esos imbéciles se creen a salvo.

Amu no se andaba con estrategias. Dio una orden y fue una riada. Como la mayoría de los merodeadores de las arenas dormían a pierna suelta, su capacidad de defensa se redujo al mínimo. Acostumbrados a desvalijar a mercaderes desarmados, opusieron una leve resistencia a los desenfrenados sirios.

Uno de los beduinos consiguió escapar de la matanza arrastrándose hacia el interior del campamento y, luego, haciéndose el muerto. Por el rabillo del ojo vio a Amu presumiendo muy cerca de él. El superviviente quiso vengar a sus camaradas. Estaba perfectamente colocado, y sólo le bastaba con hundirle el puñal en los riñones.

Pasmado ante la ferocidad de sus nuevos compañeros, Iker no había intervenido, y al quedarse atrás descubrió un falso cadáver que se levantaba y se disponía a golpear. El hijo real lanzó su bastón arrojadizo, que alcanzó al beduino en la sien.

Furibundo, Amu pisoteó al herido y le hundió el pecho.

—Esa rata ha intentado matarme, ¡a mí! Y tú, egipcio, me has salvado.

Por segunda vez, Iker corría a socorrer al enemigo. Dejar que el Anunciador muriera sin obtener el máximo de informaciones hubiera sido catastrófico. El hijo real debía ganarse su confianza y saber cómo hechizaba la acacia de Osiris.

Mientras sus hombres saqueaban el campamento, Amu llevó a Iker hacia la única tienda que aún seguía intacta; las demás ardían.

Con su puñal, el jefe cortó la tela, improvisó una entrada y despertó gritos de terror. En el interior había una decena de mujeres y otros tantos niños apretujados unos contra otros.

—¡Mira esas hembras! Las más hermosas entrarán en mi harén y sustituirán a las que ya no deseo. Mis valientes las utilizarán.

—¿Respetaréis a los niños? —preguntó el escriba.

—Los robustos servirán de esclavos, los débiles serán eliminados. ¡Me traes suerte, muchacho! Nunca había conocido un triunfo tan fácil. Y no olvido que te debo la vida.

Rabioso, Amu agarró a una morena del pelo y la atrajo hacia sí.

—¡A ti voy a demostrarte en seguida mi excelente salud!

El clan tomó por un uadi seco que había excavado su lecho entre dos acantilados y parecía no llevar a ninguna parte. Un explorador marchaba muy por delante, la retaguardia permanecía al acecho.

—Te concedo un inmenso privilegio —le anunció Amu al egipcio—. Serás el primer extranjero que ve mi campamento secreto.

Iker no lamentaba haber utilizado su bastón arrojadizo, ya que, ganándose la confianza del Anunciador, iba a descubrir, por fin, su madriguera.

El lugar estaba oculto y era, a la vez, fácil de guardar. En el centro de una región árida y desértica, un pequeño oasis ofrecía agua y alimentos. Ayudados por esclavos, los sedentarios cultivaban legumbres. Un corral albergaba algunas aves.

—Aquí cohabitan sirios y cananeos —aclaró Amu—, pero es una excepción. Éstos han aprendido a obedecerme ciegamente y a no lloriquear ya.

—¿No habría que formar una gran coalición para atacar Siquem? —insistió Iker.

—Volveremos a hablar de eso. ¡Celebremos primero nuestra victoria!

Todos los miembros del clan sentían devoción por su jefe, que recibió masajes, fue ungido con aceite aromático e instalado en mullidos almohadones, al abrigo de una vasta tienda. Una procesión de esclavos cananeos sirvió los platos, y corrió a chorros el licor de dátiles.

Cuatro mujeres, cariñosas y metidas en carnes, llevaron a su lecho a un Amu ahíto y borracho como una cuba.

Iker no imaginaba así al Anunciador.

12

Isis siguió al faraón hasta su templo de millones de años; llevaba una larga túnica blanca sujeta al talle por un cinturón rojo, y los cabellos sueltos.

Entraron en una capilla de techo estrellado. Una sola lámpara la iluminaba.

—Recorrer el camino de los misterios implica cruzar una nueva puerta —reveló el rey—. Peligrosa etapa, pues, para enfrentarte al criminal que maneja contra Osiris la fuerza de Set, debes convertirte en una auténtica maga. Así, el cetro que te he entregado será palabra fulgurante y luz eficaz, capaz de detener los golpes de la suerte. ¿Aceptas correr ese riesgo?

—Lo acepto, majestad.

—Antes de unirte a las potencias de la Enéada, enjuágate la boca con natrón fresco y calza sandalias blancas.

Cumplido el rito, el monarca puso en los labios de Isis una estatuilla de Maat.

—Recibe las fórmulas secretas de Osiris. Las pronunció cuando reinaba en Egipto, y le sirvieron para crear la edad de oro y transmitir la vida. Ahora, perfora las tinieblas.

El monarca levantó un jarrón por encima de la cabeza de Isis. Brotó de él una energía luminosa que envolvió el cuerpo de la sacerdotisa.

Al fondo de la sala, una cobra real se irguió sobre el techo del naos, en posición de ataque.

—Toca su pecho y sométela —ordenó Sesostris.

El miedo no impidió a la joven avanzar.

La serpiente, por su parte, estaba dispuesta a atacar.

Isis no pensaba en sí misma, sino en el combate a favor del árbol de vida. ¿Por qué el genio del mundo subterráneo, reptil temible y fascinante, iba a pertenecer al bando de los destructores? ¿Acaso, sin él, no sería estéril el suelo?

La mano derecha de la joven se adelantó lentamente y la cobra se inmovilizó.

Cuando le tocó el pecho, un halo de luz rodeó su cabeza y modeló la corona blanca.

—La fuerza creadora de la Grande de magia circula por tus venas —declaró el rey—. Hazla activa, maneja los sistros.

El monarca ofreció a la muchacha dos objetos de oro, el primero en forma de naos flanqueado por dos varillas espirales, el segundo compuesto por unos montantes llenos de agujeros en los que se engastaban unas varillas metálicas.

—Cuando los hagas sonar, oirás la voz de Set, animadora de los cuatro elementos. Así disiparás la inercia. Gracias a las vibraciones, las potencias vitales despiertan. Sólo una iniciada puede intentar semejante experiencia, pues estos instrumentos son peligrosos. Depositarios del perpetuo movimiento de la creación, ciegan a la mala tañedora.

Isis empuñó los mangos cilíndricos.

Los sistros le parecieron tan pesados que estuvo a punto de soltarlos, pero sus muñecas aguantaron, y nació una extraña melodía. Del sistro-carraca emanaban unas notas ácidas y penetrantes; del sistro-naos, un canto dulce, hechicero. Isis buscó el ritmo adecuado y los sones se mezclaron de modo armonioso.

Durante unos instantes, la vista se le nubló. Luego la música fue ampliándose, hasta el punto de que hizo vibrar las piedras del templo, y la sacerdotisa sintió un perfecto bienestar.

Acto seguido devolvió los sistros al rey, que los depositó ante la estatua de la cobra coronada.

Salieron del templo y Sesostris llevó a Isis hasta orillas del lago sagrado.

–Al apaciguar a la Grande de magia, tu mirada ve lo que los ojos profanos no disciernen. Contempla el centro del lago.

Poco a poco, la superficie del agua adoptó unas dimensiones inmensas, hasta confundirse con el cielo. El *Nun*, el océano de energía de donde todo nacía, se revelaba a Isis. Un fuego iluminó el agua y, al igual que la primera vez, el loto de oro con pétalos de lapislázuli nació de la isla, inflamándola.

–Que todas las mañanas pueda levantarse en el valle de luz –oró el rey–. Que renazca ese gran dios vivo llegado de la isla de la llama, el hijo de oro salido del loto. Respíralo, Isis, como lo respiran las potencias creadoras.

Un olor suave y hechicero se extendió por el paraje de Abydos.

El loto se esfumó y el lago sagrado recuperó su habitual apariencia. En la superficie del agua se dibujó un rostro, disipado muy pronto por las ondas que engendraba el viento.

Sin embargo, Isis lo había reconocido: era el de Iker.

–Está vivo –murmuró.

–Cuerpo a tierra –ordenó Amu.

Imitando a los guerreros del clan sirio, Iker se lanzó a la arena cálida y dorada.

–¿Los ves, muchacho?

Desde lo alto de la duna, el escriba observaba el campamento de los beduinos, convencidos de estar seguros. Las mujeres cocinaban, los niños jugaban y los hombres dormían, salvo unos pocos centinelas.

–Detesto esta tribu –confesó Amu–. Su jefe me robó una soberbia hembra que me habría dado hijos robustos. ¡Y además posee el mejor pozo de la región! Su agua es dulce y fresca. Me apoderaré de él y aumentaré la extensión de mi territorio.

«He aquí un proyecto digno del Anunciador», estimó Iker, cuyas dudas no dejaban de aumentar. Amu pasaba el tiempo retozando con las beldades de su harén, comiendo y bebiendo. Nunca hablaba de la conquista de Egipto ni de aniquilar al faraón. Mimado por sus mujeres, adulado por sus guerreros, llevaba la tranquila existencia de un bandolero acomodado. ¡Por fin se decidía a actuar!

—Eliminemos primero a los centinelas —propuso Iker.

—¡He ahí una estrategia de egipcio! —ironizó Amu—. Yo no me ando con tantas precauciones. ¡Bajemos por la duna aullando y acabemos con esa chusma!

Dicho y hecho.

Los sílex brotaron de las hondas e hirieron a la mayoría de los beduinos. La jauría sólo encontró una débil resistencia y no respetó a los chiquillos. Divirtiéndose, los sirios reventaron los ojos de los escasos supervivientes, cuya agonía fue interminable. Como el harén de Amu estaba atestado, no se perdonó a mujer alguna.

—No lo lamentes —le confesó a Iker, que estaba a punto de desvanecerse—. ¡Realmente eran demasiado feas! ¿No estás bien, muchacho?

Amu palmeó el hombro del hijo real.

—Habrá que endurecerte. La existencia es un rudo combate. ¿Esos beduinos? ¡Ladrones y criminales! Si el general Nesmontu los hubiera encontrado antes que yo, habría ordenado a sus arqueros que los mataran. A mi modo, estoy limpiando la región.

—¿Cuándo reuniréis por fin a las tribus para expulsar al ocupante?

—¡Estás obsesionado con ese proyecto!

—¿Acaso no es eso lo único que cuenta?

—Lo único, lo único... ¡No exageremos! Lo esencial es reinar sin discusiones sobre mi dominio. Ahora bien, unas cucarachas se atreven aún a cuestionar mi supremacía. De eso debemos ocuparnos, muchacho.

Amu entregó a Iker un nuevo bastón arrojadizo.

—El espíritu de los muertos se encarna en él. Atraviesa lagos y llanuras para golpear al adversario, luego regresa a la mano de quien lo lanza. Tómalo y utilízalo adecuadamente.

El hijo real pensó en la recomendación de Sesostris: «Debemos procurarnos armas brotadas de lo invisible.» ¿Acaso no era ésa la primera que obtenía, un regalo del enemigo?

—Comamos —decidió Amu—. Luego proseguiremos con nuestra limpieza.

Obstinado y cruel, el sirio eliminó uno a uno los grupúsculos de cananeos y beduinos, culpables de beber en sus pozos o de robar alguna de sus cabras. Aparentemente libre en sus movimientos, pero protegido y vigilado a la vez por *Sanguíneo*, Iker no tomó ninguna iniciativa que pudiera despertar sospechas entre sus nuevos compañeros de armas. Día tras día, lograba a la vez que lo olvidaran y lo aceptaran.

Permaneciendo fiel a su única estrategia, Amu se lanzaba sobre sus presas como un tornado, y sembraba un terror que aniquilaba la capacidad de defensa.

El escriba seguía estando perplejo.

Poderoso, violento, implacable, tiránico... Características del Anunciador, en efecto. ¿Pero por qué le costaba tanto predicar sus verdaderas intenciones? ¿Acaso seguía desconfiando de un egipcio, cuya primera falta acechaba y al que debería haber suprimido? Iker le serviría, pues, de un modo u otro. Tal vez para transmitir falsas informaciones a Nesmontu y acelerar así la derrota del ejército egipcio. Por tanto, el hijo real no intentaba enviar el menor mensaje. Primero tenía que obtener algunas certezas.

Mientras los principales guerreros de la tribu, reunidos en torno a un fuego de campamento, comían cordero asado, Iker se acercó al jefe, medio borracho.

—Sin duda gozáis de una protección mágica.

—¿Cuál, a tu entender?

—La reina de las turquesas.

—La reina de las turquesas —repitió Amu, pasmado—. ¿Qué aspecto tiene eso?

—Descubrí esa piedra fabulosa en una mina del Sinaí donde el faraón me había esclavizado. Normalmente me correspondería. Pero, tras haber acabado con policías y mineros, una pandilla de asesinos me robó ese tesoro.

—Y te gustaría recuperarlo... Yo no lo tengo. ¡Sin duda, el golpe fue obra de los merodeadores de las arenas! Con un poco de suerte, encontrarás tu reina de las turquesas. Siempre acabas oyendo hablar de una maravilla de ese tipo.

—Un alto dignatario egipcio, el general Sepi, fue asesinado en pleno desierto. ¿No fuisteis vos el autor de la hazaña? —La estupefacción del sirio no parecía fingida.

—¡Matar yo a un general! ¡Si hubiera sido así, presumiría de ello! Toda la región me habría aclamado, decenas de tribus se habrían prosternado ante mí.

—Y, sin embargo, nadie duda de que el asesino del general Sepi fue el Anunciador.

Irritado, Amu se levantó y agarró del hombro al escriba.

El perro gruñó en seguida.

—¡Tranquiliza a ese animal!

Una mirada de Iker calmó a *Sanguíneo*.

—Ven a mi tienda.

El perro los siguió.

De una patada en las costillas, Amu despertó a una cananea, que se vistió precipitadamente y desapareció.

El sirio bebió una gran copa de licor de dátiles.

—Quiero conocer a fondo lo que piensas, muchacho.

—Me pregunto si sois realmente el Anunciador o si estáis haciendo comedia.

Iker jugaba fuerte al expresarse con semejante franqueza.

—¡No te faltan narices!

—Sencillamente me gustaría saber la verdad.

Dando vueltas como un oso enjaulado, Amu evitó la mirada del joven.

—¿Y qué importancia tendría que no fuera el tal Anunciador?

—Arriesgué la vida para ponerme a su servicio.

—¿No te basta estar al mío?

—El Anunciador quiere destruir Egipto y tomar el poder. Vos os contentáis con vuestro territorio.

El sirio se sentó pesadamente sobre unos almohadones.

—Hablemos claro, muchacho. Tus sospechas están justificadas: yo no soy el Anunciador.

De modo que Iker era prisionero de un miserable jefe de pandilla, asesino y ladrón.

—¿Por qué me mentisteis?

—Porque puedes convertirte en uno de mis mejores guerreros. Puesto que tanto deseabas identificarme con ese Anunciador, habría sido estúpido desalentarte. Además... no te equivocaste tanto.

—¿Qué queréis decir?

—No soy el Anunciador —repitió el sirio—, pero sé dónde se encuentra.

13

Una pregunta, para la que buscaba desesperadamente respuesta, obsesionaba al gran tesorero Senankh: ¿se ocultaba un traidor entre su personal? Él mismo había contratado a todos y cada uno de los escribas que trabajaban en el Ministerio de Economía, había estudiado cuidadosamente su andadura profesional y comprobado sus aptitudes.

Y aparte de pequeños errores, no tenía nada que reprocharles.

Suspicaz, Senankh reanudó sus investigaciones con el máximo espíritu crítico, como si cada uno de aquellos técnicos modelo fuera sospechoso. Incluso les tendió algunas trampas, que no dieron ningún resultado.

Decidió, pues, consultar con Sobek el Protector.

Tras revisar el reglamento de la navegación fluvial, que consideraba demasiado laxo, el jefe de todas las policías del reino estaba permanentemente en la brecha. Trabajaba incansablemente para garantizar la seguridad del faraón y asegurar la libre circulación de personas y bienes, sin dejar de perseguir a malhechores de todo pelaje. No se le escapaba expediente alguno, se mantenía informado de cada investigación en curso, y si no había ningún progreso, el culpable sufría la cólera del Protector. Pero Sobek se reprochaba a sí mismo día y noche que aún no había conseguido desmantelar la organización terrorista que operaba en Menfis. No tenía la menor pista ni el menor sospechoso. ¿Acaso el enemigo era sólo una pesadilla?

En realidad, se hacía invisible. Antes o después golpearía de nuevo.

—Fracaso total —declaró Senankh—. En cierto modo, me alegro de ello: aparentemente, no hay ninguna oveja negra entre mis escribas. Pero no soy policía, por lo que tal vez no he sabido descubrirla. Sin duda, tú, Sobek, has hecho una investigación paralela.

—Por supuesto.

—¿Y cuáles son tus conclusiones?

—Las mismas que las tuyas.

—¡Podrías haberme avisado! —protestó el gran tesorero.

—Únicamente respondo de mis actos ante el faraón. Sólo él está informado de la totalidad de mis misiones.

—¿Acaso has investigado también... sobre mí?

—Claro está.

—¿Cómo te atreves a sospechar de un miembro de la Casa del Rey?

—No es que me atreva, es que debo hacerlo.

—¿Y también espías a Sehotep y al visir Khnum-Hotep?

—Sólo estoy haciendo mi trabajo.

A Sobek, que no pertenecía a él, Senankh no podía decirle que los iniciados del «Círculo de oro» de Abydos estaban fuera de sospecha.

—Sigo convencido de que hay uno o varios traidores en la corte —prosiguió el Protector—, entre esa pandilla de intelectuales secos, celosos y pretenciosos. Al menor incidente, protestan por la presencia de la policía. Son unos inútiles, carentes de valor y rectitud. Por fortuna, su majestad no los escucha y espero que reduzca al máximo su número.

—¿Medes y su administración?

—Bajo control, como los demás.

Sobek había introducido a uno de sus hombres entre el personal del secretario de la Casa del Rey para que examinara de cerca sus hechos y sus gestos. A fuerza de tener oídos y ojos en todas partes, el Protector acabaría obteniendo algún indicio.

El Portador del sello real, Sehotep, organizaba todas las noches un suntuoso banquete durante el cual su intendente servía los mejores platos y los mejores vinos. Así, cada uno de los miembros de la corte aguardaba con impaciencia la invitación del influyente personaje. Pocas mujeres eran insensibles a su encanto, y numerosos maridos pasaban una angustiosa velada, temiendo el futuro comportamiento de su cónyuge. Sin embargo, no había que deplorar escándalo alguno, pues Sehotep vivía sus aventuras con total discreción.

Aquella actividad mundana, que algunos consideraban superficial, permitía al responsable de todas las obras del rey conocer perfectamente a los dignatarios y recoger el máximo de información, puesto que el vino y la buena carne desatan las lenguas.

Aquella noche, Sehotep recibía al archivero jefe, a su mujer y a su hija, a sus tres principales colaboradores y a sus esposas. De acuerdo con la costumbre, una conversación divertida y brillante se refería a mil y un temas, pese a las amenazas que se cernían sobre Egipto. El Portador del sello real creaba una atmósfera festiva y provocaba las confidencias.

Sus huéspedes no parecían temibles sospechosos. Llevaban a cabo una tranquila carrera, no tomaban iniciativa alguna y, a la menor dificultad, se colocaban bajo la protección de una autoridad superior. De buena gana se habrían comportado como pequeños tiranos con sus subordinados, pero el visir velaba.

Finalizada la recepción, la hija del archivero jefe se acercó a Sehotep. Era bastante estúpida y charlatana, aunque muy hermosa.

—Al parecer, vuestra terraza es la más bella de Menfis... ¡Me gustaría tanto conocerla!

—¿Qué opina vuestro padre de eso?

—Estoy algo cansado —respondió el interesado—. A mi mujer y a mí nos gustaría volver a casa. Si le concedieseis ese privilegio a mi hija, nos sentiríamos halagados.

Sehotep fingió no percatarse de la trampa. Varios dignatarios habían arrojado ya a su progenie a sus brazos, con la esperanza de que llegara una boda, pero la idea horrorizaba al Portador del sello real. Así pues, adoptó las precauciones necesarias para que la damisela en cuestión no quedara encinta y su único recuerdo fuese una hermosa noche de amor.

La hija del archivero se extasió contemplando la ciudad.

—¡Qué maravillosa ciudad! Y también vos sois maravilloso, Sehotep.

Desplegando una ternura que un hombre bien educado no podía rechazar, ella posó dulcemente su cabeza en el hombro del ministro, que le quitó la peluca y le acarició el pelo.

—No corráis demasiado, os lo ruego.

—¿Deseáis admirar por más tiempo la capital?

—Sí... Bueno, no. Enséñame tu habitación, ¿quieres?

La desnudó lentamente y descubrió muy pronto que la doncella no carecía de sensualidad y de experiencia. Sus retozos fueron alegres, su placer, compartido. Tras aquella deliciosa justa, Sehotep pensó que sería una esposa abominable, posesiva y caprichosa.

—¿No te preocupa el porvenir? —preguntó la muchacha.

—Un gran rey gobierna Egipto. Sabrá conjurar el mal.

—No es ésa la opinión general.

—¿Acaso a tu padre no le gusta Sesostris?

—A mi padre le gusta cualquier jefe siempre que le pague bien y no lo abrume con trabajo. Mi último enamorado, en cambio, no comparte su opinión.

—¿De quién se trata?

—De Eril, un extranjero que ha sido nombrado encargado de los escribanos públicos. Transpira ambición por todos los poros de su piel. Con su pequeño bigote, su voz azucarada y sus afables maneras, intenta hacerse pasar por la flor y nata de todos los hombres. Pero, en realidad, es tan temible como una víbora cornuda. Eril sólo piensa en intrigar y arruinar la reputación de sus competidores. Corrupto y corruptor, vende sus servicios al mejor postor.

—¿Acaso te ha perjudicado?

—¡Esa rata quería casarse conmigo! ¿Te das cuenta? Y mi padre, ese cobarde, estaba de acuerdo. Ante mi negativa, clara y definitiva, no insistió. Imaginar en mi piel las manos de ese tal Eril, viscoso como una babosa, ¡qué horror! Cuando le abofeteé, finalmente comprendió que nunca sería suya. Pero no contento con propagar su veneno, critica al faraón.

A Sehotep le picó la curiosidad.

—¿Estás segura?

—Nunca hablo a la ligera.

—¿Qué términos utiliza?

—Ya no lo recuerdo con precisión... ¿No es un crimen despreciar al faraón?

—¿Te pidió Eril que lo ayudaras o te propuso tal vez participar en una especie de misión?

La hija del archivero quedó asombrada.

—No, no... nada de eso.

—Olvida esos malos momentos —recomendó el Portador del sello real—, y goza del presente. A no ser que tengas sueño...

—¡Oh, no! —exclamó ella tendiéndose de espaldas y ofreciendo sus encantos.

Todas las mañanas, Sekari contemplaba el material de escritura de Iker, valioso recuerdo de su amigo. ¡Le habría gustado tanto devolvérselo cuando regresase de Asia! Abandonarlo así lo desesperaba, pero el faraón le prohibía ir a la región sirio-palestina e iniciar investigaciones.

Sekari rechazaba el vacío que creaba la ausencia de Iker. Al aceptarlo, habría dado verosimilitud a su muerte y matado la esperanza. Ahora bien, en lo más hondo de su ser, el agente especial no creía en la desaparición del hijo real.

Tal vez estuviera prisionero, tal vez herido, pero vivo.

Verificando a su modo las medidas tomadas por Sobek para garantizar la seguridad del monarca, Sekari no descubría ningún fallo importante. Sin embargo, se preguntaba por la conducta del jefe de policía, tan satisfecho por la muerte del hijo real.

¿Y si el traidor que se agazapaba en la corte fuera el propio Sobek? ¿Por qué detestaba a Iker?, ¿tal vez porque éste podía comprender su verdadero papel? ¿Acaso el Protector no era el mejor situado para ordenar que un policía suprimiera al joven escriba?

La respuesta a tan horribles preguntas parecía evidente.

Demasiado evidente.

De modo que Sekari debía encontrar pruebas indiscutibles antes de dirigirse al rey. Pero, mientras no las obtuviera, el monarca correría un grave peligro. Sin embargo, había un elemento tranquilizador: los especialistas encargados de la protección personal de Sesostris veneraban al faraón.

Si Sobek el Protector había enviado a Iker a la muerte, lo pagaría caro.

Medes apreciaba su tarea de secretario de la Casa del Rey, y siempre era el primero en llegar a su despacho y el último en abandonarlo. Trabajar mucho no le disgustaba, al contrario. Muy organizado, asimilaba rápidamente los complejos expedientes, y su excelente memoria retenía lo más importante de ellos. Capaz de acumular las citas sin sentir fatiga, Medes exigía de sus empleados un ritmo de trabajo tan agotador que algunos no lo soportaban. Así, se veía obligado a contratar todos los meses a cuatro o cinco nuevos escribas, a los que ponía a dura prueba. Muy pocos lo aguantaban, y de ese modo formaba equipos disciplinados y eficaces.

Ni el rey ni el visir podían hacerle el menor reproche.

Medes disponía ahora de una organización paralela, que le era devota. Estaba compuesta por escribas, carteros y marineros, y le proporcionaba informaciones y transmitía sus directrices a todo el territorio. Durante el levantamiento que el Anunciador preparaba, sería una arma decisiva.

Cada nuevo miembro de la organización recibía un destino concreto y sólo le rendía cuentas a él. Medes seguía exigiendo impermeabilidad, y nadie, evidentemente, sospechaba cuál era el verdadero objetivo que perseguía.

El secretario de la Casa del Rey se preparaba para hacer unas ofertas de servicios a un escriba concienzudo, empleado desde hacía varios meses, cuando Gergu solicitó verlo.

—¿Algún problema?

—El libanés quiere hablar con vos inmediatamente.

—¿En pleno día? ¡Ni hablar!

—Está paseando por el mercado. Es urgente y grave.

El procedimiento era tan insólito como inquietante.

Finalmente, Medes logró ocultar su nerviosismo y se reunió con el libanés. Entre la multitud de ociosos pasaban desapercibidos. Uno junto al otro, ante el puesto de un vendedor de puerros, hablaron en voz baja, evitando mirarse.

—¿Habéis contratado a un escriba originario de Imau, de unos treinta años, soltero, más bien alto, lampiño, con una cicatriz en el antebrazo izquierdo?

—Sí, pero...

—Es un policía —reveló el libanés—. Mi mejor agente acaba de verlo saliendo de la casa de Sobek. Sin duda ha recibido órdenes de espiaros.

Medes se estremeció. Sin la vigilancia de su aliado, habría cometido un error fatal.

—Gergu me librará de él.

—¡De ningún modo! Ya que hemos identificado al espía, utilizadlo para tranquilizar a Sobek el Protector por lo que a vos se refiere. Que esta desventura os haga más desconfiado aún.

14

Diez de los hombres más expertos seguían a Amu. Todos tenían un aspecto sombrío, como si su jefe los llevara al desastre.

—¿Adónde vamos? —preguntó Iker.

—A casa del Anunciador.

—¡Vuestros guerreros no parecen alegrarse de ello!

—Es nuestro peor enemigo y ha jurado destruirnos.

—¿Y entonces por qué os metéis de este modo en la boca del lobo?

—Debo desafiarlo en singular combate. El vencedor se apoderará de la tribu del vencido. Así evitaremos muchas muertes.

—¿Os creéis capaz de lograrlo?

—¡Será difícil, muy difícil! —reconoció Amu—. El Anunciador nunca ha sido vencido. Sólo hay una arma eficaz: la astucia. Y es preciso que le dé al adversario tiempo para utilizarla.

—¿Acaso el Anunciador es un coloso?

—Muy pronto lo verás.

Contrariamente a lo que acostumbraba, Amu marchó al descubierto y encendió hogueras visibles desde muy lejos. Advirtiendo así de su presencia, le comunicaba al enemigo que no pensaba atacar, sino sólo hablar.

Al amanecer del cuarto día, *Sanguíneo* comenzó a gruñir. Pocos minutos más tarde, unos sesenta cananeos armados con hachas y picas rodearon al pequeño grupo. El perrazo se colocó ante Iker.

Un hombrecillo de cuadrados hombros se adelantó.

—Eres mi prisionero, Amu.

—Todavía no.

—¿Crees poder defenderte con tu pandilla de miedosos?

—Tu dueño nos teme. De lo contrario, ¿por qué no nos ha extermina-do aún? Es sólo una larva, una chiquilla, un cabeza loca, sus brazos son blandos y carecen de vigor. Que venga a prosternarse ante mí, aquí, ma-ñana mismo. Le escupiré a la cara y él llorará implorando mi gracia.

El lugarteniente del Anunciador hervía de rabia. De buena gana le habría cortado la lengua a Amu, pero debía respetar las reglas del de-safío que lanzaba el sirio. A su dueño le encantaría hacerlo picadillo.

Furibundo, el hombrecillo corrió a avisarlo.

—Ya sólo nos queda prepararnos —dijo Amu.

A medianoche, violentos dolores retorcieron el vientre del jefe de tri-bu. Fulminado por unos espasmos, se vio obligado a permanecer tendi-do de lado, en posición fetal. Uno de sus guerreros le hizo beber una po-ción que despedía un espantoso olor, aunque sin resultado.

Evidentemente, Amu sería incapaz de combatir.

—Estamos perdidos —estimó el improvisado médico—. No es posible renunciar a un duelo por ningún pretexto. Huyamos inmediatamente.

—Esos salvajes nos alcanzarán y acabarán con mi clan —objetó Amu—. Habrá que probar suerte, por escasa que ésta sea.

—¡Si no te sostienes en pie!

—Alguien puede sustituirme. Uno de vosotros combatirá por mí.

—¿A quién eliges?

—A Iker.

Los sirios quedaron aterrados.

—¡No resistirá ni diez segundos!

—¿Acaso no es el más rápido de todos vosotros?

—No se trata sólo de correr y esquivar, sino de matar a un gigante.

El escriba, impávido, escuchaba sin pronunciar palabra.

De modo que se acercaba la hora de la verdad. Pronto conocería al Anunciador, con una sola alternativa: vencer o morir.

—Renuncia —le aconsejó uno de sus compañeros de camino—. Nadie aceptaría sustituir a Amu. Sólo hay una solución: la huida.

—Yo acepto.

—¡Estás loco!

—La jornada será dura, voy a descansar a la espera del combate.

Aunque tuviera las manos libres, Iker se sintió de nuevo atado al mástil de *El Rápido*. Esta vez no habría ola salvadora que lo arrancara a su suerte. ¡Al menos, combatiría!

Consciente de que no tenía posibilidades de vencer, el hijo real no debía morir inútilmente. Así, en la cara interna de un pedazo de corteza de alcornoque, grabó estas palabras en escritura codificada que sólo el general Nesmontu sabría descifrar:

Amu no es el Anunciador. Éste, una especie de monstruo, se oculta a menos de un día de marcha de esta región, hacia el norte, sin duda. Voy a batirme en duelo con él. Larga vida al faraón.

Iker enterró el pedazo de corteza y cubrió el emplazamiento con piedras secas. Luego colocó una en vertical, tras haber dibujado una lechuza con la ayuda de un sílex. Aquel jeroglífico significaba «dentro, en el interior». Si una patrulla egipcia pasaba por allí, forzosamente se sentiría intrigada.

El escriba se apoyó en el tronco del árbol, y el perro se tendió a sus pies. En caso de peligro, lo avisaría en seguida.

Incapaz de dormir, Iker pensó en todos los placeres inaccesibles: ver de nuevo a Isis, declararle otra vez su amor, intentar que ella lo amara, construir juntos una vida, servir al faraón, descubrir los misterios de Abydos, transmitir Maat escribiendo, percibir más aún la potencia luminosa de los jeroglíficos... Pero aquellos sueños se quebraban contra una implacable realidad: el Anunciador.

La mañana era brumosa.

Tras haber vomitado varias veces, Amu dormitaba.

—Aún hay tiempo para renunciar —le dijo un sirio a Iker.

—De ningún modo —objetó otro—. El monstruo no tardará ya en aparecer. Si no le oponemos un adversario, nos cortará la cabeza.

—¿Y si me vence? —preguntó el hijo real.

—Seremos esclavos. Aquí está tu arco, tu carcaj lleno de flechas y tu espada.

—¿Y mi bastón arrojadizo?

—Con eso sólo le harías unos arañazos.

—¡Ahí vienen! —aulló el centinela.

El Anunciador caminaba a la cabeza de su tribu, mujeres y niños incluidos, pues nadie quería perderse el espectáculo.

Durante unos instantes, Iker quedó atónito.

Nunca había visto semejante montaña de carne y músculo. A pesar de su talla, el propio Sesostris habría parecido pequeño junto a aquel increíble gigante.

Con la frente baja, el pelo enmarañado y el mentón muy pronunciado, el Anunciador era tuerto. Una cinta grisácea cubría su ojo malo.

Armado con una hacha y un enorme escudo, se detuvo a buena distancia del campamento enemigo. Y, acto seguido, se oyó una voz demasiado aguda, ridícula para un cuerpo tan grande, pero que no hizo reír a nadie.

—¡Sal de tu tienda, mujerzuela! Ven a enfrentarte conmigo, Amu el cobarde, de quien el adversario sólo ve las posaderas. ¡Ven a probar mi hacha!

Iker se adelantó.

—Amu está enfermo.

El gigante puso un rictus desdeñoso.

—¡Apuesto a que el miedo vacía sus entrañas! De todos modos, lo haré pedazos.

—Antes tendrás que combatir.

—¡Vaya, Amu ha designado a un campeón! Mejor así, nos divertiremos. ¡Que ese héroe se deje ver!

—Soy yo.

Incrédulo, el gigante inspeccionó con la mirada el campamento sirio, luego soltó una carcajada y fue imitado por todos los miembros de su tribu.

—¡Te estás burlando de mí, pequeño!

—¿Cuáles son las reglas del duelo?

—Sólo hay una: matar antes de que te maten.

Con una rapidez que dejó pasmada a la concurrencia, Iker disparó tres flechas, una tras otra.

El enorme escudo las detuvo.

El gigante no carecía de reflejos.

—¡Buen intento, pequeño! Ahora me toca a mí.

El hacha cayó con tanta violencia que una ráfaga derribó a Iker, salvándole la vida. El hijo real se levantó y echó a correr en zigzag, impidiendo que el monstruo asestara el golpe decisivo. A cada uno de sus pasos, el suelo temblaba. Ágil a pesar de su corpulencia, el gigante hacía girar su arma y varios molinetes estuvieron a punto de decapitar a Iker.

Pero el joven era un excelente corredor de fondo, y consiguió agotar a su adversario.

Jadeante, el monstruo arrojó su escudo a lo lejos.

—¡Voy a aplastarte, aborto!

Iker se aproximó al campamento de los sirios, asombrados al verlo sobrevivir tanto tiempo.

—¡Mi bastón arrojadizo, pronto!

Atontado pero de pie, Amu le entregó el arma. Cuando el Anunciador se abalanzaba sobre Iker, *Sanguíneo* brincó y le clavó los colmillos en la pantorrilla derecha.

Aullando de dolor, el gigante levantó su hacha decidido a cortar al perro en dos, pero cuando el arma caía, el extremo puntiagudo del bastón lanzado por Iker se clavó en su ojo.

El Anunciador soltó el arma y se llevó las manos a la horrible herida. El sufrimiento era tan insoportable que cayó de rodillas. Vacilante aún, Amu tomó el hacha y, con todas sus fuerzas, cortó el cuello de su enemigo jurado.

Sanguíneo abrió finalmente las fauces y recibió una caricia de Iker, que estaba empapado en sudor. Los sirios cantaban victoria, los cananeos lloraban.

Amu ordenó matar a los viejos, los niños enfermos, una mujer histérica y dos adultos cuya cara le disgustó. Los demás miembros de la tribu del Anunciador lo obedecerían ahora sin rechistar.

—¡Benditos sean mis intestinos! —le dijo a Iker—. Si no hubiera estado enfermo, habría sido vencido. Sólo tú, gracias a tu inagotable aliento, podías fatigar a ese animal y obligarlo a cometer un error fatal.

—No olvidemos a *Sanguíneo*. Su intervención ha sido decisiva.

El perro levantó hacia Iker unos ojos llenos de afecto.

—Para serte franco, muchacho, ni por un momento he creído en tu victoria. ¡Un hombrecillo que derriba a un gigante, qué milagro! Aunque transcurran centenares de años, se seguirá hablando de ti. Ahora todos te consideran un héroe, y no has agotado todavía tus sorpresas. ¡Vamos a conquistar el territorio del monstruo!

Iker se sentía profundamente insatisfecho. Sí, seguía vivo. Sí, había participado en la eliminación del Anunciador. Pero el objetivo de su misión consistía en saber cómo hechizaba el árbol de vida y de qué manera se podía romper el maleficio, por lo que ya no había respuesta posible para esas preguntas esenciales.

¿Bastaría la desaparición de aquel ser maléfico para curar la acacia de Osiris?

Postrera esperanza: en su madriguera, tal vez el hijo real encontrara elementos decisivos. Siguió pues a Amu, esperando descubrir un campamento fortificado.

Iker se equivocaba.

En el paraje sobre el que reinaba el Anunciador había numerosas viñas, higueras y olivos. Rebaños de vacas y corderos prosperaban allí, y una coqueta aldea ocupaba el centro. Se ofreció vino al nuevo dueño del clan, carne de buey, aves asadas al espetón y pasteles cocidos con leche.

—¡Gracias a ti, ahora poseemos un pequeño paraíso! —reconoció Amu—. Es justo que seas recompensado. Tengo algunos hijos aquí y allá, pero son unos perezosos y unos incapaces. Tú eres distinto. ¿Quién podría sucederme sino un gran héroe? Elige una mujer, te daré una granja y servidores. Tendrás varios hijos y administraremos juntos este vasto dominio, que nos procurará hermosos beneficios. Dada tu reputación, nadie se atreverá a importunarnos y, de vez en cuando, nos permitiremos hacer una pequeña expedición para distraernos. ¡Tu porvenir se anuncia radiante!

Amu se rascó la oreja.

—Después de tu hazaña te debo la verdad. Hace mucho tiempo que soñaba con acabar con ese grupo. Amenazaba a mi tribu, por lo que decidí pasar a la acción a pesar de los riesgos. Y tú me has traído suerte.

—¿Significa eso... que ese gigante no era el Anunciador?

—Ignoro si ese fantasma existe realmente. En cualquier caso, no merodea por la región. Olvídalo y goza de tu buena fortuna. Aquí conocerás la felicidad.

Desalentado, Iker había arriesgado su vida por un espejismo y le había enviado al general Nesmontu una información falsa.

¿Su futuro? Una nueva forma de cautiverio.

15

Por lo general, la pequeña patrulla de policías del desierto no se aventuraba por aquel rincón perdido de Canaán. Pero su jefe, cazador inveterado, se empeñaba en perseguir un cerdo salvaje. Tras haber atravesado un bosque de tamariscos y cruzado un uadi, el animal acababa de despistar a sus perseguidores.

—Tendríamos que desandar lo andado —sugirió uno de los policías—. El lugar no es seguro.

Su jefe no podía contradecirle. Evidentemente, no estarían a la altura de una pandilla de merodeadores de las arenas que estuvieran decididos a matar egipcios.

—Vamos hasta el final del vallecillo —decidió—. Mantened los ojos y los oídos bien abiertos.

Pero ni rastro del animal.

—Mirad eso, jefe. Es bastante curioso.

El policía contemplaba un montón de piedras que nada tenía de natural.

—En aquélla, la vertical, está el signo de la lechuza.

—La letra M —precisó el jefe—. «En el interior, dentro.» Quitad esas piedras.

Intrigado, el propio oficial excavó el blando suelo y descubrió un pedazo de corteza en la que había algunos jeroglíficos grabados.

—Es extraño —advirtió—. Todos los signos han sido trazados por una mano experta, pero el conjunto no tiene ningún sentido.

—¿Acaso no será uno de esos mensajes cifrados que nos pidieron que recogiéramos?

Helado, Djehuty se ciñó el vuelo de su gran manto que, a pesar del grosor del tejido, no le calentaba demasiado. Sin embargo, el aire era suave y ningún cierzo soplaba en el paraje de Dachur. Extrañamente, su reumatismo no le provocaba ya atroces dolores, pero el mal corroía la poca vitalidad de la que aún disponía.

No obstante, eso importaba poco, puesto que estaba asistiendo a la finalización de la pirámide real. Gracias al entusiasmo y a la competencia de los constructores, las obras habían durado menos de lo previsto. Varias veces, el gran tesorero Senankh había intervenido con eficacia y rapidez para satisfacer las exigencias de los constructores.

Instalado en su silla de manos, Djehuty dio la vuelta a la muralla con bastiones y resaltos, imitando la del faraón Zoser en Saqqara. El conjunto arquitectónico llevaba el nombre de *kebehut*, «el agua fresca celestial», de donde emergía la pirámide calificada de *hotep*, «la plenitud». Se encarnaba así el mito según el que la vida, naciendo del océano de los orígenes, se manifestaba en forma de una isla sobre la que se había edificado el primer templo, brotado de la piedra primordial.

—Puedes estar orgulloso de tu trabajo —dijo una voz grave.

—¡Majestad! No os esperaba tan pronto, el protocolo...

—Olvídalo, Djehuty. Respetando escrupulosamente el plan de la obra, trazaste las líneas de fuerza que permiten al monumento emitir *ka*. Así se afirma la victoria de Maat sobre *isefet*.

Fulgurantes de blancura, las caras de la pirámide, recubiertas de piedra calcárea de Tura perfectamente pulida, reflejaban los rayos del sol. Los triángulos de luz iluminaban el cielo y la tierra.

Acompañado por Djehuty, el monarca procedió a la apertura de la boca, los ojos y los oídos del templo. Allí se celebraría eternamente la fiesta de regeneración del alma real. Colosales estatuas representaban al faraón como Osiris, encargado de recibir la vida divina y de transmitirla. Durante tanto tiempo como se construyera una morada para albergarla, Egipto resistiría las tinieblas.

Todos los días, en nombre del rey, unos sacerdotes cumplirían los ritos animando las procesiones de portadores de ofrendas y dando realidad al diálogo entre el monarca y las divinidades.

Luego, Sesostris penetró en la parte subterránea y caminó hasta la sala del sarcófago, aquel barco de granito rojo en el que navegaría su cuerpo de luz. La paz sobrenatural que reinaba en aquellos lugares fortaleció la voluntad de Sesostris de luchar contra el demonio que intentaba impedir la resurrección de Osiris.

Al contemplar aquella piedra de eternidad, el rey se forjó una convicción: no, Iker no estaba muerto.

Establecido en Menfis desde hacía unos diez años, Eril se felicitaba por sus éxitos. Medio libanés y medio sirio, dirigía ahora una cohorte de escribanos públicos que reunía a escribas incapaces de acceder a más altas funciones, aunque muy competentes en su campo: el arreglo de los litigios que oponían a los particulares y a la administración.

Sin un buen número de zancadillas bien repartidas y un perfecto uso de la corrupción, Eril nunca podría haber obtenido un cargo que ambicionaba desde hacía mucho tiempo. Había prosperado a la sombra de su predecesor, un pequeño tirano vanidoso muy bien introducido en la corte, y había aprendido de aquel buen maestro el arte de eliminar a sus adversarios directos, al tiempo que se forjaba una reputación de hombre honesto.

Aquella noche, Eril iba a conquistar una nueva cima. Él, el advenedizo, el manipulador de sombras, era reconocido como un gran personaje, puesto que Sehotep lo invitaba a cenar. Durante toda la jornada se habían sucedido el peluquero, el manicuro, el pedicuro, el perfumista y el sastre para transformar a Eril en un notable elegante. Todos sabían que el Portador del sello real detestaba el mal gusto, pero dada la calidad de los profesionales que se habían ocupado de su persona, Eril no corría el riesgo de meter la pata.

Una angustiosa pregunta, sin embargo, le rondaba la cabeza: ¿quiénes serían los demás invitados? A diferencia de Sehotep, el director de los escribanos públicos de Menfis detestaba la compañía de las mujeres. Forzosamente habría varias y tendría que soportar sus arrumacos y sus chismorreos. No obstante, el hecho de ser admitido en la mesa de un miembro de la Casa del Rey borraba esas molestias menores. La velada, inevitablemente, era preludio de un ascenso. Tal vez tuviera incluso la oportunidad de formular parte de sus ambiciones con el indispensable tacto.

El rumor no mentía: la villa de Sehotep era una auténtica maravilla cuyo menor detalle seducía la mirada. Y el exuberante jardín dejaba sin aliento.

La envidia del pequeño bigotudo le provocó ardor de estómago. ¿Por qué no iba a tener, él también, derecho a ese fasto? A fin de cuentas, no tenía menos cualidades ni méritos que un hijo de buena familia adulado por la suerte.

Un servidor recibió a Eril con deferencia y lo acompañó a un vasto salón perfumado con un suave aroma de lises. En las mesas bajas, algunas tapas, zumo de frutas, cerveza y vino.

—Sentaos —recomendó el intendente.

Crispado, Eril prefirió recorrer la estancia esperando a su anfitrión. Mordisqueó una cebolla fresca cubierta con un puré de habas mientras admiraba las pinturas murales que representaban acianos, amapolas y crisantemos.

—Lamento el retraso —se excusó Sehotep al reunirse con su invitado—. He sido requerido en palacio. Los asuntos de Estado siguen siendo prioritarios. ¿Tomaríais un poco de vino?

—Con mucho gusto. Me he adelantado, creo, pues los demás invitados no han llegado aún y...

—Esta noche, vos sois el único.

Eril no ocultó su estupefacción.

—¡Es un honor... un gran honor!

—Para mí, un gran placer. ¿Y si cenáramos?

El pequeño bigotudo se sintió muy incómodo. Ni la calidad de los platos, ni los grandes caldos, ni la amabilidad del dueño de la casa le hicieron olvidar el carácter sorprendente de aquel cara a cara.

—Ejercéis una profesión delicada —observó Sehotep—, y, al parecer, os las arregláis bastante bien.

—Ha... hago lo que puedo.

—¿Estáis satisfecho con los resultados?

El estómago de Eril se contrajo. Sobre todo, no debía precipitarse y maniobrar con habilidad.

—Gracias al visir, la administración menfita no deja de mejorar. Quedan algunos problemas aún, que mi equipo y yo mismo intentamos resolver en interés de los particulares.

—¿No desearíais un trabajo más... relevante?

El pequeño bigotudo se relajó. De modo que su efectividad había llamado la atención de las autoridades. El Portador del sello real iba a ofrecerle, pues, un puesto en su administración y a confiarle altas responsabilidades.

Sehotep contempló su copa, llena de un sublime vino tinto de Imau.

—Mi amigo, el gran tesorero Senankh, ha llevado a cabo una minuciosa investigación sobre tu fortuna. Sobre tu fortuna real, claro está.

Eril palideció.

—¿Qué... qué significa eso?

—Que eres un corrupto y un corruptor.

Indignado, el acusado se levantó.

—Es falso, totalmente falso y...

—Senankh ha reunido pruebas irrefutables. Explotas vergonzosamente a tus clientes y estás mezclado en múltiples operaciones dudosas, pero hay algo mucho más grave.

Descompuesto, Eril volvió a sentarse.

—No... no comprendo.

—Creo que sí. Por tu deshonestidad, irás a la cárcel. Por tu participación en una conspiración contra el rey, serás condenado a muerte.

—¿Conspirar yo contra el faraón? ¿Cómo podéis imaginar...?

—Deja de mentir, tengo un testigo. Si quieres escapar a la ejecución, dime inmediatamente el nombre de tus cómplices.

Perdiendo cualquier dignidad, el pequeño bigotudo se arrojó a los pies de Sehotep.

—¡Habrán malinterpretado mis palabras! Soy un fiel servidor de la monarquía.

—Basta ya, miserable. Perteneces a una organización de terroristas implantada en Menfis. Te exijo que confieses cuáles son tus contactos.

Eril levantó unos ojos asustados.

—¡Terroristas... no, os equivocáis! Sólo conozco a una decena de dignatarios... comprensivos.

Eril los denunció, explicó detalladamente el mecanismo de sus chanchullos y se deshizo en lamentaciones sembradas de arrepentimiento.

Decepcionado, Sehotep lo escuchaba con discreto oído. Evidentemente, había dado con un mediocre, no con un partidario del Anunciador.

—Apenas descifrado este mensaje, he salido de Siquem para comunicaros su tenor —declaró el general Nesmontu—. No hay duda posible, majestad: el hijo real Iker está vivo. Intentaron engañarnos con un cadáver que no era el suyo.

—¿En qué basas tus certezas? —preguntó Sesostris, junto al que estaba Sobek el Protector, visiblemente escéptico.

—Iker y yo habíamos convenido un código que sólo yo podía descifrar.

—¿Y el contenido de este texto? —preguntó Sobek.

—Iker ha encontrado la madriguera del Anunciador, un monstruo contra el que va a batirse en duelo.

—¡Eso es grotesco! —afirmó el Protector—. Han obligado al hijo real a escribir al dictado, para atraer a nuestros soldados a una emboscada.

—Aunque así sea —consideró el monarca—, Iker vive.

—¡De ningún modo, majestad! Tras haber redactado estas líneas, ha sido ejecutado.

—¿Y por qué el Anunciador no lo ha tomado como rehén? —preguntó Nesmontu.

—Porque de nada le serviría ya.

—Eso no es seguro. Iker podría seguir engañándonos con otros mensajes. La verdad es sin duda mucho más sencilla: el hijo real ha cumplido su misión, y en estos momentos intenta regresar a Menfis.

—¡Hermosa fábula, aunque inverosímil! —consideró el Protector.

—¿En qué región se ocultaría el Anunciador? —preguntó Sesostris.

Nesmontu hizo una mueca.

—En una de las menos controladas, en la frontera de Palestina y Siria. Bosques, marismas, barrancos, animales salvajes, ausencia de carreteras... El lugar ideal para un terrorista. Imposible desplegar tropas allí. En nuestros mapas, es una zona blanca sin puntos de orientación.

—¡La trampa perfecta! —exclamó Sobek—. ¿Qué recomienda el general Nesmontu?

—Enviar una patrulla de voluntarios, acostumbrados a los paisajes sirios.

—¿Y por qué condenar así a unos soldados veteranos? —se rebeló Sobek—. Rindámonos a la evidencia: Iker sólo puede haber sobrevivido si es cómplice de los terroristas.

—Prepara esa patrulla —ordenó el rey a Nesmontu—. Pero no partirá antes de que recibamos un segundo mensaje que confirme el primero.

16

Jeta-de-través se aproximaba a la granja aislada. Acompañado por su pandilla de bandoleros, despojaría de nuevo a una de las familias campesinas a quienes concedía su protección, y que, aterrorizadas por aquel implacable monstruo, no se atrevían a avisar a la policía, por temor a las represalias.

Desde el fracaso del atentado contra el faraón Sesostris, Jeta-de-través sobrevivía en la clandestinidad. Sus hombres le suplicaban que se unieran al Anunciador, pero él se creía capaz de arreglárselas solo. Sin embargo, a causa de su ruptura con «el gran jefe», la suerte parecía cambiar. Al bandido le importaban un pimiento los sermones del predicador barbudo que deseaba imponer una creencia devastadora, aunque sabía que era lo suficientemente cruel e inteligente como para triunfar.

Sin reconocerlo, Jeta-de-través, que no temía a dios ni al diablo, tenía miedo del Anunciador, y no osaba comparecer ante él tras un fracaso del que sería considerado culpable. ¿Acaso el halcón-hombre, colérico, no lo desgarraría con sus zarpas?

Había que pensar en alimentarse. Aquellos destripaterrones le ofrecerían un almuerzo real antes de que violase a la dueña de la casa. Quebrando cualquier veleidad de resistencia, Jeta-de-través se complacía humillando a sus víctimas.

Su instinto de cazador le evitó un desastre.

Se detuvo a doscientos pasos de la granja, y sus hombres lo imitaron.

—¿Qué pasa, jefe?

—¡Escucha, imbécil!

—No... no oigo nada.

—¡Precisamente! ¿No te parece extraña esa ausencia de ruido? ¡Hasta el corral está silencioso!

—Entonces...

—Entonces, eso significa que nuestros protegidos se han marchado. No nos esperan unos campesinos. Nos largamos.

Cuando el centinela de la policía vio huir a los bandidos, dio la señal de ataque.

Aunque demasiado tarde: la pandilla de Jeta-de-través estaba ya fuera de alcance.

Honesto, servicial y muy apreciado por los habitantes del barrio, el vendedor de sandalias había hecho olvidar sus orígenes extranjeros para fundirse en el pueblo llano de Menfis. Nadie podría haber sospechado que pertenecía a una organización de agentes durmientes del Anunciador.

Cuando regresaba a su casa, caída ya la noche, un enorme brazo le apretó el cuello.

—¡Jeta-de-través! —exclamó el comerciante—. ¿Qué estás haciendo aquí?

—¿Dónde está el gran jefe?

—Lo ignoro y...

—Tú, tal vez, pero tu superior sin duda no. Mis hombres y yo queremos unirnos al Anunciador. O me ayudas o mataré a tus fieles, comenzando por ti.

El vendedor de sandalias no se tomó a la ligera la amenaza.

—Está bien, te ayudaré.

Al sur de Siquem, el paraje era siniestro. Árboles secos, tierra roja y estéril, un uadi pedregoso, rastros de serpientes.

—¡No puede ser aquí, jefe!

—Al contrario —consideró Jeta-de-través—, ésta es la clase de paisaje que le gusta. Ese tipo no se parece a nadie, muchacho. Nos instalaremos aquí y esperaremos.

—¿Y si nos tienden una nueva trampa?

—Pon cuatro centinelas.

—¡Alguien por allí!

Como salido de ninguna parte, un hombre de gran talla, vestido con una larga túnica de lana y un turbante, contemplaba al grupito.

—Me satisface volver a verte, amigo —dijo el Anunciador con una voz tan dulce que le puso la carne de gallina a Jeta-de-través.

—¡Y a mí también, señor!

Prudente, el bruto se prosternó.

—No soy responsable de nada —afirmó—. He intentado arreglármelas, pero la policía me pisa los talones. Unos campesinos me denunciaron, ¿os dais cuenta? En el fondo, llevaba una existencia aburrida. Mis muchachos y yo necesitamos acción, de modo que aquí estamos.

—¿Decidido por fin a obedecerme?

—¡Lo juro, por éstas!

El Anunciador había instalado su puesto de mando en una red de grutas unidas por galerías. En caso de ataque, disponía de varias posibilidades de huida. Distribuidos alrededor de aquel rincón perdido alimentado por varias fuentes, algunos centinelas garantizaban la máxima seguridad.

El Anunciador ocupaba una morada formada por varias estancias. Una vasta sala le servía de lugar de enseñanza donde, todos los días, sus fieles escuchaban atentamente la buena nueva.

Una sola verdad revelada, la conversión forzosa de los infieles, la supresión de la institución faraónica, la sumisión de las mujeres: insistentes, los mismos temas salían una y otra vez a relucir, y se grababan en los espíritus. Adepto de primera hora, Shab el Retorcido descubría a los tibios. Si aquellos mediocres no demostraban una mayor devoción, sufrían una brutal muerte. Con su cuchillo de sílex, atravesaba el corazón del condenado, cuyo cadáver servía de ejemplo. En el camino de la conquista, no podía perdonarse ninguna debilidad.

El más joven discípulo del Anunciador, Trece-Años, descubría a los cobardes con un olfato infalible. De buena gana, Shab le daba permiso para torturarlos y, luego, ejecutarlos sumariamente, sabiendo que el trabajo estaría bien hecho. Sólo merecían sobrevivir aquellos que se comprometían a morir por la causa.

Enclaustrada, Bina salía muy poco. Al servicio de su dueño y señor, tenía una creciente notoriedad. ¿Acaso no gozaba del extraordinario privilegio de ser la íntima del Anunciador?

Aquella situación disgustaba a Ibcha, el jefe del comando asiático. Enamorado de la hermosa morena, acechaba sus furtivas apariciones. Responsable de dos fracasos, en Kahun y en Dachur, conservaba, sin embargo, la confianza de sus compatriotas. Ante la sorpresa general, el Anunciador no le había hecho el menor reproche. Y el ex metalúrgico de poblada barba seguía siendo miembro de su estado mayor.

—Pareces muy nervioso, Trece-Años.

—¿Y acaso no lo estás tú? El señor no debería haberse marchado solo.

—No te preocupes. El Anunciador domina a los demonios del desierto.

—Todos debemos preocuparnos por su seguridad. Sin él, no seríamos nada.

A Trece-Años le había enfurecido enterarse de la muerte de Iker gracias a un merodeador de las arenas que conocía la crueldad de Amu el sirio. Y no porque el chiquillo sintiera el menor afecto por el escriba, sino porque le habría gustado quebrarle el alma y transformarlo en una marioneta revanchista, ávida de luchar contra un faraón culpable de haberlo abandonado. Al eliminar la tribu cananea encargada de la reeducación de Iker, Amu había acabado con ese hermoso proyecto. Como era conocido por su odio a los egipcios, no cabía duda alguna de la suerte del hijo real.

—La próxima vez seguiré al Anunciador —prometió Trece-Años—. Y si alguien se atreve a amenazarlo, yo saldré en su defensa.

—¿No debes obedecer sus órdenes? —recordó Ibcha.

—A veces es necesario desobedecer.

—Estás bajando por una peligrosa pendiente, muchacho.

—Él me comprenderá. Me comprenderá siempre.

El fanatismo del chiquillo y de los amigos del Anunciador comenzaba a preocupar a Ibcha. Naturalmente, era preciso expulsar al ocupante egipcio y liberar el país de Canaán, ¿pero qué clase de poder se impondría luego en la región? Aquel adolescente soñaba con matanzas, su dueño quería conquistar Egipto, Asia y más aún. ¿Acaso no corrían el riesgo de caer en una locura asesina que sólo generaría desgracias? A Ibcha le hubiera gustado confiar en la joven y hermosa Bina, preguntarle su opinión, pero ella seguía siendo inaccesible. Tan huraña e independiente antaño, se comportaba ahora como una esclava. ¿No era ésa la suerte de todos los fieles pendientes de los labios del predicador?

—¡Ahí está! —gritó Trece-Años—. ¡Ya vuelve!

Con pasos tranquilos, el Anunciador caminaba a la cabeza de un grupito.

—Que se dé de beber y de comer a los combatientes de la verdadera fe —ordenó.

Shab el Retorcido palmeó el hombro de Jeta-de-través.

—¡Arrepentido por fin! Has tardado mucho tiempo en comprender. Tu lugar está aquí, con nosotros, y no en otra parte. Lejos del señor, sólo conocerás el fracaso. A sus órdenes, triunfarás.

—¿No irás a soltarme un sermón?

—Algún día tu espíritu se abrirá a las enseñanzas del Anunciador.

El misticismo de Shab exasperaba a Jeta-de-través, pero no era momento de enfrentamientos. Feliz por haber salido tan bien parado, aquel grupo se restauró mientras observaba el cuartel general del gran patrón.

—Astuto, muy astuto... Es imposible que os sorprendan.

—El Anunciador no se equivoca nunca —recordó el Retorcido—. Dios se expresa por su boca y le dicta sus acciones.

Una hermosa morena salió de la gruta principal, se arrodilló ante el Anunciador y le ofreció una copa llena de sal.

—Qué soberbia hembra —comentó Jeta-de-través, excitado.

—Ni se te ocurra acercarte a Bina. Se ha convertido en la sierva del Anunciador.

—¡Vaya, el patrón no se aburre!

Los rasgos de Shab el Retorcido se endurecieron.

—Te prohíbo que hables así del señor.

—¡Bueno, bueno, no te enfades! Una hembra es sólo una hembra, y Bina es como las demás. No hagamos una montaña de esto.

—Ella es distinta. El Anunciador la forma para que lleve a cabo grandes tareas.

«Sólo faltaba eso», pensó Jeta-de-través mientras devoraba una torta rellena de habas calientes. Por el rabillo del ojo vio a un hombre con barba que se dirigía a Bina cuando ella entraba en la gruta.

—Deseo hablarte —dijo Ibcha en voz baja.

—Es inútil.

—He combatido a tus órdenes y...

—Nuestro único jefe es el Anunciador.

—Bina, ¿crees que...?

—Sólo creo en él.

Y desapareció.

También Shab había visto la escena. De modo que no dejó de advertir a su dueño.

—Señor, si ese Ibcha molesta a vuestra sierva...

—No te preocupes. Tras sus dos lamentables fracasos, pienso confiarle un trabajo que le irá como anillo al dedo.

No eran menos de treinta.

Treinta jefes de tribus cananeas, grandes y pequeñas, habían respondido a la llamada del Anunciador. Intrigados unos, decididos otros a reafirmar su total independencia, curiosos todos por conocer a aquel personaje que la mayoría consideraba como un espantajo, un fantasma inventado para turbar el sueño de los egipcios.

Un hombre pequeño y gordo, de barba rojiza, tomó la palabra.

—Yo, Dewa, hablo en nombre de la más vieja tribu de Canaán. Nadie nos ha vencido nunca, nadie nos da órdenes. Tomamos lo que queremos y cuando queremos. ¿A qué viene esta asamblea?

—Vuestra división provoca vuestra debilidad —declaró tranquilamente el Anunciador–. El ejército enemigo es vulnerable, pero para vencerlo es necesario que os unáis. He aquí mi propuesta: olvidad vuestras querellas, colocaos bajo el mando de un jefe único y liberad Siquem. Atacados de improviso, los egipcios serán exterminados. Ante semejante expresión de fuerza, el faraón quedará pasmado.

–Al contrario –objetó Dewa–, nos mandará la totalidad de sus fuerzas.

–De ningún modo.

–¿Y tú qué sabes?

–Egipto sufrirá graves disturbios internos. El rey estará ocupado evitándolo.

Conmovido unos instantes, aquel tozudo se sobrepuso en seguida.

–¡No conoces al general Nesmontu!

–Es un vejestorio que está terminando la carrera –recordó el Anunciador–. Renuncia a conquistar vuestros territorios porque tiene miedo de vosotros y se sabe incapaz de someteros. Al aterrorizar Siquem, hace creer a Sesostris que Egipto reina en Canaán. Y vosotros mantenéis esa ilusión.

Varios jefes de tribu asintieron.

–Juntos seréis tres veces más numerosos que la fatigada tropa de Nesmontu. El ejército cananeo de liberación lo barrerá todo a su paso y dará origen a un nuevo Estado fuerte e independiente.

Pese a su oposición al proyecto, Dewa sintió que no podía descartarlo de un manotazo.

–Tenemos que deliberar.

17

Señor, ¿realmente ese montón de aulladores formarán un ejército digno de este nombre? –preguntó Shab el Retorcido.

–De ningún modo, mi buen amigo.

–Pero entonces...

–El faraón no podrá despreciarlos. Mientras esos mediocres ocupen el terreno, nosotros iniciaremos la verdadera ofensiva. Canaán seguirá siendo lo que es: una región de guerrilla, de conflictos más o menos larvados y de interminables querellas, acompasadas por algunos golpes bajos. Cuando haya terminado con Egipto, haré que reine aquí la verdadera religión y nadie me desobedecerá.

–¿Y si las tribus se niegan a unirse?

–Esta vez no, Shab. Siquem los tienta demasiado.

Tormentosa, la deliberación duró toda la noche.

Al amanecer, Dewa interpeló al Anunciador:

–¿Qué parte del botín deseas?

–Ninguna.

–Ah... Eso facilita las cosas. ¡Entonces quieres dirigir nuestras tropas!

–No.

El bajo y gordo de la barba rojiza estaba estupefacto.

–¿Qué exiges, pues?

–La derrota de los egipcios y vuestra victoria.

—¡Yo comandaré el ejército cananeo!

—No, Dewa.

—¿Cómo que no? ¿Me crees incapaz de hacerlo?

—Ninguna tribu debe predominar. Os aconsejo que elijáis a un buen táctico, el asiático Ibcha, por ejemplo, que está acostumbrado a ese tipo de combates. Una vez obtenido el triunfo, retribuiréis su trabajo de acuerdo con sus méritos y elegiréis un nuevo rey de Canaán.

La proposición entusiasmó a los jefes de tribu, se sirvió de inmediato licor de dátiles y sellaron su unión.

—No esperaba semejante honor —le confió Ibcha al Anunciador—, sobre todo después de mis dos fracasos.

—Las circunstancias te fueron desfavorables y no disponías de medios suficientes, en hombres y en armamento. Pero esta vez será distinto. Todo un ejército de rudos guerreros seguirá tus instrucciones, y tendrás la ventaja del número y de la sorpresa.

—¡Lo conseguiré, señor!

—Estoy seguro de ello, mi fiel servidor.

—¿Me autorizáis a no hacer prisioneros, aunque los soldados egipcios se rindan?

—Que no te moleste ninguna boca inútil.

A Ibcha le habría gustado contar a Bina su fabuloso ascenso, pero olvidó a la muchacha para hablar con los jefes cananeos y decidir una estrategia.

—Acércate, Trece-Años —ordenó el Anunciador.

El adolescente posó unos ojos extasiados en su maestro.

—No estoy contento de mí mismo, señor. Quería transformar al tal Iker en un guerrero sanguinario devoto a nuestra causa, y se dejó matar tontamente por Amu el sirio.

—No tiene importancia, joven héroe. Nos has librado de él y te felicito por ello.

—¿No... no estáis enojado?

—Al contrario, voy a confiarte una misión fundamental.

Trece-Años empezó a temblar violentamente.

—Conoces al general Nesmontu, según creo.

—¡Juré vengarme de él cuando esa basura me interrogó y me humilló!

—Se acerca el momento, Trece-Años. La victoria se proclama cuando la cabeza del enemigo ha sido cortada. De modo que tu nueva misión consiste en matar a Nesmontu, decapitarlo y blandir tu trofeo ante los cananeos.

Con gran sorpresa de Ibcha, las discusiones no se habían prolongado demasiado. Seducidos por su determinación y su seriedad, los jefes de tribu renunciaron a sus habituales exigencias. Cada uno de ellos aceptaba llevar a sus guerreros hasta el punto de reunión previsto, a dos días de marcha de Siquem, en una región hostil por la que el ejército de Nesmontu no se aventuraría.

Diversos exploradores se encargaron de descubrir el dispositivo militar adversario. Sin duda sería necesario destruir varios campamentos egipcios antes de caer sobre Siquem, cuyas fortificaciones habían sido mejoradas.

Ninguna dificultad preocupaba a Ibcha.

Gracias al Anunciador, se convertía en un auténtico general y sabría demostrar su valor. Una oportunidad como aquélla resultaba tan inesperada que lo haría invencible.

Nuevo asombro: ¡ninguno de los jefes de tribu renunció a la coalición! El día fijado, todos se reunieron con sus guerreros, dispuestos a combatir.

—¿Hay noticias de los exploradores? —preguntó Ibcha.

—Excelentes —respondió Dewa—. De acuerdo con las predicciones del Anunciador, los soldados egipcios han retrocedido y se han encerrado en Siquem. ¡Los muy cobardes nos temen! Y he aquí los restos de su principal defensa.

El gordo de la barba rojiza arrojó a los pies de Ibcha el contenido de un cesto: amuletos y escarabajos rotos, papiros desgarrados, fragmentos de tablillas de arcilla cubiertos de textos de execración.

—¡Chucherías, pobres chucherías! Esos egipcios son como niños. Piensan que su magia va a detenernos, pero la nuestra es mejor. Hemos desenterrado y aniquilado esas irrisorias almenas.

—¿No habrá ningún soldado de Nesmontu entre Siquem y nuestro ejército de liberación?

—No.

—¿Y las fortificaciones de la ciudad?

—Igualmente irrisorias —estimó Dewa—. El viejo general sólo ha consolidado la parte norte, bastará con rodearla. Ataquemos rápidamente y con fuerza. Nesmontu cree que las tribus cananeas son incapaces de unirse, por lo que el efecto sorpresa será total.

—¿Todo está en su lugar? —preguntó Nesmontu a su ayuda de campo.

—Afirmativo, general.

—¿Los exploradores enemigos han desenterrado los engaños?

—Sus brujos se han ocupado de ello. A juzgar por sus gritos de alegría, deben de estar convencidos de que en el camino que lleva a Siquem no hay ya obstáculo alguno.

—El ataque parece inminente, pues. Teniendo en cuenta nuestra evidente debilidad y la escasez de nuestras fortificaciones, los cananeos arrojarán todas sus fuerzas a la batalla. ¡Por fin llega el momento tan esperado! Debíamos hacerlos salir de su maldito refugio, donde cualquier combate de envergadura resultaba imposible. Demasiadas corrientes de agua, demasiadas colinas, demasiados árboles, demasiadas pistas destrozadas e impracticables... Aquí estarán al descubierto y utilizaré los buenos y antiguos métodos. ¡Máximo estado de alerta!

Nesmontu no se había equivocado al apostar por la corruptibilidad de un jefe de tribu llamado Dewa. Burlándose de la unidad cananea y pensando sólo en enriquecerse, el gordo de la barba rojiza había vendido al general valiosísimas informaciones a cambio de la impunidad y de un vasto territorio.

Sólo esperaba que aquel piojo no hubiera mentido demasiado.

—¿No te parece magnífica? —preguntó Amu a Iker.

Pequeña, menuda, con el pelo trenzado, perfumada y maquillada, la joven siria era encantadora. Con los ojos bajos, no se atrevía a mirar a su futuro marido.

–¡La más hermosa virgen de la región! –afirmó el sirio–. Sus padres poseen un rebaño de cabras y te ofrecen una casa y campos. ¡Te has convertido en un notable, Iker! Y cumpliré mi promesa: me ayudarás a administrar mis bienes y me sucederás.

El hijo real le dio las gracias con una lamentable sonrisa.

Amu le palmeó el hombro.

–No eres muy mujeriego, ¿eh? No te preocupes, la pequeña sabrá satisfacerte. La falta de experiencia no carece de encanto. ¡Y, además, bien podréis arreglároslas! Mañana, vuestra boda será ocasión para una borrachera memorable. No olvides poner a tu esposa al abrigo antes de que finalice el banquete, pues no respondo de la moralidad de mis hombres. ¡Ni de la mía, por otra parte!

Riendo a carcajadas, Amu devolvió la joven a casa de sus padres. Tras la noche de bodas, la prueba de su virginidad tendría que exhibirse ante toda la tribu.

Desamparado, Iker dio un paseo, y *Sanguíneo* lo acompañó.

El Anunciador seguía vivo, no podía encontrar su madriguera, y el escriba se veía condenado a un porvenir insoportable.

Aquella boda forzada le repugnaba. Sólo amaba a una mujer, y nunca le sería infiel.

Sin embargo, había una solución: huir aquella misma noche e intentar regresar a Egipto, con ínfimas posibilidades de sobrevivir.

Había que convencer, por tanto, a su aliado y guardián.

–Escúchame atentamente, *Sanguíneo*.

El perro se desperezó, se estiró, se levantó y se sentó luego sobre sus posaderas con los ojos clavados en los de su dueño.

–Quiero marcharme lejos de aquí, muy lejos. Puedes impedírmelo y advertir de mi fuga ladrando. Puesto que rechazo la existencia que Amu me impone, lo combatiré, a él y a su tribu, en nombre de Sesostris. Solo contra todos, no aguantaré mucho tiempo. Pero, al menos, la muerte me parecerá dulce. Si aceptas ayudarme, monta guardia ante mi tienda, así creerán que duermo. Cuando Amu se dé cuenta de mi ausencia, les llevaré cierta ventaja y tendré la esperanza de escapar a mis perseguidores. No puedo llevarte conmigo, *Sanguíneo*, pero no te olvidaré. Tú decides: o me ayudas o me denuncias.

Finalmente, la excitación iba cediendo.

Terminados los preparativos para la ceremonia, todos se apresuraban a acostarse. Convenía levantarse fresco y dispuesto para una inolvidable jornada de banquete, seguida de una cálida velada durante la que los recién casados no serían los únicos que se entregaran al placer.

Tras haber cenado en compañía de un voluble Amu que seguía prometiéndole mil maravillas, Iker se retiró.

En plena noche salió de su abrigo.

Ante él, el perro.

—Me voy, *Sanguíneo*.

Iker besó al perro en la frente y lo acarició durante largo rato.

—Haz lo que te parezca. Si me retienes, no te lo reprocharé.

Ligeramente encorvado, el escriba se dirigió con sigilo hacia el extremo sur del campamento, que estaba vigilado por un solo centinela. Si se arrastraba, lo evitaría.

Luego, lo desconocido. Un largo camino que, sin duda, llevaba al abismo.

Muy lentamente, el perro se instaló ante la tienda de Iker. Sólo emitió un pequeño ladrido de tristeza.

—¡Qué hermosa jornada! —exclamó Amu recorriendo el campamento que, muy pronto, se transformaría en una próspera aldea administrada por Iker—. ¿Estará ya preparada la novia?

—¡Claro que sí, jefe! —le respondió el guardia encargado de vigilar el domicilio de la prometida—. ¡Hace ya un rato que están maquillándola!

—Espero que el novio no la haya molestado.

—No lo habría dejado pasar —respondió el cancerbero con una mirada obscena—. Todos deben tener paciencia, ¿no?

Ante la tienda de Iker, *Sanguíneo* montaba guardia.

—Ya hace rato que todo el mundo está levantado —advirtió el sirio, intrigado—. ¿Por qué duerme tanto el novio?

Quiso acercarse a la tienda, pero el perro gruñó y le mostró los colmillos.

—¡Despierta, Iker! —gritó Amu, al que pronto rodearon varios curiosos.

No hubo respuesta.

—Apartad al perro con vuestras picas —ordenó a sus hombres.

La operación no resultó fácil, pero las armas obligaron al animal a moverse.

Amu entró en la tienda y salió casi de inmediato. *Sanguíneo* se había calmado repentinamente.

—Iker se ha marchado —anunció.

—¡Persigámoslo y traigámoslo aquí! —exigió alguien, excitado.

—Es inútil, antes o después huiría. Había olvidado que un egipcio no puede vivir lejos de su país. Aunque Iker no volverá a verlo nunca: hay demasiada distancia y demasiados peligros.

18

Isis salía de la biblioteca de la Casa de Vida de Abydos cuando un sacerdote temporal le entregó una carta con el sello real.

Temió una terrible noticia, por lo que acudió al templo de Sesostris para recuperar algo de serenidad. Rodeada de las divinidades presentes en las paredes y de textos jeroglíficos que celebraban un ritual imperecedero, recordó las etapas de su iniciación sin conseguir olvidar a Iker. Nunca hubiera creído que la turbara hasta ese punto la ausencia de un ser al que ni siquiera estaba segura de amar.

Si aquella carta le comunicaba su desaparición, ¿tendría el valor de seguir luchando contra la adversidad?

Al salir del santuario, ella, tan sonriente por lo común, apenas saludó a los temporales que encontraba en su camino y le deseaban que pasara un buen día pronunciando la fórmula: «Protección para tu *ka*.»

Se acomodó en un jardincillo ante una pequeña tumba. Allí descansaban las estelas que permitían a aquellos a quienes estaban dedicadas participar mágicamente en los misterios de Osiris. Temblorosa, rompió el sello y desenrolló el papiro.

Sesostris le revelaba la existencia de un mensaje en código, firmado por Iker.

Iker, vivo...

Isis apretó la carta contra su corazón. De modo que su intuición no la había engañado.

¿Dónde estaba, con qué peligros se enfrentaba? Que hubiera sobrevivido demostraba la formidable capacidad de adaptación del joven y su aptitud para evitar los peligros, pero ¿durante cuánto tiempo seguirían protegiéndolo la suerte y la magia?

El general Ibcha llevaba un taparrabos coloreado, sandalias negras y sostenía la espada en la mano, lo cual le confería un aspecto muy fiero. A su lado, los jefes de tribu observaban golosos su futura presa: la ciudad de Siquem, muy pronto capital de Canaán liberado.

Cada uno de ellos pensaba ya en tomar el poder eliminando a sus antiguos aliados, pero primero había que obtener una aplastante victoria matando al máximo de egipcios.

—¡Qué error, haberse encerrado en la ciudad! —advirtió Ibcha—. Nesmontu es demasiado viejo para mandar. Ataquemos en masa por el sur, que está desprovisto de fortificaciones. Y os recuerdo la consigna: nada de prisioneros.

La jauría se puso en marcha.

—Aquí están —anunció el ayuda de campo.

—¿Sólo por el sur? —preguntó Nesmontu.

—Sólo.

—Primer error. ¿Fuerzas de reserva?

—No, general.

—Segundo error. ¿Y los jefes de tribu?

—Juntos y en cabeza.

—Tercer error. ¿Están nuestros hombres en su puesto?

—Afirmativo.

—Ésta debería ser una hermosa jornada —estimó Nesmontu.

Ibcha preveía una encarnizada resistencia, pero la jauría no encontró obstáculo alguno.

Los cananeos invadieron las calles y las callejas, buscando en vano un enemigo al que despanzurrar. Cuando recuperaban el aliento, aquí y allá, centenares de arqueros egipcios se levantaron al mismo tiempo en las.terrazas y los tejados.

Con una precisión facilitada por la proximidad de sus blancos, eliminaron en pocos instantes a la mitad del ejército cananeo.

Aterrados, los supervivientes intentaron salir de la nasa.

Pero dos regimientos, armados con lanzas, les cerraron el camino.

—¡Al ataque! —aulló Ibcha, tratando de olvidar el dardo que le atravesaba la pantorrilla.

El enfrentamiento fue breve y violento. Sin dejar de disparar, los arqueros diezmaban al adversario. Y la muralla de lanzas no dejó pasar a ningún fugitivo.

—¡No me matéis, soy vuestro aliado! —gritó Dewa, aterrorizado—. ¡Me debéis vuestra victoria!

El general Nesmontu no había considerado oportuno revelar su estrategia al vendido. El gordo de la barba rojiza pensaba desaparecer y volver a cobrar el precio de su colaboración, pero el desarrollo del combate lo condenaba.

Atravesado por las flechas, moribundo, el efímero general Ibcha tuvo fuerzas todavía para clavar su puñal en la espalda del traidor Dewa. Luego se hizo el silencio, roto de vez en cuando por la enloquecida carrera de un superviviente, que era interrumpida por el disparo de un arquero.

Los propios egipcios se sorprendían ante la facilidad y la rapidez de su éxito.

—¡Viva Nesmontu! —gritó un infante, y la aclamación fue repetida a coro.

El general felicitó a sus hombres por su rigor y su sangre fría.

—¿Qué hacemos con los heridos? —preguntó su ayuda de campo.

—Los curamos y los interrogamos.

Al caer sobre Trece-Años, un jefe de tribu había salvado al muchacho, consciente de la magnitud del desastre. Era imposible levantarse sin ser rematado en seguida.

Por el rabillo del ojo, Trece-Años veía los cadáveres de los cananeos que llenaban la arteria principal de Siquem.

Lo que más le hacía sufrir, horriblemente, era no poder cumplir su misión y decepcionar al Anunciador.

¡Pero el destino le sonrió!

Algunos oficiales egipcios se acercaban. A su cabeza figuraba Nesmontu.

El general ordenaba que se quemaran los despojos y se fumigara la ciudad.

Unos pasos más y el jefe del ejército enemigo estaría a su alcance. De ese modo, su triunfo terminaría en desastre, y el sacrificio de los cananeos no habría sido inútil.

Trece-Años apretó el mango del puñal que hundiría, con todas sus fuerzas, en el pecho del general.

Cuando un infante desplazó el cadáver salvador, el chico saltó como una serpiente y golpeó. En ese mismo momento, un dolor atroz le desgarró la espalda.

La vista se le nubló pero, sin embargo, divisó a Nesmontu.

—¡Te... te he matado!

—No —respondió el general—. Tú eres el que muere.

Trece-Años vomitó un chorro de sangre, y los ojos se le pusieron en blanco.

Protegiéndolo con su cuerpo, el ayuda de campo de Nesmontu le había salvado la vida: el puñal de Trece-Años se había clavado en su antebrazo, mientras un lancero hería al terrorista.

—Me ha parecido que alguien se movía ahí —indicó el oficial.

—Para ti, condecoración y ascenso —decretó el general—. Para ese pobre chiquillo, la nada.

—¿Pobre chiquillo? Ni hablar, ¡era un fanático! —recordó el ayuda de campo, mientras un médico militar se ocupaba ya de él—. Nos enfrentamos a un ejército de tinieblas que enrola a un niño y no le dicta más ideal que el de matar.

Al entrar en Menfis acompañado por Bina y Shab el Retorcido, el Anunciador se detuvo.

Sus ojos se colorearon de un rojo vivo.

—El ejército cananeo acaba de ser exterminado, y la represión será severa —declaró—. Sesostris sabe ahora que sus enemigos son capaces de unirse. La próxima revuelta podría ser, por tanto, más amplia. Tendrá que concentrar el máximo de fuerzas en la región sirio-palestina. Nos dejará el campo libre y nosotros golpearemos en pleno corazón de las Dos Tierras.

—¿Ha tenido éxito Trece-Años? —preguntó Bina con una voz extraña.

—Me ha obedecido, pero no puedo ver el resultado de su gesto. Si Nesmontu ha sido asesinado, la moral del ejército se verá profundamente afectada. Ibcha, en cambio, ha muerto. No volverá a importunarte.

Jeta-de-través y sus hombres utilizaban otros accesos, mezclándose con los mercaderes. Todos pasaron sin problemas los controles de la policía, que buscaba, sobre todo, armas.

Pero era incapaz de descubrir las que, muy pronto, iba a utilizar el Anunciador.

El gato salvaje bufó.

Tras varias jornadas de agotadora marcha a través de los bosques, las ciénagas y las estepas, Iker se sentía casi sin fuerzas.

Si el felino saltaba del árbol seco y se arrojaba sobre él, todo habría acabado.

Con rabiosa mano, empuñó su bastón arrojadizo y lo blandió.

Y el gato salvaje se alejó, asustado.

Continuar... Tenía que continuar.

El hijo real se levantó, sus piernas lo llevaban a su pesar, como animadas por una existencia autónoma.

Pero acabaron cediendo, y finalmente Iker se tendió y se durmió.

Lo despertaron los trinos de los pájaros.

A pocos pasos vio un vasto estanque cubierto de lotos. Extrañado por haber sobrevivido, el escriba gozó del baño con infantil alegría. Masticando los azucarados tallos del papiro, recuperaba la esperanza cuando una negra masa ocultó el sol: centenares de cornejas de agudo pico.

Una de ellas se separó del grupo y trató de agredirlo, aunque falló por poco. Una decena de congéneres la imitaron, y obligaron a Iker a tenderse entre las cañas.

Furiosos, los pájaros revoloteaban por encima de su presa, profiriendo estridentes gritos.

De pronto, el hijo real se levantó y lanzó hacia el cielo su bastón arrojadizo.

Lleno de magia, ¿no disiparía el maleficio que se había apoderado del alma de las cornejas?

Un pico se clavó en su hombro izquierdo e hizo brotar la sangre. Otro rozó sus cabellos. Luego, las aves depredadoras trazaron amplios círculos antes de alejarse.

El bastón arrojadizo cayó a los pies de Iker, que, temiendo un nuevo asalto, abandonó aquel lugar maldito.

Un desierto interminable.

Una tierra roja, agrietada. Plantas secas, muertas de sed. Ni el menor pozo.

¿Dónde estaba Egipto?

Lejos, demasiado lejos.

Ya no había puntos cardinales, no había horizonte, no había esperanza. Sólo el calor y la sed. Iker iba a morir solo, sin ritual, sin sepultura. La tragedia de *El Rápido* recomenzaba. Esta vez, ninguna ola se lo llevaría hasta una isla del *ka*, y nadie acudiría en su ayuda.

Indiferente a las quemaduras de un sol implacable, Iker se sentó con las piernas cruzadas.

La muerte estaba ahora ante él como la curación tras una enfermedad, el aroma de un perfume embriagador, el regreso a la patria tras el
exilio, la dulzura de una velada bajo un saledizo al final de una jornada
de canícula.

Iker renunciaba.

De pronto, de la luz apareció un pájaro con rostro humano.

Su propio rostro.

—Deja ya de lamentarte —le dijo—. Suicidarte así sería una cobardía.
Debes llevar al faraón un mensaje esencial para la supervivencia de
Egipto, no te abandones a la nada.

Y, con un poderoso aleteo, el pájaro regresó al sol.

¿Pero qué dirección debía tomar? Por todas partes había desolación
y vagabundeo.

Entonces la vio.

Era una columna de cuatro caras, en cada una de las cuales había el
rostro de Isis, serena y sonriente.

La de mediodía brillaba más.

—Te amo, Isis. ¡Oriéntame, te lo suplico!

Y, apretando las mandíbulas, el hijo real se dirigió hacia el sur.

19

Ni uno solo de los habitantes de Menfis ignoraba el triunfo de Nesmontu. Los servicios del secretario de la Casa del Rey habían hecho llegar a todas las provincias los textos redactados por Medes, que anunciaban el final de la revuelta de los cananeos y alababan las hazañas del valeroso general.

Sin embargo, fue un huraño vencedor el que se presentó ante el faraón.

—Siquem sigue bajo nuestro control, majestad, y varias tribus de excitados han sido parcialmente aniquiladas. No obstante, no debemos alegrarnos.

—¿Por qué ese escepticismo?

—Porque no se trataba de un verdadero ejército, sino de un montón de histéricos. Corrieron directamente al desastre sin darse cuenta de ello.

—¿Quién los mandaba?

—Nadie. Formaban una jauría incapaz de realizar una ofensiva inteligente y de batirse en retirada. No podemos hablar de una batalla, fue sólo una ejecución.

—¿No eran éstas tus previsiones, Nesmontu?

—Entre los cananeos, la mentira y la traición son regla, y había tomado mis precauciones. Sin embargo, no esperaba tantas facilidades.

—¿Qué piensas en el fondo?

—Esos imbéciles fueron deliberadamente enviados a la muerte. Han querido convencernos de que los cananeos formaban un ejército de liberación que representaba un peligro real.

—Sin embargo, ¿no hiciste todo lo necesario para hacerlos salir de su cubil y atraerlos a Siquem?

—En efecto, majestad, y debería felicitarme por ello. Sin embargo, tengo la impresión de haber sido engañado también.

—¿No has acabado con la revuelta?

—A corto plazo, sin duda. Pero, en realidad, nos toman el pelo.

—¿Reunirán los cananeos otro ejército?

—Si se alían con los sirios, tal vez. Pero no creo en ese tipo de bodas.

—¿Debemos mantener, sin embargo, un máximo de tropas en Canaán?

—¡Ésa es la pregunta clave! O ese ataque ridículo estaba destinado a probar la nulidad de las revueltas, y bajamos la guardia exponiéndonos a un verdadero ataque a nuestras bases, o seguimos desconfiando y preservamos la región. Aunque quizá entonces asesten un golpe fatal en otro lugar.

—¿Has recibido otro mensaje de Iker?

—No, majestad. Contrariamente a Sobek, estoy seguro de que el texto nos proporcionaba una indicación válida. Lamentablemente, su imprecisión me impide arriesgar la vida de soldados, aunque sean expertos, en una región tan peligrosa. Si el hijo real no nos procura más detalles sobre la madriguera del Anunciador, no nos moveremos.

En cambio, para Sobek el Protector, la batalla había sido un rotundo éxito.

—Como yo suponía, majestad, el mensaje de Iker tenía sólo un objetivo: ¡engañarnos! Quería provocar la dispersión de nuestras tropas mientras las tribus cananeas atacaban Siquem, privada de defensa. Por fortuna, el general Nesmontu no mordió el anzuelo.

—Mi análisis difiere —objetó Sekari—. Utilizaron a Iker para transmitirnos falsas informaciones. En cuanto advirtió la manipulación, el hijo real se evadió, esperando reunirse con nosotros y contarnos la verdad.

—Iker está muerto o nos traiciona —insistió Sobek—. Los sentimientos amistosos de Sekari lo privan de lucidez.

—He vivido muchas situaciones peligrosas y nunca me he dejado engañar por ningún sentimiento. Conozco bien a Iker. Sólo hay algo cierto: algunos traidores, pertenecientes a la corte de Menfis, lo vendieron al enemigo. Sin embargo, regresará.

—En ese caso, yo mismo lo meteré en la cárcel —prometió Sobek.

—¿Por qué tanto odio? —preguntó Sekari.

—No se trata de odio, sino de clarividencia. El traidor es el propio Iker. Aunque deteste a la mayoría de los dignatarios, ninguna investigación ha tenido éxito. ¡Son halagadores y cobardes incapaces de asumir riesgos! Iker, en cambio, quería asesinar al faraón.

—¿No demostró su inocencia?

—Al contrario, se reunió con sus aliados y, ahora, nos combate desde el exterior. Si regresa a Menfis, intentará suprimir al rey de nuevo. Pero ese reptil fracasará, pues le aplastaré la cabeza.

—El tiempo demostrará que estás equivocado, Sobek.

—Tú eres el que se engaña, Sekari.

El faraón guardaba silencio.

Los dos adversarios consideraron ese mutismo como una aprobación.

¡Por fin una reacción! Sekari ya estaba a punto de perder las esperanzas de abrir una brecha entre los policías próximos a Sobek. ¿Acaso formaban un bloque inquebrantable?

Uno de ellos, un cincuentón canoso, aceptó sin embargo una entrevista, con gran secreto.

—¿Investigáis a Sobek?

—Yo no lo llamaría así —rectificó Sekari—. Nadie pone en duda su honestidad.

—¿Qué le reprocháis, entonces?

—Su hostilidad hacia ciertos notables. A veces manifiesta un carácter en exceso de una pieza, perjudicial para la búsqueda de la verdad.

—¡Ya podéis decirlo! —exclamó el canoso—. Sobek se empecina en algo y nada lo hace cambiar de opinión. Sin embargo, no siempre tiene razón.

—¿Con respecto al hijo real Iker, por ejemplo?

—Por ejemplo.

—¿Utiliza medios ilícitos para perjudicarlo?

—Eso me temo.

—Sé más preciso.

El canoso vaciló.

—Es difícil. Sobek es mi jefe y...

—¡Se trata de un asunto de Estado, no de un trueque entre mercaderes! Si aceptas hablar, prestarás un gran servicio al faraón.

—¿Y obtendré por fin el ascenso que Sobek me niega?

—Ignoraba ese detalle. ¿Cuáles son sus motivos?

El policía bajó los ojos.

—Naderías.

—¿A saber?

—No soy un hombre de acción, ¡eso es todo! La violencia, los arrestos, los riesgos...

—Vete.

—¿No queréis escuchar mis revelaciones?

—Sólo piensas en vomitar sobre tu superior y no tienes nada serio que decirme. Limítate a tu puesto y olvida tus injustificadas amarguras.

El canoso, avergonzado, no protestó.

Las investigaciones de Sekari no daban resultado alguno.

El doctor Gua soltó un suspiro de exasperación mientras dejaba en el suelo su pesada bolsa de cuero llena de medicinas. Ninguno de sus ilustres enfermos era fácil de tratar, pero la esposa del secretario de la Casa del Rey habría agotado a un batallón de médicos.

Flaco, dotado de una constitución débil, el facultativo parecía frágil ante aquella mujer colérica, de abundantes carnes, que creía sufrir todos los males posibles e imaginables.

—¡Por fin habéis llegado, querido doctor! Mi cuerpo es sólo dolor, mi existencia un suplicio. ¡Necesito remedios, muchos remedios!

—Dejad de gesticular y sentaos. Si seguís así, me voy.

La esposa de Medes obedeció adoptando una actitud infantil.

—Ahora, responded con franqueza a mis preguntas. ¿Cuántas comidas diarias hacéis?

—Cuatro... cinco tal vez.

—¡He dicho con franqueza!

—Cinco.

—¿Y pasteles siempre?

—Casi... sí, siempre.

—¿Grasas?

—Sin ellas, la cocina no tendría sabor —reconoció la paciente.

—En esas condiciones, cualquier medicación está condenada al fracaso —afirmó el facultativo—. O modificáis de una vez por todas vuestros hábitos alimenticios u os pondré en manos de un colega.

—¡La angustia me corroe, doctor! Privada de ese consuelo, no sobreviviría mucho tiempo. Comiendo, consigo calmar mi ansiedad y dormir.

Gua frunció el ceño.

—Tenéis un marido, una mansión soberbia, sois rica... ¿A qué viene tanta ansiedad?

—Lo... lo ignoro.

—¿Lo ignoráis u os negáis a decírmelo?

La esposa de Medes estalló en sollozos.

—Bueno... Os prescribo unas píldoras tranquilizantes, a base de adormidera. De todos modos, tendríais que comer mejor y menos, y buscar luego la fuente de esos tormentos.

—¡Me salváis, doctor, me salváis!

Temiendo unas efusiones que lo horrorizaban, Gua abrió su bolsa y sacó un envoltorio.

—Una píldora por la mañana, dos antes de acostaros.

—¿Cuándo volveremos a vernos, doctor?

—Son necesarias varias semanas de tratamiento. Respetad estrictamente mis prescripciones.

Intrigado, Gua salió de la mansión de Medes. Si aquella mujer no estaba loca, sufría a causa de un secreto demasiado difícil de soportar. Si conseguía librarla de él, tal vez lograra curarla.

El secretario de la Casa del Rey miró a su mujer con asombro.

—¡Muy alegre me pareces hoy!

—Agradéceselo al doctor Gua. ¡Ese médico es un verdadero genio!

La mirada de Medes se endureció.

—Espero que no hayas hablado demasiado...

—¡Oh, no, puedes estar tranquilo! Gua sólo se ocupa de los tratamientos y no aprecia en absoluto la conversación.

—Mejor así, querida, mejor así. No le hables nunca de mí ni de tus dones como imitadora de caligrafía. ¿He sido lo bastante claro?

Ella se acurrucó contra su marido.

—Soy tu mejor apoyo, amor mío.

Medes comenzaba a tranquilizarse. Ni el jefe de la policía ni el gran tesorero podían hacer presa en él. Nada más normal que hubieran sospechado de él, puesto que todo el mundo podía sospechar en una corte donde corrían mil rumores. El veneno que el Anunciador destilaba iba extendiéndose poco a poco, erosionaba la confianza y socavaba los fundamentos del Estado faraónico, incapaz de encontrar remedio.

Todos los días, Medes se felicitaba por su alianza con el Anunciador. Lejos de limitarse a la violencia, utilizaba apartados senderos para llegar a sus fines.

Avisado por un mensaje en código, el secretario de la Casa del Rey acudió a casa del libanés adoptando las acostumbradas precauciones. Tras asegurarse de que no lo seguían, presentó al portero el pedazo de cedro con el jeroglífico del árbol.

En las mesas bajas del salón, ni la menor golosina.

El libanés había perdido su aire jovial.

—Las mercancías llegarán dentro de unos días.

—¿Te refieres a...?

—Las cantidades previstas se verán superadas incluso. Así pues, estamos dispuestos a actuar.

Medes se aclaró la garganta.

—¿Realmente lo ha ordenado el Anunciador?

—¿Acaso os asustan las consecuencias?

—¿No serán espantosas?

—Ése es el objetivo de la operación, Medes. Si tembláis, renunciad.

—El Anunciador no me lo perdonaría.

—Afortunadamente, lo habéis comprendido. Pero esa lucidez no basta: encargaos de facilitar el conjunto de gestiones administrativas para que comience la más vasta operación terrorista que nunca se ha concebido.

20

Como todas las noches, el encargado de las lámparas del templo de Hator de Menfis fue a buscar aceite al almacén situado en el exterior del edificio. Precisamente, acababan de entregar una buena cantidad.

El encargado hacía siempre los mismos gestos, de forma meticulosa y siguiendo el mismo recorrido. Le gustaba contemplar el resultado de su trabajo, cuando una suave luz bañaba la mansión de la diosa. Con pasos lentos y solemnes, acercó la llama a la sala de la barca, la primera que iluminaba.

Imbuido de la importancia de su gesto, encendió la mecha.

Pero, en un instante, el aceite se inflamó.

Una llama enorme le devoró las manos, el torso y la cara. Mientras retrocedía aullando de dolor, la barca sagrada fue alcanzada y el incendio se propagó.

Como de costumbre, el superior de los escribas encargado de administrar el abastecimiento de la capital de frutas y verduras parecía desconfiado.

—¿Me garantizas la calidad de tu aceite de ricino? Todos mis despachos deben tener una iluminación perfecta.

—El productor lo garantiza.

—Prefiero volver a contar el número de jarras.

—Ya lo he hecho tres veces.

—Es posible, pero yo no.

Efectuada la comprobación, el funcionario aceptó por fin poner el sello que permitiera al proveedor ser pagado por el despacho del visir.

Las siguientes jornadas se anunciaban difíciles, pues el superior necesitaría muchas horas suplementarias para compensar el retraso de su administración. Conociendo el rigor del visir Khnum-Hotep, la situación no podía durar, por lo que exigía a sus empleados que renunciaran a su próximo período de vacaciones para demostrar que estaban a la altura de su misión.

De un humor de mil demonios, aceptaron sus exigencias. Temiendo que una reprimenda comprometiese su ascenso, aquellos especialistas llevarían a cabo la tarea.

El día declinaba.

—Encended las lámparas —ordenó el superior.

Una decena de ellas se prendieron al mismo tiempo.

El pánico sucedió a los gritos de espanto. El incendio inflamó los papiros, el material de escritura, los asientos de madera y, luego, los muros.

Un joven escriba consiguió salir de la hoguera.

Estupefacto, vio que otras columnas de humo brotaban del centro de la capital. Varios edificios de despachos ardían.

El maestro cocinero no dejaba de maldecir. Debía preparar un banquete para treinta comensales y la entrega de aceite de primera calidad no llegaba. Por fin, apareció un cortejo de asnos muy cargados.

—A ti no te conozco —le dijo al bigotudo que los conducía.

—Mi patrón está enfermo, yo lo sustituyo.

—Con semejante retraso, corres el riesgo de que te despidan.

—Os presento mis excusas. Al parecer, sois muy exigente; he perdido tiempo seleccionando los mejores productos.

—Muéstramelo.

El proveedor abrió las jarras una a una.

—Aceite de moringa, de oliva y de balanites, de una calidad excepcional.

Suspicaz, el cocinero lo probó.

—Parece correcto. ¡Pero que no se produzcan más incidentes en el futuro!

—No temáis, tomaré mis precauciones.

Puesto que detestaba trabajar con urgencia y presa de un leve malestar, el maestro cocinero consiguió preparar unos entremeses, carnes y pescados de modo relativamente satisfactorio. Los invitados comieron con buen apetito y brotaron los cumplidos. Luego sucedió el desastre.

Una mujer vomitó. Los servidores la llevaron aparte, pero pronto les llegó el turno a dos comensales más, que fueron víctimas de los mismos síntomas. El conjunto de los invitados pronto quedó afectado, y algunos incluso se sumieron en el coma.

Llamado de urgencia, el doctor Gua sólo pudo certificar varias muertes. Tras haber examinado a los supervivientes, su diagnóstico asustó al maestro cocinero.

—La comida ha sido envenenada.

Al intendente del jefe de los archiveros de Menfis le complacía ofrecer a la esposa de su patrón su producto de lujo preferido: un frasco de láudano, de aroma ambarino y cálido. Gracias a las indicaciones de un primo, lo había obtenido en casa de un vendedor desconocido hasta entonces en la capital.

La rica propietaria quedó efectivamente encantada. Creyó que haría palidecer de envidia a sus mejores amigas, ignorando que todas ellas habían conseguido obtener, también, el costoso producto por medio del mismo contacto.

Apenas la esposa del alto funcionario se había perfumado con unas gotas de láudano cuando vaciló. Intentó desesperadamente agarrarse a un mueble, pero cayó hacia adelante. Extrañado de su ausencia en la comida, su marido entró en la habitación. El cuello de la infeliz era sólo una llaga, corroída por un ácido.

—No tiene muy buena cara —dijo el segundo a su capitán, que manejaba, blandamente, la barra de un pesado carguero que transportaba trigo al Fayum.

—Sí, sí, no te preocupes. Sólo estoy algo fatigado.

—¿Qué ha comido esta mañana?

—Pan y dátiles.

—¿No habrá olvidado su medicina para los dolores?

—¡Al contrario! El médico me ha dado una nueva poción que contiene láudano procedente de Asia. Ya no me duele nada la espalda.

El Nilo se bamboleaba ante los ojos del capitán. De pronto creyó ver una decena de barcos de guerra que se abalanzaban sobre él.

—¡Huyamos, nos atacan!

Soltó la barra e intentó lanzarse al agua, pero su segundo lo agarró por la cintura.

—¡Estamos perdidos, vamos a morir!

La cabeza del capitán cayó hacia atrás y su cuerpo cedió. El segundo lo tendió en cubierta y palmoteó sus mejillas.

—¡Capitán, despierte! No hay peligro alguno.

—Ha muerto —afirmó un marinero.

La hermosa Nenúfar vivía el colmo de la felicidad. No sólo se había casado con un notable apuesto y adinerado, sino que, además, los pronósticos referentes al próximo nacimiento de su primer hijo resultaban excelentes. La joven vivía en una agradable villa al sur de Menfis y sus dos criadas, a las que mimaba de buena gana, se desvivían por ella.

Por lo que se refiere al último regalo de su marido, había soñado tanto con él que apenas lo creía real: ¡un magnífico frasco de preñez importado de Chipre! Con la forma de una mujer encinta amamantando a su bebé, contenía aceite de moringa con el que su masajista le ungía el cuerpo. El conjunto de los canales de energía se abría, y las defensas, tanto las de la madre como las del hijo, quedarían así fortalecidas.

Unas manos expertas palpaban su piel procurándole una maravillosa sensación de bienestar. Empezaba a adormecerse cuando unas atroces quemaduras le arrancaron gritos de dolor.

La masajista se apartó, pasmada.

—¡Mi cuerpo arde! ¡Agua, pronto!

Pero el remedio fue peor que la enfermedad.

Menos de una hora más tarde, la joven agonizaba entre horribles sufrimientos. Y su hijo nunca vería la luz.

Más de un centenar de casos semejantes fueron comunicados al doctor Gua. Aunque se multiplicaban, el facultativo no pudo salvar a ninguna de las víctimas del aceite de masaje.

El carguero atracó en el muelle de Abydos y una decena de soldados se colocaron al pie de la pasarela. A la cabeza, un comandante nombrado por Sobek el Protector.

Subió a bordo y se dirigió al capitán.

—¿Qué transportas?

—Un cargamento especial procedente de Menfis. ¿Queréis ver mis autorizaciones?

—Por supuesto.

Los documentos parecían en regla.

—Aceite de moringa para los cuidados corporales y la cocina, aceite de iluminación y frascos de láudano —precisó el marino.

—¿Quién es el responsable del envío?

El capitán se mesó la barbilla.

—Lo ignoro, y no es problema mío. ¿Podemos descargar?

—Hazlo.

Intrigado, el militar consultó la lista de los movimientos de embarcaciones, presentada a comienzos de mes, y comprobó que aquel navío no figuraba en ella. Sin embargo, eso no era nada inquietante, pues los envíos excepcionales no eran raros. Y el sello de la administración del visir, puesto en el conocimiento, debería haber disipado las dudas del oficial encargado de la seguridad del puerto de Abydos. ¿Pero acaso no ocupaba aquel puesto dada su visceral desconfianza? Así pues, llamó a una veintena de soldados más. Ni un solo marinero abandonaría el carguero.

El oficial subió a bordo mientras los estibadores terminaban su tarea.

—¿Eres originario de Menfis? —le preguntó al capitán.

—No, de una aldea del Delta.

—¿Tu patrón?

—Un armador de la capital.

—¿Primer viaje a Abydos?

—Eso es.

—¿No te ha preocupado mucho pensar en semejante transporte?

—¿Por qué?

—Abydos no es un destino como los demás.

—¿Sabes?, en mi oficio no nos hacemos ese tipo de preguntas.

—¿Respondes por todos los miembros de tu tripulación?

—¡A cada cual, su vida, comandante! Yo me ocupo del trabajo y nada más.

Gracias a aquel interrogatorio desacostumbrado, el oficial esperaba que el marino perdiera su sangre fría y le revelara algún detalle significativo.

Pero, sin ofuscarse en absoluto por aquella retahíla de preguntas, el capitán seguía imperturbable.

—¿Cuándo podré volver a zarpar?

—En cuanto terminen las formalidades habituales.

—¿Y eso requerirá mucho tiempo?

—Me gustaría inspeccionar tu barco.

—¿Es la costumbre?

—Por orden del faraón, la seguridad de Abydos exige medidas excepcionales.

—No hay problema alguno, adelante.

Sorprendido por aquella falta de resistencia, el comandante registró sin embargo el navío, pero sin resultados.

¿Se equivocaba o tenía que hacer caso a su instinto?

—Paciencia, estoy encargándome de las últimas gestiones administrativas.

Con el navío y su tripulación bajo estrecha vigilancia, no había nada que temer. Sin embargo, la angustia persistía. El oficial mandó, por tanto, a un sacerdote temporal.

—Quisiera que un especialista examinara los productos antes de repartirlos. Tráeme a uno.

Cuando Isis se presentó, el comandante se mostró dubitativo. ¿Aquella muchacha sería realmente capaz de hacer un peritaje válido?

—¿Qué sospecháis, comandante?

—Esta carga me intriga.

—¿Por qué razones?

—Es sólo una intuición.

Isis vertió un poco de aceite de moringa en un pedazo de paño, luego en una torta y, por fin, en un pescado que un soldado acababa de sacar del río.

Minutos más tarde aparecieron unas manchas sospechosas.

—Este aceite no es puro; podría resultar, incluso, nocivo.

—Pasemos al producto de iluminación.

—Llenad una lámpara —recomendó Isis.

Efectuada la operación, el oficial quiso prender la mecha.

—¡Un momento! —intervino la sacerdotisa—. Utilizad una vara larga y manteneos a distancia.

El comandante obedeció.

E hizo bien, pues el aceite se inflamó. Si hubiera estado cerca, el militar habría resultado gravemente herido.

—Me habéis salvado —dijo, palideciendo.

—¿Hay más productos sospechosos?

—Uno más.

Prudente, dados los resultados de las primeras experiencias, el comandante manejó con delicadeza un frasco de láudano.

—Lo examinaré en el laboratorio —decidió Isis.

Cuando vio que la sacerdotisa se llevaba el frasco, el capitán del carguero se zambulló en el río: conocía de antemano el resultado del peritaje, por lo que no tenía más salida que la huida.

El terrorista nadaba mal. Cuando los arqueros comenzaron a disparar, quedó atrapado por un remolino y cedió al pánico. Luchando en vano contra la corriente, tragó gran cantidad de agua, desapareció, volvió a la superficie, pidió socorro, se hundió de nuevo y finalmente se ahogó.

21

Iker corría.

Sus zancadas parecían cortas, pero se repetían, incansables, de acuerdo con la técnica aprendida durante su formación militar. Todos los días daba gracias al jefe de provincia Khnum-Hotep, hoy visir, por haberle impuesto aquella disciplina. Seguro de que la aparición de Isis no lo había engañado, Iker devoraba el espacio. No faltaban las aguadas, comía bayas, dormía unas horas y volvía a ponerse en marcha.

¡Había olvidado el agotamiento y la desesperación! Cada esfuerzo lo acercaba a Egipto.

En la lejanía divisó el primer fortín de los Muros del Rey. El joven apretó el paso. En menos de una hora lo recibirían los soldados. Luego llegaría el regreso a Menfis, donde daría cuenta a Sesostris de su misión. De ese modo, su país evitaría la trampa cananea.

Una flecha se clavó a sus pies y lo devolvió a la realidad. Para los centinelas era un rebelde decidido a intentar alguna jugarreta.

El joven se detuvo y levantó los brazos. Del fortín salieron a su encuentro cinco infantes armados con jabalinas.

—¿Quién eres?

—El hijo real Iker.

Aquella declaración los turbó. El oficial se sobrepuso rápidamente.

—¿Tienes el sello que prueba tu calidad?

—Vengo de Canaán. Por orden de su majestad, me infiltré entre el enemigo, sin ningún objeto comprometedor. Conducidme a Menfis.

—Primero debes ver al comandante del fortín.

El oficial de carrera estaba imbuido de su importancia.

—Deja de contarme tonterías, muchacho, y dime quién eres realmente.

—El hijo real Iker.

—El rumor afirma que está muerto.

—Pues estoy muy vivo y debo hablar sin tardanza con el rey.

—¡A ti, al menos, no te faltan narices! Por lo común, los cananeos no plantan cara de este modo.

—Dadme algo para escribir.

El comandante, intrigado, accedió a la petición del sospechoso.

En hermosos jeroglíficos, Iker trazó las primeras *Máximas* de Ptah-Hotep.

—¿Basta eso para probar que soy un escriba egipcio?

El oficial seguía perplejo.

—No es el estilo de los cananeos... Bueno, examinemos más de cerca tu caso.

El libanés podía estar satisfecho.

El conjunto de las operaciones terroristas era un franco éxito y propagaba el pánico en la capital. Circulaban insensatos rumores, y el trono de Sesostris se tambaleaba. ¿Acaso los siniestros emisarios de la diosa Sejmet no sembraban veneno, miasmas y enfermedades disparando flechas mortíferas, visibles e invisibles?

La organización del libanés funcionaba a las mil maravillas. Cada proveedor de los productos adulterados había respetado al pie de la letra las consignas. Ninguna detención, ninguna pista posible para la policía. Las predicciones del Anunciador se estaban cumpliendo.

En adelante, cada uno de sus adeptos lo consideraría el dueño absoluto. ¿Acaso no desafiaba al faraón en el mismo corazón de su reino?

Quedaba un punto tan delicado como irritante: Abydos.

El resonante éxito obtenido en Menfis descansaba sobre una organización pacientemente implantada a la que su rapidez de actuación ponía fuera del alcance de las autoridades. La situación del dominio sagrado de Osiris era muy distinta. De modo que el libanés emitía las más extremadas reservas en lo referente a la posibilidad de introducir allí el láudano y los aceites envenenados. A la cabeza de una tripulación que ignoraba lo que transportaba, uno de sus mejores elementos, un marino muy ducho, había aceptado sin embargo la difícil misión a cambio de una enorme prima.

El libanés recibió al aguador.

—Excelentes noticias, patrón. Menfis arde y la sangre corre. Hay varios incendios difíciles de dominar, templos dañados, despachos destruidos y numerosas víctimas. Eso, por no mencionar las mujeres preñadas de la alta sociedad que han fallecido.

—¿Y hay algo nuevo referente a Abydos?

—Se ha confirmado el fracaso. El cargamento ha despertado las sospechas del ejército. Realizadas las verificaciones a fondo, ningún producto ha superado el cordón de seguridad.

—¿Y el capitán?

—Ha muerto ahogado al intentar huir.

—No ha hablado, pues... ¿Están a cubierto nuestros agentes?

—Los interventores exteriores han abandonado ya la ciudad para unirse al Anunciador. Los demás se dedican a sus ocupaciones habituales y se lamentan ostensiblemente entre el populacho.

El rostro de Sesostris se mostraba más grave aún que de ordinario.

—No se trata de accidentes, majestad —declaró el visir Khnum-Hotep—, sino de un ataque en toda regla que han llevado a cabo terroristas bien organizados.

—Mis peores temores se confirman —deploró Sobek el Protector, trastornado—: la organización durmiente de Menfis ha despertado. Adulterando los aceites de iluminación y de cocina, ha provocado numerosas muertes y una serie de incendios. Los daños son considerables.

—Y el horror no se detiene ahí —prosiguió el visir con la voz quebrada—. Varias mujeres encintas han sido envenenadas por el aceite adulterado que contenían unos frascos de preñez. A pesar de la intervención del doctor Gua y de sus colegas, ninguna se ha salvado.

—Quieren destruir Egipto —consideró Sobek—. ¡Matan a nuestros escribas, a nuestros ritualistas, a nuestras élites e, incluso, a nuestros futuros hijos!

—Tratad de restablecer la calma y encargaos de los enfermos y de los heridos —ordenó el monarca—. Que Medes me dé en seguida noticias de Abydos.

El secretario de la Casa del Rey movilizó a la totalidad de sus funcionarios para redactar apaciguadores mensajes dirigidos a las provincias del Norte y del Sur, y hacérselos llegar urgentemente. Mientras se alegraba del éxito del Anunciador, demostró su eficacia al servicio del faraón.

Ciertamente, muchos inocentes habían perdido la vida, pero aquella inocencia no contaba para Medes. A él sólo le importaba la toma del poder y, en ese sinuoso camino, sus aliados estaban obligados a golpear con fuerza.

Cuando mandaba una embarcación rápida a Abydos para obtener informes seguros, Medes fue avisado de la llegada de una sacerdotisa procedente de la ciudad sagrada de Osiris.

Corrió hacia el puerto.

Era Isis, acompañada por *Viento del Norte*.

—¿Vuestra visita es protocolaria o...?

—Llevadme a palacio, os lo ruego.

—¿Ha sucedido algo en Abydos?

—Debo ver de inmediato a su majestad.

Observando las estrictas consignas de prudencia, Medes evitaba cualquier contacto con el libanés desde el comienzo de las operaciones terroristas, por lo que ignoraba la suerte del centro espiritual del país.

Al ver el grave rostro de Isis, supuso que el lugar no debía de haberse salvado.

—Hemos evitado un desastre, majestad. Sin la vigilancia del comandante nombrado por Sobek, algunos productos envenenados se habrían distribuido entre los residentes en Abydos, y en ese caso hubiéramos tenido que deplorar muchas víctimas.

—¿No fue determinante tu peritaje?

—Tuve suerte y el Calvo confirmó mis análisis. Menfis... ¿Se ha visto afectada Menfis?

Aunque la voz del soberano no vacilara en absoluto y su mirada siguiera firme, la joven percibió su profundo sufrimiento. Tanto el hombre como el rey estaban gravemente afectados, pero ninguna prueba le impediría proseguir la lucha.

—La capital no ha escapado de la abominable agresión. Muchos menfitas han muerto.

—Sólo el demonio de las tinieblas que intenta matar la acacia de Osiris puede ser el autor de semejantes abominaciones —aseguró Isis.

—El Anunciador... Sí, sin duda alguna. Acaba de probarnos la magnitud de sus poderes. Y no se detendrá ahí.

—¿Realmente es imposible identificarlo y localizarlo?

—A pesar de nuestras investigaciones, sigue siendo inaprensible. Esperaba que Iker conseguiría descubrir una pista.

—¿Ha enviado otro mensaje?

—No, Isis.

—Y, sin embargo, majestad, ¡vive!

—Quédate unos días en Menfis. Las sacerdotisas del templo de Hator tendrán que curar a los quemados, tu saber les será útil.

El gran tesorero Senankh y el Portador del sello real Sehotep desplegaban todos los medios materiales de que disponían para ayudar a las víctimas, restaurar los templos y reconstruir rápidamente despachos y edificios destruidos por las llamas.

Sobek, por su parte, hacía que interrogaran a los escasos testimonios que habían visto a quienes entregaban los productos mortíferos. El conjunto de respuestas convergían: aquellos individuos les eran desconocidos. O residían en otros barrios de la ciudad o llegaban del exterior. Y, en ese caso, habían gozado del apoyo de cómplices que conocían bien la capital.

Cómplices tan inaprensibles como su jefe.

Por desgracia, las descripciones recogidas eran vagas y contradictorias. ¿Por qué prestar una especial atención a unos proveedores amables, discretos y apresurados? No había ni el menor hilo del que tirar.

Ni el menor sospechoso.

Sobek tenía ganas de aullar su cólera y de golpear al primer sospechoso que llegara, tanto lo desesperaba su impotencia. Soñaba con meter en la cárcel a los chicos malos de la capital y darles de garrotazos hasta obtener alguna información interesante. Pero la ley de Maat prohibía la tortura, y el faraón no le perdonaría semejante desviación.

¿Por qué tan doloroso fracaso? Sólo había una explicación posible: el adversario había identificado a todos sus informadores. La organización terrorista empleaba a veteranos militantes, perfectamente integrados en la población, que obedecían a su jefe con increíble disciplina. ¡Ni un traidor, ni un charlatán, ni un vendido! En caso de falta, la sanción debía de ser tan espantosa que cada uno de los miembros de la cohorte de las tinieblas desempeñaba su papel adhiriéndose, sin reservas, a las directrices del guía supremo.

Enojado, Sobek sabría mostrarse paciente.

Un día u otro, la organización terrorista cometería un error, por mínimo que fuera, y lo explotaría a fondo.

Entretanto, hacía controlar los aceites y los productos medicinales. La serenidad volvería a reinar en aquel frente, ¿pero cómo adivinar la naturaleza del próximo ataque?

—Jefe, el rumor no deja de crecer: al parecer, el rey ha tomado aceite envenenado y ha muerto —le comunicó uno de sus tenientes—. Aquí y allá se forman ya grupos, y podemos temer algunos tumultos.

Sobek corrió a palacio para informar al monarca.

Sesostris llamó de inmediato a su chambelán y al guardián de las coronas.

Ante los ojos pasmados de los curiosos, la silla de manos del faraón recorría los barrios de la capital. Tocado con la doble corona, vistiendo un gran taparrabos decorado con un grifo que vencía a sus enemigos, y con el pecho cubierto por un ancho collar de oro que evocaba la Enéada creadora, Sesostris sujetaba el cetro de mando y el cetro Magia, que le permitía reducir la multiplicidad a la unicidad. Su rostro, tan inmóvil como el de una estatua, tranquilizaba.

El rey no había muerto, y aquella aparición demostraba su total decisión de restablecer el orden. Unas aclamaciones brotaron de la multitud, y el propio Sobek se sintió serenado: la horrible victoria del Anunciador sería efímera.

Cuando Sesostris regresó, indemne, a su palacio, tras haber devuelto la esperanza a su pueblo, el policía reconoció la pertinencia del enorme riesgo corrido.

Uno de los tenientes le habló en voz baja.

—Jefe, os vais a poner muy contento.

—¿Hay alguna pista?

—¡Mucho mejor que eso!

—¿Acaso has detenido a un sospechoso?

—Tendréis una sorpresa.

22

Iker estaba irreconocible. Tan mal afeitado como un habitante de las ciénagas, sucio, y con un polvoriento taparrabos, habría horrorizado a cualquier dignatario de la corte.

Su regreso a Egipto no se correspondía con sus esperanzas. Desde la fortaleza principal de los Muros del Rey, una patrulla lo había llevado a Menfis y, sin someterlo a interrogatorio, había sido arrojado a una celda en la prisión del arrabal norte. Indiferente a sus protestas, el guardián se negaba a dirigirle la palabra y se limitaba a llevarle, una vez al día, tortas frías y agua.

¿Quién ordenaba que lo mantuvieran incomunicado?

Iker comenzaba a hacer planes de evasión cuando la puerta de madera se abrió de pronto.

En el umbral apareció Sobek el Protector.

—¿De modo que afirmas ser el hijo real?

El escriba se incorporó.

—Aunque no esté muy presentable, debes reconocerme de todos modos.

El jefe de todas las policías del reino dio algunas vueltas alrededor del prisionero.

—Francamente, no. Aquí encarcelamos a los desertores, a quienes intentan escapar del trabajo forzado y a los extranjeros en situación irregular. ¿A qué categoría perteneces tú?

—Soy el hijo real Iker y lo sabes muy bien.

—Conocí a ese joven en la corte, y no te le pareces. El infeliz murió en alguna parte de la región sirio-palestina.

—¿Nadie recibió mi mensaje?

—Una falsificación, evidentemente. O tal vez una trampa para atraer a nuestro ejército hacia una emboscada.

—Deja ya esa comedia, Sobek, y llévame ante su majestad. Tengo informaciones muy importantes que comunicarle con toda urgencia.

—Las divagaciones de un rebelde no divertirán a nuestro soberano. En vez de gastar saliva profiriendo mentiras, dime por qué la emprendiste con los Muros del Rey.

—¡No seas ridículo! Conseguí sobrevivir escapando de los sirios y los cananeos, y quiero facilitar a mi padre los resultados de mi misión.

Con una irónica sonrisa en los labios, Sobek se cruzó de brazos.

—Ni el más valeroso de los héroes habría regresado de aquel infierno; sólo hay dos posibilidades: o eres un terrorista que intenta hacerse pasar por el hijo real Iker para asesinar al faraón o eres realmente Iker, es decir, un traidor con las mismas intenciones. Debes elegir tu identidad antes de ser condenado a trabajos forzados hasta el final de tus días.

Y el Protector salió de la celda dando un portazo.

Tras haber curado a numerosos heridos, la mayoría de los cuales sobrevivirían a sus heridas, Isis se disponía a subir al barco con destino a Abydos cuando *Viento del Norte* soltó una serie de desgarradores rebuznos. Inmóvil, se negó a cruzar la pasarela.

Isis lo acarició.

—¿Estás enfermo?

«No», respondió el asno levantando la oreja izquierda.

—Tenemos que marcharnos, *Viento del Norte*.

«No», insistió el cuadrúpedo.

—¿Qué quieres?

Viento del Norte dio media vuelta y tomó la dirección de palacio. Isis apresuró el paso por miedo a perderlo. Cerca de los edificios oficiales, el animal venteó largo rato la atmósfera. Luego se lanzó al galope, obligando a los viandantes a apartarse.

La sacerdotisa fue incapaz de seguirlo.

—¿Problemas? —preguntó Sekari, que asumía discretamente la seguridad de la muchacha.

—*Viento del Norte* se niega a regresar a Abydos. Es la primera vez que se comporta de un modo tan extraño.

—¿Le habéis preguntado por qué?

—No he tenido tiempo.

—A mí se me ocurre algo.

Gracias a los testimonios de los paseantes, Sekari encontró el rastro del asno.

—¿No hay ninguna pista aún, Sobek?

—Si tuviera una, Sekari, su majestad sería informado prioritariamente. ¿Y por tu parte?

—Al parecer, un bandido cananeo acaba de ser encarcelado en la prisión del arrabal norte. Me gustaría interrogarlo.

—¿Por qué razón?

—Por mi propia investigación.

—Lo siento, el bribón está incomunicado. Sólo el visir podría haberte autorizado a verlo. No estoy seguro de que aún esté en condiciones de intervenir.

—¿Qué le sucede a Khnum-Hotep?

—Lleva, pues, a cabo tu propia investigación —dijo, ignorando su pregunta.

Sekari acudió de inmediato a palacio, donde encontró a Sehotep, visiblemente nervioso.

—El rey ha convocado al visir —reveló.

—¿Sabes por qué?

—Por el rostro descompuesto de Khnum-Hotep, imagino que hay graves problemas.

Frente a su visir, Sesostris leyó en voz alta el informe del comandante del puesto de Abydos que Sobek el Protector había transmitido al monarca.

—¡Los sellos de mi administración utilizados por un asesino! Nada más abyecto podía afectarme, majestad. Naturalmente, os presento de inmediato mi dimisión. Antes de retirarme a mi provincia natal, si me concedéis ese postrer privilegio, permitidme que os haga una pregunta: ¿habéis considerado, por un solo instante, mi culpabilidad?

—No, Khnum-Hotep. Y seguirás en tu puesto durante ese tormentoso período durante el que todos los servidores de Maat deben pensar sólo en la supervivencia del país.

Conmovido, y aparentando por primera vez su verdadera edad, el viejo visir fue tan sensible a esta muestra de confianza que se juró no ahorrar ni una sola onza de sus fuerzas y cumplir del mejor modo su función.

—Soy culpable de negligencia —reconoció—, pues esos sellos eran demasiado fáciles de imitar y de usar. En adelante, yo seré el único que los utilice. Ni mis más próximos colaboradores tendrán ya acceso a ellos.

—¿Es difícil, o imposible, identificar al ladrón?

—Por desgracia, sí, majestad. Ha sido necesario que ocurriera este desastre para que yo sea consciente de un laxismo del que me considero único responsable.

—Remachar los errores pasados no te llevará a ninguna parte. Impide que el adversario explote de nuevo tus debilidades y haz que la administración visiral sea ejemplar.

—Contad conmigo, majestad.

Sekari encontró a Khnum-Hotep envejecido y preocupado, pero no se anduvo por las ramas.

—Necesito una autorización.

—¿De qué tipo?

—Deseo entrevistarme con un prisionero.

—Sobek te la entregará.

—Se niega.

—¿Por qué razones?

—La identidad del prisionero debe seguir en secreto.

—¿Y si te explicaras, Sekari?

—Me explicaré cuando haya interrogado al hombre.

—Tozudo como eres, no renunciarás antes de haber obtenido esa autorización.

—En efecto.

Sekari, con el valioso documento en la mano, corrió hasta la prisión ante la que se había echado *Viento del Norte*. Nadie había podido lograr que se moviera de allí. Y si se comportaba así, Iker no debía de andar lejos.

Los miembros de la Casa del Rey habían escuchado atentamente el informe detallado de Sobek el Protector, que no eludía ninguno de los aspectos de la tragedia. Gracias a los equipos de Sehotep, las heridas de los edificios pronto curarían, pero no las de los humanos. Dado el imponente número de policías y soldados desplegados por toda la ciudad, los temores comenzaban, sin embargo, a desvanecerse, tanto más cuanto centenares de escribas controlaban cada producto que los ciudadanos utilizaban.

—Conocemos el modo de actuar de los terroristas —precisó Sobek—. Tras haber asesinado a varios proveedores, ocuparon su lugar. Los clientes no desconfiaron.

—El láudano no es un producto ordinario —intervino Senankh.

—Ciertamente, y esperaba poder tirar del hilo siguiendo el rastro de su entrega, pero los albaranes han sido falsificados. Al recibir calidades normales por la vía habitual, los médicos no sospecharon en absoluto.

—¿Y los frascos de preñez? —preguntó el visir.

—Importación ilegal y clandestina. Sólo las familias ricas han podido permitirse esos costosos objetos. Gracias a los testigos he encontrado el almacén del vendedor, pero, por desgracia, el propietario ha desaparecido y nadie me ha facilitado informaciones serias sobre él, salvo que era originario de Asia.

—No discutamos más —recomendó Nesmontu—. El verdadero responsable de esos crímenes abominables es el Anunciador. Pese a las dificultades, hay que encontrarlo en su madriguera. Que Sobek y sus policías velen por Menfis. El ejército y yo nos encargaremos de ese demonio.

—¿Tiene alguna posibilidad de tener éxito esta estrategia? —preguntó Senankh.

—Golpeemos pronto y fuerte. Dadas las dificultades del terreno, necesito la totalidad de mis tropas.

—Que el general Nesmontu prepare un plan de ataque a la región sirio-palestina —ordenó el faraón.

Viento del Norte reconoció a Sekari, se levantó y se dejó acariciar.

—¡Pareces en plena forma! Se diría que Abydos te sienta bien. Isis te cuida.

El asno miraba la cárcel.

—¿Está Iker encerrado ahí?

La oreja derecha se levantó.

—¿Y si fuéramos a buscarlo?

Los grandes ojos marrones del cuadrúpedo brillaron de esperanza.

El policía de guardia se acercó a Sekari.

—No te conozco. ¿Qué quieres?

—Interrogar al bandido cananeo.

—¿Con qué derecho?

—¿Te basta la autorización del visir Khnum-Hotep?

La primera preocupación de un buen carcelero consistía en evitar problemas. Ciertamente, el jefe Sobek había dado estrictas consignas, pero una orden del visir no se discutía.

—¿Durará mucho?

—No.

—Hazlo pronto, entonces.

La puerta de la celda se abrió.

Sin más solución que derribar a su carcelero para intentar escapar, Iker se abalanzó sobre él.

Entrenado para prevenir este tipo de ataques, el agente especial del faraón bloqueó el brazo de su agresor que, sin embargo, no soltó presa.

Juntos, rodaron por el suelo.

—¡Soy yo, Sekari!

El hijo real se soltó y contempló a su adversario.

—¿Tú... realmente eres tú?

Sekari se incorporó.

—No he cambiado mucho. En cambio, tú... ¡Devolverte una apariencia adecuada exigirá un trabajo enorme!

Un rebuzno de increíble potencia hizo dar un respingo a los dos hombres.

—¡*Viento del Norte!*

—Me ha traído hasta aquí y espera con impaciencia.

—Sobek me acusa de traición y desea hacerme desaparecer.

—Eso ya lo arreglaremos más tarde.

Cuando salían de la celda, tres policías les cerraron el paso.

—El salvoconducto del visir te autorizaba a interrogar al prisionero, no a liberarlo.

—Este joven es el hijo real Iker —declaró Sekari.

—Ya nos han torturado los oídos con esa cantinela. Tu protegido y tú os quedaréis aquí, como unos chicos buenos.

—Debo llevarlo a palacio.

—Tu cara no me gusta, muchacho. Obedece o probarás mi bastón.

Sekari no dejaría que Iker se pudriera en aquella mazmorra.

Dos contra tres tenían posibilidades, aunque fuera lamentable zurrar a unos representantes de la fuerza pública.

Un gruñido amenazador dejó petrificados a los cinco hombres.

Por el rabillo del ojo, uno de los policías divisó un enorme perrazo, con los belfos levantados y luciendo los colmillos.

—¡*Sanguíneo!* —exclamó Iker—. ¡Has conseguido encontrarme!

—¿Es uno de tus amigos? —preguntó Sekari.

—¡Sí, es una suerte! Varios adversarios no conseguirían detenerlo. Una señal de mi parte, y ataca.

Cogidos entre dos fuegos, los tres policías consideraron desigual el combate. No les pagaban para dejarse matar tontamente.

—¡Vosotros y vuestro monstruo no llegaréis muy lejos!

—No inicies inútiles búsquedas —recomendó Iker—. Estaremos en palacio.

23

A unos pocos pasos de una entrada secundaria del palacio, los guardias detuvieron a un extraño cuarteto formado por Sekari, un pobre tipo de repugnante suciedad, un asno de impresionante musculatura y un terrorífico mastín.

—Llamad al Portador del sello real —exigió Sekari.

Sehotep aceptó examinar la situación.

—Se dice que tu barbero es el mejor de Menfis —afirmó el agente especial—. Mi amigo necesita sus servicios.

—Tu amigo... ¿quién es?

—¿No lo reconoces?

—¿Puedo... acercarme?

—No huele muy bien, te lo advierto.

Dudando, Sehotep examinó al piojoso.

—¡Imposible! ¡No será...!

—Sí, pero hay que ponerlo en condiciones.

—Venid a casa.

Entre *Viento del Norte* y *Sanguíneo* había una franca camaradería. Dado su tamaño, el asno consideraba al perro como un interlocutor válido. Al ayudar a Iker a salir de la cárcel, el mastín acababa de demostrar que podía entrar en el círculo de los íntimos. Por su parte, *Sanguíneo* comprendía que el escultural cuadrúpedo era, a la vez, una cabeza que pensaba y el más antiguo amigo de Iker, por lo que ejercía un derecho de prioridad durante las discusiones. Resueltos estos problemas de protocolo, juntos velarían por el hijo real.

Mientras degustaban, uno junto a otro, una buena comida servida por uno de los domésticos de Sehotep, el barbero examinaba a su cliente con circunspección. Había conocido ya casos difíciles, pero ése los superaba a todos, ¡y con gran diferencia!

Eligió su navaja de bronce más afilada, de unos dieciséis centímetros de largo y cinco de ancho. Tenía una forma pentagonal alargada, dos lados convexos y tres cóncavos. Los dos primeros presentaban unas cortantes aristas, que debían utilizarse con prudencia. Tomando el mango de madera fijado a la navaja propiamente dicha por varios remaches de cobre, el barbero llevó a cabo una primera limpieza.

—Melena sin demasiados remolinos, pelo flexible, de buena calidad... Tal vez consiga arreglar este desastre.

Agua caliente, espuma jabonosa, loción que calmaba la irritación del afeitado, corte de pelo elegante, adaptado a la forma del rostro: Iker gozó de los atentos cuidados de un gran profesional, decidido a realizar su obra maestra.

—Espléndido —afirmó Sekari—. Estás mucho más seductor que antes de tu partida hacia Canaán. ¡Barbero, eres un genio!

El artista se ruborizó de satisfacción.

—La belleza no basta —recordó Sehotep—, también es necesaria la salud. Tras tan largo viaje, te pongo en las expertas manos de mi masajista personal.

En la espalda, las nalgas y las piernas de Iker, el técnico extendió un gran ungüento protector, compuesto por polvo de cilantro, harinas de haba y trigo, sal marina, ocre y resina de terebinto. Luego dio flexibilidad a cada fibra muscular antes de remodelar aquel castigado cuerpo.

Al cabo de una hora de tratamiento, el escriba se sintió revitalizado. Los dolores y las contracturas desaparecieron, y la energía circuló de nuevo.

—Ya sólo queda vestirte de acuerdo con tu rango —decretó Sehotep, entregando al hijo real un taparrabos, una túnica y unas sandalias.

¿Cómo debían reaccionar los guardias de palacio, cuidadosamente elegidos por Sobek? Ciertamente, impedir el paso a Sehotep les crearía serios problemas. Pero el hijo real Iker, si realmente se trataba de él, no estaba autorizado a cruzar el cordón de seguridad.

—Llamad a vuestro jefe —exigió el Portador del sello real.

El Protector no tardó.

—¿Reconoces a Iker, supongo? —preguntó Sehotep con ironía—. Aunque tal vez ya no se parezca al temible cananeo que tú has encerrado en la prisión.

—Ese criminal sólo tiene una idea en la cabeza: asesinar al faraón Sesostris. Al creer en sus mentiras, estás poniendo en peligro la vida del rey.

Iker desafió al jefe de la policía.

—Te equivocas, Sobek. Por el nombre del faraón, te juro que te equivocas. Debo comunicarle los resultados de mi misión. Toma todas las medidas de precaución necesarias, pero piensa primero en Egipto.

La decisión de Iker hizo dudar al Protector.

—Sígueme.

—Acompañamos a Iker —decidió Sehotep—. Podrías sentirte tentado a olvidarlo en alguna celda.

Sobek se encogió de hombros.

—El Portador del sello real tiene razón —aprobó Sekari—. Nunca se es excesivamente prudente ante la arbitrariedad.

A la entrada de los aposentos reales, el general Nesmontu.

—Su majestad recibirá a Iker cuando haya sido purificado.

El hijo real fue llevado al templo de Ptah. Un sacerdote lo desnudó, le lavó las manos y los pies, y lo introdujo luego en una capilla donde sólo brillaba una lámpara.

Senankh y Sehotep se colocaron uno a cada lado del joven.

Ante él, el visir Khnum-Hotep.

—Que el agua de la vida purifique, reúna las energías y refresque el corazón del ser respetuoso de Maat —declaró.

Los dos ritualistas elevaron un cuenco por encima de la cabeza de Iker, y de él brotó un flujo de luz que envolvió el cuerpo del joven.

Iker recordó el ritual celebrado en la tumba de Djehuty y las palabras del general Sepi: «Deseabas conocer el "Círculo de oro" de Abydos, míralo actuar.»

Hoy, gozando de un increíble privilegio, el hijo real se encontraba en el lugar de Djehuty.

¿Le entreabría su puerta la cofradía? Intentando olvidar esa pregunta, el escriba disfrutó de un baño de ondas suaves y regeneradoras al mismo tiempo.

El general Nesmontu entregó al hijo real el cuchillo del genio guardián.

—Estaba convencido de que volverías. No vuelvas a separarte de esta arma.

El visir Khnum-Hotep puso al cuello del muchacho un fino collar de oro del que colgaba un amuleto que representaba el cetro «Potencia».

—Que su magia te proteja y te conceda el valor de los justos.

Sekari, sonriente, avanzó a su vez.

—He aquí tu material de escriba, amigo mío, no falta ni un pincel.

Iker valoró aquellas pequeñas satisfacciones y, más aún, la confianza de la que se beneficiaba. Pero ¿cómo ser feliz cuando Sekari le hubo descrito la tragedia de Menfis?

—Su majestad nos aguarda —indicó el visir.

Iker habría querido revelarle al monarca la inmensa alegría que sentía al volver a verlo, pero la solemnidad de la sala del consejo no se prestaba a ello. Lejano, severo, el rey había envejecido. Sin embargo, el gigante seguía inquebrantable, y en su mirada no podía leerse la menor debilidad.

El hijo real relató detalladamente sus aventuras, sin omitir sus temores, sus errores ni su sentimiento por no haber obtenido indicio alguno en cuanto al asesino del general Sepi. No habló de Isis. Sólo ella sabría hasta qué punto lo había ayudado.

Sobek el Protector no dejó de hacer mil y una preguntas, con la esperanza de que Iker se contradijera. Pero el muchacho no se desconcertó, y Nesmontu confirmó la mayor parte de sus declaraciones.

—¿Qué concluyes? —preguntó el monarca.

—La región sirio-palestina es una trampa, majestad. El Anunciador ya no reside allí, quiere atraer nuestro ejército e inmovilizarlo lejos de Egipto, donde seguirá propagando la desgracia. Ese demonio sabe que los cananeos son incapaces de librarnos una auténtica guerra, y más aún de vencer. Se limitarán a operaciones de guerrilla para agotar a nuestros soldados, cuya masiva presencia resultará inútil.

—Estábamos a punto de lanzar una gran ofensiva —reveló Nesmontu.

—La región seguirá siendo incontrolable —afirmó Iker—, y no aceptará la ley de Maat. Las tribus no dejarán de enfrentarse y de lacerarse, las alianzas no dejarán de fluctuar, los ladrones y los mentirosos no dejarán de disputarse el poder. Por muy generosos que sean, los intentos de transformación de las mentalidades fracasarán. Bástenos imponer una frágil paz en las principales ciudades, como Siquem, y prevenir cualquier intento de invasión consolidando los Muros del Rey.

—Eso sería como renunciar a nuestra soberanía —masculló Sobek.

—No existe y nunca existirá. El Anunciador lo ha comprendido e intenta atraparnos en esa nasa.

—¡He ahí las palabras de un colaborador de los cananeos! —exclamó el Protector—. ¿No demuestra eso su doblez?

—Al contrario —intervino Sehotep—. Comparto esa opinión desde hace mucho tiempo, pero me faltaba algo para apoyarla. Iker acaba de proporcionar los elementos necesarios.

—¿No aboga el general Nesmontu por la invasión de la región siriopalestina y por una guerra total?

—A falta de algo mejor y, sobre todo, para interceptar al Anunciador —aceptó el viejo soldado—. Si ha abandonado la región, un despliegue de fuerzas sería evidentemente inútil. Que las tribus se devoren entre sí, ¡mejor para nosotros! ¿Qué mejor prevención contra la eventual formación de un ejército cananeo? Si algunos potentados, pagados por nosotros, fomentaran disturbios locales, Egipto se beneficiaría de ello. Me parece que ha llegado la hora de adoptar esta nueva estrategia. Requerirá tiempo, pero no dudo de su eficacia.

—La principal pregunta sigue sin respuesta —deploró Senankh—: ¿dónde se oculta el Anunciador? ¿Y estamos seguros de que ha cometido esos abominables crímenes? Si es así, ¿no los habría reivindicado de un modo u otro?

—Su firma es la propia magnitud del desastre —consideró el visir—. ¿Quién sino el agresor de la acacia de Osiris pudo concebir y llevar a cabo semejante proyecto?

Senankh temía aquella respuesta, pero tuvo que rendirse a la evidencia.

—¿Realmente no has obtenido indicio alguno sobre la madriguera del Anunciador? —preguntó Sehotep a Iker.

—Lamentablemente, no. La mayoría de los cananeos y de los sirios lo consideran una sombra terrorífica, un espectro al que se obedece, so pena de terribles represalias. La fabulosa idea del Anunciador es convertirse en dueño absoluto de los adversarios de Maat y de Egipto, penetrando en su espíritu. Ni siquiera necesita aparecer para convencerlos. Lo repito: la región sirio-palestina es sólo una trampa. El Anunciador abandonará a sus protegidos a su suerte, para provocar en otro lugar devastadores disturbios. Y ese «otro lugar» comenzaba en Menfis.

—Controlamos la capital —afirmó Sobek.

—Esperémoslo —dijo Sehotep—. ¿Y las demás ciudades?

—Los decretos reales pondrán en estado de alerta a los alcaldes —prometió el visir—. Puesto que los efectivos locales son insuficientes, garantizar la seguridad exige una presencia militar en el conjunto del territorio. Decisión inevitable: o Nesmontu peina la región sirio-palestina o se encarga de la protección de las Dos Tierras.

—Al regresar de su misión, el hijo real nos facilita la respuesta —decidió el faraón—. Queda por aclarar un punto: la actitud de Sobek.

—Considero haber actuado correctamente al encarcelar a un sospechoso, majestad.

—¿Consideras injusto tu encarcelamiento? —preguntó el monarca a Iker.

—No, majestad. Apruebo la decisión del jefe de la policía. Ahora, que examine la realidad de los hechos y se libre de sus prejuicios. Uno de los planes del Anunciador acaba de ser desbaratado, pero aún estamos lejos de la victoria. Sólo la obtendremos si permanecemos unidos.

—Manos a la obra —ordenó Sesostris—. Que mañana mismo se me presente un plan de protección de las Dos Tierras.

Medes estaba aterrorizado.

¡Iker vivía! ¿Cómo había podido escapar solo de los cananeos y los sirios? Su convocatoria ante el gran consejo permitía suponer graves acusaciones. Si su testimonio no era convincente, el escriba lamentaría haber regresado a Egipto: como consecuencia de la tragedia de Menfis, las sanciones serían graves. La duración de la reunión incitaba al optimismo. A Sobek el Protector no le gustaba Iker, y tenía el peso suficiente para obtener la alianza de la Casa del Rey y conseguir una severa condena. Finalmente, Senankh salió de la sala del consejo.

—Si tu administración es realmente efectiva, querido Medes, ahora tienes ocasión de demostrarlo. Un decreto real, mensajes oficiales, cartas confidenciales a las autoridades locales, órdenes a las guarniciones... ¡y todo con la mayor rapidez!

—Contad conmigo, gran tesorero. ¿Cuál es el objetivo prioritario?

—Poner Egipto a salvo de los terroristas.

24

Compartir un desayuno con Sesostris en el jardín de palacio era un privilegio que Iker apreciaba en su justo valor. Todos los dignatarios soñaban con semejante favor, y la corte entera, impresionada por el inesperado regreso del hijo real, se moriría de envidia.

El monarca contemplaba la danza de los rayos solares en la copa de los árboles.

A pesar del respetuoso temor que sentía, Iker se atrevió a romper el silencio.

—Majestad, ¿me habrá purificado y regenerado el «Círculo de oro» de Abydos?

—Egipto no es de este mundo. Dirigido por Maat, se adecua al plan de obra concebido al comienzo de los tiempos. Nuestro país lo concreta aquí. Lo invisible ha elegido su reino, y lo veneramos como nuestro más valioso tesoro. Cuando Osiris resucita, el ojo se hace completo, nada le falta. Entonces, Egipto ve y crea. De lo contrario, permanece ciego y estéril. Ésa es precisamente la amenaza.

—¿Podemos evitar ese desastre?

—El éxito dependerá de nuestra lucidez y nuestra voluntad. O nos sometemos al tiempo y a la historia, y la obra de Osiris se habrá perdido, o nos situamos en los orígenes, antes de la creación del cielo y de la tierra, y sabremos, una vez más, conciliar los contrarios, unir la corona roja con la blanca, lograr que confraternicen Horus y Set. Las divinidades, los justos de voz, el faraón y los humanos forman un conjunto que Osiris hace coherente gracias a la ley de Maat. Si uno de esos componentes está ausente o es rechazado, el edificio se derrumba.

—¿No sigue siendo lo sacro el vínculo principal?

—Lo sacro separa lo esencial de lo inútil, ilumina y desbroza el camino, disipa los espejismos y las brumas. Sólo la ofrenda hace que la armonía celestial penetre en la sociedad humana. Extrae de la materia los elementos indispensables y alimenta el alma de Osiris.

—Majestad... ¿Me consideraréis algún día digno de conocer sus misterios?

—Sólo tú pronunciarás esta sentencia, en función de tus actos. Entonces, Osiris te llamará. He aquí tu nuevo sello de función, poderoso y peligroso a la vez. Utilízalo sólo en el momento oportuno.

Sesostris entregó a Iker un anillo-sello con su nombre y su título.

Por primera vez, el joven fue consciente de su cargo.

Ya no era un adolescente díscolo y un aventurero, sino uno de los representantes de la institución faraónica sin la cual en las Dos Tierras habría desorden e injusticias.

—Majestad, ¿acaso soy...?

—Nadie es digno de semejante función. Sin embargo, hay que asumirla. La gran serpiente de la isla del *ka* no consiguió salvar su mundo, devorado por las llamas. Menfis estuvo a punto de conocer la misma suerte, pero sobrevivió. No dejaremos Egipto en manos del Anunciador.

Iker contemplaba la joya, distinta del sello del hijo real que nunca se había atrevido a utilizar. Hoy, sólo hoy, comenzaba a evaluar sus responsabilidades.

—Acude al consejo de guerra de Nesmontu y no vaciles en intervenir —ordenó el rey—. Pero antes dirígete al embarcadero principal. Hay alguien esperándote allí.

La embarcación con destino a Abydos se preparaba para levar anclas.

Vestida con una larga túnica roja, Isis admiraba el río.

Iker, precedido por *Viento del Norte* y *Sanguíneo*, no pasaba desapercibido. Puesto que el asno obtuvo una caricia de la muchacha, el mastín emitió una envidiosa queja para tener derecho a la misma atención. Pese al tamaño del perro y a sus impresionantes mandíbulas, la sacerdotisa no sintió el menor temor.

—*Sanguíneo* os ha adoptado —advirtió Iker—. En la región sirio-palestina fue mi guardián y mi protector. Tuve que huir sin él, pero consiguió encontrarme.

—A *Viento del Norte* parece gustarle su compañía.

—¡Se han hecho amigos, incluso! ¿Aban... abandonáis la capital?

—Regreso a Abydos. Estaba segura de que sobreviviríais a esta prueba.

—Sólo gracias a vos, Isis. Cuando desesperaba, aparecíais vos. Sólo vos me permitisteis afrontar la desesperación y regresar a Egipto.

—Me atribuís demasiado poder, Iker.

—¿Acaso no sois una maga de Abydos? Sin vuestra ayuda, sin vuestros pensamientos protectores, habría sucumbido. ¿Cómo convenceros de mi sinceridad y mostrarme digno de vos? Al ofrecerme su enseñanza, el rey me ha abierto los ojos a los deberes de un hijo real: llenar su espíritu de ideas justas, ser reservado, respetar la gravedad de la palabra, desafiar el miedo, buscar la verdad a riesgo de la propia vida, ejercer una voluntad recta y completa, no ceder a la avidez, desarrollar la percepción de lo invisible... No poseo esas cualidades, pero os amo.

—Tras vuestras hazañas se abre ante vos una gran carrera. Yo únicamente soy una sacerdotisa que sólo aspira a no salir de Abydos.

—Mi única ambición es vivir a vuestro lado.

—En este dramático período, cuando el porvenir de nuestra civilización vacila, ¿acaso todavía tiene sentido el amor?

—Os ofrezco el mío, Isis. Si fuera compartido, ¿no nos haría más fuertes ante la adversidad, al uno y al otro?

—¿En qué consiste vuestra nueva misión?

—Trabajaré aquí con la Casa del Rey para encargarme de la seguridad del territorio. Puesto que no hemos caído en la trampa de la región sirio-palestina, el Anunciador golpeará de nuevo, probablemente en el propio Egipto.

—Abydos sigue amenazado —consideró la muchacha—. Los residentes podrían haber sufrido la misma suerte que los menfitas. Ese demonio quería matar al máximo de ritualistas y debilitar el dominio sagrado de Osiris.

—¡Vos misma estáis, pues, en peligro!

—Sólo cuenta el árbol de vida. Si la ofrenda de mi existencia pudiera curarlo, no dudaría.

Ante la mirada del asno y del perro, atentos a la conversación, Iker se acercó a la muchacha.

—Isis, ¿estáis segura de no amarme?

La sacerdotisa vaciló.

—Querría estarlo, pero rechazo la mentira. Durante un ritual me hicieron subir a un zócalo, símbolo de Maat, y juré afrontar siempre la verdad, fuera cual fuese.

—También yo he pasado por ese rito —reveló Iker—, y presté un idéntico juramento. Tras mi victorioso combate contra el falso Anunciador, el sirio Amu quiso casarme. ¡Conocer a otra mujer me resultaba insoportable! Por eso decidí marcharme arriesgándome a morir. Decidáis lo que decidáis, Isis, vos seréis la única mujer de mi vida.

El capitán se impacientaba. Dado el número de embarcaciones que circulaban por el Nilo, debía aprovechar un momento de calma para levar anclas.

—¿Cuándo volveremos a vernos?

—Lo ignoro, Iker.

Y recorrió lentamente la pasarela, como si lamentara no prolongar aquel cara a cara.

¿No se engañaba Iker para mantener sus esperanzas?

La exposición de Nesmontu era convincente. Dotado de una sorprendente capacidad de adaptación, el viejo general había imaginado, en un tiempo récord, un nuevo dispositivo capaz de sorprender al adversario. Reducidas al mínimo, las fuerzas de ocupación en la región sirio-palestina se consagrarían al mantenimiento del statu quo, al arresto de los revoltosos y a la desinformación, destinada a sembrar la cizaña entre las tribus y los clanes.

En Egipto, el ejército nacional no ofrecería la apariencia de un bloque compacto, demasiado difícil de desplazar, sino de un conjunto de regimientos que incluirían, cada uno de ellos, cuarenta arqueros y cuarenta lanceros, colocados bajo el mando de un teniente ayudado por un abanderado, un capitán de navío, un escriba, la intendencia y un especialista en mapas.

Los tenientes sólo recibirían órdenes de Nesmontu, que coordinaría permanentemente el despliegue y la acción de las tropas en el conjunto del territorio, encargadas de velar prioritariamente por los puntos estratégicos y los embarcaderos. A la policía local le tocaba asumir la seguridad de los ciudadanos y los aldeanos. Y otro ejército, el de los escribas, controlaría las entregas y los productos. La tragedia de Menfis no debía reproducirse.

—¿Está la Doble Casa blanca en condiciones de asumir los gastos necesarios? —preguntó el visir.

—Sin duda —respondió Senankh—. Nuestras fuerzas armadas no carecerán de nada.

—Por mi lado, consolidaré la mayoría de los muelles, y las maniobras de atraque se verán facilitadas —prometió Sehotep.

—¿Valora estas medidas el hijo real? —preguntó Sobek con una pizca de ironía.

—Si la cooperación entre la policía y el ejército se lleva a cabo sin reticencia alguna, producirán excelentes efectos.

—¿Acaso me acusas de mala voluntad?

—¡Yo no he dicho nada semejante! Una perfecta coordinación exigirá muchos esfuerzos.

—Así es —asintió Nesmontu—. Y los haremos.

Trabajando junto al visir, Iker aprendía a conocer el funcionamiento de los servicios del Estado. La amenaza latente incitaba a los escribas a cumplir rigurosamente con sus tareas, de modo que ninguna agresión, por grave que ésta fuese, impidiera a los ministerios hacer efectivo el respeto de Maat.

Mientras el hijo real consultaba el expediente proporcionado por

Nesmontu que, aquella misma noche, iba a presentar al monarca, Sobek lo interrumpió.

—Su majestad quiere verte de inmediato.

Sesostris salió de la capital, custodiado por policías de élite del Protector. Iker lo siguió hasta un canal donde tomaron una embarcación en dirección al sur.

Esta vez, el hijo real no se permitió turbar la meditación del rey.

La atmósfera era grave. Sin embargo, cuando vio perfilarse las pirámides de Dachur, el joven experimentó una profunda sensación de serenidad. Los monumentos del faraón Snofru parecían indestructibles, anclados en la eternidad del desierto, y el de Sesostris, aunque más pequeño, expresaba la misma majestad.

Sacerdotes y soldados encargados de la seguridad del paraje se reunieron para recibir al monarca. Iker se mantenía a unos pasos por detrás del gigante. Con la cabeza gacha, un ritualista se adelantó hacia el soberano.

—¿Cuándo murió Djehuty? —interrogó Sesostris.

—Ayer, al alba. En cuanto se produjo la muerte, os enviamos un mensajero. Ayer era un gran día, majestad, puesto que Djehuty consideraba concluidos los trabajos. Los escultores acababan de terminar el último bajorrelieve que representa a Atum, el principio creador. Pensaba, pues, pediros que lo animarais y confirierais a vuestro conjunto arquitectónico su pleno poderío.

El faraón e Iker acudieron al domicilio oficial del alcalde de Dachur, cuyo cuerpo descansaba en un lecho con los pies en forma de pezuñas de toro. Envuelto en un gran manto, el difunto reflejaba una absoluta serenidad en su rostro.

—Lo velé hasta el final —indicó el ritualista—. Dedicó su último pensamiento a vuestra majestad; deseaba expresaros su agradecimiento, pues su tarea de constructor iluminó su vejez. Djehuty sabía que el brillo de Dachur serviría a Osiris. «Ahora, nunca más tendré frío», fueron sus últimas palabras.

El sacerdote se retiró, dejando al rey y a su hijo a solas con el difunto.

—Ha llegado la hora de la sentencia —declaró el monarca—. Nos corresponde a nosotros pronunciarla. ¿Qué le deseas a ese viajero del más allá, Iker?

—Que cruce las tinieblas de la muerte y resucite en la luz de Osiris. Djehuty fue un ser justo y bueno. Le agradezco su ayuda y no tengo reproche alguno que hacerle.

El monarca tardaba en tomar la palabra, por lo que Iker temió que reprochase al ex jefe de la provincia de la Liebre el período durante el que se había negado a unirse a la corona.

—Sacerdote de Tot y servidor de Maat, iniciado del «Círculo de oro» de Abydos, Djehuty ha vivido los misterios de Osiris. Que viaje en paz.

Sesostris ordenó a los especialistas que momificaran a su hermano en espíritu y preparasen su morada de eternidad.

Iker sentía una profunda pena. Djehuty lo había acogido en la provincia de la Liebre, permitiéndole aprender su oficio de escriba y descifrar los arcanos de la lengua sagrada, bajo la dirección del general Sepi, desaparecido también.

Gracias a aquellos dos sabios, el destino del joven se había iluminado cuando avanzaba a tientas.

Frente a la pirámide del rey, refulgente de blancura y creadora de una luz que protegería la acacia de Osiris, Sesostris y su hijo se hacían una triple pregunta: ¿dónde, cuándo y cómo atacaría de nuevo el Anunciador?

25

El vientre de piedra era una región olvidada por los dioses. Amontonamiento de enormes bloques negruzcos e islotes que obstruían el curso del Nilo, su segunda catarata proclamaba una desolación de granito y de basalto, decididamente hostil a cualquier forma de vida. Furiosos rápidos intentaban forzar aquel bloqueo, provocando un hervor y un estruendo perpetuos. Nunca cesaba el violento combate entre el agua y la piedra.

Una roca dominaba aquel caos, en el que se desencadenaban terroríficas fuerzas. Allí estaban el Anunciador, Bina, Shab el Retorcido y Jeta-de-través. Al final de un largo viaje por el desierto, acababan de alcanzar el lugar más fascinante y más peligroso de Nubia.

—Es imposible superar esta catarata —advirtió el Retorcido, impresionado por tanto salvajismo.

—Se diría que unos brazos de gigante apartaron las orillas y se divirtieron torturando a la roca —comentó Jeta-de-través, cuyos comandos se mantenían algo más retrasados.

Extendiéndose a lo largo de doscientos kilómetros, la segunda catarata dejaba escapar un hilillo de agua azul que formaba un poderoso contraste con la arena ocre del desierto y el verde de las palmeras; en el vientre de piedra, ninguna vegetación resistía la cólera de las aguas.

—De aquí surgirá la muerte que herirá Egipto —predijo el Anunciador.

Y, acto seguido, abandonó el promontorio y se dirigió al grupito, recogido y atento.

—Menfis se vio duramente afectada —recordó—, y el faraón no consigue curar el árbol de vida. Todos los egipcios tiemblan, temiendo nuestro próximo ataque. El ejército enemigo nos busca en la región sirio-palestina, donde operaciones de guerrilla lo debilitarán día tras día. Clanes y tribus siguen siéndome fieles. Los fuegos del cielo y de la tierra devorarán a los traidores. Nuestra organización en Menfis sigue intacta, y los policías de Sobek el Protector no detendrán a ninguno de mis discípulos. Sin embargo, nuestros pasados éxitos no significan nada. Aquí, la energía de la que disponemos aumentará considerablemente nuestros poderes. Y no será un ejército humano el que invadirá las Dos Tierras.

—Sólo somos un centenar —advirtió Jeta-de-través mirando a su alrededor.

—Mira mejor.

—¡Veo torbellinos y más torbellinos!

—Ésas son nuestras invencibles tropas.

Shab el Retorcido estaba boquiabierto.

—¿Cómo movilizarlas, señor?

—¿Acaso no somos capaces de manejar poderes que se consideran incontrolables?

—¿Podéis... mover esos bloques negruzcos?

El Anunciador posó la mano en el hombro del Retorcido.

—Ve más allá de la apariencia, no te detengas en los límites materiales. El pensamiento puede superarlos y hacer que broten recursos ocultos en el seno de las rocas o del agua furiosa.

El Anunciador se volvió hacia el vientre de piedra.

De pronto pareció crecer. Y, espontáneamente, sus fieles se prosternaron.

—Egipto sobrevive gracias a los misterios de Osiris. Mientras sigan celebrándose, el país de los faraones se nos resistirá. Así pues, debemos buscar estrategias sobrenaturales. El propio Osiris nos ofrece una, las aguas creadoras, la inundación de origen celestial que da prosperidad y alimento a los egipcios. Todos los años los embarga la inquietud: ¿cuál será el nivel de la crecida? Demasiado baja, y amenaza la hambruna;

demasiado alta, y la lista de daños es interminable. Vamos a utilizar, precisamente, esta crecida. Nunca habrá sido tan enorme, tan devastadora.

Jeta-de-través, atónito, fue el primero en levantarse.

—¿Pensáis... pensáis manipular las aguas?

—¿Te he decepcionado alguna vez, amigo mío?

—No, señor, pero...

—El propio vientre de piedra provocará ese cataclismo. Nos toca saber animarlo para que exprese una cólera destructora.

El Anunciador y sus discípulos establecieron su campamento junto al promontorio que dominaba el hirviente corazón de la segunda catarata. Dada la cantidad de provisiones transportadas por los comandos, nadie tenía hambre. El Anunciador se limitó a un poco de sal y no apartó los ojos del temible espectáculo que sería la clave de su próxima victoria.

Bina no dormía. Desde que la sangre de su dueño corría por sus venas, sólo necesitaba un mínimo de sueño. También ella se abandonaba a la fascinación de aquel estruendo que no conocía ni un instante de reposo. El Anunciador abrió el gran cofre de acacia y sacó dos brazaletes adornados con garras de felino.

—Póntelos en los tobillos —ordenó.

Muy lentamente, ella lo hizo.

—Ya no eres una mujer como las demás —afirmó el Anunciador—. Actuarás muy pronto.

Bina se inclinó.

Salió el sol, y en menos de una hora, el calor se hizo asfixiante.

De pronto, el Retorcido corrió hacia el Anunciador.

—¡Nubios, maestro! ¡Decenas de nubios!

—Los esperaba.

—¡Parecen amenazadores!

—Yo les hablaré.

Mientras Jeta-de-través y sus sayones se disponían a combatir, el Anunciador se enfrentó a una tribu formada por un centenar de guerreros negros, vestidos con taparrabos de piel de leopardo. Adornados con collares de cuentas coloreadas, con pesados anillos de marfil en las orejas y las mejillas escarificadas, blandían azagayas.

—Que se adelante vuestro jefe —exigió el Anunciador.

Un hombre alto y flaco que llevaba dos plumas en el pelo salió de la hilera.

—¿Hablas nuestra lengua? —se extrañó.

—Hablo todas las lenguas.

—¿Quién eres?

—El Anunciador.

—¿Y qué anuncias?

—He venido a liberaros del ocupante egipcio. El faraón os oprime desde hace demasiados años. Mata a vuestros guerreros, pilla vuestras riquezas y os reduce a la miseria. Yo sé cómo acabar con él.

Con un ademán, el jefe ordenó a sus hombres que bajaran las armas. Jeta-de-través lo imitó.

—¿Conoces Nubia?

—El fuego de esta tierra es mi aliado.

—¿Acaso eres mago?

—Los monstruos del desierto me obedecen.

—¡Nadie supera a los hechiceros nubios!

—Su desunión los hace ineficaces. En vez de enfrentarse en inútiles duelos, ¿no deberían aliarse para combatir a su verdadero enemigo, Sesostris?

—¿Has examinado de cerca el fuerte de Buhen que vigila esta catarata? Marca la frontera del territorio controlado por los egipcios. Si lo atacáramos, las represalias serían terroríficas.

—Ignoraba que los nubios fueran miedosos.

Los labios del jefe de tribu temblaron de indignación.

—¡O te arrodillas ante mí implorando perdón o te destrozo el cráneo!

—Arrodíllate tú y sé mi vasallo.

El nubio levantó su maza.

Antes de que cayera sobre la cabeza del Anunciador, las garras de un halcón se clavaron en el brazo del agresor, que se vio obligado a soltar el arma. Luego, el pico de la rapaz, con terrible precisión, reventó los ojos del jefe de tribu.

Los guerreros negros no podían creerlo.

Pero el moribundo, efectivamente, se retorcía de dolor.

—Obedecedme —exigió el Anunciador con voz tranquila—. De lo contrario, pereceréis como este cobarde.

Algunos vacilaban aún, otros deseaban reaccionar. Prevaleció la violencia.

—¡Matemos al asesino de nuestro jefe! —gritó un escarificado.

—Que la leona del desierto extermine a los infieles —ordenó el Anunciador.

Un rugido de potencia desconocida aterrorizó a los nubios. Quebrado su impulso, vieron cómo se arrojaba sobre ellos una fiera de inimaginable tamaño.

Mordió, desgarró, pisoteó y se dio un banquete de chorros de sangre, sin respetar a un solo guerrero.

Del cofre de acacia, el Anunciador sacó la reina de las turquesas, que expuso a la luz del sol antes de presentársela a la exterminadora.

Casi de inmediato, se calmó.

Un pesado silencio cubría el lugar de la matanza.

Bina se hallaba a la izquierda de su señor, hermosa y altiva. En su frente, una mancha roja que el Anunciador enjugó con el faldón de su túnica de lana.

—Las demás tribus no tardarán en reaccionar —advirtió Jeta-de-través.

—Eso espero.

—¿Conseguiremos rechazarlas?

—Las convenceremos, amigo mío.

No fueron guerreros armados con lanzas y mazas los que brotaron del desierto para dirigirse hacia el campamento del Anunciador, sino una veintena de nubios de edad avanzada, con el cuerpo cubierto de amuletos. A su cabeza, un anciano de piel muy negra y cabellos blancos que, apoyándose en un bastón, se movía con dificultad.

—¡Eso es todo lo que nos envían! —se divirtió Jeta-de-través.

—No hay regimiento más peligroso —observó el Anunciador.

—¿Por qué son temibles esos viejos?

—Sobre todo no los desafíes, te harían cenizas. He aquí la flor y nata de los brujos nubios, capaces de lanzar los peores maleficios.

El anciano se dirigió al Anunciador.

—¿Has sido tú el que ha exterminado a la tribu del hijo de la hiena?

—Me he visto obligado a castigar a una pandilla de insolentes.

—¿Acaso manejas las fuerzas oscuras?

—Yo, el Anunciador, utilizo todas las formas del poder para acabar con el faraón Sesostris.

El nubio inclinó la cabeza.

—Todos nosotros, los aquí presentes, disponemos de considerables poderes. Sin embargo, no hemos conseguido librarnos del ocupante.

El Anunciador esbozó una sonrisa condescendiente.

—Os acantonáis en vuestro país perdido. Yo propagaré una nueva fe por el mundo entero. Y vosotros me ayudaréis a desencadenar la violencia que preña esta tierra. El fuego del vientre de piedra asolará Egipto.

—Ninguno de nosotros se arriesgaría a provocar su cólera.

—Tú y tus semejantes os habéis adormecido porque teméis al faraón. Yo he venido a despertaros.

El anciano, irritado, golpeó el suelo con su bastón.

—¿Acaso has reanimado a la Terrorífica?

—La leona me obedece.

—¡Brabuconadas! Nadie podría contener su rabia.

—Salvo si se posee la reina de las turquesas.

—¡Ridícula leyenda!

—¿Deseas verla?

—¿Acaso estás burlándote de mí?

El Anunciador mostró su tesoro al decano de los brujos negros.

El anciano contempló largo rato la enorme turquesa de reflejos verde azulados.

—De modo que no era una fábula...

—Obedeced los preceptos de Dios, obedecedme. De lo contrario, la Terrorífica os matará.

—¿Qué vienes a hacer aquí realmente?

—No dejaré de repetirlo: a liberaros de un tirano. Pero primero tenéis que convertiros y ser mis adeptos. Luego uniréis vuestros poderes mágicos a los míos y provocaremos un cataclismo del que Egipto no se recuperará.

—¡Parece inquebrantable!

—En la región sirio-palestina y, más aún, en pleno corazón de la capital, en Menfis, le he infligido ya profundas heridas.

El anciano quedó atónito.

—En Menfis... ¿Te has atrevido?

—Sesostris os paraliza. Ahora, su pueblo y él conocen el miedo. Y sus tormentos irán en aumento.

—¿No es el rey un gigante de fuerza colosal?

—Exacto —reconoció el Anunciador—. Por tanto, sería vano y estúpido atacarlo de frente. Mis organizaciones actúan en las sombras, fuera del alcance de su policía y de su ejército, y sus mordiscos los cogen desprevenidos. Gracias a los nubios y al vientre de piedra, daré a Sesostris un golpe de inaudita violencia.

El anciano miró al predicador con otros ojos. Se expresaba con una temible calma, como si nada pudiera impedirle llevar a cabo sus insensatos proyectos.

—Desde que el primer Sesostris levantó el fuerte de Buhen, Egipto nos deja en paz —recordó el nubio—. El ejército no cruza esta frontera, y nuestras tribus se reparten el poder.

—Muy pronto, el faraón cruzará este límite y asolará este país. Tras haber propagado el terror en Canaán, el conquistador devastará Nubia. Os queda una sola posibilidad: ayudarme a provocar la riada que le impida actuar.

El viejo se apoyó en su bastón, perplejo.

—Debo consultar al resto de los brujos. Deliberaremos y te comunicaremos nuestra decisión.

—Sobre todo, no os equivoquéis —recomendó el Anunciador.

26

A oriente se sentaban el faraón y la gran esposa real; a mediodía, el gran tesorero Senankh y Sekari; a septentrión, el general Nesmontu y el Portador del sello real Sehotep; a occidente, el visir Khnum-Hotep y el Calvo.

Tras haber celebrado el ritual de los funerales de Djehuty, el «Círculo de oro» de Abydos orientaba sus percepciones hacia el futuro.

—La hermosa diosa de Occidente ha acogido a nuestro hermano y renacerá eternamente a oriente —declaró Sesostris—. Como Sepi, estará para siempre entre nosotros.

Al faraón le habría gustado prolongar la acción ritual y fortalecer los vínculos del «Círculo de oro» con lo invisible, pero un grave problema debía ser sometido a la cofradía.

—Desde la tragedia de Menfis, el Anunciador calla. Forzosamente, esa aparente calma precede a una nueva tempestad, cuya naturaleza ignoramos. Las medidas tomadas por Sobek y el general Nesmontu garantizan la seguridad en el conjunto del territorio. Naturalmente, el enemigo había previsto nuestra reacción.

—Se ve reducido al silencio y es incapaz de hacer daño —observó el visir.

—¡Quiere hacérnoslo creer! —protestó Sekari—. Un criminal de esa envergadura no renunciará.

—Gracias a Iker sabemos que el próximo campo de batalla no será la región sirio-palestina —recordó el general Nesmontu—; por lo que a la capital se refiere, su estrecha vigilancia hace inoperante la organización del Anunciador. Así pues, intervendrá en otra parte.

—El verano es muy cálido —advirtió Senankh—, la sequía está en su punto álgido antes de la crecida. Un período poco propicio para desplazarse e intentar una operación de envergadura. Estas condiciones climáticas nos dan cierto respiro.

La gran esposa real habló del trabajo de las sacerdotisas de Abydos y de los cuidados que proporcionaban al árbol de vida. El Calvo se refirió luego al rigor de sus ritualistas. No había incidente alguno que señalar. A pesar de la inquietud, el dominio sagrado de Osiris resistía ante la adversidad.

—¿Progresa la joven Isis en el camino de los grandes misterios? —preguntó el visir.

—Paso a paso, a su ritmo —respondió la reina—. Pese a nuestro deseo de elevarla, no caigamos en una precipitación que le sería perjudicial.

—Dado el papel que Isis tendrá que desempeñar, su formación debe ser excepcional —confirmó el rey.

—¿Como la de Iker? —sugirió Sehotep.

—Lo oriento a él como mi padre espiritual me orientó a mí.

Cuando la pareja real hubo derramado agua y leche al pie de la acacia, el Calvo la incensó mientras Isis manejaba los sistros. Había adquirido tanta maestría con los instrumentos que conseguía extraer de ellos una increíble cantidad de sones.

—Los archivos de la Casa de Vida me han revelado una información que tal vez sea esencial —reveló la sacerdotisa al finalizar el ritual—. El oro resulta indispensable para la alquimia osiríaca, pues la carne del resucitado se forma con metal puro, síntesis de los demás elementos. En él, la luz se solidifica y refleja el aspecto inmaterial de las potencias divinas. Su fulgor se convierte en el de Maat.

El rey, la reina y el Calvo sabían todo aquello desde hacía mucho tiempo, pero era bueno que Isis lo aprendiera por sí misma. La joven seguía el sendero que la conduciría, antes o después, a un descubrimiento fundamental.

—Según los antiguos textos —prosiguió—, el faraón es el prospector, el orfebre capaz de trabajar el oro para que su fulgor ilumine a los dioses y los humanos, y mantenga la armonía entre el cielo y la tierra. El relato de un explorador del tiempo de las grandes pirámides da esta indicación: los propios dioses habrían enterrado su mayor tesoro en las lejanas tierras del sur, en Nubia. ¿Qué podría ser esa maravilla que contiene su energía salvo el oro destinado a Osiris?

—Sin él, es imposible restaurar los objetos que sirven para la celebración de los misterios —recordó el Calvo—. Privados de eficacia, se volverían inertes. Y no hablo ya del gran secreto con respecto al que mis labios deben permanecer mudos.

«Nubia, región salvaje, mal controlada, preñada de peligros visibles e invisibles», pensó Sesostris. Nubia, donde habían matado al general Sepi, cuyo asesino seguía impune. Sí, Isis estaba en lo cierto. Allí se ocultaba el oro de los dioses. En esos tiempos turbulentos, organizar una expedición de envergadura no parecía cosa fácil.

—¿Alguna precisión? —preguntó a la sacerdotisa.

—Por desgracia, no. Sigo buscando.

El faraón se disponía a abandonar Abydos cuando Sobek el Protector le entregó un mensaje urgente llegado de Elefantina. El texto era del ex jefe de provincia Sarenput, actual alcalde de la gran ciudad comercial, en la frontera entre Egipto propiamente dicho y Nubia.

—No regreso a Menfis —declaró el monarca tras haber leído la misiva—. Reúne de inmediato a los miembros de la Casa del Rey.

La reunión se celebró en el patio principal del templo de Sesostris, lejos de ojos y oídos indiscretos. Las decisiones que debían tomarse estarían preñadas de consecuencias.

—¿Puede considerarse a Sarenput un servidor fiel? —preguntó el rey.

—Su gestión no tiene defecto alguno —indicó Senankh—, y nunca he advertido abuso de poder ni deshonestidad por su parte. Vuestros decretos se aplican rigurosamente.

—Por mi lado, no hay reproche alguno —apoyó Sehotep—. Hombre fuerte y rudo, Sarenput no desdeña los placeres de la existencia, pero hoy se contenta con su alta función.

—Nada que añadir —afirmó el visir.

—Yo me muestro más reservado —intervino Sobek—, pues no olvido su pasado. Si fuera necesario sacudirle un poco, interviniendo de modo imperativo en Elefantina, tal vez no reaccionara con entusiasmo.

El general Nesmontu asintió.

—Si la carta de Sarenput relata hechos exactos —prosiguió el faraón—, tal vez conozcamos el emplazamiento del nuevo frente que el Anunciador quiere abrir.

El viejo militar gruñó de satisfacción.

—El ejército será rápidamente operativo, majestad.

—Según un informe del comandante del fuerte de Buhen, construido por el primer Sesostris para señalar el límite extremo de Egipto y contener a las tribus guerreras, una de ellas acaba de ser diezmada en el vientre de piedra.

—¡El vientre de piedra, un verdadero infierno! —exclamó Sobek.

—Nuestra guarnición está aterrorizada. Se habla de monstruos que acabarían con cualquier ser vivo, y algunos afirman haber visto una terrorífica leona de un tamaño sobrenatural, a la que ni siquiera un ejército de cazadores conseguiría abatir.

—Veo en ello la marca del Anunciador —dijo Sehotep—. En otras circunstancias sería tentador pensar en un simple incidente local; en cambio, hoy, resultaría de una ingenuidad culpable.

—Nubia no es un país ordinario —subrayó Senankh—. Vuestros predecesores, majestad, vivieron las peores dificultades al imponer una apariencia de pacificación, muy lejos de una amistad real.

—Cuento con cierto número de arqueros nubios entre mis soldados —recordó Nesmontu—. Son hábiles, valerosos y disciplinados. Si reciben la orden de combatir contra sus hermanos de raza, lo harán. Han elegido vivir en Egipto, no en Nubia.

—Sus cualidades guerreras no me tranquilizan —señaló Sehotep—. Cananeos y sirios huyen de buena gana ante el adversario, los nubios se defienden encarnizadamente. Y temo a sus brujos, cuya reputación asusta a la mayoría de nuestros hombres.

—Me pondré a la cabeza de la expedición —declaró Sesostris.

Khnum-Hotep se sobresaltó.

—Majestad, ¿acaso no buscará el Anunciador atraeros hacia una trampa?

—La confrontación directa parece inevitable. Y no olvidemos la búsqueda del oro de los dioses. Isis tiene razón: se encuentra en Nubia. El general Sepi dio su vida por él, su ofrenda no será en vano.

El faraón había tomado su decisión, por lo que cualquier discusión resultaba inútil. A pesar de los enormes riesgos, ¿había otro camino?

—Visir Khnum-Hotep, te encargo que administres el país durante mi ausencia. Consultarás todas las mañanas con la gran esposa real, en compañía de Senankh. Ella gobernará en mi nombre. Si no regreso de Nubia, ocupará el trono de los vivos. Tú, Sehotep, me acompañarás. Nesmontu, tú reunirás tus regimientos en Elefantina.

—Desguarnecemos, pues, las provincias —advirtió el general.

—Correré ese riesgo. Tú, Sobek, regresarás a Menfis.

El jefe de la policía se rebeló:

—Majestad, vuestra protección...

—Mi guardia personal se encargará de ella. Preveamos lo peor: Nubia es una trampa, Menfis sigue siendo, pues, el objetivo principal. Debes poner toda tu atención en la capital. Y si la batalla decisiva tiene lugar en el gran Sur, la organización del Anunciador tal vez se muestre menos desconfiada. Un solo error por su parte, y podrás tirar del hilo.

Los argumentos del rey eran irrefutables. Sin embargo, ante la idea de verse alejado así del monarca, el Protector sintió pesadumbre y tristeza.

—Ordenarás al hijo real Iker que se reúna conmigo en Edfú —añadió Sesostris.

—¿Iker a vuestro lado? Majestad, creo que...

—Ya sé lo que crees, Sobek. Pero sigues equivocándote. Durante nuestra campaña nubia, Iker llevará a cabo actos que te convencerán, por fin, de su absoluta lealtad hacia mí.

En el templo de Edfú (1) reinaba, desde el alba de la civilización, el halcón sagrado, encarnación del dios Horus, protector de la institución faraónica. Sus alas tenían la medida del universo, su mirada penetraba en el secreto del sol. Y cuando se posaba en la nuca del rey, le insuflaba una visión nutrida por el más allá. Un sacerdote recibió a Isis en el embarcadero y la condujo hasta una forja instalada no lejos del santuario. En presencia del faraón, dos artesanos modelaban una estatua del dios Ptah, con la cabeza cubierta por un casquete azul y el cuerpo ceñido por un sudario blanco del que brotaban los brazos, que sujetaban varios cetros, símbolos de la vida, del poder y de la estabilidad.

—Contempla la obra de Ptah, señor de los artesanos, vinculada a la de Sokaris, el señor de los espacios subterráneos. Ptah crea con el pensamiento y el verbo. Nombra las divinidades, los humanos y los animales. La Enéada se encarna en sus dientes y sus labios, que hacen real lo que su corazón concibe. Tot formula por medio de su lengua. Sus pies tocan la tierra; su cabeza, el lejano cielo. Elige la obra realizada utilizando su propio poder. El nombre de *Sokaris* procede de la raíz *seker*. Significa «batir el metal», pero se refiere también al transporte del cuerpo de resurrección a través del mundo de abajo. Cuando limpias ritualmente la boca, *sek-r*, abres tu conciencia a Sokaris. Y cuando Osiris le habla al iniciado en el seno de las tinieblas, emplea esta misma expresión cuyo sentido es, entonces, «ven hacia mí». La creencia y la compasión no te llevarán a Osiris. Los buenos guías son el conocimiento y la obra alquímica. En vísperas de combatir con los brujos nubios, solicito a Ptah que modele mi lanza, y a Sokaris, mi espada. Contempla cómo salen del fuego.

El primer herrero hizo nacer una lanza tan larga y pesada que sólo Sesostris sería capaz de manejarla. Y el segundo, una espada cuyo llamear obligó a la sacerdotisa a cubrirse los ojos.

El faraón tomó las armas, ardientes aún.

—La guerra contra el mal excluye cualquier muestra de cobardía y cualquier evasiva. Partimos hacia Elefantina.

(1) A 245 kilómetros al sur de Abydos.

27

El Anunciador se alimentaba de la formidable energía del vientre de piedra. Se convertía en cada remolino, cada furioso asalto de los rápidos contra la roca. Sentada a sus pies, silenciosa, Bina contemplaba el impresionante espectáculo con la mirada vacía.

A veces, según el viento, se percibían retazos de la justa oratoria a la que se entregaban los magos nubios.

Finalmente, tras largas horas de intensas discusiones, el anciano de pelo blanco apareció de nuevo.

—No hemos decidido ayudarte, sino expulsarte de nuestro territorio —le dijo al Anunciador, que no manifestó sorpresa ni indignación.

—Pero no todos erais de la misma opinión, al parecer.

—El más hábil de todos nosotros, Techai, ha votado incluso en tu favor. Prevalece la mayoría, y lo ha aceptado.

—¿No ha sido decisivo tu voto?

El anciano pareció irritado.

—He ejercido mi privilegio de decano y no lo lamento.

—Cometes un grave error, reconócelo. Convence a tus amigos de que cambien de opinión y me mostraré indulgente.

—Es inútil que insistas: abandona de inmediato Nubia.

El Anunciador dio la espalda al anciano.

—El vientre de piedra es mi aliado.

—Si te obstinas, morirás.

—Si te atreves a meterte conmigo y con mis fieles, me veré obligado a castigaros.

—Nuestra magia dominará a la tuya. Si te empecinas, intervendremos esta misma noche.

Golpeando el suelo con su bastón, el anciano se reunió con los suyos.

—¿Deseáis que os libre de ese hatajo de negritos? —preguntó Jeta-de-través.

—Necesito parte de ellos.

—¿Realmente son temibles? —quiso saber Shab el Retorcido.

—Seguid escrupulosamente mis instrucciones y no os alcanzarán. Durante tres días y tres noches, los nubios ocultarán los ojos del cosmos, el sol y la luna. En vez de su fulgor habitual, nos mandarán ondas mortales. Cubríos con túnicas de lana. Si la menor parcela de carne queda expuesta, os devorará el fuego. El crepitar del incendio os aterrorizará y creeréis abrasaros en una hoguera. No intentéis mirar ni huir. Simplemente, permaneced inmóviles hasta que vuelva la calma.

—¿Y vos, señor? —se inquietó Shab.

—Yo seguiré escrutando el vientre de piedra.

—¿Estáis seguro de que no tenemos nada que temer de esos nubios?

La mirada del Anunciador se endureció.

—Yo se lo enseñé todo. Antes de que se aflojaran y se comportaran como cobardes, yo estaba aquí. Cuando mis ejércitos caigan sobre el mundo, mañana, pasado mañana, dentro de algunos siglos, yo seguiré aquí.

Ni siquiera Jeta-de-través jugó a hacerse el brabucón y respetó las instrucciones al pie de la letra. El Anunciador en persona protegió a Bina con dos túnicas sólidamente atadas con cinturones.

En cuanto cayó la noche, los nubios iniciaron su ofensiva.

Brotando del promontorio donde se encontraba el Anunciador, una llama lo envolvió antes de propagarse a gran velocidad. Su crepitar cubrió el estruendo de la catarata. Los cuerpos de los fieles desaparecieron en el incendio, y la roca enrojeció. Negras nubes cubrieron la naciente luna.

El suplicio continuó durante tres días y tres noches.

Uno solo de los adeptos, al perder la esperanza, se libró de la ropa y corrió. Pero una lengua de fuego se enrolló en sus piernas, que se abrasaron en pocos segundos. Luego su torso y su rostro quedaron reducidos a cenizas.

Finalmente brilló de nuevo el sol. El Anunciador desanudó los cinturones y liberó a Bina.

—Hemos triunfado —proclamó—. Levantaos.

Agotados, huraños, los discípulos sólo tuvieron ojos para su maestro.

Tenía el rostro calmo y descansado, como si saliera de un sueño reparador.

—Castiguemos a esos imprudentes —decidió—. No os mováis de aquí.

—¿Y si los negritos atacan? —preguntó Jeta-de-través, impaciente por montar una buena.

—Voy a buscarlos.

El Anunciador llevó a Bina tras una enorme roca batida por las aguas, al abrigo de las miradas.

—Desnúdate.

En cuanto estuvo desnuda, él le acarició la espalda, que se tornó del color de la sangre. Su rostro se convirtió en el de una leona con los ojos llenos de llamas.

—Tú, la Terrorífica, castiga a esos infieles.

Un rugido petrificó a todos los seres que vivían en un ancho perímetro, hasta el fuerte de Buhen. La fiera corrió.

El primero en morir fue el anciano de pelo blanco. Incrédulo ante el fracaso de los mejores brujos de Nubia, los exhortaba a repetir la ocultación de las luminarias cuando la leona lo hizo callar aplastándole el cráneo con las mandíbulas. Algunos audaces intentaron pronunciar palabras de conjuro, pero la exterminadora no les dio tiempo a formularlas. Destrozó, desgarró y pisoteó.

Sólo cinco nubios escaparon de sus zarpas y sus colmillos.

Cuando el Anunciador le mostró la reina de las turquesas, la leona se calmó. Poco a poco, volvió a aparecer una magnífica y joven mujer morena, de cuerpo ágil y delicado, que el Anunciador se apresuró a cubrir con una túnica.

—Adelántate, Techai, y prostérnate ante mí.

Alto, flaco y con el cuerpo lleno de tatuajes, el brujo obedeció.

—Techai... ¿Tu nombre significa «el desvalijador»?

—Sí, señor —murmuró con voz temblorosa—. Tengo el don de arrebatar las fuerzas oscuras y utilizarlas contra mis enemigos. Voté por vos, pero la mayoría no me escucharon.

—Tú y quienes te imitaron habéis sido respetados.

Los supervivientes se prosternaron a su vez.

Con los ojos de un rojo vivo, el Anunciador agarró a uno de ellos por el pelo y le arrancó el taparrabos.

Viendo su sexo, no cabía duda.

—¡Casi no tiene pechos, pero es una mujer!

—¡Os serviré, señor!

—Las hembras son criaturas inferiores. Permanecen toda su vida en la infancia, no piensan sino en mentir, y deben estar sometidas a su marido. Sólo Bina, la reina de la noche, está autorizada a ayudarme. Tú eres tan sólo una tentadora impúdica.

La hechicera besó los pies del Anunciador.

—Techai, lapídala y quémala —ordenó.

—Señor...

Una mirada colmada de asco hizo comprender al nubio que no tenía otra opción.

Él y sus tres acólitos recogieron piedras.

La infeliz intentó huir, pero el primer proyectil le golpeó en la nuca; el segundo, en los riñones.

Sólo se levantó una vez intentando, en vano, protegerse el rostro.

Sobre su cuerpo ensangrentado, animado aún por algunos espasmos, los cuatro nubios arrojaron ramas secas de palmera.

El propio Techai les prendió fuego.

Temblorosos aún, los brujos sólo pensaban en sobrevivir. Techai intentaba recordar dos o tres fórmulas de conjuro que, por lo general, inmovilizaban a los peores demonios. Cuando vio que el Anunciador se restauraba con sal mientras lo miraba con sus ojos rojizos, admitió su derrota y comprendió que el menor intento de rebelión lo conduciría a la aniquilación.

—¿Qué esperáis de nosotros, señor?

—Anunciad mi victoria a vuestras respectivas tribus y ordenad que se reúnan en algún lugar inaccesible para los exploradores egipcios.

—Nunca se aventuran por aquí. Y, en cuanto a nuestros jefes, respetan la magia. Después de vuestras hazañas, incluso Triah, el poderoso príncipe de Kush, se verá obligado a concederos su estima.

—No me basta. Exijo su obediencia absoluta.

—Triah es un hombre orgulloso y sombrío...

—Resolveremos ese problema más tarde —prometió el Anunciador con voz suave—. Vuelve con comida y mujeres. Ellas sólo saldrán de sus chozas para complacer a mis hombres y cocinar. Luego te hablaré de mi estrategia.

Al ver correr a los brujos nubios, Jeta-de-través se mostró escéptico.

—Sois demasiado indulgente, señor. No volveremos a verlos.

—Claro que sí, amigo mío, y te sorprenderá su diligencia.

El Anunciador no se equivocaba.

Encabezando un pequeño ejército de guerreros negros, Techai reapareció dos días más tarde, visiblemente cansado.

—He aquí ya cuatro tribus decididas a seguir al mago supremo —declaró—. El príncipe Triah ha sido advertido, no dejará de enviaros un emisario.

Jeta-de-través examinó la musculatura de los nubios, armados con azagayas, puñales y arcos.

—No está mal —reconoció—. Esos mocetones tendrían que ser buenos reclutas, siempre que resistan mis métodos de entrenamiento.

—¿Y la manduca? —preguntó Shab el Retorcido.

Techai indicó por signos a los porteadores que se adelantaran.

—Cereales, legumbres, fruta, pescado seco... La región es pobre. Os entregamos lo mejor.

—Pruébalo —ordenó el Retorcido a un porteador.

El hombre tomó un poco de cada alimento.

No era comida envenenada.

—¿Y las mujeres? —preguntó Jeta-de-través, goloso.

Eran veinte. Veinte espléndidas nubias, muy jóvenes, con los pechos desnudos, apenas cubiertas con un taparrabos de hojas.

—Venid, hermosas, os construiremos una espaciosa residencia. Yo seré el primero en hincaros el diente.

Mientras Shab organizaba el campamento, lejos del fuerte de Buhen, el Anunciador llevó a los brujos junto al hirviente corazón de la catarata.

Incluso para ellos, el calor resultaba casi insoportable.

—Según el estado del río y las advertencias de la naturaleza, ¿qué tipo de crecida prevéis?

—Fuerte, muy fuerte incluso —respondió Techai.

—Eso nos facilitará la tarea, pues. Dirigiendo nuestros poderes al vientre de piedra, provocaremos la furia de una riada devastadora.

—¿Queréis... queréis sumergir Egipto?

—En vez de un Nilo fecundador que cubra las sedientas riberas, un torrente arrasará ese maldito país.

—Dura tarea, pues...

—¿Acaso sois incapaces de hacerlo?

—¡No, señor, no! Pero podemos temer los efectos posteriores.

—¿Acaso no sois la élite de los magos? Deseáis expulsar al ocupante y liberar vuestro país, por lo que el Nilo no se volverá contra vosotros. Y no es ésa la única arma que vamos a utilizar.

Techai aguzó el oído.

—¿Tenéis acaso... una especie de seguridad?

El Anunciador se mostró meloso.

—Cierto número de nubios sirven como arqueros en el ejército enemigo, ¿no?

—¡Son unos renegados, unos vendidos! En vez de permanecer en su casa y combatir por su clan, prefirieron unirse al enemigo y llevar una vida fácil.

—Ilusoria ventaja —afirmó el Anunciador—. Les haremos pagar esta traición desorganizando las filas egipcias.

—¿Acaso sois capaz de destruir el fuerte de Buhen?

—¿Pero es que crees que unas simples murallas van a detenerme?

Consciente de haber proferido un insulto, Techai agachó la cabeza.

—Nos comportamos como un pueblo sometido desde hace demasiado tiempo... ¡Gracias a vos, recuperamos la confianza!

El Anunciador sonrió.

—Preparemos el despertar del vientre de piedra.

28

La esposa de Medes, secretario de la Casa del Rey, sufría una crisis de histeria. Se revolcaba por el suelo mientras insultaba a su peluquera, a su maquilladora y a su pedicura, y fue necesaria la intervención de su marido y varios bofetones para calmarla.

Aunque sentada en una silla de ébano, seguía pataleando.

—¿Olvidas tu dignidad? ¡Domínate de inmediato!

—Tú no te das cuenta, he sido abandonada... ¡El doctor Gua ha abandonado Menfis!

—Lo sé.

—¿Dónde está?

—En el sur, con el rey.

—¿Y cuándo regresará?

—Lo ignoro.

La mujer se agarró al cuello de su marido. Temiendo que lo estrangulara, él la abofeteó de nuevo y la obligó a sentarse.

—Estoy perdida, sólo él sabía cuidarme.

—¡En absoluto! Gua ha formado excelentes alumnos. En vez de un solo médico, tendrás tres.

Las lágrimas cesaron de inmediato.

—Tres... ¿Te burlas de mí?

—El primero te examinará por la mañana, el segundo por la tarde y el tercero por la noche.

—¿De verdad, querido?

—Tan de verdad como que me llamo Medes.

Ella se refregó contra él y lo besó.

—¡Eres la flor y nata de los maridos!

—Ahora, ve a ponerte guapa.

Y, dejándola en manos de la maquilladora, Medes se dirigió a palacio para recibir las instrucciones del visir. El primer dignatario con el que dio fue Sobek, el jefe de la policía.

—Precisamente quería convocarte.

Crispado, Medes puso sin embargo buena cara.

—A tu servicio.

—Tu barco ya está listo.

—Mi barco...

—Debes ir a Elefantina, el faraón te aguarda allí. Gergu será el responsable de los cargueros de cereales indispensables para la expedición que se prepara.

—¿No seré más útil en Menfis?

—Su majestad te encarga que organices el trabajo de los escribas. Redactarás el diario de a bordo, los informes cotidianos y los decretos. Según creo, el trabajo no te asusta.

—¡Al contrario, al contrario! —protestó Medes—. Pero no me gustan mucho los desplazamientos. Navegar me pone enfermo.

—El doctor Gua te cuidará. Zarpas mañana por la mañana.

¿Ocultaba esa misión una emboscada o quizá respondía a una verdadera necesidad? Fuera como fuese, Medes no correría ningún riesgo. Poniéndole bajo vigilancia, como a los demás notables, Sobek esperaba un paso en falso.

El secretario de la Casa del Rey, por tanto, no se pondría en contacto con el libanés antes de abandonar la capital. Su cómplice comprendería el silencio. Por desgracia, hubiera sido necesario hacer pasar por la aduana un cargamento de madera preciosa procedente de Biblos, y Medes no podría delegar tan delicada tarea ni divulgar el regreso de Iker.

La organización del libanés seguía durmiendo. Comerciantes, vendedores ambulantes y peluqueros se dedicaban a sus ocupaciones y charlaban con sus clientes para expresar su angustia con respecto al porvenir y alabar los méritos del faraón. Los policías y los informadores de Sobek seguían husmeando en el vacío.

Hasta que recibiera nuevas instrucciones del Anunciador, el libanés se consagraría a sus actividades comerciales y aumentaría su fortuna, bastante redonda ya. La visita de su mejor agente, el aguador, le sorprendió.

—¿Algún problema?

—Medes acaba de embarcar hacia el sur.

—¡Teníamos que vernos esta noche!

—También Gergu está de viaje. Se encarga de los cargueros llenos de trigo al servicio del ejército.

Límpida precaución: Sesostris salía de Egipto y entraba en Nubia, donde el alimento podía faltar.

La estrategia del Anunciador funcionaba a las mil maravillas.

El único detalle molesto era que habían requisado a Medes.

—¿Qué ocurre en palacio?

—La reina gobierna, el visir y Senankh administran los asuntos del Estado. Sobek multiplica el control de las mercancías y peina los barrios de la capital, por no hablar de la puntillosa vigilancia de los notables. Es evidente que el rey le ha ordenado que aumente sus esfuerzos.

—¡Un verdadero engorro, ese Protector!

—Nuestra separación es rigurosa —recordó el aguador—. Incluso si arrestan a uno de los nuestros, se encontrará en un callejón sin salida.

—Me has dado una idea... Para calmar a una fiera que caza, la mejor solución consiste en ofrecerle una presa.

—¡Arriesgada maniobra!

—¿No alababas tú el rigor de nuestra separación?

—Es cierto, pero...

—¡Yo dirijo la organización, no lo olvides!

El libanés, irritado, devoró una cremosa golosina.

—Si Medes está ausente, ¿quién se encargará de los aduaneros? El próximo cargamento de madera preciosa estaba previsto en los alrededores de la luna llena.

—Sobek refuerza las medidas de seguridad sobre el conjunto de los muelles —afirmó el aguador.

—¡Ése comienza a molestarme ya! Dicho de otro modo, nuestro navío tendrá que quedarse en Biblos con su cargamento. ¿Te imaginas el perjuicio? Y no sabemos cuándo regresará Medes de Nubia, ¡ni siquiera si regresará!

La visión religiosa del Anunciador preocupaba menos al libanés que el desarrollo de su propio negocio. Si el comercio era floreciente y confortables los beneficios ocultos, no importaba el régimen vigente ni la naturaleza del poder.

Pues bien, la policía comenzaba a resultar molesta.

Y el libanés no se dejaría arruinar.

Si la situación se agravaba, Gergu se tiraría al agua. Enrojecido, sudando, vociferando, no sabía ya a qué dios recurrir. Navegar hacia el sur era más bien divertido, pero administrar las embarcaciones de grano se estaba convirtiendo en una pesadilla.

Faltaba un cargamento cuyo tonelaje no figuraba en las listas y un carguero fantasma que nadie podía encontrar en el puerto. Mientras esos misterios no se aclararan, era imposible levar anclas. Y a él, a Gergu, le incumbiría la responsabilidad del retraso. Era inútil esperar ayuda de Medes, puesto que los dos hombres debían permanecer distantes.

—¿Algún problema? —preguntó Iker, acompañado por *Viento del Norte*.

—No lo logro —reconoció Gergu, hecho un guiñapo—. Y, sin embargo, lo he comprobado y vuelto a comprobar.

Casi llorando, el inspector principal de los graneros estaba al borde de la depresión.

—¿Puedo ayudarte?

—No veo cómo.

—Cuéntamelo, de todos modos.

Gergu tendió al hijo real un papiro arrugado a fuerza de haber sido consultado.

—En primer lugar, el contenido de un silo se ha volatilizado.

Iker examinó el documento redactado en escritura cursiva por un escriba especialmente difícil de descifrar.

Sólo a la tercera lectura descubrió la solución.

—¡El funcionario ha contado dos veces la misma cantidad!

El basto rostro de Gergu se relajó.

—Entonces... ¿Dispongo de la totalidad de los cereales que exige el rey?

—Sin duda alguna. ¿Qué más?

Gergu se ensombreció.

—El carguero desaparecido... ¡No me lo perdonarán!

—Un navío de transporte no se evapora como una nube de primavera —dijo Iker—. Investigaré en capitanía.

El inventario de los cargueros de cereales parecía correcto. ¡Engañosa apariencia!

Un escriba negligente, o con demasiada prisa, había mezclado dos expedientes. Y aquel error acarreaba la desaparición administrativa de una unidad de la marina mercante, catalogada con un falso nombre.

Gergu se deshizo en agradecimientos. Iker, en cambio, pensaba en *El Rápido*. ¿No habría bastado un truco de prestidigitación semejante para hacer desaparecer un velero para la navegación de altura de los efectivos de la flota real?

—¡Eres genial!

—Mi formación de escriba me ha acostumbrado a este tipo de derivas, nada más.

Gergu salió por fin de la niebla.

—¿Eres... eres el hijo real Iker?

—El faraón me concedió este título.

—Perdóname, sólo te había visto de lejos, en palacio. Si lo hubiera sabido, no me habría atrevido a molestarte... a molestaros de esta suerte.

—¡Nada de ceremonia entre nosotros, Gergu! Conozco bien tu trabajo, pues me encargué de la gestión de los graneros cuando residía en

Kahun. ¡Es una tarea delicada y esencial! En caso de crisis o de mala crecida, la supervivencia de la población depende de las reservas acumuladas.

—Sólo pienso en eso —mintió el inspector principal—. Podría haber hecho una lucrativa carrera, ¿pero acaso no es una noble función actuar en favor del bien común?

—Estoy convencido de ello.

—Por la corte corren tus increíbles hazañas en la región sirio-palestina... ¡Y he aquí otra de la que he sido el feliz beneficiario! ¿Y si bebiéramos un buen vino para festejarlo?

Sin esperar a que el hijo real asintiera, Gergu abrió una ánfora y escanció un tinto afrutado en una copa de alabastro que sacó de un bolsillo de su túnica.

—Tengo también la pareja —murmuró, mostrándola—. ¡A la salud de nuestro faraón!

Aquel gran caldo encantaba el paladar.

—Al parecer, acabaste con un gigante.

—A su lado, yo parecía un enano —reconoció Iker.

—¿Y era ese Anunciador al que todos temen?

—Desgraciadamente, no.

—¡Si ese monstruo existe realmente, lo encontrarán! Ningún terrorista pondrá en peligro Egipto.

—No comparto tu optimismo.

Gergu pareció asombrado.

—¿Qué podemos temer, a tu entender?

—Ningún argumento, ni siquiera un poderoso ejército, convencerá a los fanáticos de que renuncien a sus proyectos.

Viento del Norte se había acercado con ejemplar discreción, y humedeció su lengua en la copa de Iker.

—¡Un asno aficionado al vino! —exclamó Gergu—. ¡He aquí un buen compañero de viaje!

La mirada enojada de Iker disuadió al cuadrúpedo.

—¿Algún problema más, Gergu?

—De momento, todo va bien. Permíteme que vuelva a darte las gracias. Los envidiosos de la corte no dejan de criticarte, porque no te conocen. Yo he tenido la inmensa suerte de hacerlo. No dudes de mi estima y de mi amistad.

—Puedes contar también con la mía.

El capitán dio la señal de partida.

En el último momento, Sekari subió a bordo del barco que iba en cabeza, donde se habían acomodado los oficiales de alto rango. El hijo real intentaba explicar a *Viento del Norte* que las bebidas alcohólicas ponían en peligro la salud.

—Sin novedad, Iker. No hay caras sospechosas a bordo. Sin embargo, proseguiré mi inspección.

—¿Alguna inquietud en concreto?

—El convoy no puede pasar desapercibido. Tal vez algún miembro de la organización menfita tenga el encargo de provocar problemas.

—Me extrañaría, dado el filtrado llevado a cabo por la policía.

—Ya hemos tenido horribles sorpresas.

Cuando Sekari comenzaba de nuevo a registrar el navío, Medes saludó al hijo real.

—Dadas vuestras obligaciones, no he tenido aún tiempo de felicitaros.

—No he hecho más que cumplir mi misión.

—¡Arriesgando vuestra vida! La región sirio-palestina no es precisamente un lugar fácil.

—Lamentablemente, las graves amenazas están lejos de haberse disipado.

—Disponemos de bazas importantes —aseguró Medes—: un rey excepcional, un ejército reorganizado y bien mandado, y una policía eficaz.

—Sin embargo, Menfis se vio duramente afectada y seguimos sin poder encontrar al Anunciador.

—¿Realmente creéis en su existencia?

—A menudo acostumbro a preguntármelo. A veces, un fantasma siembra el terror.

—Es cierto, pero su majestad parece pensar que ese espectro ha tomado cuerpo realmente. Ahora bien, su mirada alcanza más allá de la común razón. Sin él, estaríamos ciegos. Al restablecer la unidad de Egipto, el rey le ha devuelto su vigor de antaño. Que los dioses concedan un total éxito a esta expedición y la paz a nuestro pueblo.

—¿Conocéis Nubia?

—No —respondió Medes—, y la temo.

29

En el muelle principal de Elefantina había numerosos soldados. Al pie de la pasarela, el general Nesmontu.

—¿Ningún incidente durante el viaje? —le preguntó a Iker.

—Ninguno.

—Su majestad ha tomado graves decisiones. Está convencido de que el Anunciador se oculta en Nubia.

—¿No es inaccesible el paraje?

—En parte, pero probablemente el oro de los dioses se encuentra allí. Irás en primera línea, junto al rey. Tras haber salido del avispero sirio-palestino, ahora te ves sumido en el caldero nubio. ¡Realmente los dioses te han bendecido, Iker!

—Espero ganarme así la confianza de Sobek.

—¡Siempre que tengas éxito, claro está! Los guerreros y los brujos nubios son temibles. ¡Qué inesperada ocasión, a mi edad, para desplegar un verdadero ejército en un país tan hostil, con mil peligros cotidianos! Ya me siento rejuvenecido, y sólo es el comienzo.

Una intensa actividad reinaba en Elefantina. A pesar del asfixiante calor, la expedición se preparaba. Había que verificarlo todo: el estado de los navíos de guerra, el equipamiento de los soldados, el barco hospital, la intendencia.

—Si el Anunciador se creía seguro, ahora verá que estaba equivocado —dijo Nesmontu.

Viento del Norte precedía a los dos hombres, *Sanguíneo* los seguía. El asno no se engañaba al tomar la dirección del palacio de Sarenput.

El drama se produjo ante la entrada principal.

Buen Compañero y *Gacela*, los dos perros del alcalde, montaban guardia. El primero era negro, esbelto, rápido. La segunda, pequeña, rechoncha, de prominentes mamas. Siempre juntos, el uno protegiendo a la otra, gruñeron al ver al mastín.

—Tranquilo, *Sanguíneo* —ordenó Iker—. Están en su casa.

Gacela se acercó primero y dio vueltas en torno al recién llegado, ante la vigilante mirada de *Buen Compañero*. En cuanto le lamió el hocico, la atmósfera se relajó. Para festejar aquel encuentro, los tres perros comenzaron a corretear, cada cual con su estilo, y a ladrar alegremente. *Buen Compañero* levantó la pata y *Sanguíneo* orinó en el mismo lugar. Habían sellado, pues, la amistad. Fatigada, la hembra se instaló a la sombra y los dos machos la protegieron.

—Esperemos que Sarenput se muestre igualmente conciliador —deseó Nesmontu—. Estás invitado a la entrevista decisiva, a última hora de la mañana.

Con la frente baja, la boca firme, los prominentes pómulos y el pronunciado mentón, el rostro de Sarenput nada tenía de agradable. Enérgico, áspero, el ex jefe de provincia vivía en un palacio desnudo donde reinaba un agradable frescor gracias a la corriente de aire alimentada por unas altas ventanas hábilmente dispuestas. El consejo restringido estaba formado por Sarenput, el general Nesmontu, Sehotep e Iker. Presentado como hijo real al alcalde de Elefantina, el joven escriba sentía clavada en él una mirada crítica, casi despectiva.

—El demonio que intenta asesinar el árbol de vida se oculta en Nubia —reveló Sesostris—. Se hace llamar el Anunciador y ha asestado duros golpes en Menfis. Iker nos permitió evitar la trampa que nos tendía en la región sirio-palestina. He decidido enfrentarme con él cara a cara.

—Los nubios necesitan una buena lección —consideró Sarenput—. He recibido un nuevo e inquietante mensaje del fuerte de Buhen. Hay disturbios en la región. Las tribus se agitan cada vez más y la guarnición teme ser atacada.

—El Anunciador intenta organizar un levantamiento —supuso Nesmontu—. Intervengamos rápidamente.

—Las comunicaciones entre Egipto y Nubia siguen siendo difíciles —consideró el rey—. De modo que excavaremos un canal navegable en cualquier estación. Ni la crecida ni las rocas de la catarata nos molestarán. De ese modo, las embarcaciones de guerra y de comercio circularán con toda seguridad.

¿Cómo reaccionaría Sarenput, el mejor conocedor de la región? Si el proyecto le parecía irrealizable, se mostraría muy poco cooperativo, hostil incluso. Semejante innovación corría el riesgo de sorprenderlo, a menos que se enojara por no haber pensado él mismo en ella.

—Majestad, apruebo por completo vuestra decisión. Antes de la reunificación de las Dos Tierras, semejante canal habría puesto en peligro esta provincia. Hoy, en cambio, es indispensable. Naturalmente, los canteros y los talladores de piedra de Elefantina están a vuestra entera disposición.

—He aquí el resultado de mis cálculos —indicó Sehotep, jefe de todas las obras del rey—: el canal tendrá ciento cincuenta codos de largo, cincuenta de ancho y quince de profundidad (1).

—El éxito de esta empresa depende de que las divinidades de la catarata estén de acuerdo —precisó Sesostris—. Debo consultar con ellas sin más tardanza.

Desde la profanación del islote sagrado de Biggeh, éste era severamente custodiado. Nadie, a excepción del faraón y sus representantes, podía penetrar en él, de modo que la obra de Isis seguía vitalizando a Osiris rodeada por el misterio.

Una agua límpida, un cielo en calma y brillante. Lejos de los ruidos de la ciudad, el islote pertenecía a otro mundo.

El rey remaba ágil y silenciosamente. En la proa de la embarcación,

(1) Es decir, aproximadamente, 78 metros, 26 metros y 8 metros.

Isis, recogida, contemplaba el admirable paraje donde reposaba uno de los aspectos del resucitado.

El esquife atracó sin hacer ruido.

Las trescientas sesenta y cinco mesas de ofrenda de Biggeh sacralizaban el año. La diosa derramaba en ellas, diariamente, una libación de leche, procedente de las estrellas.

La joven sacerdotisa siguió al faraón hasta la caverna que albergaba la pierna de Osiris y el jarro de Hapy, provocador de la crecida. En lo alto de la roca, una acacia y un azufaifo.

Isis tomó una jofaina que contenía el agua de la anterior inundación y purificó las manos del monarca.

—Soberanas de la catarata, sednos favorables —imploró la sacerdotisa—. El rey es el servidor de Osiris y la encarnación de su hijo Horus. Diosas Anukis y Satis, dadle vida, fuerza y vigor para que reine según Maat y disipe las tinieblas. Que el valor salga victorioso.

En el umbral de la caverna aparecieron dos mujeres de prodigiosa belleza. La primera llevaba un tocado compuesto por plumas multicolores; la segunda, la corona blanca con cuernos de gacela. Anukis ofreció al soberano el signo del poder, Satis le entregó un arco y cuatro flechas.

Sesostris disparó la primera hacia oriente, la segunda hacia occidente, la tercera hacia el septentrión y la cuarta hacia mediodía. En el azur, se transformaron en trazos luminosos.

Las dos diosas habían desaparecido.

—Podemos regresar al otro lado de lo real y comenzar a excavar el canal —dijo el rey a Isis.

Sehotep se felicitaba por la presencia de Iker. Infatigable, el joven escriba realizaba una considerable cantidad de trabajo, tanto si se trataba de comprobar los cálculos, de organizar las obras, como de resolver mil y un problemas técnicos o estimular a los artesanos escuchando sus quejas.

Tampoco Medes estaba de brazos cruzados.

Echaba mano al decreto, fechado en el año octavo de Sesostris III, que anunciaba la creación del canal de Elefantina que conectaba la primera provincia del Alto Egipto con Nubia. Su trabajo no le hacía olvidar un inquietante porvenir: la partida se produciría forzosamente antes del comienzo de la crecida, y carecía de cualquier noticia del Anunciador. Llevar a Sesostris hacia aquellos inhóspitos parajes, poblados por tribus peligrosas, no era una mala idea. Pero el conflicto podía ser largo. Puesto que no le gustaban los viajes, la naturaleza ni el calor, ¿no sería Medes víctima de una flecha perdida o de la maza de algún guerrero negro? En vez de estar tan asociado a los combates, hubiera preferido permanecer en Menfis. ¿Dimitir? ¡Arruinaría su carrera y se ganaría las iras del Anunciador! Fueran cuales fuesen las circunstancias, debía ir hasta el final de la aventura.

También Gergu tenía la moral por los suelos. Obligado a trabajar duro, bebía demasiado. Cuando se presentó, algo alegre, ante Medes, éste advirtió la necesidad de reprenderlo.

—¡Deja de comportarte como un irresponsable! Durante esta expedición desempeñarás un papel fundamental.

—¿Conocéis nuestro destino? ¡Un país de salvajes que adoran matar y torturar! Tengo miedo. Y cuando tengo miedo, bebo.

—Si uno de tus subordinados se queja de ti porque estás borracho, serás depuesto de tus funciones. El Anunciador no te lo perdonaría. Al provocar esta guerra, preveía que seríamos enrolados en el ejército de Sesostris.

Gergu temía más aún al Anunciador que a los nubios. Recordarlo lo serenó de pronto.

—Pero, entonces... ¿qué espera de nosotros?

—Nos comunicará sus directrices cuando llegue el momento. Si lo traicionas de un modo u otro, se vengará.

Gergu se derrumbó en una silla de paja.

—Me limitaré a tomar una cerveza ligera.

—¿Te has ganado la amistad de Iker?

—¡Éxito total! Es un muchacho simpático y cálido, fácil de engañar. Y sobre todo eficaz. Me ha sacado de varios atolladeros.

—Tendremos que liquidarlo antes o después. Sin saberlo, está buscándonos a nosotros. Si descubriera nuestro verdadero papel, estaríamos perdidos.

—No hay riesgo alguno, ¡no es tan retorcido! Nunca lo descubrirá.

—Hazle hablar. Está muy cerca del rey, por lo que forzosamente posee informaciones que podrían sernos muy útiles.

—No habla demasiado y, para él, el trabajo pasa ante todo.

—Consigue provocar sus confidencias.

Tras una jornada agotadora, Iker tomó una barca, cruzó el Nilo y, por recomendación de Sarenput, llegó a la orilla oeste para admirar el paraje donde se excavaba su morada de eternidad, que ya estaba casi concluida. En aquel anochecer, los artesanos habrían regresado ya a casa tras haber cerrado la puerta de la tumba. El joven gozaría de la paz del ocaso y del esplendor del lugar.

La expedición se disponía a partir. Desafiando la canícula, todos realizaban una labor empecinada y el escriba sentía la necesidad de relajarse. Fatigados también, el asno y el mastín dormían uno junto al otro. Puesto que no habían manifestado el deseo de acompañar a su dueño, no corría riesgo alguno. Sekari, por su parte, entretenía su tiempo en galante compañía.

Al alejarse de la acción y de lo cotidiano, Iker recuperaba su sentido de la escritura. Frente al grandioso paisaje que el sol cubría con un suave dorado, su mano corría por la paleta, trazando signos de poder que componían un himno a la luz del crepúsculo.

La felicidad seguía siendo inaccesible.

Numerosos cortesanos, es cierto, se habrían contentado con la tan envidiada función de hijo real. ¿Pero cómo podía Iker olvidar a Isis? Ni siquiera veía a las demás mujeres. Sin embargo, dado su título, numerosas enamoradas giraban a su alrededor, aunque ninguna encontraba gracia a sus ojos, sólo Isis reinaba en su corazón.

Estaba más allá del sentimiento y de la pasión.

Aquello era amor.

Sin ella, fuera cual fuese la brillante apariencia del destino de Iker, sería sólo un vacío doloroso.

Se dirigió hacia la tumba de Sarenput con pesados pasos. Cuando ya estaba cerca, se detuvo, intrigado.

De la morada de eternidad, cuya puerta permanecía abierta, salía luz. Iker entró.

Una primera sala, con seis pilares de gres. Luego una escalera y una especie de largo corredor con las paredes perfectamente labradas conducían a la capilla donde se veneraría el *ka* de Sarenput, representado seis veces como Osiris.

A la luz de las lámparas provistas de una mecha que no desprendía humo, Isis pintaba jeroglíficos.

Iker, fascinado, no se atrevió a interrumpirla.

De buena gana se habría quedado allí toda la vida, contemplándola.

Bella, recogida, elegante en cada uno de sus gestos, Isis comulgaba forzosamente con las divinidades.

No se atrevía siquiera a respirar, intentando grabar en lo más profundo de sí mismo aquellos milagrosos instantes.

Ella se volvió.

—Iker... ¿Hace mucho rato que estáis aquí?

—No... no lo sé. No quería importunaros.

—Sarenput me ha pedido que verifique los textos y añada las fórmulas correspondientes a la espiritualidad osiríaca. Desea que su morada de eternidad no tenga graves defectos.

—¿Se convertirá Sarenput en un Osiris?

—Si se le reconoce justo de voz, este lugar se verá mágicamente animado y permitirá que su cuerpo de luz resucite.

Isis apagó las lámparas una a una.

—Permitidme que las lleve —solicitó el hijo real.

Ante una de ellas, la sacerdotisa vaciló.

—¿No es extraordinario este texto?

Iker descifró la inscripción que la llama iluminaba: «Estaba yo lleno de júbilo al conseguir alcanzar el cielo, mi cabeza tocaba el firmamento, rozaba yo el vientre de las estrellas, siendo yo mismo estrella, y danzaba como los planetas.»

—¿Simple imagen poética o un ser que vivió realmente esta experiencia?

—Sólo un iniciado en los misterios de Osiris podría responderos.

—¡Vos, Isis, vivís en Abydos y conocéis la verdad!

—Estoy en camino, quedan muchas puertas que cruzar. Fuera de la iniciación y del descubrimiento de las potencias creadoras, ¿qué sentido tendría nuestra existencia? Por duras que sean las pruebas, nunca renunciaré.

—¿Me consideráis un obstáculo?

—No, Iker, no... Pero me turbáis. Antes de conoceros, el estudio de los misterios de Osiris captaba toda mi atención. Ahora, algunos de mis pensamientos siguen a vuestro lado.

—Aunque el conocimiento de estos misterios sea también mi objetivo, debo obedecer al faraón. Tal vez sólo él me permita acceder a Abydos. Eso no me impide amaros, Isis. ¿Por qué ese amor debería ser un obstáculo para nuestra búsqueda?

—Yo me lo pregunto todos los días —reveló ella, conmovida.

Si hubiera podido tomarla de las manos, estrecharla en sus brazos... pero eso habría supuesto quebrar la ínfima esperanza que acababa de brotar.

—Cada día os amo más. No habrá otra mujer. Seréis vos, o nadie más.

—¿No es eso excesivo? ¿No estáis adornándome con virtudes imaginarias?

—No, Isis. Sin vos, mi vida no tiene sentido.

—Regresemos a Elefantina, ¿os parece?

Iker remó muy lentamente.

¡Allí estaba ella, tan cerca, tan inaccesible! Su mera presencia hacía brillar el sol en la noche naciente.

En la ribera, Sekari.

—Vayamos inmediatamente a palacio. El faraón acaba de recibir una muy mala noticia.

30

Los especialistas del nilómetro de Elefantina estaban consternados. Según sus previsiones, la crecida se anunciaba enorme, peligrosa, pues, y devastadora. Todos conocían las cifras y su significado: doce codos de alto, hambruna; trece, vientre hambriento; catorce, la felicidad; quince, el fin de las preocupaciones; dieciséis (1), la perfecta alegría. Más allá, comenzaban las dificultades.

—¿Cuál es la magnitud del peligro? —preguntó el rey al jefe de los técnicos.

—No me atrevo a revelároslo, majestad.

—Maquillar la realidad sería una grave falta.

—Puedo equivocarme, también mis colegas. Tememos una especie de cataclismo, una enorme riada que supere en poder y en altura todo lo que se ha conocido desde la primera dinastía.

—Dicho de otro modo, buena parte del país puede quedar destruido.

Temblorosos, los labios del especialista murmuraron un «sí» apenas audible.

El faraón reunió de inmediato un consejo restringido compuesto por Sehotep, Nesmontu, Iker y Sarenput.

—Tú, Sarenput, organiza el desplazamiento de la población hacia las

(1) Dieciséis codos = 8,32 metros.

colinas y el desierto, con las provisiones necesarias. Tú, Sehotep, consolida la fortaleza, pues el enemigo podría aprovechar el comienzo de la crecida para atacar, y concluye rápidamente el canal. Nesmontu, tú refuerza nuestro dispositivo de seguridad. Tú, Iker, coordina el trabajo de los escribas y los artesanos, y díctale a Medes el mensaje de aviso que debe llegar a todas las ciudades de Egipto. Que el visir tome de inmediato las medidas necesarias.

Medes se mostraba escéptico.

–¿Realmente estamos en peligro?

–Los técnicos son muy claros –precisó Iker.

–El país ha sufrido crecidas anteriormente y nunca hemos cedido al pánico.

–Esta vez, el fenómeno se anuncia excepcional.

–Los mensajeros partirán mañana mismo. Gracias a mi nueva organización y a la flotilla de barcos rápidos de que dispongo, la información se difundirá en seguida.

–Que los carteros militares vayan hasta las aldeas más apartadas y den consignas de evacuación. Los alcaldes tendrán que ejecutarlas sin tardanza. Su majestad desea que se salve el máximo de vidas posible.

Medes puso de inmediato manos a la obra.

¡De modo que ésa era la señal del Anunciador!

O se trataba de un espejismo destinado a asustar a las autoridades y a desorganizar los sistemas de defensa, con vistas a una invasión nubia, o el Anunciador transformaría el Nilo en una arma de destrucción masiva.

En ambos casos, el comienzo de la gran ofensiva.

La organización de terroristas implantada en Menfis golpearía de nuevo en la capital.

Revitalizado, Medes tenía una preocupación: ponerse a salvo para no ser víctima de los acontecimientos.

Incluso Jeta-de-través temblaba.

Del vientre de piedra brotaba un estruendo ensordecedor. El combate del agua enfurecida contra la roca era cada vez más intenso, el caudal de agua no dejaba de crecer.

Los magos nubios salmodiaban incansablemente fórmulas incomprensibles, mientras que los enrojecidos ojos del Anunciador, brillando con agresivo fulgor, miraban hacia el norte. A sus pies, Bina contemplaba un cielo caótico, dominado por la cólera de Set. Desplegando las fuerzas negativas de la catarata, el Anunciador intensificaba un fenómeno natural y le daba una enorme magnitud.

Shab el Retorcido tiró hacia atrás de Jeta-de-través.

—Aléjate, una ola podría arrastrarte.

—Qué cosas... ¡El patrón es realmente alguien!

—¿Acaso comienzas a entenderlo por fin?

—¿De modo que supera al faraón?

—Sesostris sigue siendo un adversario temible. Táctico sin igual, nuestro señor lleva siempre un golpe de adelanto.

—Ha conseguido desencadenar el río... ¡Qué cosas!

—La verdadera fe se le parece. Caerá sobre el mundo y destruirá a los infieles.

El agua enloquecida brotaba del vientre de piedra y se abría un camino de insólita anchura.

«Dentro de unos días —pensó el Anunciador—, Osiris abandonará su silencio y adoptará la forma de la crecida. Esta vez no llevará la vida a Egipto, sino la muerte.»

Desde lo alto del acantilado de la orilla oeste, Elefantina parecía apacible, adormecida bajo el sol de estío. El calor era asfixiante, el verde de las palmeras brillaba, el azul del Nilo parecía tornasolado.

Aquel paisaje hechizador estaba viviendo sus últimas horas antes de la desolación. Tras haber desaparecido durante setenta días, duración ritual de la momificación de un faraón, la constelación de Orión reaparecía. Al levantarse en la noche, marcaría la resurrección de Osiris y el comienzo de la crecida de las aguas, convertidas en el peor enemigo de un país al que deberían haber ofrecido felicidad y prosperidad.

—El rocío cambia de consistencia y de naturaleza —declaró Isis—. La crecida comenzará mañana.

—No es Osiris el que la emprende así con su pueblo —consideró el faraón—, y no es sólo la naturaleza la que se desencadena.

—¿Pensáis en el Anunciador, majestad?

—Irritado por la resistencia del árbol de vida, lanza una nueva forma de agresión.

—¿Un hombre solo es capaz de poner en marcha semejantes fuerzas?

—Ha obtenido la ayuda de los brujos nubios. Si sobrevivimos a este asalto, deberemos impedir que este paraje siga haciendo daño.

—¿Cómo luchar?

—El río terrenal nace del Nilo celestial, que a su vez brota del *Nun*, el océano primordial. El Anunciador ha perturbado las aguas, pero no podrá llegar a su verdadera fuente, padre y madre de la Enéada oculta en el seno del agua fecundadora. Sólo ella apacigua la crecida, sólo ella puede salvarnos aún. De modo que debo dirigirme a la caverna de Biggeh e invocar la Enéada.

—El país y su pueblo necesitan vuestra presencia, majestad. A cada instante exigirán vuestras directrices. Si no os ven, si os creen desaparecido, llegará la desbandada. El Anunciador habrá vencido.

—No existe otro medio para detener el furor del Nilo.

—Si me consideráis capaz de hacerlo, actuaré en vuestro nombre.

—La caverna quedará pronto inundada, no tengo derecho a poner en peligro tu existencia.

—Todas nuestras vidas lo están, majestad. Si me refugiara lejos del cataclismo, ¿cumpliría yo con mi deber de sacerdotisa? Me habéis concedido el privilegio de superar las primeras etapas de la iniciación a los grandes misterios, por lo que me gustaría mostrarme digna de ellos, y puesto que es demasiado tarde para apelar a mis superiores y vuestros deberes os reclaman en otra parte, ¿no está ya decidido mi camino?

Iker enrolló el último papiro y cerró la última caja de madera que, de inmediato, se llevó un escriba ayudante. Los archivos de la administración de Elefantina estarían a salvo. El hijo real comprobó que no se había olvidado documento alguno.

Gracias a la férrea mano de Sarenput, la evacuación de la población se efectuaba tranquilamente y de forma ordenada. Llevándose sus más valiosos objetos, los habitantes intentaban en vano consolarse. La angustia atenazaba los vientres, atenuada por la presencia del faraón, quien, en vez de abandonar la región, se mantenía en primera línea, frente al peligro.

—El canal está terminado y consolidado —anunció Sehotep a Iker—. La más violenta de las crecidas sólo le causará algunos arañazos.

—Reunámonos con su majestad en la ciudadela —propuso Sekari que, según su costumbre, había hurgado aquí y allá, temiendo la presencia de uno o varios terroristas.

¿Por qué, sin embargo, se habría infiltrado el enemigo en una ciudad condenada a la aniquilación?

Siguiendo los planos de Sehotep, los especialistas en ingeniería habían hecho un buen trabajo. Algo destartalado, el antiguo edificio se había transformado en una fortaleza cuya parte baja se componía de sólidos bloques de granito. Desde lo alto de la torre principal, el monarca contemplaba la primera catarata.

Agua hirviente comenzaba a cubrir las rocas, que muy pronto desaparecerían.

—Esta construcción tendría que resistir el empuje de las aguas —supuso Sehotep—, aunque no estoy muy seguro de ello. Sería preferible poneros al abrigo, majestad.

—Al contrario, mi lugar está en la vanguardia del combate. No ocurre lo mismo con mis fieles compañeros.

—Negativo —repuso Nesmontu, gruñón—. Mis soldados ocupan este edificio y yo soy su jefe. Abandonarlos supondría una deserción. ¿Acaso me consideráis capaz de semejante cobardía, a mi edad?

—El espectáculo no carece de grandeza —comentó Sekari—. No

querría perdérmelo. Y tal vez su majestad me confíe una misión urgente.

—O soy un arquitecto serio, y nada tengo que temer, o soy un incompetente, y el río me castigará —declaró Sehotep.

—¿No está el lugar de un hijo junto a su padre? —preguntó Iker.

—Si perecemos, la reina y el visir no bajarán los brazos —decidió Nesmontu—. Juntos, al lado del rey, no hay riesgo alguno. El faraón es inmortal.

Puesto que no deseaba malgastar la palabra en vanas discusiones, Sesostris admitió la decisión de sus íntimos. En su austero rostro no había rastro de la profunda emoción que engendraba aquel impulso de fraternidad.

Las aguas gruñían cada vez con más fuerza.

Nunca la crecida se había hinchado a semejante velocidad.

—Majestad, ¿sabéis dónde se ha refugiado Isis? —preguntó Iker.

—Está pronunciando las fórmulas de apaciguamiento en la gruta de Hapy, el genio de la inundación.

—Una gruta... ¿No quedará sumergida?

—Isis es nuestra última muralla. Si no consigue despertar a la Enéada oculta en el corazón de las aguas, todos moriremos.

Se hizo un angustioso silencio, quebrado sólo por los siniestros ladridos de *Sanguíneo* y el estridente lamento de *Viento del Norte*.

Una enorme ola lanzaba la ofensiva de un río desenfrenado, del color de la sangre.

Isis invocaba a Atum, el principio creador, cuyo nombre significaba, a la vez, «El que es» y «El que no es aún». Del señor de la Enéada emanaba la pareja primordial, formada por Chu, el aire luminoso, y Tefnut, la llama. De él nacían la diosa Cielo, Nut, y el dios Tierra, Geb. Sus hijos completaban la Enéada, a saber, Neftys, la dueña del templo, Set, la peligrosa potencia del cosmos, Isis y Osiris. Precisamente cuando la sacerdotisa pronunciaba su nombre, un ensordecedor estruendo apagó su voz. Las tumultuosas aguas iban a invadir la gruta y a ahogarla.

Sin embargo, siguió salmodiando el himno de la Enéada que el faraón le había enseñado.

La inmensa serpiente oculta en el fondo de la caverna de Hapy se desplegó y formó un círculo alrededor de la entrada, tragando su cola. Trazaba así el símbolo del tiempo cíclico, eternamente renovado a partir de su propia sustancia.

Las furiosas aguas se estrellaron contra su cuerpo, sin romperlo.

La crecida devastaba el islote de Biggeh, llevándose consigo las mesas de ofrenda. Isis se empecinaba en rogar a la Enéada que apaciguara aquella cólera destructora.

—La torre tiembla —murmuró Sekari.

—Aguantará —prometió Nesmontu.

El espectáculo era alucinante. No se trataba ya de un río, sino de una sucesión de monstruosas olas que cubrían la ciudad, barrían las casas construidas con ladrillos crudos y asolaban los cultivos.

—¿Está la población lo bastante alejada? —se angustió Sehotep—. Si las aguas siguen subiendo, incluso las colinas quedarán afectadas.

Imperturbable, el faraón pensaba en la joven sacerdotisa. También él pronunciaba las fórmulas rituales que celebraban el feliz retorno de la inundación, el indispensable encuentro entre Isis y Osiris, y la presencia de la Enéada, encargada de transformar el ascenso de las aguas en fuerza benéfica.

Iker sólo pensaba en Isis. ¿No la llevarían a la muerte su valor y su abnegación?

Y la torre de la ciudadela tembló de nuevo.

31

Completamente borracho y con la cabeza cubierta por un capuchón, Gergu no dejaba de llorar. Refugiado en lo alto de un cerro, se creía seguro. Como a todos, la violencia de aquella inundación lo sorprendía. Y, convencido de que quedaría muy pronto sumergido, no quería, sobre todo, mirar de frente a la muerte.

Le palmearon el hombro.

—¡Soy inocente! —aulló dirigiéndose al guardián del otro mundo, decidido a degollarlo—. He tenido que obedecer órdenes, yo...

—Cálmate —ordenó Medes—. Ya ha terminado todo.

—¿Quién... quién eres?

—¡Despierta!

Gergu se descubrió y reconoció al secretario de la Casa del Rey.

—¿Estamos... vivos?

—Sí, pero por poco.

El agua acababa de estabilizarse a dos dedos de su refugio.

La región de Elefantina se había convertido en un inmenso lago sobrevolado por miles de pájaros, del que sólo emergía la parte alta de la torre principal de la ciudadela.

Iker y Sekari remaban hasta perder el aliento hacia Biggeh. Las aguas se calmaban, las olas cesaban y daban paso a un rápido Nilo. Numerosos remolinos hacían difícil aún la navegación, pero el hijo real no podía esperar las condiciones ideales.

—El islote estaba aquí —dijo Sekari con aspecto sombrío.

La crecida había cubierto por completo Biggeh. ¿Cómo habría podido escapar Isis?

—Me zambullo —decidió el hijo real.

El agua, lodosa y opaca, se aclaraba en las profundidades. Iker se dirigió hacia un fulgor procedente de una gruta. Enrollada alrededor de la entrada, una inmensa serpiente. Al acercarse, la vio.

Recogida, Isis seguía pronunciando las fórmulas de apaciguamiento.

Al llamarla, Iker tragó agua y se vio obligado a subir a la superficie para respirar.

—¡Está viva! —gritó hacia Sekari—. Vuelvo a buscarla.

El agente secreto movió la cabeza lastimosamente.

El buceador encontró fácilmente la entrada de la gruta. Esta vez, Isis lo vio.

Cuando salió de su refugio y tomó la mano que él le tendía, la serpiente se licuó y el Nilo invadió la caverna de Hapy.

Buena nadadora, Isis aceptó sin embargo que la ayudara. Cuando se acercaron a la barca, uno junto a otro, Sekari se preguntó si aquella inundación no le había enturbiado el espíritu.

—¿Sois... realmente vosotros?

—¡Ya te he dicho que Isis había sobrevivido!

La túnica de lino se ceñía a las admirables formas de la joven. Víctima de una turbación distinta, Sekari volvió la cabeza y clavó los ojos en su remo.

—Regresemos —decidió—. Y no quiero ser el único que reme.

Conmovido, Iker adoptó un ritmo infernal.

Tampoco él se atrevía a mirar a la joven sacerdotisa.

Los daños materiales eran considerables, pero sólo debían deplorar una decena de víctimas, campesinos aterrorizados que habían salido de sus refugios y las aguas los habían arrastrado.

Cuando los frutos de las perseas se abrían, celebrando el encuentro de Isis y Osiris, la población volvió al trabajo. En vez de una catástrofe, la abundancia de la crecida se había transformado en bendición. Bajo la dirección de Iker y de Sehotep, se acondicionaron nuevos islotes destinados al cultivo. Mes tras mes, las albercas de retención irían soltando el precioso líquido hasta la próxima inundación. Dada la increíble cantidad de aluviones que el Nilo había acarreado, las cosechas prometían ser excepcionales. Habría que acondicionar canales bordeados por diques y preservar zonas pantanosas, propicias a la caza, a la pesca y a la ganadería.

—Reconstruirás esta ciudad —ordenó el rey a Sarenput.

—¡Será más hermosa de lo que nunca ha sido!

—Comienza por restaurar Biggeh. Que se instalen nuevas mesas de ofrenda.

El prestigio de Sesostris llegaba a la cima. Algunos lo comparaban con los faraones de la edad de oro, y nadie dudaba de su capacidad para proteger Egipto de las calamidades. Indiferente a las alabanzas, desconfiando de los aduladores, el rey debía esa victoria sobre la magia negra del Anunciador a Osiris y a una joven sacerdotisa que no había dudado en arriesgar su vida.

El libanés iba de un lado a otro. Él, por lo general tan dueño de sus nervios, cedía a la ansiedad. En ausencia de Medes, era imposible proseguir el negocio de las maderas preciosas, tan beneficioso. Sólo el secretario de la Casa del Rey sabía corromper a los aduaneros.

Ser un simple gestor improvisado no le bastaba al libanés. Ciertamente, podría haberse contentado con sus riquezas y vivir una existencia agradable entregado a mil y un placeres. En contacto con el Anunciador, tomaba una dimensión nueva y descubría otros horizontes.

El poder... El poder de las sombras, ver sin ser visto, poner a los individuos en fichas, conocer sus opiniones y sus costumbres sin que lo supieran, tejer una telaraña, manipular marionetas. Estas ocupaciones lo embriagaban más aún que un fuerte vino. El libanés detestaba la felicidad y el equilibrio, y apreciaba plenamente su misión: socavar la capital desde el interior.

Mientras se atiborraba de dulces, el aguador solicitó verlo.

—El palacio está trastornado —le dijo—. Una terrible crecida ha destruido Elefantina. Muy pronto, las aguas asolarán todo Egipto. Dentro de quince días, como muy tarde, Menfis quedará afectada.

—¿Ha perecido el faraón?

—Se ignora, pero las víctimas deben de ser innumerables. He aquí un mensaje de Medes, es antiguo ya.

Era un texto cifrado. Hablaba de un detalle, el increíble regreso de Iker, y anunciaba lo esencial: una devastadora crecida.

El plan del Anunciador seguía desarrollándose de modo implacable. Desde Nubia conseguía provocar un cataclismo y quebrarle el espinazo al adversario antes del ataque. El pánico no tardaría en apoderarse de Menfis.

Consignas muy claras: al libanés, que despertara su organización, que aumentara la confusión y el temor, y que preparara la invasión de la capital.

La reina de Egipto devolvió algo de calma a la corte, presa de alarmantes rumores.

—Dejad de comportaros como miedosos —exigió a los principales responsables del Estado, reunidos en palacio—. Las Dos Tierras son gobernadas, el visir asume sus funciones y yo las mías.

—Majestad —se inquietó el archivero jefe—, ¿ha sucumbido el rey Sesostris?

—De ningún modo.

—¡No tenéis prueba alguna de que haya sobrevivido al desastre!

—Durante varios días, el río no será navegable. Luego recibiremos noticias concretas.

—¡Todos los habitantes de Elefantina se han ahogado! Muy pronto, nosotros conoceremos la misma suerte.

—Las olas no han alcanzado aún la región tebana, el visir está tomando las precauciones necesarias. Se reforzarán los diques y las presas.

—¿No son irrisorias esas medidas?

—¿A qué viene esa falta de confianza? —intervino Khnum-Hotep—. El trono de los vivos no vacila, la ley de Maat sigue en vigor.

—Que cada cual permanezca en su puesto —ordenó la reina—. Cuando sepa algo más, os convocaré de nuevo.

Un consejo restringido se reunió en seguida.

—¿Hay mensajes procedentes de Abydos? —preguntó la soberana a Senankh.

—La salud del árbol de vida es estacionaria, majestad.

—Sobek, ¿reina la calma en Menfis?

—Sólo en apariencia, majestad. La inminencia de esta catástrofe provocará el despertar de la organización durmiente. Mis hombres se hallan en estado de alerta.

—Senankh, ¿qué cantidad de reservas de alimentos tenemos?

—Soportaríamos dos años de hambruna.

—Es inútil engañarnos —estimó Khnum-Hotep—. Esta crecida no tiene nada de natural. Sólo el demonio que desea la muerte de la acacia ha podido agravarla para destruir buena parte del país. La casi totalidad de nuestro ejército, agrupado en Elefantina, tal vez haya sido aniquilado. En ese caso, sólo Abydos goza aún de cierta protección.

—Dicho de otro modo —advirtió Senankh—, Menfis se convierte en una presa fácil.

—¡Olvidáis mis policías! —protestó Sobek.

—Pese a su valor, no podrían detener un ataque de guerreros nubios —deploró el visir—. La invasión nos amenaza desde hace mucho tiempo. La creíamos contenida, gracias a los fortines diseminados entre la primera y la segunda catarata, pero su número se demuestra insuficiente. El enemigo, por desgracia, lo ha comprendido.

—Sesostris no ha desaparecido —afirmó la reina—. Siento su presencia.

—¿A quién le toca? —preguntó el peluquero itinerante.

Un pesado mocetón salió de la fila de espera y se sentó en el taburete de tres patas.

—Muy corto en el cuello y las orejas libres.

—¿El bigote?

—Decreciente.

—¿Te gusta el verano en Menfis?

—Prefiero la primavera en Bubastis.

Dichas las frases de reconocimiento, los dos libios, miembros de la organización del libanés, podían hablar con toda confianza. Los futuros clientes estaban bastante alejados, charlando o entregados a algunos juegos de sociedad.

—Salimos del sueño —anunció el peluquero.

—¿Un nuevo transporte de mercancías?

—No, acción directa.

—¿Un nuevo ataque al palacio?

—Imposible, no sorprenderemos a Sobek por segunda vez. Hace varias semanas que estudiamos en vano su dispositivo de seguridad. No tiene fisuras.

—¿Nuestra misión?

—La crecida provocará graves daños en la capital. Todos los habitantes serán movilizados para reforzar los diques, incluidos los policías. Si la situación evoluciona favorablemente, el Anunciador traerá hasta aquí sus tropas nubias. Nosotros debemos desorganizar la defensa de la ciudad.

—¿De qué modo?

—Arrebatando a los menfitas cualquier ilusión de seguridad.

—Hermoso programa —reconoció el mocetón—. Me gustaría tener detalles concretos.

—Vamos a atacar un puesto de policía.

—¡Estás loco!

—Órdenes del patrón.

—Entonces, él es el loco.

—Al contrario, Sobek no espera semejante atrevimiento. Quedará humillado, tal vez sea despedido y la ciudad entera se sentirá desamparada.

—¡Los policías se defenderán!

—Si preparamos bien nuestra intervención, no les daremos tiempo para hacerlo. Otra consigna: no dejar supervivientes.

—Eso es demasiado arriesgado.

—Ya he descubierto el puesto de policía más vulnerable, en el arrabal norte: sólo hay una decena de hombres, dos de ellos chupatintas y cuatro viejos. Al amanecer, antes del relevo, estarán cansados y sólo pensarán en su desayuno.

—Visto de ese modo...

—Tras el éxito de esta operación, los propios policías estarán atemorizados.

32

Iker se ocupó de la instalación del lecho real en el navío almirante que conduciría a la flota de guerra hacia Nubia. Obra maestra de ebanistería, sencillo al mismo tiempo, desnudo y de una solidez a toda prueba, el lecho ofrecería al faraón un perfecto reposo. El somier se componía de una rejilla de cáñamo cruzado, sujeta al marco y mantenida por dos correas que daban flexibilidad al conjunto. Los cuatro pies en forma de garras de león garantizaban la estabilidad, acompañada por la vigilancia de la fiera, encargada de proteger el sueño del monarca en compañía del dios Bes, armado con cuchillos capaces de degollar las pesadillas.

El hijo real colocó las vestiduras de su padre en arcones de sicomoro y comprobó que ningún objeto indeseable hubiera sido depositado allí. Luego se aseguró de la calidad de las sandalias de triple suela de cuero, con costuras reforzadas.

Unidad tras unidad, los soldados de Nesmontu subían a bordo de los navíos. Las tropas, siguiendo a los abanderados, observaban una estricta disciplina ante la acerada mirada del viejo general. Los escribas de la intendencia colaboraban con Gergu, y nada faltaría a bordo de los cargueros de avituallamiento. También se ocuparon de que se embarcaran las armas, los arcos, las flechas, los escudos, las jabalinas, las hachas, las dagas y demás espadas cortas.

—Nuestro ejército no encarna sólo la fuerza —reveló Nesmontu a Iker—. Es también una de las expresiones del orden del mundo que el faraón modela, pues no basta gritar las palabras «amor, paz y fraternidad» para hacer que se respeten. El hombre no nace bueno: sus inclinaciones naturales son la envidia, la violencia y el deseo de dominar. ¿Acaso no libra el Creador un combate contra las tinieblas? El señor de las Dos Tierras se inspira en su ejemplo.

El doctor Gua se dirigió al hijo real, con la pesada bolsa de cuero en los brazos.

—¿Dónde está el barco enfermería?

—Atrás.

—¿Tendré suficientes remedios, apósitos y material quirúrgico?

—Venid vos mismo a comprobarlo —propuso Iker.

De talla media, con el pelo plateado y el rostro grave, un hombre que se encargaba de seleccionar bolsas de hierbas medicinales los recibió.

—Médico en jefe Gua. ¿Quién eres tú?

—Farmacéutico (1) Renseneb.

—¿Qué formación tienes?

—Fui educado en la Casa de Vida del templo de Khnum, en Elefantina, y sé preparar pociones, infusiones, píldoras, pastillas, ungüentos y supositorios.

—¿Disponemos de una cantidad suficiente de sustancias curativas?

—He previsto una larga estancia y numerosos enfermos.

—Examinémoslo juntos.

Iker abandonó a ambos especialistas y regresó al muelle. Ayudada por unas sacerdotisas de Satis y de Anukis, Isis llenaba jarras con el agua del nuevo año.

—Contiene el máximo de *ka*, y rejuvenece los organismos acabando con la fatiga y las enfermedades benignas —precisó la muchacha—. Las paredes internas han sido untadas con una arcilla que las hace impermeables para asegurar una perfecta conservación. Una almendra dulce por litro evitará las sorpresas desagradables. Lo más delicado son los ta-

---

(1) La palabra «farmacéutico» procede del egipcio *pekheret net heka*, «preparación, remedio del mago».

pones. Su confección ha exigido brotes de datilera y bolas de hierbas verdes. En caso de jarras grandes, utilizamos un cono de arcilla en forma semiesférica, colocado sobre un disco de mimbre con las dimensiones del gollete. La técnica procura una estanquidad correcta y permite que el líquido respire.

Cada recipiente llevaba un número de orden y la fecha en que había sido llenado. Ni siquiera en el fondo del caldero nubio les faltaría agua a los soldados.

—Isis... Una vez más nos separamos, tal vez definitivamente.

—Nuestro deber prevalece sobre nuestros sentimientos.

—Vos lo habéis dicho: nuestros sentimientos, ¿incluyendo los vuestros?

Ella miró a lo lejos.

—Mientras vos arriesgáis vuestra existencia, yo me encargaré del árbol de vida, en Abydos, y cumpliré del mejor modo con mis funciones de sacerdotisa. La crisis actual no nos concede la oportunidad de soñar. Y tengo una confidencia importante que haceros.

El corazón del muchacho comenzó a palpitar con fuerza.

—El conflicto nada tendrá de ordinario. Os disponéis a librar una batalla distinta de todas las demás. No se trata de rechazar a un simple invasor o de conquistar un territorio, sino de salvar los misterios de Osiris. El enemigo se nutre de tinieblas y adopta múltiples formas para extender el reinado de *isefet*. En sus manos, los nubios son instrumentos inconscientes. Creyéndoos lejos de mí, estaréis, en realidad, cerca de Abydos. No importa la distancia geográfica, sólo cuenta la comunidad vivida en nuestro común combate.

Isis no parecía ya tan lejana.

—¿Puedo... puedo besaros en la mejilla?

Como ella no respondía, Iker lo hizo.

El perfume de la muchacha lo invadió, la dulzura de su piel lo embriagó. Nunca olvidaría la intensidad de aquella sensación, demasiado breve.

—¡Partida inminente! —clamó la poderosa voz del general Nesmontu—. ¡Todo el mundo a su puesto!

El muelle entró de inmediato en ebullición. Se cargaron con rapidez las últimas cajas de armas y provisiones, pues el viejo militar no bromeaba con la disciplina.

—Manteneos alerta —le recomendó la muchacha a Iker.

—Si regreso vivo, Isis, ¿me amaréis?

—Regresad vivo y recordadlo a cada instante: está en juego la supervivencia de Osiris.

Su mirada, dulce y grave a la vez, revelaba tal vez un sentimiento que ella no quería reconocer aún.

El navío almirante levaba anclas ya, y sólo esperaban al hijo real para retirar la pasarela. Conmovido, subió a bordo precisamente cuando Sesostris aparecía en la proa.

En la frente del monarca, una cobra de oro, realzada con lapislázuli y con ojos de granate. La temible serpiente precedería a la flota y apartaría a los enemigos de su camino.

Además, el gigante blandía una lanza tan larga y pesada que nadie más podría haberla manejado.

—En este octavo año de mi reinado, tomamos el nuevo canal llamado «Bellos son los caminos del poder de la luz que se levanta en gloria» (2) —declaró—. Gracias a él, Egipto y Nubia están ahora permanentemente unidos. El avituallamiento nos llegará, pues, con facilidad. Sin embargo, nuestra tarea se anuncia dura. Esta vez extinguiremos ese foco de revuelta de una vez por todas.

Con mirada átona, indiferente al cabeceo, *Viento del Norte* contemplaba a Medes vomitar.

—Venid conmigo —dijo el doctor Gua, compadecido.

Verde, con las piernas temblorosas, el secretario de la Casa del Rey sufría por hacer el ridículo. Habría tomado cualquier cosa con tal de recuperar su aspecto marcial.

Iker, por su parte, descubría los primeros paisajes de Nubia. En plena estación cálida, que se volvía soportable gracias a una brisa del norte que facilitaba la navegación, el sol desecaba los escasos cultivos. En

(2) *Kha-kau-Ra*, uno de los nombres de Sesostris.

cambio, los dátiles estaban madurando y, a cada alto, los soldados los cogerían a miles. En aquella época del año, la naturaleza les proporcionaba un alimento digestivo y lleno de energía. Los frutos de las palmeras dum, con ramas en forma de varilla de zahorí, no eran comestibles, pero al dios Tot y a los escribas silenciosos les gustaba meditar a su sombra. Presentes en el sur de Egipto, se multiplicaban en Nubia.

El hijo real sintió una especie de malestar que no era resultado de la canícula ni del viaje. En aquel paraje desolado reinaba una atmósfera extraña, opresiva. En cuanto se cruzaba el canal, se iniciaba otro mundo, muy distinto de las Dos Tierras.

—Pareces preocupado —advirtió Sehotep.

—¿No percibes una magia negativa?

—Ah... ¿También tú lo sientes?

—Nada natural, a mi entender. Merodean fuerzas destructivas.

—El Anunciador... ¿Tan extensos serán sus poderes?

—Mejor será prever lo peor.

—El rey comparte tu prudencia. En estos parajes fue asesinado el general Sepi. Nos dirigimos hacia los fortines de Ikkur y de Kuban, cuyas guarniciones vigilan varias pistas, especialmente el uadi Allaki, que lleva a una mina de oro abandonada. Desde hace más de dos meses, no han enviado informe alguno a Elefantina. Tal vez sus mensajeros se hayan perdido, tal vez los soldados hayan sido reducidos al silencio. Sin embargo, Ikkur y Kuban están situados al norte de nuestra principal base en Nubia, Buhen, aparentemente intacta. Muy pronto conoceremos la causa de ese mutismo.

Sanguíneo comenzó a ladrar furiosamente, advirtiendo de algún peligro.

—¡Hipopótamos a la vista! —gritó el vigía.

Los paquidermos detestaban ser molestados durante sus interminables siestas y no vacilaban en atacar las embarcaciones a las que, a menudo, hacían zozobrar. Con sus largos colmillos perforaban un buen grosor de madera.

Los arqueros estaban tomando ya posiciones cuando se difundió una melodía de flauta de suave lentitud.

Sentado a proa, Sekari tocaba maravillosamente un instrumento de dos codos de largo. Gracias a una serie de agujeros practicados en la parte inferior de una caña de bastante diámetro, producía una rica gama de sones cuya intensidad variaba.

El mastín se tranquilizó. Los hipopótamos, por su parte, comenzaron a agruparse, y su jefe, un monstruo de tres toneladas, abrió unas furiosas fauces.

—¡Arponeémoslos! —propuso un soldado.

Sekari siguió tocando su flauta oblicua.

El cabecilla se inmovilizó y sus congéneres permanecieron quietos, dejando que emergieran sólo sus ojos, sus ollares y sus orejas. Tenían la piel demasiado sensible para soportar la quemadura del sol.

De pronto, en la ribera apareció una criatura inesperada.

—¡La hipopótamo blanca! —gritó un marino—. ¡Estamos salvados!

El macho, con el lomo cubierto de secreciones que parecían sangre, era considerado rojo. Encarnación de Set, asolaba los cultivos. La hembra, en cambio, calificada de blanca, acogía el poder benéfico de Tueris, «la Grande», protectora de la fertilidad y del nacimiento. Todos los años, el faraón, portador de la corona roja y vencedor del peligroso macho, celebraba la fiesta del hipopótamo blanco.

El jefe de la manada fue el primero que salió del río, y fue imitado inmediatamente por los miembros de su clan. Dóciles, siguieron a la hembra, que se metió entre las cañas.

Con el camino libre de nuevo, la flota reemprendió la marcha.

Alta ya, la moral de las tropas se volvió indestructible. Y todos recordaban los éxitos de Sesostris. ¿Acaso no había sometido, uno a uno, a los jefes de provincia sin perder un solo soldado? Bajo la dirección de semejante jefe, la campaña de Nubia sería forzosamente victoriosa.

Unas notas aéreas y alegres cerraron la melodía en honor de Sesostris.

—Otro de tus talentos ocultos —afirmó Iker—. ¿Esa melodía calma siempre a los hipopótamos?

—En realidad, atrae a las hembras, que, con un poco de suerte, apaciguan a los machos.

—¿Dónde aprendiste ese arte?

—En mi oficio se afrontan mil y una situaciones peligrosas. La violencia no lo resuelve todo. Por desgracia, esa flauta no es la panacea, pues adversarios menos receptivos que los hipopótamos no son muy sensibles a ella.

—¿El «Círculo de oro» de Abydos te reveló los secretos de la música?

—En su reinado terrenal, Osiris enseñó a los humanos a salir de la barbarie construyendo, esculpiendo, pintando y tocando música. Nos acercamos a Abydos por un camino peligroso y no libraremos una guerra ordinaria. Es el precio de la resurrección de Osiris.

¡Las palabras de Sekari eran eco de las de Isis! De pronto, Iker tuvo la certeza de participar en una expedición sobrenatural. El estruendo de las armas ocultaría otro conflicto, determinante para el porvenir de esa humanidad a la que Osiris había ofrecido el sentido de cierta armonía, amenazada hoy.

—El comportamiento de los mercenarios nubios me preocupa —reconoció Sekari.

—¿Acaso temes una traición?

—No, están bien pagados y no tienen el menor deseo de regresar a sus tribus, que los considerarían unos traidores. Pero se están poniendo nerviosos, irritables, cuando por lo común están alegres y relajados.

—¿Se habrá infiltrado entre ellos un terrorista, decidido a provocar disturbios?

—Lo habría descubierto.

—¿Has avisado al general Nesmontu?

—Por supuesto, pero se ha quedado tan perplejo como yo. Conoce a esos hombres desde hace mucho tiempo y gozan de su más absoluta confianza.

—Las estrategias clásicas no nos serán, pues, de utilidad alguna. Y si se produce alguna traición, no se parecerá a nada conocido.

—Es probable.

—Voy a pedir a su majestad que tome de inmediato medidas preventivas de carácter excepcional.

Mientras Iker exponía su plan a Sesostris, la flota llegó a la vista de Ikkur y de Kuban.

Los fortines parecían indemnes. Sin embargo, no había ningún soldado en las almenas de las torres de vigilancia.

—Esto apesta a emboscada —estimó Sekari.

33

En tiempos normales, los fortines de Ikkur y de Kuban acogían las caravanas y a los prospectores que buscaban oro. Antaño se depositaba allí el valioso metal destinado a los templos de Egipto. Su planta era sencilla: un rectángulo compuesto por muros de ladrillos realzados con bastiones, de los que salía un paso cubierto que conducía al río. Los soldados podían obtener así agua al abrigo de las flechas de eventuales agresores.

Por encima de los establecimientos militares giraban buitres y cuervos.

—Mandaré exploradores —decidió Nesmontu.

Una decena de hombres desembarcaron en la orilla oeste, y una veintena en la orilla este, y se dispersaron corriendo hasta sus objetivos. Inspeccionando el navío reservado a los arqueros nubios, Sekari no dejaba de observarlos.

De pronto, unos aullaron, otros desgarraron las velas y varios tiradores de élite rompieron su arco.

—¡Basta ya! Calmaos inmediatamente —intervino un oficial.

Mientras circulaba entre las hileras con la intención de castigar a los más excitados, un negro alto le clavó un cuchillo entre los omóplatos.

Brotaron bestiales gritos.

Incapaz de contener por sí solo aquella revuelta, Sekari se tiró al agua y nadó hasta el navío almirante. Con la ayuda de un cabo, subió a bordo.

–Los mercenarios nubios se han vuelto locos –anunció a Iker, que había salido a su encuentro–. Debemos intervenir urgentemente.

–Enfrentarnos a uno de nuestros regimientos de élite... ¡es una catástrofe! –deploró Nesmontu.

–Si no reaccionamos con rapidez, causarán daños irreparables.

El navío amotinado se lanzaba hacia el bajel almirante.

–¡Levantaos contra el rey! –aulló el asesino–. ¡Un espíritu feroz nos anima, la victoria nos tiende sus brazos!

Sesostris colocó en un altar portátil las figuras de arcilla que Iker había moldeado, y que representaban a unos vencidos privados de piernas, con las manos atadas a la espalda. En su cabeza, una pluma de avestruz, símbolo de Maat. Diversos textos de conjuros cubrían su torso. El faraón los leyó con voz tan grave y poderosa que hizo vacilar a los asaltantes.

–Sois el llanto del ojo divino, la multitud a la que debe contener ahora para que no se vuelva perjudicial. Que el enemigo sea reducido a la nada.

Con su maza blanca, el faraón golpeó cada una de aquellas figuras y las arrojó, luego, al fuego de un brasero.

Sin embargo, el barco de los rebeldes proseguía su camino.

Los nubios bailaban y vociferaban.

Los arqueros del navío almirante adoptaron posiciones.

–Aguardad mis órdenes y apuntad bien –ordenó Nesmontu–. En el cuerpo a cuerpo, esos tipos son inigualables. ¡Y será peor aún por su grado de excitación!

El cabecilla alardeaba a proa, aullando invectivas.

Ante el general espanto, su cabeza estalló como un fruto demasiado maduro.

Las danzas se interrumpieron. La mayoría de los nubios se derrumbaron, otros zigzaguearon como marionetas desarticuladas, y cayeron luego al agua.

–Recuperemos el control de esa embarcación –exigió Nesmontu.

No muy tranquilos, algunos marinos obedecieron, sin encontrar la menor resistencia. Ni un solo soldado negro había sobrevivido.

—Embrujamiento colectivo —concluyó Sehotep.

—¿No correrán la misma suerte los demás regimientos? —preguntó Iker.

—No —respondió el rey—. Los brujos nubios, responsables de este crimen, ejercían una influencia privilegiada sobre el espíritu de esos infelices, sus hermanos de raza. Pretendían debilitar nuestro ejército.

Los exploradores regresaban.

—Ikkur y Kuban están vacíos —declaró un oficial—. Hay rastros de sangre seca por todas partes. Probablemente, las guarniciones han sido aniquiladas, pero no hay ningún cadáver.

—¿Algún indicio sobre la identidad de los agresores?

—Sólo este pedazo de lana, majestad. Debe de proceder de una túnica muy gruesa. Los nubios no llevan esta clase de vestiduras.

Sesostris frotó entre sus dedos el fragmento de tejido. Se parecía al que había descubierto en el islote de Biggeh, profanado por un demonio que se burlaba de los ritos y quería perturbar la crecida.

—El Anunciador... Él cometió esta nueva abominación y nos aguarda en el corazón de Nubia.

Todos se sobresaltaron. ¿Qué infierno iba a encontrar la expedición?

—¡Allí —advirtió un centinela—, un hombre que huye!

Un tirador de élite comenzaba ya a tensar su arco.

—Lo necesitamos vivo —exigió Nesmontu.

Varios infantes se lanzaron tras él, acompañados por Iker. Corrían demasiado de prisa, por lo que muy pronto perdieron el aliento. El calor abrasaba los pulmones y hacía vacilar las piernas. Aunque pareciese retrasarse, el hijo real no modificó su ritmo. Especialista en la larga distancia, ahorraba fuerzas sin aminorar la marcha.

Poco a poco, la distancia se redujo.

Y el fugitivo cayó, incapaz de levantarse.

Cuando Iker llegó a su altura, vio que se alejaba una víbora cornuda, de ancha cabeza, cuello estrecho y gruesa cola.

Lo había mordido en el pie, por lo que el infeliz no sobreviviría mucho tiempo.

Un joven nubio, de mirada perdida.

—¡Los dioses me han castigado! No debería haber desvalijado los cadáveres en los fortines de Ikkur y de Kuban... ¡No sabía que ella volvería para devorarlos!

—¿De quién estás hablando?

—¡De la leona, de la enorme leona! Acabó con las dos guarniciones, las flechas no la alcanzaban, los puñales no la herían...

El moribundo quería seguir describiendo la monstruosa fiera, pero su respiración se bloqueó y el corazón falló.

—El muchacho decía la verdad —afirmó Iker tras haber relatado las frases del nubio.

—La situación es mucho más grave de lo que yo imaginaba —reconoció Sesostris—. Las tribus nubias se han rebelado, conducidas por el Anunciador. Ha preparado una serie de trampas para exterminarnos y, luego, invadir Egipto. ¿Quién sino él habría despertado a la leona destructora que ningún ejército podría derribar? La Terrorífica recorre ahora el gran Sur. Estamos, pues, vencidos de antemano.

—¿Existe algún medio de dominarla? —preguntó Sehotep.

—Sólo la reina de las turquesas puede apaciguarla y transformar su furor en dulzura.

—La piedra existe —recordó Iker—. Yo la extraje de las minas de Serabit el-Khadim.

—Por desgracia, ahora está en manos del Anunciador —precisó el rey.

—¡La trampa se cierra así! —observó el general Nesmontu—. Quiere atraernos hasta Buhen, o más allá incluso, hasta el punto donde se reúnen las tribus nubias. Con la ayuda de esa leona invencible, nos aplastarán. Y ese demonio ya no tendrá obstáculos ante sí.

—¿No sería mejor desandar lo andado y fortificar Elefantina? —propuso Sekari.

—Ya he conocido ese tipo de situaciones en las que la superioridad del enemigo debería haberme convencido de renunciar. Si hubiera cedido al miedo y a la desesperación, ¿qué habría sido de Egipto? Como podéis comprobar, nuestros adversarios no son sólo humanos deseosos de conquistar un territorio. Quieren destruir a Osiris, impidiendo la celebración de los misterios. Sólo su enseñanza nos permitirá actuar con rectitud.

—Mandaré de inmediato un batallón de prospectores para que recojan el máximo de jaspe rojo y cornalina —decretó el viejo general—. Cada soldado deberá tener algunos fragmentos para mantener la leona a distancia. A esa bestia le horroriza la sangre del ojo de Horus petrificada en el jaspe y la llama oculta en el corazón de la cornalina. No bastará para vencerla, y los hombres mal equipados corren el riesgo de ser devorados. Pero, al menos, podremos avanzar.

—¡Conocéis bien a esta fiera!

—A mi edad, muchacho, ya se ha danzado mucho. No me desagrada enfrentarme con ella por segunda vez, esperando lograr que se trague la cola.

—Hay un detalle que me intriga —intervino Sekari—. ¿Por qué emprenderla con los fortines de Ikkur y Kuban, y avisarnos así de los peligros que nos acechan? Hubiera sido más astuto dejarnos avanzar y atacarnos por sorpresa.

—El Anunciador prevé nuestra reacción —consideró Iker—: seguir adelante. Así pues, desea que abandonemos lo antes posible este lugar.

—¿Qué secreto puede ocultar?

—La pista del uadi Allaki conduce a una mina de oro —respondió el rey—. Y el Anunciador asesinó al general Sepi en esa pista.

—Es una mina agotada y tiene un recorrido impracticable, según los informes de los especialistas —subrayó Nesmontu.

—¿Acaso no cometen errores a menudo? —ironizó Sekari.

—Me presento voluntario para explorar el paraje —anunció Iker—. Mi profesor, el general Sepi, sin duda había efectuado un hallazgo importante.

—El objetivo último de nuestra expedición sigue siendo el descubrimiento del oro de los dioses —recordó el faraón—. En él se materializa el fuego de la resurrección. Síntesis y vínculo de los elementos constitutivos de la vida, contiene la luz que transmite los misterios de Osiris. Parte, hijo mío, y ve hasta el fin de esa pista.

—Lo acompaño —declaró Sekari.

Los dos hombres abandonaron el navío almirante.

—Pareces descontento, Nesmontu —advirtió el rey.

—Iker no pertenece al «Círculo de oro» de Abydos, pero ahora conoce algunos de sus secretos. ¿No deberíamos considerar su admisión?

—Debe recorrer un largo camino todavía, e ignoro si lo logrará.

—¿Os sentís mejor? —le preguntó Gergu a Medes.

Algo menos verdoso, el secretario de la Casa del Rey comenzaba a alimentarse de nuevo.

—Desde que ese maldito barco ha atracado, ¡parece que haya vuelto a nacer!

—El Anunciador exterminó las guarniciones de Ikkur y Kuban —murmuró Gergu—. Nuestros mercenarios nubios se han rebelado y los han matado a todos. Desesperado ya, el faraón acaba de reunir a sus íntimos. A mi entender, piensa batirse en retirada. ¡Qué humillación! El ejército quedará desmoralizado y el país debilitado.

—Trata de averiguar algo más.

Gergu divisó a Iker hablando con el doctor Gua.

—¿Te pasa algo?

—Hago una consulta antes de dar un paseo por el desierto.

—Un paseo... ¿Es ése el término adecuado? ¡Yo detesto estas soledades! ¿Acaso no están pobladas de temibles bestezuelas?

—Precisamente entrego al hijo real un remedio eficaz contra las picaduras y las mordeduras —intervino el doctor Gua.

Sal marina, juncia comestible, grasa de íbex, aceite de moringa y resina de terebinto componían un bálsamo con el que los exploradores tendrían que untarse varias veces al día.

—¿Adónde piensas ir? —preguntó Gergu.

—Lo siento, misión secreta.

—¿Y... peligrosa?

—¿No estamos en guerra?

—Sé prudente, Iker, muy prudente. ¡Ninguna pista es segura!

—He conocido cosas peores.

Gergu observó a una decena de prospectores que preparaban sus herramientas y reservas de agua y de comida. ¡Una verdadera expedición a la vista! Hacer preguntas lo habría convertido en sospechoso.

Cuando Gergu se reunió con Medes, éste redactaba el diario de a bordo.

—Un escriba de contacto me abruma con notas dispersas a las que debo dar forma. El rey decreta que se amplíen los fortines de Ikkur y de Kuban, y dobla sus guarniciones. Ni hablar de retirada.

—La flota permanecerá bloqueada aquí mientras Iker no haya regresado de una curiosa misión —reveló Gergu—. Ignoro su temor, pero parece importante.

34

Este mapa es inexacto —advirtió Sekari—. Nos aleja de la supuesta posición de la antigua mina. Dirijámonos al este.

De concierto, *Viento del Norte* dio su acuerdo. A la cabeza de un destacamento de unos veinte asnos que llevaban el agua y los alimentos, se tomaba muy en serio su nuevo papel de oficial. En cuanto a su adjunto, *Sanguíneo*, permanecía constantemente ojo avizor.

Los altos fueron numerosos. A causa del intenso calor, hombres y animales bebían a menudo, en pequeña cantidad. La ausencia de tempestad de arena facilitaba su avance.

—Antes de partir, el rey me ha hablado de un descubrimiento de Isis: una ciudad de oro citada en un antiguo documento —le dijo Iker a Sekari—. Lamentablemente, no hay localización precisa.

—Según mis investigaciones, en esta zona sólo había una instalación minera, explotada de modo periódico y olvidada luego, cuando se agotaron los filones.

—¿Y si se tratara de una falsa información propagada por el Anunciador?

Sekari inclinó la cabeza.

—Si estás en lo cierto, quiere apartarnos de este lugar multiplicando las falsas pistas.

—Aquí asesinó al general Sepi. ¿Por qué, sólo porque se acercaba a un tesoro?

Un montón de piedras negras cerraba el camino. Estaban cubiertas de bastos dibujos que representaban demonios del desierto, alados, cornudos y con zarpas.

—Media vuelta —recomendó el decano de los prospectores.

—Nos acercamos al objetivo —objetó Iker—. Teniendo en cuenta lo aproximado del mapa, la mina sólo debe de encontrarse ya a una jornada de marcha.

—Desde hace tres años, ningún profesional ha cruzado este límite. Más allá, se desaparece.

—Tengo que cumplir una misión.

—No contéis con nosotros.

—Eso es una clara insubordinación —anotó Sekari—. Estamos en guerra, ya conoces la sanción.

—Somos seis contra vosotros dos: sed razonables.

—¡Y ahora, amenaza!

—No desafiemos la nada, regresemos a Kuban.

—Largaos tú y tus compadres. Cuando os arresten, me complacerá mandar el pelotón de arqueros que os ejecutará por cobardía y deserción.

—Los monstruos del desierto no son una chanza. El hijo real y tú estáis a punto de cometer una fatal imprudencia.

Obedeciendo las órdenes de *Viento del Norte*, los asnos se negaron a seguir a los desertores. La actitud amenazadora del mastín impidió que insistieran.

Sin darse la vuelta, los prospectores se alejaron.

—¡Que se larguen! Los cobardes y los incapaces hacen fracasar las expediciones mejor preparadas.

—¿Y realmente lo está la nuestra? —se preguntó Iker.

—¿No te recomendaron varias veces que te equiparas?

El hijo real recordó las advertencias del alcalde de Kahun y las de Heremsaf, el intendente del templo de Anubis, asesinado por un esbirro del Anunciador.

—Los monstruos dibujados en esas piedras maléficas nos aguardan al otro lado —afirmó Sekari—. El Anunciador ha embrujado la región. O nos batimos en retirada, o las garras y los picos de esas criaturas nos desgarrarán. El general Sepi no retrocedió porque conocía las fórmulas que los hace inofensivos.

—¡Y, sin embargo, está muerto!

—También el Anunciador conoce esas fórmulas. Modificó el comportamiento de los monstruos y neutralizó las palabras de Sepi.

—Así pues, ¿estamos vencidos de antemano?

—¡Vuelvo al famoso equipamiento!

De una de las bolsas de cuero que llevaba *Viento del Norte*, Sekari sacó dos redes de pesca de malla prieta y sólida.

—¿Son ésas las redes que debemos disponer entre cielo y tierra para capturar las almas errantes de los malos viajeros? —preguntó el escriba.

—Aprenderás a utilizarlas.

—Proceden de Abydos, ¿no es cierto?

—¡Basta ya de charla, a entrenar!

Torpe primero, Iker asimiló en seguida la técnica de lanzar la red. Aun así, no dejaría de utilizar dos armas más, su cuchillo y su bastón arrojadizo.

—Apuesto por tres adversarios —indicó Sekari—. Los dos primeros atacarán de frente, el tercero por detrás.

—¿Quién se encargará de él?

—*Sanguíneo*. No conoce el miedo.

—¿Y si son más numerosos?

—Moriremos.

—Entonces, háblame del «Círculo de oro» de Abydos.

—Hablar es inútil. Mira cómo actúa.

Rodearon el obstáculo. Iker nunca había visto tan nervioso al mastín. A excepción de *Viento del Norte*, los asnos temblaban.

El ataque se produjo casi en seguida.

Cinco monstruos alados con cabeza de león. En un mismo impulso, Iker y Sekari desplegaron su red. Aprisionadas, dos de las criaturas se hirieron al debatirse, mientras *Sanguíneo* clavaba los colmillos en el cuello de la tercera.

Sekari se apartó justo cuando las garras rozaban su rostro. Tendiéndose en el suelo, Iker hundió su cuchillo en el vientre de la bestia, rodó luego hacia un lado para evitar las abiertas fauces de la quinta fiera, ebria de furor. El hijo real se puso de nuevo en pie y lanzó su bastón arrojadizo.

El arma ascendió hacia el sol, e Iker creyó que había fallado el golpe. Pero cayó con la velocidad del relámpago y destrozó la cabeza del monstruo que lo amenazaba. Se levantó un ligero viento que provocó una nube de arena.

Ni rastro de los agresores, ni de las redes, ni del cuchillo del genio guardián, ni tampoco del bastón arrojadizo.

—¿Pero han existido? —se preguntó Iker.

—Mira las fauces del mastín —aconsejó Sekari—. Están llenas de sangre.

La cola del perro se agitaba con rapidez. Consciente de haber cumplido con su tarea, apreció las caricias de su dueño.

—¡Mis armas han desaparecido!

—Procedían del otro lado, y han regresado a él. Las recibiste para librar este combate y cruzar esta puerta. Sin tu valor y tu rapidez, habríamos sido vencidos. Sigamos la pista del general Sepi, debe de estar orgulloso de nosotros.

La mina abandonada estaba muy cerca, sus instalaciones en buen estado. Sekari exploró una galería y comprobó la existencia de un hermoso filón, e Iker descubrió un pequeño santuario. En el altar, un huevo de avestruz. Intentó levantarlo, aunque en vano, ya que era muy pesado. Tras duros esfuerzos, Sekari y él lo sacaron de la capilla.

—Rompámoslo —decidió Sekari—. Según la tradición, contiene maravillas.

Cuando Iker tomaba una piedra medio hundida en la arena, un escorpión le picó en la mano y huyó.

El agente secreto conocía los síntomas que seguirían: náuseas, vómitos, sudores, fiebre, bloqueo de la respiración y parada cardíaca. Dado el tamaño del asesino, Iker podía morir en menos de veinticuatro horas.

Sekari untó la mano herida con el bálsamo del doctor Gua y pronunció las fórmulas del conjuro.

—Escupe tu veneno, los dioses lo rechazan. Si arde, el ojo de Set quedará ciego. Arrástrate, desaparece, sé aniquilado.

—¿Tengo alguna posibilidad de vivir?

—Si te asfixias, te practicaré una incisión en la garganta.

Viento del Norte y *Sanguíneo* se acercaron al joven y le lamieron dulcemente el rostro, cubierto de un desagradable sudor.

—No era un escorpión ordinario —afirmó Sekari—, sino el sexto monstruo encargado de la guardia del tesoro.

Iker ya tenía dificultades para respirar.

—Le dirás... a Isis...

Bajando de las alturas del cielo, un buitre percnopterus de plumaje blanco y pico anaranjado con el extremo negro se posó junto al escriba. Cogió un sílex con el pico y golpeó la parte de arriba del huevo, que se rompió en mil pedazos; de su interior aparecieron unos lingotes de oro. Luego, el gran pájaro emprendió de nuevo el vuelo.

—Es la encarnación de Mut, cuyo nombre significa, a la vez, «muerte» y «madre». ¡Te salvarás, Iker!

Sekari puso un lingote sobre la herida.

Poco tiempo después, la respiración del escriba volvió a ser normal y cesó la sudoración.

—Es el oro curativo.

Escoltados por un centenar de soldados, un equipo de mineros reanudaban la explotación. Tras la extracción, el lavado, el pesado y la fabricación de lingotes, el oro sería enviado a Abydos en un convoy especial, perfectamente vigilado.

Recibidos como héroes, Iker y Sekari creían que su hallazgo era decisivo, pero las palabras del faraón los devolvieron a una cruel realidad.

—Habéis obtenido una hermosa victoria. Sin embargo, la guerra continúa. Aunque indispensable, el oro no basta. Su necesario complemento se oculta en plena Nubia, en aquella ciudad perdida cuyo rastro encontró Isis. También yo habría preferido regresar a Egipto, pero la amenaza sigue siendo terrible. No dejemos que el Anunciador reúna contra nosotros las tribus. Y si no apaciguamos a la terrorífica leona, ni una sola crecida será ya normal. En vez de agua regeneradora, correrá sangre.

La flota prosiguió su avance hacia el sur.

Cuando llegó a la altura del fortín de Miam (1), los soldados esperaban un recibimiento entusiasta de la guarnición.

Pero en el lugar reinaba un espeso silencio. Ni un solo defensor apareció en las almenas.

—Voy a ver —decidió Sekari, acompañado por algunos arqueros.

Su exploración duró poco.

—Ningún superviviente, majestad. Hay rastros de sangre y restos de osamentas por todas partes. También aquí desató su furia la leona.

—No nos ataca directamente, y nos atrae hacia el sur —observó Sehotep—. ¿No corremos demasiados riesgos permitiéndole que haga su juego?

—Proseguiremos —anunció el rey—. En Buhen decidiré mi estrategia.

Buhen era el puesto más avanzado de Nubia, cerrojo de la segunda catarata que impedía a los nubios lanzarse a la conquista de Egipto. Buhen, que no enviaba un mensaje desde hacía mucho tiempo.

Ansiosa, la tripulación del navío almirante se acercó al fuerte que albergaba el centro administrativo de aquel lejano paraje.

Pese a los aparentes daños, los muros resistían. En lo alto de la torre principal, un soldado agitaba los brazos.

—Podría tratarse de una trampa —temió Sekari.

—Desembarquemos —preconizó Nesmontu—. Si la puerta principal no se abre, la echaremos abajo.

Se abrió.

Una treintena de agotados infantes se arrojaron en brazos de los recién llegados y describieron a unos nubios desenfrenados, asaltos mortíferos y una leona sanguinaria. Buhen estaba a punto de caer.

—Que el doctor Gua se ocupe de esos valientes —ordenó el general—. Nosotros organizaremos la defensa.

El ejército se desplegó, rápido y disciplinado.

Sesostris contemplaba el vientre de piedra de la segunda catarata.

Su gigantesco proyecto parecía irrealizable. No obstante, debía llevarse a cabo.

(1) Aniba, a 250 kilómetros al sur de Asuán.

35

Todos los egipcios presentes en Buhen escucharon atentamente el discurso del faraón. Su voz grave enunciaba pasmosas decisiones.

—El que quiere nuestra perdición no es un enemigo ordinario, y no lo combatiremos, por tanto, del modo habitual. A la cabeza de los rebeldes, un demonio desencadena fuerzas destructoras e intenta imponer la tiranía de *isefet* propagando la violencia, la injusticia y el fanatismo. Para oponernos a él edificaremos una infranqueable barrera mágica, compuesta por numerosas fortalezas, desde Elefantina hasta el sur de la segunda catarata. Las antiguas serán ampliadas y consolidadas, y construiremos varias más. En realidad, sólo serán una, tan poderosa que desalentará al invasor. Los trabajos comenzarán hoy mismo. Muy pronto, centenares de artesanos llegarán de Egipto y yo seguiré en Nubia, con el ejército, para proteger las obras y responder a cualquier agresión. Cada equipo irá provisto de amuletos y nunca deberá separarse de ellos, so pena de ser víctima de la leona. Pongamos manos a la obra.

La misión del monarca provocó un verdadero entusiasmo. Los ingenieros excavaban fosos, se fabricarían miles de ladrillos para edificar las altas y anchas murallas, coronadas por almenas. Pasos cubiertos y dobles entradas protegerían los accesos.

Entre dos fortalezas no había más de setenta kilómetros, lo que daba la posibilidad de comunicarse con señales ópticas, humo o palomas mensajeras. Al abrigo de los caminos de ronda, los arqueros apuntarían a un eventual agresor, incluido el barco que intentara forzar los puestos de control.

Buhen fue el primer resultado espectacular de una rápida transformación realizada con mano maestra por Sehotep, ayudado por el hijo real Iker. La plaza fuerte, que ocupaba una superficie de veintisiete mil metros cuadrados, y parcialmente tallada en la roca viva, tenía el aspecto de una pequeña aglomeración dividida en seis barrios separados por calles trazadas en ángulo recto.

Todas las mañanas, el rey celebraba el ritual en el templo dedicado a Horus, cercano a su residencia, al abrigo de unos muros de once metros de alto y ocho de ancho. Cada cinco metros, unas torres cuadradas o unos bastiones circulares. Dos puertas daban a los muelles en los que atracaban navíos de guerra, barcos de avituallamiento y cargueros repletos de material. La actividad de los estibadores y la navegación por el Nilo eran incesantes.

Satisfecho de su despacho, más bien confortable, Medes mantenía una intensa correspondencia con las demás fortalezas y con la capital, y comprobaba la correcta redacción de los mensajes que partían de su administración. También Gergu estaba abrumado por la labor. Coordinaba los movimientos de los cerealeros, y procuraba que se llenaran los graneros y se distribuyeran los géneros. En las condiciones actuales, era imposible hacer trampa. Al igual que Medes, se veía obligado a comportarse como un abnegado servidor del faraón.

—¿A qué están jugando? —se impacientó Jeta-de-través—. Los egipcios no debían detenerse en Buhen, sino seguir hasta el vientre de piedra.

—Ya vendrán —predijo el Anunciador.

—Han ampliado y consolidado la fortaleza —deploró Shab el Retorcido—. Es imposible atacarla por el lado del río. Seríamos derribados antes de haber alcanzado siquiera la muralla.

—Pues no es mejor del lado del desierto —remachó Jeta-de-través—. Ante la gran puerta de doble batiente, un puente levadizo cruza un profundo foso.

—Mis fieles amigos, ¿no comprendéis que tienen miedo y se ocultan tras ilusorias protecciones?

De pronto, diversos gritos de júbilo brotaron del campamento nubio.

—He aquí el hombre al que esperabas.

El Anunciador vio acercarse, con pesados pasos, a un negro alto con el rostro marcado por numerosas escarificaciones. Tocado con una peluca roja, con las orejas adornadas por pesados pendientes de oro, llevaba un corto taparrabos sujeto por un ancho cinturón.

Estaba rodeado por una docena de robustos guerreros, y tenía una rara violencia en la mirada.

—Soy Triah, el príncipe del país de Kush, más allá de la tercera catarata. ¿Eres tú el Anunciador?

—Yo soy.

—Me han dicho que deseabas liberar Nubia y conquistar Egipto.

—Así es.

—Nada de eso se hará sin mí.

—Estoy convencido de ello.

—¿Realmente has despertado a los demonios del vientre de piedra y a la leona terrorífica?

—Ya han golpeado duramente al enemigo, y seguirán haciéndolo.

—Tú conoces la brujería, yo la guerra. Llevaré, pues, a mis tribus hasta la victoria y reinaré luego en toda Nubia.

—Nadie te discute ese derecho.

Triah seguía desconfiando.

—Centenares de guerreros me obedecen al pie de la letra. Sobre todo, no intentes hacerme una jugarreta.

—La elección del momento de la ofensiva es primordial —declaró el Anunciador—. Dios me lo indicará y tú te someterás a él. De lo contrario, el ataque sería un fracaso. Sólo mis poderes harán que se agrieten las murallas de Buhen y se disloquen sus puertas. Si me desobedeces, morirás, y tu provincia caerá en manos del faraón.

El cambio de tono sorprendió al príncipe de Kush.

—¿Osas darme órdenes, a mí?

Triah era un bruto, aunque tenía un agudo sentido del peligro. Cuando vio enrojecerse los ojos del Anunciador, sintió que tenía ante él a un brujo especialmente temible, cuya capacidad de hacer daño no debía ser desdeñada.

—Te lo repito, Triah, Dios habla por mi boca. Te someterás a él porque nos da la victoria.

La mirada del nubio cayó sobre Bina, resplandeciente de seducción. La soberbia morena se mantenía tras el Anunciador, con los ojos bajos.

—Quiero a esa mujer.

—Eso es imposible.

—Entre jefes, nos ofrecemos regalos. Te la cambio por varias de mis esposas y algunos asnos infatigables.

—Bina no es una mujer como las demás.

—¿Qué significa eso? Una hembra siempre será una hembra.

—Tienes razón, salvo por lo que se refiere a la reina de la noche. Sólo me obedece a mí.

Por segunda vez, Triah había sido humillado.

—Vamos a plantar nuestras tiendas —decidió—. Avísame cuando quieras discutir nuestro plan de batalla.

En varios lugares al mismo tiempo, los trabajos avanzaban a increíble velocidad, gracias a una notable coordinación entre los ingenieros civiles y militares. Desbordado, Medes conseguía, sin embargo, resolver el conjunto de los problemas administrativos sin dejar de mantener excelentes contactos con las fortalezas. Funcionario modelo, no sabía cómo salir de aquella nasa y avisar al Anunciador de los verdaderos designios del faraón. ¿Dónde se ocultaba el hombre de la túnica de lana, y qué estaría preparando?

—Estoy agotado —confesó Gergu, derrumbándose—. Por fortuna, todavía tengo agua de la crecida. Un reforzante ideal.

—¿Tú bebes agua?

—Me tonifica por la mañana, antes de la cerveza. Nunca había trabajado tanto, y este calor me agota. Afortunadamente, acabo de dar un buen golpe.

—¿No habrás cometido alguna imprudencia? —se inquietó Medes.

—¡Por supuesto que no! En el pueblo de Buhen se han instalado algunos indígenas pacíficos muy bien vigilados. He requisado de inmediato sus armas. Botín de guerra, en cierto modo. Y estoy organizando un pequeño comercio, legal y lucrativo. ¿Hay noticias del Anunciador?

—Ninguna.

—Su silencio no me tranquiliza.

—Sin duda, no permanece de brazos cruzados.

Cuando Iker entró, los dos hombres se levantaron.

—Se plantea un serio problema: hay que revisar varios barcos. Para evitar que los muelles de Buhen queden atestados, pienso disponer una carpintería en un islote próximo. Agruparemos allí las unidades de esta lista. Prepara las órdenes.

Apenas Medes hubo asentido cuando el hijo real se marchó.

—¡Y así todos los días! —se quejó Gergu.

—Esta mañana atraca un carguero con cereales. Encárgate de que lo descarguen.

El único habitante del islote, un pequeño mono verde, contempló asombrado al asno y al mastín, igualmente sorprendidos aunque desprovistos de agresividad. Prudente, el mono escaló una roca y, luego, permitió que Iker se acercara a él.

—No temas —lo tranquilizó, ofreciéndole un plátano.

El primate lo peló delicadamente antes de saborearlo e instalarse en el hombro del joven.

—No debéis estar celosos —les recomendó al asno y al perro—. También vosotros comeréis, siempre que respetéis a nuestro huésped.

Los técnicos apreciaban la decisión de Iker. Numerosos navíos, en efecto, exigían importantes reparaciones, que iban desde un calafateo del casco hasta la colocación de un nuevo gobernalle. Todos tenían adjudicado un papel concreto en la logística, y la realización del increíble plan de obras de Sesostris no debía sufrir freno alguno.

—¡Y ni siquiera hemos cruzado la segunda catarata! —recordó Sekari—. Al otro lado, los enfrentamientos pueden ser violentos. Allí nos espera el Anunciador.

—¿No estará cometiendo un error al permitir que consolidemos nuestras bases de retaguardia?

—Ya no cree en su eficacia. ¿De qué servirían, si aniquila la mayor parte de nuestro ejército?

—El faraón no nos conducirá a semejante desastre —estimó Iker.

—Antes o después, tendremos que cruzar el vientre de piedra.

—El rey prevé, forzosamente, una defensa.

—Si sólo tuviéramos que combatir con un jefe de tribu nubia, no tendría nada que temer. Pero nos acecha el enemigo de Osiris.

En la aldea de Buhen, situada no lejos de la enorme fortaleza, abundaban las conversaciones. Varias familias nubias se amontonaban allí para escapar del príncipe de Kush, Triah, cuyo salvajismo las asustaba. Era un gran aficionado a los sacrificios humanos, y ni siquiera respetaba a los niños. Todos sabían que el temible guerrero se había establecido al sur de la segunda catarata. Sólo los egipcios podrían impedir que acabara con las poblaciones vecinas.

Un sentimiento de revuelta animaba a los refugiados. ¿Por qué un oficial requisaba los asnos, su principal riqueza? Correctamente tratados hasta entonces y mejor alimentados que antes, les costaba soportar aquella injusticia. Sin embargo, tras largas discusiones, los nubios decidieron quedarse. Si regresaban a casa, los guerreros de Triah les cortarían las cabezas y las blandirían a modo de trofeos. Más valía sufrir la ocupación egipcia, menos violenta y más remuneradora, pues el trueque comenzaba a organizarse. ¿Acaso el faraón no prometía una forma de gobierno local, creando un tribunal mixto que se encargara de evitar los excesos militares?

Había un adolescente, sin embargo, que no compartía aquellas esperanzas. Se rebeló contra sus padres y, maldiciendo su cobardía, salió de su tienda y recorrió la sabana en busca de las tropas de Triah, su ídolo. Su conocimiento de la región le permitió alcanzar su objetivo.

Al verlo correr hacia ellos, dos arqueros tiraron sin más aviso.

La primera flecha se clavó en el hombro izquierdo del adolescente; la segunda, en el muslo derecho.

—¡Soy vuestro aliado! —gritó, arrastrándose hacia ellos.

Los arqueros dudaron en rematarlo.

—Vengo de Buhen y quiero ver al príncipe Triah. Mis informes le serán útiles.

Si decía la verdad, los dos soldados serían recompensados. De modo que se llevaron al herido junto a la tienda de su jefe. Triah acababa de obtener placer con dos de sus mujeres y bebía licor de dátiles.

—Príncipe, este prisionero desea hablaros.

—Que se arrodille y baje la cabeza.

Los arqueros maltrataron al adolescente.

—¡Explícate, y pronto!

—Mi familia se ha refugiado en la nueva aldea, y los egipcios nos han robado los asnos. ¡Ayudadnos, señor!

Triah, colérico, abofeteó al herido.

—Nadie tiene derecho a actuar así. ¡Esta vez, basta! Castigaré al faraón.

—¿Enrolamos al chiquillo? —preguntó uno de los arqueros.

—No necesito impotentes. Mátalo.

Triah convocó a sus lugartenientes y les soltó un inflamado discurso, hablando de la bravura de los nubios y de la cobardía de los egipcios. Buhen no resistiría mucho tiempo frente al asalto de los guerreros negros. No era necesario obtener la aprobación del Anunciador, puesto que el príncipe de Kush, después de su triunfo, haría que lo empalaran.

Nadie insultaba impunemente a un jefe de su temple.

36

Menfis dormía cuando los diez hombres del modesto puesto de policía del barrio norte saludaron la llegada del repartidor de tortas. Tras el desayuno llegaría el relevo.

Todos salieron del edificio de ladrillos encalados, se instalaron ante la puerta y disfrutaron de los primeros rayos del sol naciente. Adormilados aún, estaban hambrientos.

Como habían previsto, aquél fue el momento que eligieron los terroristas.

Diez presas fáciles. Su ejecución sembraría el terror en la capital y propagaría un clima duradero de inseguridad.

Cuando el primer asaltante topó con Sobek el Protector en persona, se sintió tan sorprendido que ni siquiera pensó en parar el formidable cabezazo que le hendió el rostro.

Sus acólitos, en cambio, hicieron un amago de resistencia, pero los combatientes de élite encargados de reemplazar el efectivo habitual los dominaron en pocos instantes.

—¡Allí, uno que huye!

El propio Sobek alcanzó al jefe de la pandilla y lo agarró del pelo.

—¡Caramba, si es nuestro peluquero! ¿De modo que queríamos matar a los policías?

—¡Os... os equivocáis!

—¿Cómo se llama el jefe de tu organización?

—¡No hay organización, yo no he hecho nada malo! Huía porque no me gustan las peleas.

—Escúchame, hombrecito, te espiamos desde hace varias semanas. Reuniste una buena pandilla de bandidos y te tomaste el tiempo de preparar el ataque. Si deseas salvar tu cabeza, comienza a hablar.

—¡No tenéis derecho a torturarme!

—Así es, y no pienso hacerlo.

—¿Me soltáis... entonces?

—¿Qué te parecería un paseíto por el desierto? Yo tendré agua, pero tú no. Y andarás delante. En esta época del año, los escorpiones y las serpientes son más virulentos.

El peluquero nunca había salido de Menfis, y como la mayoría de los ciudadanos, tenía pánico de esas peligrosas soledades.

—Eso es ilegal, inhumano, vos...

—En marcha, hombrecito.

—¡No, no, hablaré!

—Te escucho.

—No sé nada, o casi nada. Sólo recibí la orden de organizar esta... operación. Puesto que los policías no eran numerosos y fuertes, iba a ser fácil.

Al Protector le hervía la sangre. ¡Unos cobardes habían programado diez asesinatos! Pero tenía por fin a uno de aquellos enemigos tan bien escondidos en las tinieblas y autores de tantos daños.

—¿Quién te dio la orden?

—Otro peluquero.

—¿Su nombre?

—Lo ignoro.

—¿Dónde vive?

—Va de un barrio a otro, no tiene domicilio fijo, y me comunica sus directrices cuando le parece. Yo no tomo iniciativa alguna.

—¿Por qué obedeces a semejante crápula?

La mirada del terrorista se llenó de odio. De pronto, ya no temía a Sobek.

—¡Porque el dios del Anunciador muy pronto reinará en Egipto! Los impíos y tú, los fieles servidores del faraón, seréis exterminados. Nosotros, los adeptos de la verdadera fe, obtendremos la fortuna y la felicidad. Y mi país de origen, Libia, se tomará por fin la revancha.

—Entretanto, proporcióname la lista de los escondites de tu patrón.

Los ecos de un altercado despertaron al mocetón bigotudo.

Acostumbrado a la vida clandestina, el peluquero que había dado la orden de asesinar a los policías advirtió el peligro.

Un vistazo por la ventana le demostró que estaba en lo cierto: Sobek lo buscaba.

Así pues, sus subordinados y sus sicarios habían fracasado, y habían hablado.

La única posibilidad de huir era la terraza. Pero ya estaba invadida por la policía, y estaban echando abajo la puerta de su habitación.

El libio no resistiría el interrogatorio de Sobek. Tranquilamente, empuñó su mejor navaja de afeitar, cuya hoja acababa de afilar. El Anunciador se sentiría orgulloso de él y le abriría al mártir las puertas del paraíso.

Con un gesto preciso, el adepto de la verdadera fe se cortó la garganta.

La población de Menfis dejaba estallar su alegría ruidosamente, puesto que la abundante crecida no causaría daño alguno a la ciudad. Una vez más, la magia de Sesostris salvaba a Egipto de la desgracia.

Frente a la reina, al visir y al gran tesorero, tranquilizados por las noticias procedentes de Nubia, Sobek terminaba su informe oral.

—Peluquero... Entonces, ¿eran ellos los principales elementos de la organización terrorista? —se extrañó Khnum-Hotep.

—Claro que no. Todos han sido detenidos e interrogados, tres han confesado: unos libios servían de agentes de contacto. Sólo conocían a un superior, otro libio que se ha suicidado. El hilo parece cortado momentáneamente. Es imposible identificar a los comanditarios.

—He aquí, sin embargo, un primer y magnífico éxito —consideró la reina—. No sólo el rey ha sobrevivido a la prueba de la crecida, sino que, además, el enemigo ya no creerá que es invencible; durante algún tiempo, al menos, quedará privado de medios de comunicación. Quiera el destino que ese primer paso en falso se vea seguido por otros.

—El viento cambia —estimó el visir—. Al edificar una barrera mágica de fortalezas, el rey acabará con la influencia negativa del gran Sur. Poco a poco, recuperamos el terreno perdido.

El libanés tragó diez pasteles cremosos, uno tras otro. Mientras el aguador no le hubiera informado del resultado del ataque contra el puesto de policía, su bulimia no se extinguiría. Y su mejor agente se retrasaba, se retrasaba mucho.

Finalmente, apareció.

—Fracaso total —anunció, consternado—. Sobek estaba allí.

El libanés palideció.

—¿Ha escapado el peluquero?

—No, ha sido detenido.

El obeso comenzó a sentirse mal. Se vio obligado a sentarse, y se secó la frente con un lienzo perfumado.

—Y la catástrofe no se detiene ahí —prosiguió el aguador—. Sobek ha puesto en marcha una gran operación, han detenido a todos los peluqueros.

—¿Incluso al responsable de nuestra organización?

—Se ha degollado antes de ser interrogado.

—¡Buen muchacho! Así pues, es imposible llegar hasta mí.

Tranquilizado, el libanés se sirvió una copa de vino blanco.

—A estas horas, nuestras células ya no pueden comunicarse entre sí —precisó su agente—. La policía está por todas partes, por lo que restablecer unas conexiones seguras requerirá tiempo.

—¿Y los vendedores ambulantes?

—Os aconsejo que los dejéis durmiendo. Sobek se interesará, forzosamente, por ellos.

—¡Deberíamos eliminar a ese perro rabioso!

—Es intocable, sus policías le rinden un verdadero culto. Tras su última hazaña, su popularidad ha aumentado más aún.

—Intocable, tal vez. Incorruptible, sin duda no. Esa hazaña se le subirá a la cabeza y lo hará vulnerable.

Los habitantes de la aldea próxima a la ciudadela de Buhen levantaban chozas, graneros, recintos para el ganado y empalizadas de protección. Mientras se acostumbraban a sus nuevas y apreciables condiciones de vida, los refugiados fueron cogidos desprevenidos por el asalto de los kushitas.

Un oficial egipcio, que era el encargado de aprovisionar la aldea de agua y cereales, fue la primera víctima. Triah le cortó la cabeza y la clavó en una estaca. Sus infantes acabaron con sus compatriotas, incluyendo los niños.

En menos de media hora, la pequeña comunidad había sido exterminada.

—¡Apoderémonos de Buhen! —clamó el príncipe de Kush lanzándose hacia la gran puerta de la fortaleza, por el lado del desierto.

Los egipcios no tuvieron tiempo de levantar el puente levadizo y cerrar el acceso al imponente edificio. Una aullante jauría se lanzó al interior, convencida de que iba a vencer con facilidad. Triah ya se imaginaba degollando a Sesostris y exhibiendo, luego, su cadáver a la puerta de su palacio.

Los kushitas esperaban un gran patio donde el combate cuerpo a cuerpo se decantaría forzosamente a su favor. Pero se vieron obligados a apretujarse en una especie de estrecho paso en zigzag.

Apostados por encima, al abrigo de las almenas, los arqueros egipcios dispararon tras una señal de Nesmontu.

Los escasos supervivientes respondieron, pero no lograron herir a uno solo de sus adversarios.

—¡Adelante! —aulló el príncipe, convencido de que al salir de aquella trampa entraría, por fin, en contacto con el enemigo.

Un segundo paso sucedía al primero y desembocaba en un espacio reducido cerrado por una pesada puerta.

Prisioneros en aquella nasa, los asaltantes recibieron una lluvia de mortíferos proyectiles.

Ninguno consiguió huir, pues una escuadra egipcia, que los atacaba por detrás, había levantado el puente levadizo. Triah fue el último en morir, con el cuerpo atravesado por una decena de flechas.

Shab el Retorcido se atrevió a despertar al Anunciador.

—Perdonadme, señor, pero el príncipe de Kush acaba de atacar la fortaleza de Buhen.

—¡El muy imbécil! Demasiado pronto, demasiado pronto.

—Se drogó durante horas y decidió vengarse por una requisa de asnos.

—Ese degenerado ha cometido un grave error.

—Tal vez haya tenido éxito y haya dañado seriamente las defensas enemigas.

Seguido por Bina, fresca y graciosa, el Anunciador llegó a la zona desértica cercana a Buhen.

La ciudadela parecía intacta.

Unos soldados egipcios sacaban cadáveres de kushitas y los amontonaban antes de quemarlos. El de Triah sufrió un castigo idéntico.

—Un verdadero desastre —comprobó el Retorcido, desilusionado.

El ejército nubio, con el que el Anunciador contaba para enfrentarse al de Sesostris, había sido aniquilado.

—No nos quedemos aquí, señor. Volvamos a Menfis. Allí estaréis seguro.

—Olvidas el vientre de piedra. Embriagado por su victoria, Sesostris intentará cruzarlo y conquistar los territorios que se encuentran más allá.

—¿Conseguiremos rechazar su ataque, aun con la ayuda de la leona?

—No lo dudes, mi buen amigo. Sólo es un faraón, yo soy el Anunciador. Su reinado concluye, el mío comienza. ¿Acaso un incidente tan pequeño hace vacilar tu fe?

Shab el Retorcido se avergonzó de sí mismo.

—Tengo que hacer tantos progresos aún, señor. No me lo reprochéis.

—Te perdono.

De regreso a su campamento, el Anunciador interrogó a Jeta-de-través sobre la posición de los egipcios. La mayor parte de los soldados vivían en Buhen, pero un destacamento custodiaba un islote próximo, lugar donde se reparaban barcos.

—Mata a todos los que estén allí e incendia esos navíos —ordenó el Anunciador—. Sesostris comprenderá que la resistencia está muy lejos de haberse agotado. Su intendencia quedará desorganizada y esa inesperada derrota ensombrecerá la moral de los soldados.

—Voy a divertirme —prometió Jeta-de-través, encantado de pasar a la acción.

37

Sekari se despertó, sobresaltado.

—¡Qué pesadilla, estaba mascando pepino! Es un mal presagio, graves molestias en perspectiva.

—Vuelve a dormirte —le aconsejó Iker, que tenía mucho sueño.

—No te burles de la clave de los sueños. Además, mira: *Sanguíneo* y *Viento del Norte* acaban de levantarse.

El hijo real les dirigió una mirada dubitativa.

Los dos compadres se agitaban, con los ojos clavados en el río.

—No es normal. ¿Están los centinelas en su puesto?

—No te muevas, voy a comprobarlo.

Prudente, Sekari se acercó al taller de los carpinteros.

El guardia había desaparecido.

Sekari corrió hacia la tienda donde dormían los infantes.

—De pie —ordenó—, y dispersaos. Nos atacan.

Apenas los egipcios habían salido de su abrigo cuando varios asaltantes le pegaron fuego con antorchas, seguros de abrasar a sus dormidos adversarios.

Siguieron feroces combates cuerpo a cuerpo, de incierto resultado.

Sekari, inquieto, se reunió con Iker, que era agredido por dos sirios. Ágil y rápido, el muchacho evitaba las puñaladas. Derribó al primero, y *Sanguíneo* se encargó del segundo y le clavó los colmillos en el cuello.

Ya había tres barcos ardiendo.

Al no beneficiarse de un total efecto sorpresa, los terroristas no eran lo bastante numerosos como para acabar con la guarnición egipcia, y a pesar de sus pérdidas, ésta prevalecía.

A la luz de las llamas, Iker reconoció al bruto peludo que estaba incendiando un cuarto barco.

—¡Jeta-de-través!

El aludido se volvió.

—¡Te habría preferido muerto, maldito escriba!

Lanzado con cólera, el puñal rozó la mejilla del hijo real.

Y, de inmediato, Jeta-de-través se zambulló y desapareció.

El faraón en persona dirigió el ritual de los funerales del oficial egipcio muerto durante el ataque a la aldea mártir de Buhen. Tras la identificación de su cadáver, un momificador le había recolocado la cabeza. Los civiles asesinados, por su parte, recibieron una sepultura decente.

La presencia de Sesostris tranquilizaba a las tropas, horrorizadas por tanta crueldad.

¿Acaso no demostraba lo acertado de la estrategia del monarca la aniquilación de la horda de Triah?

A su lado se encontraba el hijo real Iker, que acababa de rechazar un inesperado asalto, llevado a cabo en plena noche. Ciertamente, deploraba la pérdida de varios infantes y de tres embarcaciones, pero la empresa terrorista había acabado en fracaso.

—No habrá pausa —anunció el monarca—. Ha llegado el momento de cruzar el vientre de piedra.

Unos murmullos de inquietud recorrieron las filas.

—Yo seré el primero en aventurarme, acompañado por Iker. No olvidéis vuestros amuletos protectores, y respetad escrupulosamente las órdenes del general Nesmontu.

Iker se quedó a solas junto a Sesostris, y lo vio escribir unas palabras en una paleta de oro, símbolo de su función de sumo sacerdote de Abydos.

La escritura del rey se metamorfoseó y aparecieron otros signos, que sustituyeron a los que había trazado. Luego se esfumaron y la paleta quedó de nuevo inmaculada.

—Lo invisible responde a las preguntas vitales —indicó el monarca—. Mañana, poco antes del amanecer, abordaremos el vientre de piedra.

—¡No es navegable, majestad!

—A esas horas, lo será. Cuatro fuerzas alimentan el acto justo: la capacidad de luz, la generosidad, la facultad de manifestar el poder y el dominio de los elementos (1). Quintaesencia de las fuerzas creadoras del universo, la vida es la más sutil y la más intensa de todas ellas. Nos atraviesa a cada instante, ¿pero quién es realmente consciente de ello? Ra, la luz divina, abre nuestro espíritu durante sucesivas iniciaciones. Cuando tu alma-pájaro despierta, puedes alcanzar el cielo, pasar de lo visible a lo invisible y regresar de nuevo a lo visible. Viajero de un mundo a otro, te permite no seguir siendo esclavo de la mediocridad humana y escapar a la servidumbre de los tiempos. Mira por encima de los acontecimientos, sabe discernir los dones del cielo.

—¿Acaso la leona no vencería a mil ejércitos?

—Es Sejmet, la soberana de las potencias. Llevas al cuello el amuleto del cetro *sekhem*, el dominio del poder, y yo manejo ese cetro para consagrar las ofrendas. Es imposible aniquilar a la leona de Sejmet. Sus poderes han sido robados por el Anunciador, y yo debo devolverle el lugar adecuado.

Sekari estaba helado.

En pleno verano, un gélido amanecer se levantaba sobre la segunda catarata del Nilo, muy lejos de la suavidad de Egipto. Sin duda alguna, se trataba de un nuevo maleficio del Anunciador.

Cinco exploradores contemplaban el vientre de piedra: el faraón, Iker, *Viento del Norte*, *Sanguíneo* y Sekari. El ejército egipcio, por su parte, rodeaba el obstáculo por el desierto.

Como iniciado en el «Círculo de oro» de Abydos, Sekari conocía la magnitud de los poderes del faraón. Allí, ante aquella barrera de rocas y

(1) *Akh, user, ba, sekhem.*

de aguas tumultuosas, dudaba del éxito. Sin embargo, al prestar juramento, había prometido seguir al rey a todas partes a donde fuera, y aquel paisaje, por muy aterrador que resultara, no lo haría retroceder. La palabra no se prestaba, se daba. El perjuro se convertía en un muerto viviente.

—Mira la roca que domina la catarata —le recomendó Sesostris a Iker—. ¿Qué parece?

—Tiene la forma del uraeus, la cobra que se yergue en la frente de vuestra majestad.

—Por eso estaremos protegidos. Olvida los rápidos y el estruendo.

Manejando el gobernalle, el faraón cruzó un estrecho paso golpeado por desenfrenadas aguas. El caos rocoso se extendía hasta perderse de vista.

Empapado hasta los huesos, Sekari se agarraba a la borda. El Nilo multiplicaba su agresividad, y el barco crujía por todas partes, a punto de romperse.

—Toma la barra —le ordenó Sesostris a su hijo.

El rey tensó un arco gigantesco. La punta de la flecha estaba compuesta de cornalina y de jaspe de un rojo brillante.

La saeta atravesó la cortina de bruma.

—Hemos hecho bastantes destrozos —afirmó Jeta-de-través.

—¿Cuántos barcos destruidos? —preguntó el Anunciador.

—Tres, y otro dañado.

—Decepcionante resultado.

—Tres cargueros menos debilitarán la intendencia. Además, los egipcios tendrán miedo continuamente. Iniciaremos escaramuzas en cualquier momento y en cualquier lugar. Cuanto más se introduzcan en Nubia, más vulnerables serán.

—Los magos nubios han huido —recordó Shab el Retorcido, inquieto.

—Esos negritos se largan al primer espanto. Mis comandos libios, en cambio, no temen a ningún adversario. ¡Además, tenemos a la leona! Ella, por sí sola, pondrá en su lugar al ejército egipcio.

Jeta-de-través olvidó precisar que había visto el fantasma de Iker.

—Vamos a descansar —ordenó el Anunciador—. Mañana recuperaremos la iniciativa.

Poco antes del amanecer, salió de la tienda con su compañera. El aire era gélido, la agonía de las tinieblas, opresiva.

La muchacha vaciló.

—Me ahogo, señor.

Un trazo de fuego inflamó la noche agonizante. Primero pareció perderse en la lejanía, luego cayó a inaudita velocidad y atravesó el muslo derecho de Bina, que soltó un alarido de dolor.

El Anunciador no tuvo tiempo de cuidar a la leona herida, pues, con el primer rayo de sol, apareció un inmenso halcón de ojos dorados, que volaba en círculos por encima de su presa.

De inmediato, las manos del Anunciador se transformaron en zarpas y su nariz en un pico de rapaz. Cuando el halcón lanzó un estridente grito, creyó que daba así la señal de ataque. Capaz de ver lo invisible, la encarnación del faraón no solía conceder la menor oportunidad a su presa. Esta vez, sin embargo, sería vencido.

A un metro del suelo, las redes del Anunciador lo harían caer en la trampa.

Entonces cortaría la cabeza del Horus Sesostris.

Pero el halcón regresó a las alturas del cielo, iluminado por el sol naciente.

—Señor —observó Shab—, la catarata se ha quedado en silencio.

Acudió un centinela.

—¡Huyamos, llega el ejército egipcio!

Nunca la navegación había sido más apacible. El vientre de piedra se reducía a un simple montón de rocas entre las que el Nilo se abría un camino que la barca real seguía.

—¡Nunca lo habría creído! —afirmó Sekari.

—Ni *Viento del Norte* ni *Sanguíneo* lo han dudado —observó Iker.

—¿Y tú?

—Yo llevaba el gobernalle y he visto cómo la flecha del rey atravesaba las tinieblas. ¿Por qué hacerse preguntas inútiles?

Sekari masculló una respuesta incomprensible.

Relajados, el asno y el perro se tendieron en cubierta. El monarca volvió a tomar la barra.

—¿El halcón Horus ha acabado con el Anunciador? —preguntó Iker.

—No era ése su objetivo. Con la leona inmovilizada por su herida, el ave de los orígenes ha pacificado los tormentos del río. Excavaremos un canal, navegable durante todo el año, que nos permitirá llegar a las poderosas fortalezas que edificaremos más allá de la catarata. Las fuerzas maléficas del gran Sur no cruzarán esos puestos avanzados de nuestra muralla mágica.

—¿El Anunciador y la leona ya no pueden causar ningún daño?

—Desgraciadamente, no es así. Les hemos propinado golpes muy duros, por lo que reaccionar les costará algún tiempo. Pero el mal y la violencia encuentran siempre los alimentos necesarios para renacer y lanzarse de nuevo al asalto de Maat. Por eso son necesarias tantas fortalezas.

—¿Está en los alrededores la ciudad del oro?

—Pronto saldrás en su busca.

Los soldados egipcios salieron del desierto cantando y se reunieron con el faraón. Nesmontu daba libre curso a esa expresión de alivio que expulsaba las angustias y fortalecía la cohesión. Todos quedaron pasmados al ver la tranquilidad que reinaba en el vientre de piedra.

—¿Has encontrado una fuerte resistencia? —preguntó el rey al general.

—Desorganizada, peligrosa a veces. Algunos retazos de tribus nubias, mercenarios libios y sirios, bastante bien entrenados.

—¿Tenemos bajas?

—Un muerto, numerosos heridos leves y dos graves. El doctor Gua los salvará. No hay supervivientes entre nuestros adversarios. Combatían en pequeños grupos y se negaban a rendirse. A mi entender, la estrategia del Anunciador parece clara: operaciones de comando y ataques de fanáticos dispuestos a suicidarse. Tendremos que permanecer muy atentos y adoptar rigurosas medidas de seguridad.

Durante un banquete, se festejó la victoria. Quien amaba al faraón era un bienaventurado provisto de todo lo necesario, recordó Nesmontu; quien se rebelaba contra él no conocía el goce terrenal ni la felicidad celestial. Un poema de Sehotep, destinado a las escuelas de escribas, comparaba al rey con el regulador del río, el dique que contenía las aguas, la sala ventilada donde se duerme bien, la muralla indestructible, el guerrero socorredor cuyo brazo no se debilita, el refugio para el débil, el agua fresca durante la canícula, una morada cálida y seca en invierno, la montaña que contiene los vientos y disipa la tormenta.

Ante las miradas atentas y conmovidas, el gigante, tocado con la doble corona, levantó la estela de granito rojo que señalaba el nuevo extremo de los territorios egipcios. «Frontera del sur, implantada en el año octavo de Sesostris –proclamaba el texto–. Ningún nubio podrá cruzarla por agua o por tierra, a bordo de un navío o con un grupo de congéneres. Sólo serán autorizados a hacerlo los comerciantes indígenas, los mensajeros acreditados y los viajeros con buenas intenciones» (2).

En cuanto terminaron los festejos, se inició la construcción de nuevas fortalezas, las más lejanas y más colosales jamás edificadas en Nubia.

(2) Estela de Semna-Oeste.

38

El sacerdote permanente Bega se hacía mala sangre.

¿Por qué sus aliados no daban señales de vida? Silencio por parte de Gergu, ningún mensaje de Medes. El tráfico de estelas se había interrumpido, la ciudad santa de Abydos vivía aislada, bajo la protección del ejército y de la policía. Según las raras informaciones que hacían circular los temporales, Sesostris estaba librando duras batallas en Nubia. ¿Sería lo bastante destructora la trampa del Anunciador?

Cuantos más días pasaban, más se amargaba el ex geómetra y más aumentaba su odio contra el rey y contra Abydos. Seguro de haber hallado el medio de vengarse, ¿debía abandonarse a la desesperación? No, tenía que armarse de paciencia. Gracias a los formidables poderes del Anunciador, aquel período de incertidumbre no tardaría en concluir. Creyendo que sometía al gran Sur, Sesostris se mostraba pretencioso. Pero allí se toparía con fuerzas desconocidas, superiores a las suyas.

Cuando los vencedores cayeran sobre Abydos, Bega sería el nuevo sumo sacerdote.

Hoy tenía, al menos, un motivo para alegrarse: la decadencia de Isis. Durante mucho tiempo había desconfiado de la hermosa sacerdotisa, pues escalaba con demasiada rapidez la jerarquía que, a su entender, debería haber estado reservada a los hombres. El permanente detestaba a las mujeres, sobre todo cuando éstas se ocupaban de lo sacro. Perfectamente de acuerdo con la doctrina del Anunciador, las consideraba incapaces de acceder al sacerdocio. Su lugar estaba en casa, al servicio de su marido y de sus hijos. En cuanto gobernara Abydos, Bega expulsaría a la sacerdotisa.

Por fortuna, el destino de Isis se complicaba. Llamada con frecuencia a Menfis, junto al rey, podría haberse convertido en la superiora del colegio femenino y, de ese modo, en una de las personalidades importantes de la ciudad sagrada. Sin embargo, la tarea que el Calvo acababa de confiarle rompía, en seco, aquella trayectoria. Sin duda, la muchacha había disgustado al monarca. Hoy era condenada a una baja tarea, reservada por lo general a los lavanderos que, por lo demás, no dejaban de quejarse de ello: ¡lavar ropa en el canal!

Bega había sospechado que Isis era una espía al servicio de Sesostris, encargada de observar los hechos y los gestos de los permanentes, y de avisar al soberano ante el menor comportamiento sospechoso. Aunque, en realidad, era una intrigante mediocre, una ingenua brutalmente devuelta a su justo lugar. Encantado al verla humillada así, Bega se guardó mucho de dirigir la palabra a una sierva de tan baja categoría y cumplió con sus deberes rituales.

Isis lavaba delicadamente la túnica real de lino blanco, utilizando una pequeña cantidad de espuma de nitro para devolver todo su fulgor y su pureza a la preciosa reliquia. ¿Cómo imaginar que el Calvo le confiaría una tarea tan sagrada, el lavado de las vestiduras de Osiris revelado durante la celebración de los misterios?

La muchacha, concentrada, no prestaba la más mínima atención a las miradas desdeñosas y despectivas. Manipular aquella túnica tejida en secreto por las diosas le hacía superar una nueva etapa, el contacto directo con semejante objeto. Desde el nacimiento de la civilización faraónica, muy pocos seres habían tenido la suerte de contemplarlo.

—¿Has terminado? —le preguntó el Calvo, siempre gruñón.

—¿Estáis satisfecho del resultado?

La túnica blanca de Osiris brillaba al sol.

—Dóblala y métela en este cofre.

El pequeño mueble de marquetería, adornado con marfil y loza azul, estaba decorado con umbelas de papiro abiertas. Isis depositó allí la vestidura.

—¿Llegas a percibir la frontera inmaterial que se encarna en este lugar? —prosiguió el Calvo.

—Abydos es la puerta del cielo.

—¿Deseas cruzarla?

—Lo deseo.

—Sígueme, entonces.

Obedeciendo al faraón, señor del «Círculo de oro» de Abydos, el Calvo llevó a Isis hasta una capilla del templo de Osiris.

En una mesa baja, un juego de *senet*, «el paso».

—Instálate y disputa esta partida.

—¿Contra qué adversario?

—Lo invisible. Puesto que has tocado la túnica de Osiris, es imposible que te sustraigas a esta prueba. Si ganas, serás purificada y tu espíritu se abrirá a nuevas realidades. Si pierdes, desaparecerás.

La puerta de la capilla se cerró.

Rectangular, el tablero de juego comprendía trece casillas dispuestas en tres hileras paralelas. Doce peones (1) en forma de huso para un jugador, doce peones cónicos, de cabeza redondeada, para su adversario. Avanzaban según el número obtenido lanzando unas tablillas que mostraban números. Algunas casillas eran favorables, otras desfavorables. El jugador se enfrentaba con múltiples trampas antes de llegar al *Nun*, el océano primordial donde se regeneraba.

Isis llegó a la casilla quince, «la morada del renacimiento». En ella figuraba el jeroglífico de la vida, enmarcado con dos cetros *uas*, «el poder floreciente».

Las tablillas se volvieron de pronto y cinco peones adversarios avanzaron juntos para bloquear la progresión de la sacerdotisa.

Su segunda jugada fue desafortunada: casilla veintisiete, una extensión de agua propicia para ahogarse. Isis tuvo que replegarse, su posición la fragilizaba.

(1) O cinco, o siete, según otras versiones del juego.

Cuando lo invisible se expresó de nuevo, la muchacha se creyó perdida.

¿Qué podía temer? ¿Acaso no intentaba llevar una vida recta, al servicio de Osiris? Si llegaba la hora de comparecer ante el tribunal, su corazón hablaría por ella.

Isis lanzó las tablillas.

Veintiséis, la casilla de «la perfecta morada». La jugada ideal que daba acceso a la puerta celestial, más allá del juego.

Las casillas desaparecieron, se había dado el paso.

El Calvo abrió la puerta y ofreció a la sacerdotisa un lingote de oro.

—Acompáñame hasta la acacia.

El ritualista giró en torno al árbol.

—Toma este metal, Isis, y deposítalo en una rama.

Una dulce calidez emanaba del lingote.

Alimentada con nueva savia, toda la rama reverdeció.

—¡El oro curador! —advirtió la muchacha, deslumbrada—. ¿De dónde procede?

—Iker lo ha descubierto en Nubia. Ésta es sólo la primera muestra. Se necesitarán muchas más, y de la mejor calidad, antes de pensar en una curación total. Sin embargo, avanzamos.

Iker... ¡El hijo real participaba, pues, en la regeneración del árbol de vida!

Él no era un hombre ordinario, por lo que tal vez su destino se uniera al de una sacerdotisa de Abydos.

Mirgissa, Dabernati, Shalfak, Uronarti, Semneh y Kumma: del norte hacia el sur, al menos seis fortalezas formaban ahora la puerta cerrada del vientre de piedra. Sesostris visitaba todos los días las obras que Sehotep organizaba, ayudado por Iker y por el general Nesmontu. Los constructores, al ver levantarse las murallas, olvidaban la fatiga y la dureza del esfuerzo. Bien alimentados y disponiendo de agua y de cerveza a voluntad, los artesanos gozaban de las atenciones de Medes y de Gergu, obligados a cooperar, y eran conscientes de participar en una obra esencial para la salvaguarda de la región.

Mirgisa (2) impresionaba a los más hastiados. Erigida sobre un promontorio que dominaba el Nilo desde unos veinte metros de altura, inmediatamente al oeste del extremo sur de la segunda catarata, «La que rechaza a los de los oasis», ocupaba un rectángulo de ocho hectáreas y media. La fortaleza, rodeada por un foso, tenía una doble muralla con resaltos, y bastiones que protegían las entradas. Gracias a unos muros de ocho metros de ancho y diez de alto, Mirgisa podía ser defendida por una modesta guarnición que comportaba sólo treinta y cinco arqueros y otros tantos lanceros.

Al abrigo de las murallas había un patio enlosado rodeado de columnas, viviendas, despachos, almacenes, graneros, una armería, una forja y un templo. Los técnicos reparaban y fabricaban lanzas, espadas, puñales, jabalinas, arcos, flechas y escudos.

Aquella fortaleza estaba acompañada por una ciudad abierta, muy cercana y de una extensión comparable, donde se habían construido casas de ladrillo crudo, hornos para el pan y talleres. Irrigando el desierto, los egipcios plantaban árboles y creaban pequeños huertos, con gran asombro de las tribus vecinas, que, una a una, se sometían al faraón.

El doctor Gua y el farmacéutico Renseneb cuidaban eficazmente a los enfermos, y entre ellos se establecía un clima de confianza. Mirgissa se convertía en un centro comercial y en el principal núcleo económico de un paraje desheredado que salía así de la miseria. Todos comían hasta hartarse, y ya no se hablaba de revueltas ni de combates. Hostiles a la siniestra provincia de Kush, presa de unas facciones preocupadas sólo por matarse mutuamente, la población se volvía hacia el protector egipcio. Pero en vez de ser acusado de tiranía, Sesostris aparecía como un libertador y un dios vivo. ¿Acaso no garantizaba la prosperidad y la seguridad?

La innovación de la que más orgulloso se sentía el jefe de los trabajos era una corredera para barcos, de una pendiente máxima de diez grados, compuesta por maderos cubiertos de limo, regados sin cesar cuando se sacaban los navíos del agua para recogerlos. Aquella corredera, de dos metros de ancho, permitía evitar un peligroso paso en período de estia-

---

(2) *Der-uetiu*, también llamada *iken*.

je, y facilitaría también el transporte de víveres y de materiales, cargados en pesadas narrias.

Desde lo alto de las torres de Mirgissa, los centinelas observaban permanentemente las idas y venidas de los nubios. Habían aprendido a identificar las tribus y a conocer sus costumbres, y advertían el menor incidente al comandante de la fortaleza, que mandaba, de inmediato, una patrulla. Cada nómada era controlado y nadie penetraba en territorio egipcio sin una autorización en debida forma.

Ayudado por su equipo de escribas, Medes llevaba unas fichas detalladas, de las que mandaba copias a las demás fortalezas y a Elefantina. De este modo, se reducía al mínimo la inmigración clandestina.

Víctima de una fuerte jaqueca, el secretario de la Casa del Rey llamó al doctor Gua.

—Me siento casi incapaz de trabajar —reconoció Medes—. Me duele muchísimo la cabeza.

—Os prescribo dos remedios complementarios —decidió el médico—. Primero estas píldoras preparadas por el farmacéutico Renseneb; desatascarán los canales de vuestro hígado ocluido y calmarán el dolor. Luego aplicaré en vuestro cráneo un siluro pescado esta mañana. Vuestra jaqueca pasará a la espina del pescado, y quedaréis liberado.

Más bien escéptico, Medes no tardó en advertir la eficacia del tratamiento.

—¿No seréis algo mago, doctor?

—Una medicina desprovista de magia no tendría posibilidad alguna de lograr el éxito. Os dejo, tengo mucho que hacer. En caso de que sea necesario, regresaré.

¿De dónde sacaba tanta energía aquel hombrecillo flaco, con su pesada y eterna bolsa de cuero a cuestas? Durante la pacificación de Nubia, Gua y su colega farmacéutico desempeñaban un papel decisivo. Y, no contentos con cuidar a los autóctonos, formaban a los facultativos, que los reemplazarían después de su partida. Por impulsos de Sesostris, una vasta región saldría por fin de la anarquía y la pobreza.

—Me falta un informe —le dijo a Medes un escriba.

—¿Administrativo o militar?

—Militar. Una de las cinco patrullas de vigilancia no ha entregado el informe reglamentario.

Medes acudió al cuartel general de Nesmontu.

—General, debo señalar un incidente, menor tal vez, pero que convendría aclarar de todos modos. Uno de los jefes de patrulla no ha redactado su informe.

Nesmontu mandó a buscar al oficial responsable.

El ayuda de campo regresó, solo y despechado.

—No lo encuentran, general.

—¿Y sus infantes?

—Ausentes de sus cuarteles.

Se imponía una cruel evidencia: la patrulla no había regresado.

De inmediato se celebró un consejo de guerra presidido por el rey.

—¿Qué dirección tomó? —preguntó Sesostris.

—La pista del oeste —respondió Nesmontu—. Misión rutinaria, a saber, el control de una caravana de nómadas. Ésta no ha llegado a Mirgissa. En mi opinión, nuestros hombres han caído en una trampa. Debemos descubrir si se trata de un acto aislado o de la preparación de un ataque masivo.

—Yo me encargo de eso —declaró Iker.

—En el ejército no faltan excelentes exploradores —protestó Nesmontu.

—No nos engañemos: he aquí la primera reacción del Anunciador. Mientras tomo las precauciones indispensables, me siento capaz de apreciar la situación. Me bastarán algunos soldados decididos.

Sesostris no puso objeción.

Durante ese nuevo enfrentamiento con el Anunciador, el hijo real proseguía su formación, por muy arriesgada que fuese, pues no existía otro camino para pasar de las tinieblas a la luz.

Sekari, por su parte, lamentó tener que abandonar su confortable habitación y el comedor de los oficiales, donde se servían excelentes platos. Decididamente, debería haberse buscado un amigo que se moviera menos. ¿Pero acaso no consistía su papel en protegerlo?

39

El general Nesmontu se había mostrado intransigente: todos los miembros de la patrulla, incluido Iker, debían equiparse con un chaleco paraflechas, es decir, un papiro mágico sólidamente atado al pecho con una cuerda. Su grosor era menos importante que las fórmulas jeroglíficas, capaces de desviar el peligro.

A la sombra de un balanites descansaba una caravana compuesta por asnos y nubios. Cuando los egipcios se acercaron, los mercaderes levantaron la mano en señal de amistad.

Sanguíneo gruñó de manera significativa, y *Viento del Norte* se negó a avanzar.

Al percibir la desconfianza del adversario, los arqueros kushitas dejaron de hacer comedia y dispararon.

Iker dio las gracias al general Nesmontu, pues las flechas fallaron sus blancos.

—Vienen otros por detrás —anunció Sekari—. Y otros por los flancos. Nos han rodeado.

—¡Cuerpo a tierra —ordenó el hijo real—, y cavemos!

Sin embargo, no resistirían mucho tiempo al abrigo de aquellas irrisorias trincheras. La muerte de su príncipe no había desmovilizado a los kushitas, capaces aún de organizar semejante emboscada.

—Sin querer ser demasiado pesimista, el porvenir inmediato me parece muy negro —observó Sekari—. Por lo menos sabemos cómo acabaron con nuestra patrulla, pero no podremos contárselo a nadie. En cuanto a lanzar un ataque, ni lo sueñes. Son veinte veces más numerosos que nosotros.

Iker no veía motivo alguno de esperanza, por lo que dirigió sus últimos pensamientos a Isis. ¿Acaso no lo había salvado ya anteriormente? Si lo amaba, aunque fuera un poco, no lo abandonaría a esos bárbaros.

—¿Oyes ese ruido? —preguntó Sekari—. ¡Parece un zumbido de abejas!

Era, en efecto, un enjambre que se dirigía hacia ellos. Un enjambre como ningún apicultor había visto nunca, tan grande que ocultaba el sol.

La abeja, símbolo del rey del Bajo Egipto.

Y el ejército de insectos atacó a los kushitas.

—¡Vayamos en su dirección! —gritó Iker—. ¡No tenemos nada que temer!

Sekari golpeó a un negro alto, decidido a cerrarle el paso. Pero el kushita recibió decenas de picaduras y finalmente se derrumbó. Olvidando el zumbido ensordecedor de sus aliadas, la patrulla egipcia las siguió, y logró salir así de la trampa. Iker corrió durante mucho tiempo, volviéndose varias veces para asegurarse de que ninguno de sus soldados quedaba rezagado.

Luego, el cielo pareció aspirar el enjambre y éste se desvaneció.

—Salvados, pero extraviados —advirtió Sekari.

—En cuanto caiga la noche, nos orientaremos por medio de las estrellas.

El desierto se extendía hasta perderse de vista. No había ni el menor rastro de vegetación.

—Refugiémonos tras aquella duna.

Iker descubrió un objeto de piedra, semienterrado en la arena, y lo sacó ante la intrigada mirada de Sekari.

—¡No cabe duda, es un molde para lingotes! Había una mina por aquí.

Al pie de la duna encontraron otros vestigios.

Los soldados desenterraron la entrada de una galería bien apuntalada.

Iker y Sekari se introdujeron en ella. Encargados de dar la alarma en caso de peligro, *Sanguíneo* y *Viento del Norte* se quedaron en la superficie.

Al extremo de la galería hallaron una especie de explanada flanqueada por chozas de piedra que contenían balanzas, pesos de basalto y numerosos moldes de diversos tamaños.

Enmarcando la puerta de una pequeña capilla, dos columnas coronadas por el rostro de la diosa Hator.

El rostro de Isis.

—Ella nos ha guiado hasta la ciudad del oro —murmuró Iker.

En el interior del santuario había pequeños lingotes cuidadosamente alineados.

Bina sufría tanto que suplicaba al Anunciador que la matase. Pero, a pesar de la gravedad de la herida, que habría exigido la amputación del miembro, conseguía calmarla y se empeñaba en cuidarla con las plantas que le proporcionaban los brujos nubios.

Si el faraón creía haber inmovilizado a la terrorífica leona, se equivocaba. Puesta en la herida, la reina de las turquesas aceleraría la curación.

La muchacha no lanzaba ya aquellos desgarradores gritos en los que se mezclaban su voz y la de la fiera. Drogada por los somníferos, dormía largas horas.

Pese a la pérdida del ejército de Triah, los kushitas supervivientes y varias tribus nubias seguían obedeciendo al gran mago. Numerosos guerreros escuchaban sus enseñanzas, dispensadas con una voz suave y embrujadora. El nuevo dios les permitiría rechazar las tropas de Sesostris, destruir las fortalezas e invadir Egipto luego. El Anunciador predecía un porvenir inevitable: todos los infieles serían exterminados.

—Los egipcios construyen a una velocidad increíble —comentó Jeta-de-través—. Ahora están instalándose en Shalfak. Desde ese promontorio rocoso controlarán mejor aún el río y el desierto.

—Debes impedir que los trabajos prosigan.

Jeta-de-través se sintió fortalecido.

—¡Apoderarse de Shalfak sería un buen éxito! Y no les sería fácil echarnos de allí. Naturalmente, ¡nada de prisioneros!

—¿Qué ha sido de nuestra falsa caravana, la que tendió una trampa a una patrulla enemiga?

—Ha desaparecido en el desierto. Sin duda, un contraataque de Sesostris. Ese gigante no nos concederá margen alguno de maniobra y devolverá golpe por golpe. ¡Lo derribaremos de todos modos!

El optimismo de Jeta-de-través dinamizaba a sus guerreros. El Anunciador, en cambio, permanecía circunspecto. A medida que iba conquistando Nubia, Sesostris se cargaba de magia y se volvía tan fuerte como las murallas de sus fortalezas.

Afortunadamente, aún quedaban muchos puntos débiles.

Sentado en un taburete plegable de patas cruzadas, Sekari degustaba un vino embriagador.

—¿Una copa más, Iker?

—Ya he bebido bastante.

—¡Estudia la clave de los sueños! Si te ves bebiendo vino en sueños, es que te alimentas de Maat. A mí me pasa a menudo. Y en un lugar siniestro, como éste, no conozco mejor remedio.

La fortaleza de Shalfak, «La que doblega los países extranjeros» (1), no tenía nada de atractivo. A sus pies, un estrechamiento del Nilo fácil de vigilar. De modesto tamaño (2), aunque provista de muros de cinco metros de grueso, la plaza fuerte albergaría una pequeña guarnición y graneros. Desde el acantilado, una escalera bajaba hasta el Nilo. El único acceso a Shalfak sería una puerta estrecha y bien defendida. Debido a su técnica perfectamente puesta a punto, los constructores avanzaban rápidamente. El único peligro, hasta que se terminara la muralla principal, podía proceder del desierto. Así pues, el hijo real y un destacamento de veinte arqueros se encargaban de la seguridad de las obras.

(1) *Uaf-khasut.*
(2) 80 × 49 metros.

—Embriágate todos los días y todas las noches —prosiguió Sekari— y, sobre todo, no olvides apreciar los mejores vinos. Así permanecerás feliz y sereno, pues inundan de gozo la casa y se unen al oro de los dioses. ¿Acaso no son admirables esas palabras de un poeta?

—¿No habría que ver en ellas un sentido simbólico? —sugirió Iker—. ¿No describen la embriaguez divina, durante la comunión con lo invisible?

—¡Un símbolo desencarnado es inútil! ¿Y será eficaz... el oro enviado a Abydos?

Sekari tocaba un laúd cuya caja de resonancia era un caparazón de tortuga, cubierto con una piel de gacela tensada, pintada de rojo y en la que se abrían seis agujeros. Con las tres cuerdas compuso una melancólica melodía que servía de acompañamiento a su canto, grave y lento.

—He escuchado las palabras de los sabios. ¿Qué es la eternidad? Un lugar donde reina la justicia, donde el miedo no existe, donde el tumulto está proscrito, donde nadie ataca a su prójimo. Allí no hay enemigo alguno. Los antepasados viven allí en paz.

Tendidos sobre el flanco, el perro y el asno escuchaban con deleite al artista.

Iker, en cambio, pensaba en Isis.

En contacto con la cotidianidad de los misterios de Osiris, junto a la fuente de vida, forzosamente le parecía irrisorio el amor de un hombre.

Si Sekari no hubiera mantenido su laúd apoyado en su muslo, la flecha lo habría atravesado.

Sanguíneo ladró rabiosamente y *Viento del Norte* lanzó unos rebuznos que arrancaron a los soldados de su sopor.

Estaban preparados para ese tipo de agresiones, por lo que reaccionaron como profesionales y se protegieron detrás de los bloques de granito negro que servían de cimientos a la fortaleza.

Sekari e Iker, por su parte, corriendo enormes riesgos, rodearon a los asaltantes y los atacaron por detrás.

Gracias a la alerta del asno y el perro, el batallón apostado como reserva no lejos de Shalfak intervino de inmediato.

Sólo el jefe del clan nubio consiguió escapar bajando por la pendiente hasta el río. Se zambulló en el agua y se ocultó entre las rocas.

Al oír ruido de pasos, se creyó perdido. Pero los dos egipcios se limitaron a observar el Nilo.

—No hay barcas —advirtió Sekari—. Esos locos venían del desierto, y en un número demasiado escaso, sin haber descubierto nuestro dispositivo de seguridad.

—Una misión fingida —afirmó Iker—. El Anunciador suponía que conservábamos en Shalfak los pedazos de oro procedentes de la ciudad perdida. El faraón ha hecho bien poniéndolos al abrigo en la fortaleza de Askut.

Luego, los dos hombres se alejaron.

Olvidando la muerte de sus guerreros, el jefe de clan acababa de obtener una información esencial que encantaría al Anunciador.

40

De modo que los egipcios han descubierto el oro –comentó el Anunciador.

–¡Y lo ocultan en Askut! –reveló con orgullo el jefe de clan.

–¿Por qué no has destruido la plaza fuerte de Shalfak?

–Porque... porque no éramos lo bastante numerosos.

–¿No habrás lanzado el ataque a ciegas, antes de recibir órdenes de Jeta-de-través?

–Lo importante es saber dónde almacenan su tesoro.

–Lo importante es obedecerme.

De un mazazo, Jeta-de-través destrozó la cabeza del nubio.

–¡Un mediocre incapaz de mandar! ¡Y todos esos negritos se le parecen! Formarlos me exigiría meses, y no estoy seguro de poder conseguirlo.

–Es imposible alcanzar Askut –deploró Shab el Retorcido–. Desde la construcción de las fortalezas de Semneh y Kumma, todos los barcos sufren un severo control.

–Debo saber si ese oro constituye una amenaza real, puesto que, si es así, debemos destruirlo –declaró el Anunciador–. Muy pronto, Bina estará curada, pero aún es prematuro recurrir a ella. He aquí, pues, cómo procederemos.

Sufriendo por el calor y abrumado por el trabajo, Medes perdía sales minerales. Y no iba a gozar de reposo y frescor en Semneh, la fortaleza más meridional. Destinado a cerrar definitivamente Nubia, aquel conjunto arquitectónico se componía de tres entidades: Semneh-Oeste, que llevaba el nombre de «Sesostris ejerce su maestría», con las fortificaciones marcadas por la alternancia de torres altas y bajas; Semneh-Sur, «La que rechaza a los nubios», y Kumma, construida en la orilla oriental y que albergaba un pequeño templo.

Nunca la frontera de Egipto había penetrado tanto en aquellas lejanas tierras. A uno y otro lado de un estrecho paso rocoso que el Nilo franqueaba laboriosamente, las fortalezas bloquearían con facilidad cualquier ataque. Bajo la dirección de Sehotep, los ingenieros habían llevado a cabo considerables trabajos: levantar la extensión de agua del paso de Semneh acumulando rocas para crear un canal por el que los barcos mercantes circularían seguros.

Además, al norte de Semneh se edificaría un muro de cinco kilómetros de largo, destinado a proteger la ruta del desierto.

Medes redactaba el decreto que destinaba ciento cincuenta soldados a Semneh y cincuenta a Kumma. Aquellos cuerpos de élite se beneficiarían de unas condiciones de vida más bien agradables: casas confortables, callejas adoquinadas, talleres, graneros, sistemas de drenaje, depósitos de agua, avituallamiento regular... Las guarniciones no carecerían de nada. Y el secretario de la Casa del Rey seguía trabajando en favor de Sesostris y en contra del Anunciador.

Llevando su pesada bolsa de cuero, el doctor Gua entró en el despacho, donde un doméstico no dejaba de abanicar a Medes con un rápido ritmo.

—¿Qué os duele hoy?

—Los intestinos. Y estoy desecándome, aunque no me mueva.

—Pues el clima me parece muy sano, y tenéis buenas reservas de grasa.

Tras auscultarlo, el médico sacó de su bolsa un cuenco-medida, idéntico al que Horus utilizaba para cuidar su ojo, para procurar vida, salud y felicidad. Permitía dosificar los remedios y los hacía eficaces. Gua vertió en él una poción compuesta por jugo de dátiles frescos, hojas de ricino y leche de sicomoro.

—El plexo venoso de vuestros muslos permanece en silencio, vuestro ano se caldea. Esta terapia restablecerá el equilibrio y vuestros intestinos funcionarán normalmente.

—¡Me acecha el agotamiento!

—Absorbed esta poción tres veces al día, aparte de las comidas; comed menos, bebed más agua y ya veréis como regresaréis a Menfis con buena salud.

—¿No os preocupa el estado de nuestras tropas?

—El farmacéutico Renseneb y yo mismo no pasamos el tiempo ociosos.

—Lo sé, no quería decir eso, pero este calor, este...

—Nuestros soldados están bien cuidados. En cambio, no diría lo mismo de nuestros enemigos. Eso facilitará nuestra victoria.

Presuroso, el doctor Gua corrió hasta la enfermería de Semneh. Algunos casos serios lo aguardaban allí.

Medes recibió entonces a un oficial inquieto.

—Acabo de detener a un sospechoso. ¿Deseáis interrogarlo?

Medes era la más alta autoridad del fuerte, por lo que no podía evitarlo.

¡Pero cuál no sería su sorpresa al reconocer a Shab el Retorcido!

—¿Por qué han arrestado a ese hombre?

—Porque no llevaba salvoconducto.

—Explícate —exigió el secretario de la Casa del Rey.

—Pertenezco al servicio postal de Buhen —respondió el Retorcido, humilde y sumiso—. Ignoraba el nuevo reglamento y la necesidad de presentar semejante documento. Os traigo consignas que proceden del cuartel general.

—Déjanos solos —ordenó Medes al oficial.

La puerta se cerró.

—¡Hace una eternidad que estoy sin noticias! —protestó Medes.

—Tranquilízate, todo va bien. Los nubios son aliados mediocres, pero el Anunciador los utiliza del mejor modo.

—La línea de fortalezas construidas por Sesostris es infranqueable. Vamos directos a la catástrofe, ¡he caído en la trampa! ¡E Iker... Iker está vivo!

—No te preocupes, y dame un salvoconducto que me permita ir por todas partes.

—¿Se atreverá el Anunciador... a atacar Semneh?

—Sobre todo, no abandones este despacho. Aquí estarás seguro.

En el mercado de Semneh, el ambiente era alegre. Puestos de frutas y verduras, de pescado, y productos de la artesanía local provocaban ásperas negociaciones entre compradores y vendedores. Buena parte de la guarnición se complacía en ese trueque, y los autóctonos se enriquecían.

Todas las miradas convergían en una soberbia criatura cuyo talle se adornaba con un cinto de cauríes y cuentas. En sus dominios, extraños brazaletes en forma de zarpa de ave de presa. Cicatrizada su herida, Bina se sentía lo bastante fuerte para llevar a cabo la primera parte del plan del Anunciador.

—Tú no eres de aquí —observó un soldado.

—¿Y de dónde vienes tú?

—De Elefantina. ¿Qué vendes, hermosa?

—Conchas.

Le mostró un magnífico caurí, cuya forma evocaba la del sexo femenino.

El militar sonrió.

—Bonita, muy bonita... Y creo comprender. ¿Qué deseas a cambio?

—Tu vida.

El hombre apenas tuvo tiempo de soltar una risa forzada. La parte puntiaguda de la tobillera de Bina perforó su bajo vientre.

Al mismo tiempo, los kushitas sacaron las armas ocultas en sus cestos y mataron a comerciantes y clientes.

Desde lo alto de la principal torre de vigía, un centinela dio la alerta. Inmediatamente, las puertas de las dos fortalezas de Semneh-Oeste se cerraron, y los arqueros corrieron hacia sus puestos de tiro.

Medes salió de su despacho y se dirigió al comandante.

—¿A qué vienen esos gritos?

—Nos atacan. ¡Una pandilla de kushitas desenfrenados!

—Avisa a Mirgissa y Buhen.

—Es imposible, el enemigo bloquea la circulación por el río. Nuestros mensajeros morirían.

—¿Y las señales ópticas?

—El sol nos es contrario y el viento disiparía las humaredas de socorro.

—O sea, que estamos sitiados y aislados.

—Molestias momentáneas, no temáis. Los kushitas no tendrán tiempo suficiente para tomar nuestras plazas fuertes.

Pero cuando Medes, protegido por una almena, vio la masa de guerreros negros sobreexcitados, no estuvo tan seguro de ello. ¿Iba a morir estúpidamente bajo los golpes de aquellos bárbaros enviados por el Anunciador?

Dado el modesto tamaño de la fortaleza de Askut, erigida en un islote al sur de la segunda catarata, Jeta-de-través sólo dirigía a una treintena de hombres correctamente entrenados, que golpearon pronto y bien.

Una vez atacada Semneh, los tres barcos ligeros no encontraron obstáculos. Los egipcios, convencidos de la calidad de su barrera, no habían dispuesto barco de guerra alguno entre Semneh y Askut.

Atracar fue fácil. No había ni un solo centinela en el horizonte.

Acostumbrados al ejercicio, los comandos se desplegaron. Jeta-de-través escaló una roca y descubrió un fuerte de muros inconclusos. Todavía faltaba la puerta de madera.

Desconfiado, Jeta-de-través mandó a un explorador para que batiera el terreno. El libio cruzó el umbral y penetró en el interior del recinto, de donde salió poco después.

—Parece vacío —anunció.

Jeta-de-través se aseguró de ello.

Instalaciones destinadas a lavar el oro, numerosos silos de trigo y un pequeño santuario consagrado al cocodrilo de Sobek: Askut albergaba importantes reservas de comida y el material necesario para el trata-miento del precioso metal.

Pero ¿por qué parecía abandonado el lugar?

—La guarnición fue advertida del ataque de Semneh —supuso un nu-bio—. Debe de haberse refugiado en Mirgisa.

—Registrad el lugar y encontrad los lingotes, si es que quedan.

—¡Allí, alguien!

Jeta-de-través reconoció de inmediato al joven que salía del santuario.

—No disparéis, a éste lo quiero vivo.

Iker se detuvo a unos diez pasos del terrorista.

—¡De nuevo tú, maldito escriba! ¿Por qué no te has largado con los demás?

—¿Acaso crees que los soldados de Sesostris son unos cobardes?

—¡No hay ni uno por estos parajes! Dame el oro y salvarás la vida.

—Realmente llevas la mentira atornillada al cuerpo. Tu triste carrera concluye aquí.

—Uno contra treinta, ¿acaso crees poder vencernos?

—Yo sólo te veo a ti, a un libio y a un nubio. Tus cómplices han sido neutralizados. A fuerza de tratar con el Anunciador y obedecerlo ciega-mente, tu instinto se ha mellado. Sekari y yo tendimos una trampa a uno de tus aliados, un jefe de clan. Comunicó a tu patrón una información de gran importancia: aquí, algunos especialistas trabajaron el oro de Nubia que, ahora, está fuera de vuestro alcance. Me habría gustado pes-car un pez más grande. Sin embargo, tu captura y la de tus mejores ele-mentos debilitará al Anunciador.

De todas partes brotaron soldados egipcios.

Jeta-de-través desenvainó su puñal, pero la flecha de Sekari atravesó la muñeca del terrorista.

Cuando sus dos acólitos intentaron protegerlo, fueron abatidos.

Aprovechando un momento de confusión, Jeta-de-través corrió has-ta la orilla y se zambulló en el río.

—¡Vuelve a escaparse! —se enojó Sekari.

—Esta vez, no —objetó Iker—, pues el dios Sobek protege este paraje. Desde que bajé al corazón del lago del Fayum, el cocodrilo sagrado es mi aliado.

Dos enormes mandíbulas provistas de afilados colmillos segaron los riñones de Jeta-de-través. La cola del depredador barrió el agua, que se tiñó muy pronto de sangre. Luego, la calma regresó de nuevo al lugar y las aguas borraron cualquier rastro del drama.

Iker y Sekari acudieron de inmediato a Mirgisa, donde los aguardaban Sesostris, el general Nesmontu y el grueso de las tropas egipcias.

—Vamos a librar la última batalla de Nubia —anunció el faraón—. Que podamos llegar a pacificar a la terrorífica leona.

41

El Servidor del *ka* fue a buscar a Isis a su casa y la condujo al templo de millones de años de Sesostris. No pronunció ni una sola palabra, y ella no hizo ni una sola pregunta.

Cada nueva etapa de la iniciación a los misterios de Osiris comenzaba así, en silencio y recogimiento. La víspera, el nuevo oro procedente de Nubia había hecho que reverdecieran tres ramas de la acacia. El árbol de vida curaba poco a poco, pero a los remedios les faltaba intensidad. Sin embargo, aquellos resultados permitían contemplar el porvenir con más optimismo.

En el umbral del templo estaba el Calvo.

—Ha llegado la hora de saber si eres justa de voz y digna de pertenecer a la comunidad de los vivos que se alimentan de luz. Debes comparecer, pues, ante el tribunal de los dos Maat. ¿Aceptas?

Isis conocía la continuación: o un nuevo nacimiento o la aniquilación. Las anteriores pruebas que había tenido que superar sólo representaban una preparación para este temible paso.

Pensó en Iker, en su valor, en los peligros que no dejaba de afrontar. Y la joven sacerdotisa comprendió entonces que sentía por él algo más que una simple amistad. Como el hijo real, tenía que vencer el miedo.

—Acepto.

Ungida con incienso, vistiendo una larga túnica de lino fino y calzada con sandalias blancas, Isis fue introducida en una gran sala donde se sentaban cuarenta y dos jueces, cada uno de los cuales lucía el rostro de una divinidad.

Dos encarnaciones de Maat presidían el tribunal, una femenina y la otra masculina.

—¿Conoces el nombre de la puerta de esta sala? —preguntó un juez.

—El peso de lo justo.

—¿Eres capaz de separarte de tus faltas y tus iniquidades?

—No he cometido injusticia alguna —afirmó Isis—, combato a *isefet*, no tolero el mal, respeto los ritos, no profano lo sagrado, no revelo el secreto, no he matado ni he hecho matar, ni infligido sufrimiento a nadie, ni maltratado animal alguno, ni hurtado los bienes y las ofrendas de los dioses, ni he aumentado o disminuido el celemín, ni he falseado la balanza.

—Verifiquemos tus declaraciones pesando tu corazón.

—Deseo vivir de Maat, corazón de mi madre celestial, no te levantes contra mí, no testimonies contra mí.

Anubis, con cabeza de chacal, tomó a Isis de la mano y la llevó hasta el pie de una balanza de oro. Allí aguardaba un monstruo con fauces de cocodrilo, pecho de león y posaderas de hipopótamo.

—Tu corazón debe ser tan leve como la pluma de Maat. De lo contrario, la Devoradora te tragará y los componentes de tu individuo, diseminados, regresarán a la naturaleza.

Anubis rozó el plexo solar de la sacerdotisa. Sacó de allí un pequeño cuenco y lo depositó en uno de los platillos de la balanza. En el otro, la pluma de la diosa. Isis no cerró los ojos.

Fuera cual fuese la sentencia, quería contemplar su destino.

Tras algunas oscilaciones, los dos platillos permanecieron en perfecto equilibrio.

—Exacta y justa de voz es el Osiris Isis (1) —declaró un juez—. La Devoradora la respetará.

En el pecho de la sacerdotisa palpitaba un nuevo corazón, inalterable, don de las cuarenta y dos divinidades de la sala de los dos Maat.

(1) El hombre justo se convierte en el Osiris de su nombre; la mujer justa, en la Osiris de su nombre.

—Hete aquí capaz de cruzar una nueva puerta —anunció el Calvo.

Isis siguió a su guía.

En la entrada de una capilla en tinieblas, el sacerdote quitó un paño de lino rojo que cubría un león de loza.

—El fuego brota de mis fauces, me protejo a mí mismo. Mi enemigo no sobrevivirá. Castigo a los humanos que reptan y también a todo reptil, macho o hembra. Avanza, Isis, puesto que eres justa de voz.

En ese instante apareció una gigantesca serpiente. Su cuerpo se componía de nueve círculos, cuatro de ellos de fuego.

—¿Te atreverás a seguir esa espiral?

La sacerdotisa tocó los círculos, que se unieron y formaron la cuerda de la barca de Ra. Ésta subió hasta el cielo en forma de una llama de oro que sembraba la turquesa, la malaquita y la esmeralda, que daban nacimiento a las estrellas.

Asociada al nacimiento del universo, Isis vivió la creación del mundo. Cuando el deslumbramiento cesó, divisó las paredes de la capilla, adornadas con escenas en las que el faraón hacía ofrenda a las divinidades.

Con un cinturón rojo, el Calvo hizo un nudo.

—He aquí la vida de las diosas y la estabilidad de los dioses. En ellas resucita Osiris. Este símbolo te protegerá de la agresión de los seres malvados, apartará los obstáculos y te dará la posibilidad de recorrer, algún día, el camino de fuego.

El Calvo colocó el nudo mágico en el ombligo de la sacerdotisa, y su mirada descubrió un lujuriante paraje, inundado de sol.

—Contempla el oro verde de Punt. Sólo él nos permitirá obtener la completa curación de la acacia.

Atrincherado en el fondo de su despacho, Medes sudaba la gota gorda.

La guarnición acababa de rechazar el tercer ataque de los kushitas, diez veces más numerosos que los egipcios que defendían la fortaleza de Semneh. ¡Y el secretario de la Casa del Rey corría el riesgo de que sus aliados lo mataran! A pesar de esa encarnizada resistencia, el final parecía evidente. Cuando el Anunciador lo hubiera decidido, las murallas caerían.

El comandante, herido en la frente, se dirigió a Medes.

—Llega el faraón.

—¿Estás... seguro?

—Comprobadlo vos mismo.

—Debo permanecer aquí y preservar los archivos.

El comandante volvió al combate.

En la proa del navío almirante, la alta estatura de Sesostris dejó pasmados a los kushitas.

Un jefe de tribu ordenó a sus guerreros que lucharan. ¿Acaso no bastaban dos barcos para bloquear el Nilo?

La pesada lanza del rey cruzó el espacio con ligereza, describió una larga curva y se clavó en el pecho del rebelde.

En seguida se produjo la desbandada.

Ágil como un joven, el general Nesmontu fue el primero en saltar al navío enemigo. Infantes y arqueros, precisos y disciplinados, exterminaron a los sitiadores.

La superioridad del ejército egipcio era tal que los kushitas sufrieron una derrota absoluta, y muy pronto, Semneh quedó liberada.

Sin embargo, el monarca no manifestó triunfalismo alguno.

Medes comprendió por qué cuando finalmente salió de su refugio, ante las ansiosas miradas de los soldados.

—¡No... no tenéis ya sombra, ni tampoco nosotros! —exclamó uno de ellos. Todos los egipcios pudieron comprobarlo.

Pese a aquella aparente victoria, Nesmontu temió una cruel derrota. Sin sombra, el cuerpo se exponía a mil y una heridas. Sin ella, era imposible unirse al *ka*. La energía se diluía, y el alma se veía condenada a las tinieblas.

Sesostris levantó su llameante espada hacia el cielo, Sekari silbó el canto de un pájaro.

En el azur se desplegó una bandada de golondrinas. En la ribera, un centenar de avestruces se lanzaron a toda velocidad hacia el sur.

—Sigámoslos —ordenó el rey—. De su plumaje procede el símbolo de Maat. Ellos destruirán el maleficio del Anunciador.

El Nilo demasiado estrecho, unas rocas amenazadoras, una nube negra que ocultaba el sol... Si el propio faraón no hubiese encabezado la expedición, ningún valiente se habría atrevido a explorar un mundo tan temible.

Aprovechando el fuerte viento, la flota avanzó con rapidez. La nube se deshizo y las riberas se separaron.

Bañados por la luz, los avestruces danzaban.

—¡Nuestras sombras han regresado! —advirtió Sekari.

—La batalla prosigue —recordó el rey—. Ahora, el Anunciador provocará el furor de la leona. Doctor Gua y farmacéutico Renseneb, traed lo necesario.

Los dos facultativos habían preparado jarras de cerveza roja con cizaña.

—A la leona le gusta la sangre de los hombres —explicó el monarca—. Intentaremos engañarla y emborracharla, pero sólo la reina de las turquesas podrá pacificarla.

De unos doce kilómetros de largo, la isla de Sai estaba a medio camino entre la segunda y la tercera catarata. En su punta norte se acumulaban las tribus nubias fieles al Anunciador y dispuestas a vérselas con los egipcios. Al acercarse el navío almirante, la hermosa Bina lanzó un terrorífico rugido.

Los guerreros negros retrocedieron para dejar el máximo espacio a la enorme leona. Ni flecha ni lanza la detendrían.

En la proa, varios marinos lanzaron decenas de jarras que se rompieron en las rocas. El olor del líquido derramado atrajo a la fiera, que, excitada, lo lamió golosa.

Saciada, la leona gruñó de satisfacción, se tendió y se adormeció.

Entonces, Sesostris atracó.

Esperando terminar con el faraón, un gran kushita blandió su bastón arrojadizo. Pero el rey simplemente extendió el brazo hacia el asaltante que, derribado por una fuerza desconocida, dio varias vueltas y cayó.

—¡Un mago! ¡Este rey es un mago! —aulló un jefe de clan.

Aquello significó el «sálvese quien pueda».

Dispuestos a un feroz cuerpo a cuerpo, los soldados de Nesmontu tuvieron que derribar sólo a fugitivos.

Un inmenso halcón sobrevoló la parte meridional de la isla de Sai, donde se hallaba el Anunciador. Seguía el combate a distancia, y presenciaba la derrota de sus vasallos.

El repentino picado de la rapaz no le dio tiempo para intervenir. El halcón se apoderó de la reina de las turquesas y subió hacia el cielo.

—¿Cuáles son vuestras órdenes, señor? —preguntó Shab el Retorcido, estupefacto.

—Ponernos al abrigo, esos nubios son unos incapaces.

—¿Y Bina?

—Intentemos traerla de vuelta.

Cuando Sesostris se acercó a ella, la leona salió de su sopor y mostró unos amenazadores colmillos.

—Queda en paz, tú, que detentas el poder de matar a la humanidad. Que tu violencia se convierta en dulzura.

A riesgo de ser devorado, el monarca posó en la frente de la fiera la reina de las turquesas, que le había entregado el halcón.

—Transmite tu fuerza a los hijos de la luz. Que triunfen sobre la desgracia y la decrepitud.

De pronto brotó un gran halo con un fulgor verde y azul, y la leona se transformó en una gata esbelta, de pelo negro y brillante y ojos dorados.

A pocos pasos yacía el cuerpo de Bina sobre un charco de sangre.

Fascinados, los soldados egipcios no descubrieron a Shab el Retorcido, que estaba oculto tras una roca, tensando su arco. Iker, de espaldas a él, resultaba un blanco perfecto.

Pese a la fatiga y la embriaguez de la victoria, Sekari seguía atento. Instintivamente, percibió la trayectoria de la flecha, y dando un brinco digno de la más ágil de las gacelas, agarró a Iker por la cintura y lo tiró al suelo.

Demasiado tarde.

La flecha se clavó en el omóplato izquierdo del hijo real.

—Ha faltado media pulgada para que murieras —advirtió el doctor Gua—. Sólo te quedará una pequeña cicatriz.

Tras haber administrado al herido una poción anestésica a base de adormidera y haber extraído delicadamente la punta de la flecha, utilizando un bisturí de hoja redondeada, Gua estaba suturando la herida con tela adhesiva, cubierta de un apósito con miel y aceite de cártamo.

—Te debo otra vez la vida —le dijo Iker a Sekari.

—¡Renuncia a contarlas ya! Por desgracia, tu agresor ha huido en una barca. Nesmontu ha peinado toda la isla: ni un solo rebelde, zona segura. Hoy mismo comienza la construcción de un fuerte.

—Me ha parecido distinguir el cadáver de una mujer junto a la leona. Si no me equivoco, era Bina.

—Desaparecida, también.

—¿Y el Anunciador?

—Ni rastro —respondió Sekari—. A excepción de esa mujer y del arquero que te ha disparado, allí sólo combatían negros. Para ese demonio, el porvenir se anuncia difícil, los kushitas nunca le perdonarán que los haya conducido a semejante desastre.

42

Más allá de la tercera catarata, un sol abrasador desecaba las colinas corroídas por el desierto. Nubes de insectos agredían la nariz y los oídos. Ni siquiera los rápidos procuraban la menor sensación de frescor. Sin embargo, el Anunciador llevaba aún su túnica de lana. En el islote donde se había refugiado en compañía de sus últimos fieles, seguía cuidando de Bina, cuya respiración era casi imperceptible.

—¿La salvaréis? —preguntó Shab, extenuado.

—Vivirá y matará. Ha nacido para matar. Aunque ya no pueda transformarse en leona, Bina sigue siendo la reina de las tinieblas.

—Confío en vos, señor, ¿pero no hemos sufrido una terrible derrota? ¡Y ese tal Iker todavía vive!

—He implantado en este paraje perdido el germen de la nueva creencia y, antes o después, invadirá el mundo. Tal vez necesite cien mil o doscientos mil años, eso no importa. Pero acabará triunfando, ningún espíritu se le resistirá. Y yo la propagaré de nuevo.

Varias canoas repletas de kushitas que vociferaban y blandían azagayas se dirigían hacia el islote.

—¡Son demasiados, señor! No conseguiremos detener su ataque.

—No te preocupes, amigo mío. Esos bárbaros nos traen las embarcaciones necesarias.

El Anunciador se levantó y se situó ante el río. Sus ojos se enrojecieron y de ellos pareció brotar una llama. Las aguas hirvieron y, a pesar de su habilidad, los remeros no evitaron el naufragio. Una furiosa ola los arrastró.

Las canoas, en cambio, salieron intactas de la tormenta.

Los discípulos del Anunciador comprobaron que los poderes de su maestro no habían perdido ni un ápice de su eficacia.

—¿Adónde pensáis ir? —preguntó el Retorcido.

—Donde nadie nos aguarda: a Egipto. El faraón me ve vagabundeando por este país miserable hasta que una tribu kushita me capture y me ejecute. Haber sometido a la leona lo embriaga, y el descubrimiento del oro curador le devuelve la confianza. Sin embargo, sigue faltándole una parte fundamental del valioso metal. La improbable curación del árbol de vida no nos detendrá. Nuestra organización de Menfis sigue a salvo y pronto la utilizaremos para golpear en pleno corazón de la espiritualidad egipcia.

—¿Queréis decir que...?

—Sí, Shab, lo has comprendido bien. El viaje será largo, pero alcanzaremos nuestro verdadero objetivo: Abydos. Lo aniquilaremos e impediremos que Osiris resucite.

La exaltante misión hizo desaparecer la fatiga de Shab el Retorcido. Nada apartaría al Anunciador de su misión. ¿Acaso no tenía un valioso aliado en el propio interior del dominio de Osiris, el sacerdote permanente Bega?

El faraón arrojó a un caldero unas figuritas de arcilla que representaban a unos nubios arrodillados, con la cabeza gacha y las manos atadas a la espalda. Cuando las tocó con la espada, brotó una llama. Los soldados presentes creyeron oír los gemidos de los torturados, cuyos cuerpos crepitaron.

En el decreto oficial que anunciaba la pacificación de Nubia, Medes sustituyó el signo jeroglífico del guerrero negro, provisto de un arco, por el de una mujer sentada. La magia de la escritura arrebataba así cualquier virilidad a los eventuales rebeldes.

Sesostris se volvió hacia los jefes de clan y de tribu, llegados para deponer las armas y jurarle fidelidad. Con su voz grave y poderosa, pronunció un discurso. Medes anotó cada una de sus frases.

—Hago efectivas mis palabras. Mi brazo lleva a cabo lo que mi corazón concibe. Estoy decidido a vencer, por lo que mis pensamientos no están inertes en mi corazón. Ataco a quien me ataca. Si permanecen apacibles, establezco la paz. Permanecer apacible cuando se es atacado alienta al agresor a perseverar. Combatir exige valor, el cobarde retrocede. Y más cobarde es aún quien no defiende su territorio. Vencidos, huís dando la espalda. Os habéis comportado como bandidos desprovistos de conciencia y bravura. Seguid así, y vuestras mujeres serán capturadas, vuestros rebaños y cosechas aniquilados, vuestros pozos destruidos. El fuego del uraeus asolará toda Nubia. Tras haber aumentado la heredad de mis antepasados, establezco aquí mi frontera. Quien la mantenga será mi hijo. Quien la viole será un revoltoso, severamente castigado.

Felices por salir tan bien librados, los jefes nubios juraron fidelidad a Sesostris, una de cuyas estatuas se erigió en la frontera. En el interior de cada fortaleza y ante sus muros, las estelas recordarían las palabras del monarca y simbolizarían la ley, convirtiendo la región en acogedora y pacífica.

—Este faraón lanza flechas sin que le sea necesario tensar la cuerda de su arco —murmuró Sekari al oído de Iker—. Su verbo basta para asustar al adversario, y no necesitará ni un solo bastonazo para garantizar el orden. Cuando el rey es justo, todo es justo.

Los vencedores no tuvieron tiempo de saborear su triunfo con vanas ensoñaciones, pues el monarca exigió que se emplazara de inmediato una administración capaz de garantizar la prosperidad. Tras haber calculado la longitud del Nilo hasta la frontera, Sehotep coordinó los trabajos hidrológicos y de irrigación, destinados a hacer cultivables numerosas tierras. Muy pronto se olvidarían las hambrunas.

Sesostris no había dirigido una expedición devastadora. A la seguridad garantizada por las fortalezas se añadiría el desarrollo de una economía local de la que todos saldrían beneficiados. El faraón no apareció como un conquistador, sino como un protector. En Buhen, en Semneh y en muchas otras localidades comenzaron a rendirle culto y a celebrar su *ka* (1). Antes de su llegada, los autóctonos sufrían la anarquía, la violencia, y estaban sometidos a la ley de los tiranos; gracias a su intervención, Nubia se convertía en un protectorado hecho de mieles. Numerosos soldados y administradores pensaban en permanecer allí largo tiempo para reconstruir la región.

—¿Alguna información sobre el Anunciador? —preguntó el rey a Iker.

—Sólo rumores. Varias tribus pretenden haber acabado con él, pero ninguna ha mostrado su cadáver.

—Aún vive. A pesar del fracaso, no renunciará.

—¿Y la región no le será definitivamente hostil?

—Ciertamente, la barrera mágica de las fortalezas hará inoperantes sus discursos durante varias generaciones, pero, lamentablemente, el veneno que ha propagado seguirá siendo eficaz durante mucho tiempo.

—Suponiendo que escape de los kushitas, de los nubios y de nuestro ejército, ¿cuáles serán sus intenciones?

—Parte de su organización sigue amenazándome, en el propio Egipto, y el árbol de vida sigue en peligro. La guerra está lejos de haber terminado, Iker. Que no nos falte atención ni perseverancia.

—¿Regresamos a la capital?

—Haremos escala en Abydos.

¡Abydos, el lugar donde residía Isis!

—Tu herida parece casi curada.

—Los cuidados del doctor Gua son magníficos.

—Encárgate de los preparativos de la partida.

El protectorado se convertía en remanso de paz. No había tensión alguna entre nubios y egipcios. Se celebraban bodas, y Sehotep no había sido el último en ceder ante los encantos de una joven aldeana de cuerpo esbelto y suntuoso porte. Sekari, por su parte, no se separaba de la hermana de aquella joven vivaracha.

—¿La partida, ya? ¡Me complacía estar aquí!

—Inspecciona minuciosamente la flota. Tal vez el Anunciador intente un golpe de fuerza y sólo tu olfato nos preservará de él.

(1) Más de mil años después de su muerte, Sesostris III todavía era venerado en Nubia.

—No has echado ni una mirada a las soberbias criaturas que pueblan estos parajes —se extrañó Sekari—. ¿De qué material estás hecho?

—Para mí sólo existe una mujer.

—¿Y si no te ama?

—Será ella y ninguna más. Pasaré el resto de mi vida diciéndoselo.

—¿Y si se casa?

—Me limitaré a los pocos pensamientos que acepte concederme.

—¡Un hijo real no puede permanecer soltero! ¿Imaginas el número de ricas doncellas que se extasiarían ante ti?

—Pues que les aproveche.

—Te he sacado de varias situaciones peligrosas, pero ahora me siento desarmado.

—Manos a la obra, Sekari. No hagamos esperar a su majestad.

El general Nesmontu, rejuvenecido por aquella formidable campaña militar, dirigía personalmente la maniobra. Verdoso, Medes sólo podía tragar las pociones del doctor Gua, que durante algunas horas interrumpían sus vómitos. Por lo que a Gergu se refiere, satisfecho de haber sobrevivido, volvía a beber cerveza fuerte. Transferido a los silos de las fortalezas el contenido de los barcos graneros, se dedicaba al ocio.

—¿Te gusta navegar? —le preguntó Iker.

—¡Es mi pasatiempo favorito! Ahora podemos disfrutar de las maravillas del viaje.

—¿Conoces la región de Abydos?

Gergu se crispó. Si mentía, Iker podría advertirlo, y no le concedería ya la menor confianza. Por tanto, debía decir parte de la verdad.

—He ido varias veces allí.

—¿Por qué motivo?

—Para entregar género a los permanentes, en función de sus necesidades. Me convertí en temporal, lo que facilita las gestiones administrativas.

—¡Entonces has visto los templos!

—¡Ah, no! No estoy autorizado a ello, y mis funciones siguen siendo puramente materiales. En el fondo, la tarea no me divierte demasiado.

—¿Conociste a una joven sacerdotisa llamada Isis?

Gergu reflexionó.

—No... ¿Qué tiene de especial?

Iker sonrió.

—En efecto, no la has conocido.

En cuanto el hijo real se alejó, Gergu corrió hacia Medes. Con una tablilla de escritura en la mano, fingió solicitar un consejo técnico.

—Me he visto obligado a revelar al hijo real mis relaciones con Abydos.

—Espero que no le hayas contado demasiado.

—Sólo lo mínimo.

—En el futuro, intenta evitar el tema.

—Iker parece muy unido a la sacerdotisa Isis.

Isis, la mensajera del faraón con la que Medes se había cruzado en Menfis...

—Volvamos al redil —propuso Gergu—. Eliminado el Anunciador, no corremos el menor riesgo.

—No hay ninguna prueba de que esté muerto.

—¡Sus fieles han sido aniquilados!

—Las únicas certezas son la derrota de los kushitas y la colonización de Nubia. El Anunciador encontrará otros aliados.

—No terminemos como Jeta-de-través, devorados por un cocodrilo o por algún otro depredador.

—Aquel patán cometió errores estúpidos.

—¿Y la sumisión de la terrorífica leona? Sesostris es invulnerable, Medes. Atacarlo sería una locura.

El secretario de la Casa del Rey dio un respingo.

—No estás en absoluto equivocado, y ese triunfo aumenta más aún su poder. Pero el Anunciador ha sobrevivido, no renunciará.

—Quieran los dioses que haya muerto, y...

Un violento dolor en la palma de su mano derecha obligó a Gergu a callar.

De un rojo vivo, la minúscula figura de Set grabada en su carne ardía.

—No blasfemes —le recomendó Medes.

El general Nesmontu verificó lo que le había anunciado su técnico encargado de calcular la profundidad del Nilo por medio de una larga pértiga.

—Cuatro codos (2) —advirtió—. Cuatro codos... ¡Espantoso! Si el nivel baja un poco más, los cascos quedarán destrozados.

Por temor a graves averías, fue necesario ponerse al pairo.

La totalidad de la flota quedó bloqueada entre la primera y la segunda catarata, bajo un sol implacable.

—Otro maleficio del Anunciador —masculló el anciano militar—. Tras haber intentado una inundación, ahora deseca el río.

—Establecer un campamento aquí no será muy divertido, y corremos el riesgo de que nos falte el agua.

—¿No nos bastará el Nilo? —preguntó un soldado.

—Su color no indica nada bueno.

El faraón no manifestó inquietud alguna.

Sin embargo, la mala noticia se propagaba de barco en barco. Aterrorizado, Medes comprobó de inmediato que disponía de un número suficiente de odres llenos. Si la parada se prolongaba y no descubrían pozos en las cercanías, ¿cómo sobrevivirían?

La duda socavaba los ánimos. Tal vez aquella expedición triunfal concluyera de un modo desastroso.

Sesostris miraba fijamente una gran roca gris.

Iker advirtió que avanzaba, muy lentamente, hacia el río.

—No es una roca, sino una tortuga —advirtió Sekari—, ¡una enorme tortuga! Estamos salvados.

—¿A qué viene tanto optimismo?

—El faraón ha puesto el orden en vez del desorden. La tortuga simboliza, a la vez, el cielo y la tierra. En su función terrenal, es un cuenco lleno de agua. Y ese cuenco se elevó hasta el cielo para formar las fuen-

(2) 2,08 metros.

tes del Nilo. El cielo y la tierra consideran justa la acción real, por lo que la tortuga volverá a escupir el trigo que se había tragado y fertilizará el suelo.

En la proa del navío almirante, Iker vio al imponente animal actuando, a su ritmo y sin precipitación.

Poco a poco, el nivel del Nilo fue subiendo y su color cambió. Muy pronto sería navegable de nuevo.

43

El subjefe de los aduaneros del puerto de Menfis, un mocetón blando, simpático y desgarbado, acababa de aceptar la misión, muy bien pagada, que le había ofrecido un agente de contacto del libanés: acercarse a solas a Sobek. Tras su fachada desabrida e intransigente, ¿acaso el Protector no tenía sus pequeñas debilidades?

Asociado al tráfico de maderas preciosas, el aduanero no conocía a los comanditarios ni a los compradores, y se limitaba a falsificar los albaranes de entrega y los documentos oficiales. Cuanto menos supiera, mejor para él. Gracias a sus mínimas y bien remuneradas manipulaciones, se había comprado una casa nueva, muy cerca del centro de la capital, y ahora estudiaba la adquisición de un campo. Seguía existiendo el problema de Sobek, pero él se encargaría de resolverlo.

—¡Es un placer almorzar con el patrón de nuestra policía! Tras los horrores que enlutaron nuestra ciudad, conseguiste devolverle la calma.

—Simple apariencia.

—Detendrás a los terroristas, ¡estoy seguro de ello!

El subjefe degustó los puerros en salsa de comino.

—El trabajo sigue siendo el trabajo, y no falta —declaró con gravedad—. ¿No hay que aprovechar, acaso, los placeres de la existencia? ¿No deseas una hermosa morada?

—Tengo bastante con mi vivienda oficial.

—¡Claro, claro, de momento! Pero piensa en el porvenir. Tu salario no bastará para ofrecerte lo que deseas. Muchos notables son hombres de negocios. En tu nivel, deberías pensar en ello.

Sobek pareció interesado.

—¿Pensar en qué?

El aduanero sintió que el Protector mordía el anzuelo.

—Posees una pequeña fortuna sin saberlo.

—Explícate.

—El poder de firmar documentos oficiales. Esa firma sale cara, muy cara. Podrías negociarla, pues, olvidarla de vez en cuando o ponerla en autorizaciones más rentables que el papeleo ordinario, que nada te reporta. Corres un riesgo mínimo, inexistente incluso, y obtendrías los máximos beneficios. ¿Me comprendes?

—A las mil maravillas.

—Sabía que eras inteligente. ¡Levantemos nuestra copa por un brillante porvenir!

Pero el aduanero fue el único en beber.

—¿Es ése el método que te ha permitido comprar una soberbia casa, muy por encima de tus posibilidades? —preguntó tranquilamente Sobek.

—Eso es... Y puesto que te aprecio, quisiera que pudieses beneficiarte del sistema.

—Al invitarte a almorzar, pensaba interrogarte discretamente sobre el tema y obtener alguna confesión. Dadas las actuales circunstancias, el arresto de un aduanero corrupto no debe verse acompañado de escándalo alguno. Has sobrepasado mis esperanzas. Sin embargo, se impone un interrogatorio más profundo.

Pálido, el subjefe soltó la copa cuyo contenido empapó su túnica.

—¡Sobek, no me malinterpretes! Sólo hablaba en teoría, sólo en teoría.

—Ya has pasado a la práctica. Mantengo cuidadosamente al día expedientes que se refieren a cada uno de los responsables de la seguridad de esta ciudad, sea cual sea su grado, y desconfío de las anomalías. Al comportarte como un nuevo rico, llamaste mi atención.

El aduanero, aterrado, trató de huir.

Pero se topó con cuatro policías que lo llevaron de inmediato a su nueva morada, una incómoda celda.

El interrogatorio, sin embargo, decepcionó a Sobek. Aquel triste personaje era un chanchullero sin envergadura, e ignoraba el nombre de los manipuladores. Su único contacto parecía un aguador, siempre que aquel intermediario de segundo orden no hubiera mentido. ¡Y en Menfis había cientos de aguadores! Perfectamente trivial, la descripción del subjefe era inútil.

Sobek decidió, sin embargo, seguir escarbando en ese comienzo de pista y vigilar estrechamente la aduana de Menfis. ¿Aquel intento de corrupción revelaba el pavor de la organización terrorista? Tal vez el Protector tenía una posibilidad de descubrir su modo de financiación, a través de la compra de funcionarios, y terminar con aquella fuente.

—El subjefe ha sido detenido —dijo el aguador al libanés, que devoró de inmediato un meloso pastel empapado en licor de dátiles.

—¡Sobek el Protector, Sobek el incorruptible! ¿Pero le queda algo de humano a ese policía? Ahora estás en peligro, tú, el único contacto de ese pretencioso aduanero.

—No lo creo, pues me consideraba alguien desdeñable. El mediocre se limitaba a cumplir con su parte del contrato y a enriquecerse.

—¡Debes ser prudente!

—¡Hay muchos aguadores en Menfis! A la menor señal de peligro, tomaré las debidas precauciones. Por desgracia, tengo otras informaciones poco favorables.

El libanés cerró los ojos y echó la cabeza hacia atrás.

—No maquilles la realidad.

—La flota real acaba de llegar a Elefantina. Sesostris ha conquistado y pacificado Nubia. Debido al cordón de fortalezas que se extiende hasta la isla de Sai, más allá de la segunda catarata, ya no podemos pensar en la revuelta. La popularidad del rey es altísima. Incluso los nubios lo veneran.

—¿Y el Anunciador?

—Parece haber desaparecido.

—¡Un ser de ese temple no se desvanece así como así! Si el faraón lo hubiera vencido, lo exhibiría en la proa de su navío. El Anunciador ha escapado y reaparecerá, antes o después.

—El problema de Sobek sigue existiendo.

—Ninguna dificultad es insuperable, acabaremos descubriendo la grieta de su coraza. En cuanto regrese, el Anunciador nos indicará cómo dar el golpe fatal.

El primer sol bañó de luz el sagrado dominio de Osiris. No era el reino de la muerte, sino el de otra vida. Isis saboreó los rayos, suaves aún, que danzaban sobre su piel anacarada, y pensó en Iker.

Ninguna ley le prohibía el matrimonio. ¿Qué atractivo podía ejercer un hombre, por enamorado que estuviese, comparado con los misterios de Osiris? Y, sin embargo, el hijo real no la abandonaba ya. No es que fuera una presencia obsesiva y desgastadora, sino, más bien, un apoyo eficaz durante las pruebas que atravesaba. Se convertía en su compañero de cada día, atento, fiel y enamorado.

¿Regresaría de la lejana Nubia, escenario de mortíferos combates?

Un sacerdote permanente, El que ve los secretos, y una sacerdotisa de Hator llevaron a Isis hasta el lago sagrado. Tras la pesada del corazón, ahora tenía que superar la prueba del triple nacimiento.

—Contempla el *Nun* —recomendó el ritualista—. En el corazón de este océano original se producen todas las mutaciones.

—Deseo la pureza —declamó Isis, utilizando antiguas fórmulas—. Me quito mis vestiduras, me purifico, al igual que Horus y Set. Salgo del *Nun*, liberada de mis trabas.

A Isis le habría gustado permanecer más tiempo en aquella fresca agua. Las anteriores etapas de su iniciación cruzaron por su memoria. La mano de la sacerdotisa tomó la suya para hacer que se sentara en una piedra cúbica.

—He aquí la cubeta de plata que fundió el artesano de Sokaris, el dios halcón de las profundidades que conoce el camino de la resurrección —dijo el sacerdote—. Lavo en ella tus pies.

La sacerdotisa puso a Isis una larga túnica blanca y le ciñó el talle con un cinturón rojo, formando el nudo mágico. Luego le calzó unas sandalias, blancas también.

—Así se afirman las plantas de tus pies. Ojos de Horus, estas sandalias iluminarán tu camino. Gracias a ellas, no te extraviarás. Durante este viaje, te convertirás, a la vez, en un Osiris y en una Hator, la vía masculina y la vía femenina se unirán en ti. Ayudada por todos los elementos de la creación, holla el umbral de la muerte y penetra en la morada desconocida. En lo más profundo de la noche, ve brillar el sol, acércate a las divinidades y míralas de frente.

La sacerdotisa ofreció a Isis una corona de flores.

—Recibe la ofrenda del señor de Occidente. Que esta corona de los justos haga florecer tu inteligencia de corazón. Ante ti se abre el gran portal.

En ese instante apareció un Anubis con rostro de chacal, que, a su vez, tomó la mano de la muchacha. La pareja atravesó el territorio de las antiguas sepulturas, donde descansaban los primeros faraones, luego se topó con unos guardias que llevaban cuchillos, espigas, palmas y escobas de follaje.

—Conozco vuestros nombres —declaró Isis—. Con vuestros cuchillos cortáis las fuerzas hostiles. Con vuestras escobas, las dispersáis y las hacéis inoperantes. Vuestras palmas traducen la emergencia de una luz que las tinieblas no pueden apagar. Vuestras espigas manifiestan la victoria de Osiris sobre la nada.

Los guardias desaparecieron.

Anubis e Isis penetraron bajo tierra por un largo corredor, débilmente iluminado, que conducía a una vasta sala flanqueada de macizos pilares de granito.

En el centro, una isla, en la cual había un enorme sarcófago.

—Sé despojada de tu antiguo ser —ordenó Anubis—, y pasa por la piel de las transformaciones, la de Hator asesinada y decapitada por el mal pastor. Yo, Anubis, la reavivé ungiéndola con leche y la llevé a mi madre para que reviviese, como Osiris.

Isis quedó revestida.

Dos sacerdotisas la cogieron por los codos y la tendieron en una narria de madera, símbolo del creador, Atum, «El que es» y «El que no es».

Tomando por una corredera, tres ritualistas tiraron lentamente de la narria hacia la isla donde estaba el Calvo.

—¿Tu nombre? —le preguntó al primero.

—El embalsamador encargado de mantener intacto el ser.

—¿Y tú?

—El celador.

—¿Y tú?

—El custodio del aliento vital.

—Id a la cumbre de la montaña sagrada.

La procesión giró en torno al sarcófago.

—Anubis, ¿ha desaparecido el antiguo corazón? —preguntó el Calvo.

—Ha sido quemado, al igual que la antigua piel y los antiguos cabellos.

—Que Isis acceda al lugar de las transformaciones y de la vida renovada.

Los ritualistas levantaron a la muchacha y la depositaron en el interior del sarcófago.

—Eres la luz —enunció el Calvo—, y atravesarás la noche. Que las divinidades te reciban, que sus brazos se tiendan hacia ti. Que Osiris te acoja en la morada de nacimiento.

La muchacha exploró un espacio y un tiempo fuera del mundo manifiesto.

—Estabas dormida, te hemos despertado —afirmó la voz del Calvo—. Estabas tendida, te hemos levantado.

Los ritualistas la ayudaron a salir del sarcófago. Las antorchas iluminaban ahora la vasta sala.

—El astro único brilla, ser de luz entre los seres de luz. Puesto que llegas de la isla de Maat, que el triple nacimiento te anime.

Mientras despojaban a Isis de la piel, el Calvo tocó su boca, sus ojos y sus orejas con el extremo de un palo compuesto por tres tiras de aquella misma piel.

—Hija del cielo, de la tierra y de la matriz estelar, hermana de Osiris en adelante, lo representarás durante los ritos. Sacerdotisa, animarás y resucitarás los símbolos, para preservar las tradiciones de Abydos. Tienes que cruzar todavía una puerta, la del «Círculo de oro». ¿Lo deseas?

—Lo deseo.

—Que se te prevenga debidamente, Isis. Tu valor y tu voluntad te han permitido llegar hasta aquí, ¿pero bastarán para superar temibles pruebas? Numerosos fueron los fracasos, escasos los éxitos. ¿No será tu juventud un grave inconveniente?

—La decisión es vuestra.

—¿Realmente eres consciente de los riesgos?

Y entonces vio el rostro de Iker. Sin aquella presencia, tal vez hubiera renunciado. ¡Le habían sido ofrecidos ya tantos tesoros! Pero, por aquel amor naciente, supo que debía ir hasta el final de su viaje.

—Mi deseo no ha variado.

—Entonces, Isis, conocerás el camino de fuego.

44

Al desembarcar en Elefantina, Medes había recuperado por fin la tierra firme. Presa de vértigos, incapaz de alimentarse normalmente, comenzaba a sentirse, sin embargo, algo mejor. De pronto, una orden del monarca: partida inmediata hacia Abydos.

De nuevo, la pasarela, el barco y aquel cabeceo infernal que prácticamente le hacía vomitar el alma. Pese a su calvario, el secretario de la Casa del Rey cumplía sus funciones con abnegación y competencia. El correo no dejaba de circular, y la más modesta aldea sabría de la pacificación de Nubia. Ante su pueblo, Sesostris adquiría el prestigio de un dios vivo.

El doctor Gua auscultó a su paciente durante largo rato.

—Mi hipótesis se confirma: vuestro hígado se encuentra en un estado lamentable. Durante cuatro días tomaréis una poción compuesta por extractos de hoja de loto, polvo de madera de azufaifo, higos, leche, bayas de enebro y cerveza dulce. No es un remedio milagroso, pero os aliviará. Y a continuación, régimen. Y de nuevo esta poción, si los trastornos se repiten.

—En cuanto llegue a Menfis estaré a las mil maravillas. Navegar es un suplicio para mí.

—Evitad definitivamente las grasas, la cocina con mantequilla y los vinos embriagadores.

Impaciente por acudir a la cabecera de un marinero con fiebre, el doctor Gua se sentía intrigado. Todo buen médico sabía que el hígado determinaba el carácter de un individuo. ¿Acaso no residía Maat en el de Ra, expresión de la luz divina? Al ofrecer Maat, el faraón estabilizaba esa luz y hacía benevolente el carácter de Ra.

Ahora bien, el órgano de Medes sufría unos singulares males que no se correspondían con la apariencia que quería dar de sí mismo, franca y jovial. Con un hígado como el suyo, Maat parecía reducida a la porción mínima. Probablemente, no tenía que profundizar mucho en su diagnóstico.

Gua se cruzó con el hijo real.

—¿Cómo va tu herida?

—¡En vías de completa curación! Os lo agradezco.

—Agradécelo también a tu naturaleza, y no olvides comer todas las hortalizas frescas que puedas.

Iker se reunió con el faraón en la proa del navío almirante. El rey contemplaba el Nilo.

—Para combatir a *isefet* y facilitar el reinado de la luz, el Creador lleva a cabo cuatro acciones —declaró el soberano—. La primera consiste en formar los cuatro vientos, de modo que todo ser humano respire. La segunda, en hacer que nazcan las grandes aguas de las que pequeños y mayores pueden obtener el dominio si acceden al conocimiento. La tercera, en modelar cada individuo como su semejante. Al cometer voluntariamente el mal, los humanos transgredieron la formulación celestial. La cuarta acción les permite, a los corazones de los iniciados, no olvidar el Occidente y preocuparse por las ofrendas a las divinidades. ¿Cómo prolongar la obra del Creador, Iker?

—Por los ritos, majestad. ¿No abren nuestra conciencia a la realidad de la luz?

—La palabra «Ra», la luz divina, se compone de dos jeroglíficos: la boca, símbolo del Verbo, y el brazo, símbolo del acto. La luz es el Verbo en acto. El rito que anima la luz se hace eficaz. Así, el faraón llena los templos de acciones luminosas. Todos los días, el rito las multiplica para que el Señor del universo esté en paz en su morada. Los ignorantes consideran que el pensamiento no tiene peso. Sin embargo, se burla del tiempo y del espacio. Osiris, por su parte, expresa un pensamiento tan poderoso que toda una civilización nació de él, una civilización que no es sólo de este mundo. He aquí por qué debe ser preservado Abydos.

Al pie de la acacia, el oro de Nubia. La enfermedad perdía terreno, pero el árbol de vida aún estaba lejos de haberse salvado.

En compañía del Calvo, Sesostris asistió al rito del manejo de los sistros realizado por la joven Isis. Luego, el rey y la sacerdotisa se dirigieron a la terraza del Gran Dios, donde el *ka* de los servidores de Osiris participaba de su inmortalidad.

—Hete aquí en el lindero del camino de fuego, Isis. Muchos no han regresado. ¿Has evaluado el riesgo?

—Majestad, ¿esta andadura podría contribuir a la curación de la acacia?

—¿Cuándo lo comprendiste?

—Poco a poco, y de modo difuso. No me atrevía a reconocerlo, pues temía ser víctima de la ilusión y la vanidad. Si mi compromiso sirve a Abydos, ¿no habré vivido el más feliz de los destinos?

—Que la lucidez sea tu guía.

—Todavía falta el oro verde de Punt. Consultar con los archivos me ha permitido hacer un descubrimiento: no el emplazamiento concreto de la tierra divina, sino el medio de conocerlo durante la fiesta del dios Min. Si el personaje que detenta esa clave figura entre los participantes, habrá que convencerlo para que hable.

—¿Deseas encargarte tú de ello?

—Haré lo que pueda, majestad.

Sentado en el umbral de una capilla, el sacerdote permanente Bega tenía los nervios a flor de piel. ¿Se atrevería a ir hasta allí su cómplice Gergu? ¿Escaparía a la vigilancia de los guardias?

Oyó ruido de pasos. Alguien se acercaba con un pan de ofrenda.

Gergu lo depositó ante una estela que representaba a una pareja de iniciados en los misterios de Osiris.

—No quiero mostrarme —dijo Bega—. ¿Qué ocurrió en Nubia?

—Los nubios han sido aplastados, el Anunciador ha desaparecido.

—¡Es... estamos perdidos!

—No sospechan ni de Medes ni de mí, y nuestro trabajo ha satisfecho por completo al faraón. Además, no hay nada que pruebe la muerte del Anunciador. Medes sigue convencido de que reaparecerá. Hasta nueva orden, prudencia absoluta. ¿Qué hay de interesante por tu lado?

—El faraón y la sacerdotisa Isis hablaron largo rato. Ella dirigirá una delegación que participará en la fiesta de Min.

—Eso no tiene importancia.

—¡Al contrario! Isis ha realizado pacientes investigaciones, y supongo que ha encontrado una pista. Gracias al oro de Nubia, la acacia está mejor. ¿No esperará la sacerdotisa obtener un elemento decisivo durante las ceremonias organizadas en Coptos?

Coptos, ciudad minera donde se compraban y vendían toda clase de minerales procedentes del desierto... Gergu no dejaría de transmitir a Medes la información. ¿Procurarían a Isis otra forma de oro durante la fiesta del dios?

El rey reveló al conjunto de los permanentes y los temporales de Abydos que Nubia, pacificada ahora, se convertía en un protectorado. Sin embargo, ninguna de las medidas que garantizaban la seguridad del territorio sagrado de Osiris sería levantada, pues la amenaza terrorista no había desaparecido. Las fuerzas armadas permanecerían en el terreno y seguirían llevando a cabo un severo filtro, hasta que desapareciera el peligro.

Tras recibir del monarca la orden de permanecer a bordo del navío almirante, Iker no podía apartar su mirada del paraje de Abydos, que contemplaba por primera vez, tan cercano y tan inaccesible. ¡Cómo le hubiera gustado descubrir el dominio del señor de la resurrección, guiado por Isis, explorar los templos y leer los antiguos textos! Pero no se desobedecía al faraón. Y éste no lo consideraba digno aún de cruzar aquella frontera.

En el muelle apareció Isis, hermosa, aérea y sonriente. Iker bajó por la pasarela.

—¿Queréis visitar el barco?

—Claro está.

La precedió sin dejar de volverse. ¿Realmente lo seguía?

Se dirigieron a la proa, a la sombra de un parasol.

—¿Deseáis sentaros, una bebida, un...?

—No, Iker, sólo admirar este río que nos ofrece la prosperidad y que os ha devuelto vivo.

—¿Ha... habéis pensado en mí?

—Mientras combatíais, también yo afrontaba rudas pruebas. Vuestra presencia me ayudó, y vuestro valor ante el peligro me sirvió de ejemplo.

Estaban tan expuestos a las miradas que Iker no se atrevió a tomarla en sus brazos. Además, ¿no estaría interpretando de un modo en exceso favorable esas sorprendentes palabras? Sin duda, ella lo habría rechazado, indignada.

—El faraón nos condujo en todo instante —precisó—. Ninguno de nosotros, ni siquiera el general Nesmontu, habría obtenido la menor victoria sin sus directrices. Antes de llegar a Abydos, el rey me reveló las cuatro acciones del Creador. Comprendí que nunca actuaba de otro modo. Por el espíritu, y no sólo por la fuerza, puso fin al caso y a la revuelta en Nubia, para transformar aquel desheredado paraje en una región feliz. Las fortalezas no son simples edificios, sino una red mágica capaz de bloquear las energías negativas procedentes del gran Sur. Lamentablemente, el Anunciador no ha sido capturado. Lo sabéis, Isis, lo sabéis muy bien: desde nuestro encuentro, vos me protegéis. La muerte me rozó a menudo, pero vos la apartasteis.

—Me atribuís demasiados poderes.

—¡No, estoy seguro de que no! Tenía que regresar de Nubia para deciros cómo os amo.

—Hay tantas otras mujeres, Iker.

—Sólo vos, hoy, mañana y siempre.

Ella se apartó, ocultando su emoción.

—El árbol de vida está mejor —indicó—. Pero todavía falta el tercer oro curador.

—¿Habrá que regresar a Nubia?

—No, puesto que se trata del oro verde de Punt.

—Punt... De modo que, como suponía, ese país no es producto de la imaginación de los poetas.

—Los archivos no nos permiten localizarlo. Durante la fiesta del dios Min, tal vez un eventual informador nos proporcione algún dato esencial.

—¿«Nos»...? ¿Habéis dicho «nos»?

—En efecto, el rey nos confía esta misión. Si el personaje que esperamos participa en el ritual que se celebra en Coptos, tendremos que convencerlo de que nos facilite esa valiosa información.

—Isis... ¿Para vos soy sólo un amigo y un aliado?

Cuanto más tardaba ella en responder, más crecía la esperanza del hijo real. ¿No cambiaba su actitud? ¿No albergaba nuevos sentimientos?

—Me gustan nuestros encuentros —reconoció ella—. Durante vuestro largo viaje os he echado en falta.

Petrificado, Iker creyó haber oído mal. Su loco sueño se hacía realidad, pero ¿acaso no corría el riesgo de romperse brutalmente?

—¿Podríamos proseguir esta entrevista mientras cenamos?

—Por desgracia, no, Iker. Mis deberes son exigentes. En verdad, la fiesta de Min será, probablemente, la última ocasión en que nos veamos.

El hijo real sintió su corazón en un puño.

—¿Por qué, Isis?

—La iniciación a los misterios de Osiris es una peligrosa aventura. Debo guardar el secreto, por lo que no tengo derecho a hablaros de ello. Puedo confiaros, sin embargo, que he decidido llegar hasta el fin de esa búsqueda. Muchos no han regresado del camino que deberé tomar.

—¿Es necesario correr tanto riesgo?

Ella lo miró con una sonrisa desarmante.

—¿Existe acaso otra vía? Vos y yo vivimos para la perennidad de Maat y la salvaguarda del árbol de vida. Intentar huir de ese destino sería tan cobarde como ilusorio.

—¿De qué modo puedo ayudaros?

—Cada uno de nosotros sigue su camino, sembrado de pruebas, y debe afrontarlo en soledad. Tal vez, más allá, nos reuniremos.

—¡Os amo aquí y ahora, Isis!

—¿Acaso este mundo no refleja lo invisible? Es nuestro deber descifrar los signos que hacen desaparecer las fronteras y abren las puertas. Si me amáis realmente, aprenderéis a olvidarme.

—¡Nunca! Os suplico que renunciéis...

—Sería un terrible error.

Iker detestó Abydos, a Osiris, los misterios, y deploró en seguida esa reacción pueril. Isis tenía razón. Nada los orientaba hacia una existencia ordinaria y banal, nada los autorizaba a buscar una mínima felicidad tranquila, al abrigo de las vicisitudes. Sólo se reunirían, el uno y el otro, tras haber afrontado lo desconocido.

Sus manos se unieron con ternura.

45

M enfis, por fin! Muy pronto Medes volvería a ver al libanés, informado sin duda de la suerte del Anunciador. ¿Por qué el faraón
quería celebrar el ritual de la fiesta de Min en Coptos, en vez de dirigirse a la capital, que estaba preparándoles un triunfal recibimiento?
Probablemente, la andadura del soberano pretendía curar el árbol de
vida.

Medes disponía de una baza importante: Gergu. Convertido en amigo de Iker, se había ofrecido como responsable de la intendencia. Dados
los excelentes servicios prestados en Nubia, su candidatura había sido
aceptada de inmediato. Así podría espiar a los principales protagonistas
del acontecimiento y descubrir las razones de sus actos. Bien cuidado
por el doctor Gua, Medes recuperaba el vigor y la decisión. Nadie dudaba de que la pacificación de Nubia había sido un lamentable fracaso del
Anunciador. ¿Debían desesperar por ello? Sesostris no adoptaba una
actitud triunfal, su discurso seguía siendo sobrio y prudente, porque debía de temer al enemigo incluso en Egipto.

Agudo táctico, el Anunciador preparaba forzosamente varios ángu-
los de ataque. Algunos resultaban satisfactorios, otros decepcionantes.
Su voluntad de destruir ese régimen y propagar sus creencias, forzosamente, permanecía intacta.

Coptos estaba de fiesta. Las tabernas servían un número incalculable de cervezas fuertes; los vendedores de amuletos, de sandalias, de taparrabos y perfumes no sabían a quién atender primero. Min, dios de las fecundidades, desde la más material hasta la más abstracta, despertaba un verdadero júbilo. Mujeres por lo general muy estrictas miraban a los hombres con extraños ojos. «Por lo menos –pensaba Sekari, que ya había intimado con una buena pieza–, nuestra espiritualidad no se sumerge en la tristeza y el exceso de pudor.»

Sesostris, por su parte, dirigía un antiquísimo ceremonial. Vistiendo ropas de gala, realzadas con oro, cruzaba la ciudad en dirección al templo. Lo precedían los ritualistas, que llevaban en unas parihuelas las estatuillas de los faraones que habían pasado al Oriente eterno. Junto al rey, la efigie de Min, con el sexo eternamente erguido para indicar que el deseo creador, característico de la potencia divina, no se extinguía nunca. Figuraba también un toro blanco, símbolo, a la vez, de la institución faraónica y encarnación animal del dios. Soporte de la luz fulgurante, propagaba su fuerza.

Iker no dejaba de admirar a la sublime sacerdotisa, a la izquierda del rey.

Durante la fiesta, Isis representaba a la reina. La estatua de Min fue depositada en un zócalo, y los sacerdotes soltaron algunos pájaros, que volaron hacia los puntos cardinales, anunciando el mantenimiento de la armonía celestial y terrena gracias a la acción del faraón.

Con una hoz de oro, Sesostris segó una gavilla de espelta y la ofreció al toro blanco, a su padre Min y al *ka* de sus antepasados.

Siete veces giró Isis alrededor del faraón, pronunciando fórmulas de regeneración. Luego apareció un negro de pequeño tamaño, que con voz grave, de cálidos acentos, cantó un himno a Min que hizo estremecer a la concurrencia. El músico saludaba al toro procedente de los desiertos, el del corazón feliz, encargado de dar al rey la esmeralda, la turquesa y el lapislázuli. ¿Acaso no se afirmaba Min como Osiris resucitado, dispensador de la riqueza?

Una vez terminado el rito principal, se iniciaba el episodio más esperado. La erección del mástil de Min, al que trepaban con ardor unos acróbatas, decididos a obtener los cuencos rojos utilizados durante la ceremonia de refundación de la capilla divina.

Un grupo de atentas muchachas observaba a los aventureros.

Isis llevó a Iker aparte.

—El hombre con el que deseo entrar en contacto está presente.

—¿De quién se trata?

—Del cantor de la voz magnífica. Según los antiguos textos, lleva el título de «Negro de Punt». Hace varios años que había desaparecido. Sólo él puede proporcionarnos las indicaciones necesarias.

Gergu habría vaciado, de buena gana, varias copas de cerveza fuerte, pero decidió seguir a la pareja.

El ritualista se había sentado a la sombra de una palmera.

—Soy una sacerdotisa de Abydos —declaró Isis—, y éste es el hijo real Iker. Solicitamos vuestra ayuda.

—¿Qué deseáis saber?

—El emplazamiento de Punt —respondió Iker.

El cantor hizo un rictus despechado.

—¡El camino está cortado desde hace mucho tiempo! Para encontrarlo de nuevo se necesitaría a un navegante que hubiera pasado por la isla del *ka*.

—Yo he estado allí —afirmó Iker.

El artista dio un respingo.

—¡Detesto a los mentirosos!

—No miento.

—¿A quién encontraste en la isla?

—Una inmensa serpiente. No consiguió salvar su mundo y me deseó que preservara el mío.

—¡Dices la verdad, pues!

—¿Aceptaríais conducirnos hasta Punt?

—El capitán del barco debe poseer la venerable piedra. Sin ella, el naufragio es seguro.

—¿Dónde está?

—En las canteras del uadi Hammamat. Cualquier expedición está condenada al fracaso.

—Yo lo conseguiré.

El recibimiento en Menfis superaba las previsiones de Medes. Sesostris, héroe legendario, había reunido el Norte y el Sur, y había pacificado la región sirio-palestina y Nubia. Su popularidad igualaba la de los grandes soberanos del tiempo de las pirámides, se componían poemas a su gloria y los narradores no dejaban de embellecer sus hazañas.

El monarca, por su parte, permanecía igualmente severo, como si sus indiscutibles victorias le parecieran irrisorias.

En cuanto la esposa de Medes, apaciguada por los calmantes del doctor Gua, se quedó dormida, el secretario de la Casa del Rey fue a casa del libanés.

Prudente, examinó los alrededores.

No vio nada insólito, por lo que siguió el procedimiento habitual.

Su anfitrión había engordado mucho.

—¿Estamos seguros? —se inquietó Medes.

—A pesar de los pequeños éxitos de Sobek, no hay ningún problema serio. El aislamiento de mi organización nos pone al abrigo. Lamentablemente, vuestra larga ausencia ha sido muy perjudicial para nuestros negocios.

—El faraón me tomó como rehén, pero mi comportamiento ejemplar me ha convertido en un dignatario estimado e insustituible.

—¡Mejor para nosotros! ¿Qué ocurrió realmente en Nubia?

—Sesostris venció a las tribus, pacificó la región y levantó una serie de fortalezas infranqueables. Los nubios renuncian a invadir Egipto.

—Enojoso. ¿Y el Anunciador?

—Ha desaparecido. Esperaba que se hubiera puesto en contacto con vos.

—¿Lo creéis muerto?

—No, pues el signo grabado en la mano de Gergu le quemó cuando comenzó a dudar. El Anunciador no tardará en hacernos llegar nuevas instrucciones.

—Exacto —dijo una voz dulce y profunda.

Medes se sobresaltó.

Allí estaba, ante él, con su turbante, su barba, su larga túnica de lana y sus ojos rojos.

—De modo, mi valiente amigo, que me has sido fiel.

—¡Oh, sí, señor!

—Ningún ejército me detendrá, ninguna fuerza superará la mía. Bienaventurado quien lo comprenda. ¿Por qué el faraón hizo escala en Abydos y quiso presidir la fiesta de Min en Coptos.

Medes mostró una cara alegre.

—Puedo explicároslo, gracias a un mensaje de Gergu transmitido por una de mis embarcaciones rápidas. Autora de importantes descubrimientos en la biblioteca de Abydos, la sacerdotisa Isis sustituyó a la reina durante las fiestas de Min. Se la ha visto a menudo en compañía del hijo real Iker, al que yo esperaba muerto y que parece indestructible. ¿Simple amistad o futura boda? No es eso lo esencial. Isis e Iker hablaron con un ritualista de significativo título: el Negro de Punt. ¿Por qué debían hacerlo, si no para apoderarse del oro oculto de esta región? Contrariamente a lo que piensan muchos, yo creo que es real.

—No te equivocas, Medes. ¿Está organizándose una expedición?

—¡Sí, pero no con destino a Punt! Oficialmente, Iker se dirige a las canteras del uadi Hammamat. Su misión consiste en traer un sarcófago y algunas estatuas.

El Anunciador pareció contrariado.

—El Negro le ha pedido, pues, que encuentre la piedra venerable, sin la que el camino de Punt permanece cerrado.

Medes comprendió por qué la tripulación de *El Rápido* había fracasado, aunque ofreciera a Iker al dios del mar.

—¿Tiene ese maldito escriba alguna posibilidad de lograrlo?

—Lo dudo.

—Con todos los respetos, señor, ese aventurero nos ha hecho ya mucho daño.

El Anunciador sonrió.

—Iker es sólo un hombre. Esta vez, su audacia no bastará. Sin embargo, tomaremos las precauciones necesarias para que ningún barco egipcio pueda llegar a Punt.

En ese instante apareció Bina, seductora. Bajo su túnica, gruesos apósitos.

—También ella ha sobrevivido. Sesostris no imagina los golpes que le propinará su odio.

El libanés tomó glotonamente unos granos de uva.

—Sobek el Protector bloquea cualquier iniciativa —reconoció, despechado—. He tenido que remodelar parte de mi organización, recomendar a mis hombres una extrema prudencia y renunciar a corromper al maldito jefe de la policía. ¡Es de una integridad pasmosa! Y sus subordinados se dejarían matar por él. Sólo vos, señor, lograréis quitárnoslo de encima.

—Tus tentativas merecen mi estima, amigo mío. Los medios habituales no bastan, por lo que utilizaremos otros.

Sobek el Protector no perdía el tiempo. Ahora, el palacio real y los principales edificios administrativos, incluidos los despachos del visir, eran zonas del todo seguras. Pasando el personal por el tamiz, el jefe de la policía había transferido a los empleados dudosos. Sólo hombres expertos, a los que conocía desde hacía mucho tiempo, seguían en su lugar. Cada visitante era registrado, nadie se acercaría al rey con una arma.

Las breves felicitaciones de Sesostris, tan escasas, conmovieron profundamente al Protector.

—¿Cómo se ha portado Iker?

—De modo ejemplar.

—Así pues, debo de haberme equivocado con él.

—Los seres humanos pocas veces admiten sus errores y menos aún eligen el camino justo y se mantienen en él, sean cuales sean los obstáculos. El hijo real Iker es uno de ellos.

—No estoy muy dotado para presentar excusas.

—Nadie las exige, y él menos que nadie.

—¿Se quedará en Nubia?

—No, confié la administración de la región a Sehotep. En cuanto haya puesto en su lugar a responsables dignos de confianza, regresará a Menfis. Por lo que a Iker se refiere, le he encargado una nueva misión, especialmente peligrosa.

—¡No lo miméis mucho, majestad!

—¿Ahora lo defiendes?

—Admiro su valor. ¡Ni Nesmontu ha corrido tantos peligros!

—Así se afirma el destino de este hijo real. Aunque yo lo deseara, nadie podría actuar en su lugar. ¿Cuáles son los resultados de tus investigaciones?

—Vuestra corte se compone de intrigantes, vanidosos, envidiosos, imbéciles, intelectuales pretenciosos y algunos fieles. Investigaciones más profundas desembocan en una afortunada conclusión: entre ellos no hay aliados del Anunciador. Por una parte, os temen demasiado; por la otra, aprecian sus ventajas y su comodidad. Así pues, era preciso buscar en otra parte. Los peluqueros servían de contacto a los terroristas. Algunos se han evaporado, los otros están bajo estrecha vigilancia. Nueva pista: la de los aguadores. Dado su número, es fácil de explotar. El arresto de un aduanero corrupto no da los beneficios deseados. Al menos, espero haberle complicado la existencia al enemigo. Bajar la guardia sería un error. Menfis es una ciudad abierta y cosmopolita, y sigue siendo el blanco principal.

Sesostris recibió en una larga audiencia al visir Khnum-Hotep, cuya gestión, diariamente controlada por la reina, había sido notable. Fatigado y enfermo, el anciano pensaba presentar su dimisión al monarca. Ante él, recordó su juramento. Que decidiera el soberano, no él. Y tampoco le habrían gustado en absoluto las largas jornadas perezosas, apoltronado en un sillón. Un iniciado del «Círculo de oro» de Abydos se debía a su país, a su rey y a su ideal.

Con la espalda rígida y las piernas pesadas, Khnum-Hotep tomó el camino de regreso a su despacho. Seguiría cumpliendo una función amarga como la hiel, pero útil para el pueblo de las Dos Tierras.

46

Khauy tenía los pies firmes y la lengua afilada. Había nacido en Coptos y no se tomaba por un cualquiera. Militar de carrera, había dirigido varios cuerpos expedicionarios por el desierto, hasta el uadi Hammamat, y presumía de haber devuelto sus tropas con buena salud.

A Khauy no se la jugaban. Por muy hijo real que fuese, Iker escucharía lo que debía escuchar.

—¡Las canteras son las canteras! Y cuando se trata del uadi Hammamat, no se bromea. Yo he proporcionado siempre a mis hombres cerveza y productos frescos, incluso transformé una parte del desierto en fértiles campos y excavé cisternas. Una pandilla de aficionados no te traerá lo que deseas. Necesito una decena de escribas, ochenta carreteros, otros tantos canteros, veinte cazadores, diez zapateros, diez cerveceros, diez panaderos y mil soldados que trabajarán también de peones. No debe faltar ni un odre, ni un capazo, ni una jarra de aceite.

—Concedido —respondió Iker.

Khauy quedó pasmado.

—¡Caramba! ¡Tienes el brazo largo!

—Ejecuto órdenes del faraón.

—¿No eres demasiado joven para ponerte a la cabeza de un equipo tan numeroso?

—Gozaré de tus consejos, así pues, ¿qué debo temer? Además, el inspector principal de los graneros Gergu se pone a tu disposición y te facilitará la tarea.

Khauy se rascó la barbilla.

—Visto así, podríamos arreglarlo. Seguiremos mi camino y adaptaremos mi ritmo de trabajo.

—De acuerdo.

Khauy no tenía más exigencias que formular. Sólo le quedaba reunir a algunos profesionales atrayéndolos con un excelente salario.

Con seiscientos sesenta y cinco metros de altura, el djebel Hammamat formaba un impresionante cerrojo rocoso. Pasando por el centro de una especie de pilono, el uadi Hammamat serpenteaba por un valle más bien llano y de fácil acceso. Desde la primera dinastía se extraía de los macizos montañosos la piedra de Bekhen, que variaba del gres mediano al negro y se parecía al basalto (1).

Pese a su belleza, la montaña pura no atraía tantas miradas como Isis, cuya presencia intrigaba a los miembros de la expedición. Algunos contaban que la muchacha era una protegida del rey y que poseía poderes sobrenaturales, indispensables para apartar a los demonios del desierto.

Iker estaba viviendo momentos maravillosos. Cuando la sacerdotisa le había anunciado que partía con él, el cielo se había vuelto más luminoso y el aire más perfumado. ¡Qué acogedor le parecía el desierto y amable el calor! Dejando a Khauy y a Gergu la tarea de ocuparse de la intendencia, el hijo real contó detalladamente sus aventuras a Isis. Luego hablaron de literatura y de los mil y un aspectos de lo cotidiano, y advirtieron así que compartían los mismos gustos y las mismas aversiones. Iker no se atrevía a preguntarle sobre Abydos, y el viaje le pareció atrozmente corto. *Viento del Norte* y *Sanguíneo* se mostraban discretos, y el asno se limitaba a aportar la tan necesaria agua.

—Ya llegamos —dijo Khauy—. Mis muchachos se pondrán manos a la obra.

(1) El *grauwacke* o *greywacke*.

A Sekari no le gustaba en absoluto el lugar, pues todo lo que pareciera una mina le traía malos recuerdos.

—¿Nada anormal? —preguntó Iker.

—¿Qué puedes haber visto tú? Cuando estás enamorado hasta ese punto, ni siquiera ves una víbora cornuda pasando junto a tu pie. Tranquilízate, todo va bien. Pese a ser un bocazas, ese tal Khauy me parece fuerte y competente.

—Sekari, dime la verdad. ¿Crees que Isis...?

—Hacéis una pareja estupenda. Ahora, busquemos la piedra venerable.

Los responsables de la expedición comenzaron contemplando «la mesa de los arquitectos» grabada en una pared rocosa. El primer citado era Ka-nefer, «el poder creador consumado»; el segundo, Imhotep, el creador de la primera pirámide de piedra. Su genio pasaba de maestro de obra a maestro de obra, y la tradición lo consideraba el constructor del conjunto de los templos egipcios de todos los siglos.

Isis ofreció a Min agua, vino, pan y flores, y le pidió que sacralizara la labor de los artesanos.

La explotación no ofrecía especiales dificultades. Correctamente alojados y alimentados, los equipos no tardaron en extraer unos soberbios bloques de reflejos rojizos y otros casi negros.

—¿Te parecen adecuados? —le preguntó Khauy al hijo real.

—Son espléndidos, ¿pero se trata de la piedra venerable?

—¡Eso es una simple leyenda! Al parecer, hace mucho tiempo, un cantero descubrió una piedra roja, capaz de curar todos los males. Pero aquel tipo tenía, sobre todo, mucha imaginación. ¿No habrás venido a buscar eso?

—Sí.

—Mi especialidad son las estatuas y los sarcófagos, no fábulas para niños.

—Exploremos la montaña.

—Recorre una a una las galerías, si te apetece.

Iker se aventuró sin éxito alguno.

Isis, por su parte, celebraba el ritual y hacía ofrendas.

Cuando apareció una gacela, tan preñada de su futura progenie que ya no podía correr, las miradas convergieron en el animal.

—¡La derribaré con una sola flecha! —prometió un cazador.

—¡No! —ordenó la joven—. Min nos envía un milagro.

La hembra parió. En cuanto el pequeñuelo fue capaz de moverse, juntos se dirigieron al desierto.

En el lugar del nacimiento, una piedra roja lanzaba fulgores dorados.

Sekari, con la ayuda de un mazo y un cincel, la desprendió de su ganga.

—Ayer me corté la pierna —se quejó un cantero—. Si es la piedra venerable, sanará mi herida.

Isis la colocó durante largo rato sobre la pierna de aquel hombre.

Cuando la retiró sólo quedaba una cicatriz.

Los artesanos contemplaron a la sacerdotisa con ojos sorprendidos.

¿Quién tenía más poderes, la piedra o ella? Incluso Khauy quedó boquiabierto.

El hijo real le entregó un papiro enrollado marcado con su sello.

—Acompaña esta expedición a Coptos y entrega este documento al alcalde de la ciudad. Él te pagará los salarios y las primas. Yo seguiré mi ruta con los carpinteros y algunos soldados.

Gergu no participaba en el viaje. ¿Con qué pretexto podría haberse impuesto? Al tomar el camino de regreso, echaba sapos y culebras.

En el primer alto se aisló para satisfacer una necesidad natural. Pero un hombre que estaba tendido en la arena lo llamó y le quitó las ganas.

—¡De modo que has sobrevivido! —se extrañó Gergu.

—Como puedes ver, el Anunciador protege a los verdaderos creyentes —respondió Shab el Retorcido—. Ellos no temen la muerte porque irán al paraíso.

—¡Y, sin embargo, lo de Nubia no fue muy divertido!

—Los guerreros negros fueron demasiado indisciplinados. Antes o después, el Anunciador impondrá la verdadera fe en esta región. ¿Qué ha pasado en las canteras del uadi Hammamat?

—La sacerdotisa Isis ha descubierto una piedra curativa. Iker, a la cabeza de un grupo de carpinteros y soldados, ha decidido separarse del resto de la expedición. Yo he recibido orden de regresar a Coptos y, luego, de retomar mis funciones en Menfis.

—¿Carpinteros, dices...? ¿Acaso el hijo real tiene la intención de construir un barco?

—Lo siento mucho, pero lo ignoro.

—El Anunciador te observa, Gergu. Hazle tu informe a Medes y que se ponga en contacto con el libanés. Yo no perderé de vista a Iker y le impediré actuar.

Al mando de una pandilla de merodeadores de las arenas especialmente temibles, Shab el Retorcido disponía de una buena fuerza de intervención. Antes de atacar al hijo real y a sus compañeros, quería conocer sus proyectos.

—¿A quién esperamos? —preguntó Sekari.

—Al Negro de Punt —respondió Iker, sentado junto a Isis en un lecho de basalto, junto al desierto.

—¿Y si no llega?

—Llegará.

Dada la aceptable comodidad de las instalaciones y la abundancia de comida, nadie protestaba por aquel tiempo de descanso. La presencia de la sacerdotisa tranquilizaba a los inquietos.

Al ocaso apareció, y con su paso tranquilo, el Negro de Punt se dirigió hacia Iker.

—¿Has descubierto la piedra venerable?

Isis se la mostró.

De su taparrabos, el cantor sacó un cuchillo. De inmediato, Sekari se interpuso entre ambos.

—Debo comprobarlo. Que el hijo real me ofrezca su brazo izquierdo.

—No hagas locuras... de lo contrario...

—Debo comprobarlo.

Iker asintió. El Negro le cortó el bíceps y luego puso la piedra sobre la herida.

Cuando la retiró, la piel estaba intacta.

—Perfecto —asintió—. ¿Quiénes son esos hombres?

—Carpinteros y soldados, acostumbrados a luchar contra los merodeadores de las arenas. El visir Khnum-Hotep me ha indicado el emplazamiento de un puerto, Sauu, donde encontraremos la madera necesaria para la construcción de un barco.

—Pese a tu juventud, pareces previsor. Sauu es el mejor lugar de partida hacia el país de Punt.

El profundo valle excavado por el uadi Gasus desembocaba en una bahía abierta en la costa del mar Rojo. Allí, un pequeño puerto albergaba un número considerable de piezas de madera, cuya calidad apreciaron los carpinteros.

—Construid un navío de casco largo, con la popa levantada, dos puestos de observación, el primero a proa y el segundo a popa —exigió el Negro de Punt—. Bastará un solo mástil. Haced remos fuertes y un gobernalle axial. Por lo que a la vela se refiere, que sea más ancha que alta.

Sekari no ocultaba su ansiedad.

—Este lugar es peligroso.

—Si está infestado de bandidos, ¿por qué no han robado toda esta madera? —objetó Iker.

—Los merodeadores de las arenas son cobardes y perezosos. Por una parte, es demasiado peso para transportarlo; por la otra, no sabrían qué hacer con ella. Según mi instinto, nos han seguido. Pondré soldados alrededor del paraje.

En la futura proa, Isis dibujó un ojo de Horus completo. Así, el navío descubriría por sí mismo el camino que debía seguir.

El Negro de Punt supervisaba el trabajo de los carpinteros.

—¿Dónde se encuentra tu país y qué dirección deberemos tomar? —le preguntó Iker.

—Unos hablan de Somalia, otros de Sudán, otros de Etiopía o de Djibuti, incluso de la isla de Dahlak Kebin, en el mar Rojo. Dejemos que hablen. Punt es una tierra divina, y nunca figurará en un mapa.

—¿Cómo llegaremos, entonces?

—Eso dependerá de las circunstancias.

—¿Te consideras capaz de hacerlo?

—Ya lo veremos. ¡Hace tanto tiempo que no he regresado a Punt!

—¿Acaso te burlas de mí y del destino de Egipto?

—¿Por qué crees que ningún texto precisa la situación de esa tierra bendita, salvo porque varía sin cesar para escapar a la avidez de los humanos? Antaño, lo supe. Hoy, no lo sé. Tú descubriste la isla del *ka*. Y la joven sacerdotisa posee la piedra venerable. Os ayudaré en la medida de mis posibilidades. Pero vosotros, y sólo vosotros, poseéis el secreto del viaje.

Por un lado, Shab el Retorcido lamentaba haber esperado tanto, pues Sekari acababa de apostar soldados alrededor del puerto y lo había privado así del efecto sorpresa. Pero, por el otro, se felicitaba por su paciencia, puesto que ahora sabía a qué atenerse: Iker pensaba llegar a Punt gracias a las indicaciones del viejo negro.

El equipo de carpinteros trabajaba aprisa. En uno o dos días, el barco estaría a punto para navegar.

¡Por fin llegó la noticia que el Retorcido esperaba!

—Los piratas están de acuerdo —le anunció el jefe de los merodeadores de las arenas—, siempre que obtengan la mitad del botín.

—Entendido.

—¿Me garantizas una prima suplementaria?

—El Anunciador será generoso.

El beduino se golpeó el pecho con el puño cerrado.

—¡No escapará ni uno, puedes creerme! Salvo la mujer... La capturaremos viva y le demostraremos cómo son los verdaderos hombres.

Al Retorcido la suerte de Isis le importaba un pimiento.

47

Unos minutos antes del ataque de los merodeadores de las arenas, *Sanguíneo* dio la alarma. Sekari se despertó sobresaltado y movilizó a los soldados.

Dos centinelas sucumbieron, mortalmente heridos por los puntiagudos sílex que lanzaban las ondas. Fiel a su método, Shab el Retorcido clavó su cuchillo en la nuca del tercero.

Evidentemente, los soldados egipcios no resistirían mucho tiempo.

—¡Todos al barco —ordenó Sekari—, y levemos anclas!

Los artesanos sufrían ya el ataque de una jauría de beduinos. Iker deseaba permanecer a su lado, pero primero había que salvar a Isis. En cuanto hubo subido a bordo con ella, el viejo negro, *Sanguíneo*, *Viento del Norte* y una decena de hombres, Sekari quitó la pasarela y desplegó la vela.

—Vuelvo al combate —protestó el hijo real.

Sekari lo retuvo.

—Nada de locuras. Nuestra misión está en Punt. Zarpemos inmediatamente, de lo contrario moriremos todos. Mira: casi no hay resistencia.

Cuando el barco salía del puerto, un pesado navío le cerró el paso.

—Piratas —advirtió Sekari—. No tenemos ninguna posibilidad de pasar.

Iker se volvió hacia el Negro de Punt.

—¿Cómo podemos escapar?

—Tomad los caminos del cielo y las rutas de arriba. Allí, el niño de oro, nacido de la diosa Hator, erigió su morada. Volaréis con las alas del halcón, si el insaciable mar recibe la ofrenda que exige.

Iker pensó en el espantoso episodio de *El Rápido*. ¿Tenía que perecer ahogado para salvar a la tripulación?

—Esta vez no debes sacrificarte —dijo el viejo negro.

Cuando se arrojó al agua, el hijo real creyó reconocer el rostro de su maestro, el escriba de Medamud que le había enseñado los jeroglíficos y la regla de Maat.

Y, de pronto, una violenta ráfaga de viento derribó a los ocupantes del navío, que se inclinó sobre su flanco y derivó a una velocidad de vértigo antes de levantarse de nuevo.

—¿Hay heridos? —preguntó Sekari.

La tripulación sólo sufría algunos cardenales y arañazos que la piedra venerable haría desaparecer.

Los piratas, por su parte, se habían hundido con armas y bagajes.

En la proa del «Ojo de Ra», Isis manejaba los sistros cadenciosamente, y la música se mezclaba con la voz del mar. Iker llevaba el gobernalle y Sekari regulaba la vela.

Y el barco se dirigió por sí solo hacia la tierra divina.

Loco de rabia, Shab el Retorcido remataba a los heridos. Había sido una amarga victoria, dadas las considerables pérdidas sufridas por los merodeadores de las arenas. ¡Y la embarcación de los piratas se había dislocado por el golpe de una ola monstruosa!

—Los egipcios no irán muy lejos —predijo un beduino—. Su embarcación forzosamente ha sufrido averías, y no tardará en hundirse.

El Retorcido compartía esta opinión, pero temía la resistencia de Iker, capaz de sobrevivir a las trampas mejor tendidas.

—¡Arrasemos este puerto, quemémoslo todo!

Los desvalijadores se lo pasaron en grande.

Luego se dispersaron, esperando descubrir una caravana mal protegida. Desgraciadamente para ellos, la policía de Sesostris estaba cada vez más alerta. A la larga, asesinos y ladrones se acantonarían en la península arábiga.

El Retorcido tenía que llegar a Menfis e informar al Anunciador, sin ocultarle ningún detalle de su fracaso a medias.

—Por lo que se refiere a la navegación, mi experiencia es más bien limitada —deploró Sekari—. ¿Es mejor la tuya?

—Me limito a llevar el gobernalle —reconoció Iker—. En realidad, es él quien dirige. Él e Isis.

—El mar por delante, el mar por detrás, el mar a estribor y el mar a babor... No hay Punt a la vista. Toda esa agua me deprime, y ya no tenemos ninguna jarra de vino.

—Observa a *Sanguíneo* y a *Viento del Norte*: se pasan el día durmiendo, como si ningún peligro nos amenazara.

—Morir de sed o hundirnos a causa de la próxima tormenta... Es tranquilizador, en efecto.

Isis permanecía con los ojos fijos en el horizonte, y no abandonaba en ningún momento la proa. Con frecuencia, apuntaba hacia allí el pequeño cetro de marfil que el rey le había dado.

Al amanecer de una soleada jornada, el asno y el perro se levantaron y lo rodearon.

Iker sacudió a Sekari.

—¡Despierta!

—¿Para ver agua de nuevo...? Prefiero soñar con una bodega llena de grandes caldos.

—¿No te atrae una isla cubierta de palmeras?

—¡Un espejismo!

—Por el comportamiento de *Viento del Norte* y de *Sanguíneo*, no lo creo.

Sekari consintió en abrir los ojos.

En efecto, se trataba de una isla con largas playas de arena blanca. Echaron el ancla a buena distancia, y dos marinos se zambulleron. Al llegar a su destino, agitaron los brazos indicando que no había peligro.

—Me reuniré con ellos —decidió Sekari—. Isis y tú permaneceréis aquí, mientras construimos una barca.

El asno y el perro, por su parte, disfrutaron del agua tibia y, luego, brincaron en tierra firme.

El lugar parecía idílico. Atenuando el ardor del sol, un viento constante mantenía una temperatura agradable.

Sekari fue a buscar al hijo real y a la sacerdotisa. Reunida y alegre, la tripulación degustó pescados asados, muy fáciles de capturar.

—Exploremos el lugar —propuso Sekari.

Isis se situó a la cabeza del grupito.

Al rato se detuvo ante una esfinge de piedra, del tamaño de un león. Sin duda, era obra de un escultor egipcio, conocedor de las mejores técnicas.

Adornando el zócalo, una inscripción jeroglífica: «Soy el dueño de Punt.»

—Lo hemos conseguido —exclamó Sekari—, ¡ya hemos llegado! Y sus habitantes han elegido uno de nuestros símbolos principales como protector de su paraje.

Con cabeza de hombre y cuerpo de león, la esfinge representaba al faraón como atento custodio de los espacios sagrados. ¿Convertía su presencia a los puntitas en fieles servidores de Sesostris?

Iker atemperó aquel entusiasmo.

—Podría tratarse de un botín de guerra.

—Los jeroglíficos son magníficos y están intactos. La inscripción no tiene ambigüedad alguna. ¿Acaso el Negro de Punt no se comportó como un amigo?

Los argumentos de Sekari inducían al optimismo. Con aprensión, sin embargo, los viajeros se introdujeron en el palmeral. Iker pensaba en la isla del *ka*, pero ésta era mucho más vasta.

A la exuberante vegetación siguió una zona árida y montañosa. Pendientes secas y rocosas hicieron penosa la marcha, y siguieron a *Viento del Norte*, que elegía el camino adecuado. Aquí y allá había algunas plantas aromáticas.

Desde lo alto de una colina, Sekari descubrió una extraña aldea, a orillas de un lago rodeado de árboles de incienso y ébano. Los puntitas utilizaban escaleras para acceder a sus viviendas, chozas sobre pilotes. Gatos, perros, bueyes, vacas y una jirafa circulaban libremente por el poblado.

—¡Qué extraño, no hay ni un solo ser humano! ¿Habrán huido cuando nos hemos acercado o tal vez han sido exterminados?

—Si el Anunciador ha llegado hasta aquí, debemos temer lo peor —señaló Iker.

—Bajemos hasta la aldea —decidió Isis—. Yo iré delante.

A Sekari no le gustaba en absoluto que corriera ese riesgo, pero la joven no le dio tiempo para protestar.

Cuando cruzaron la entrada, señalada por dos grandes palmeras, varias decenas de hombres, mujeres y niños salieron de su casa, bajaron por la escalera y los rodearon. Con el pelo largo o corto, pequeños taparrabos de rayas o topos, los puntitas eran elegantes y apuestos. Parecían bien alimentados y en excelente estado de salud. Un detalle impresionó a Isis: la barba de los hombres parecía la de Osiris. Ninguno blandía armas.

Un cuarentón se dirigió a la sacerdotisa.

—¿Quiénes sois y de dónde venís?

—Soy una ritualista de Abydos, y éste es el hijo real, Iker, que viene acompañado por Sekari. Venimos de Egipto.

—¿Sigue reinando el faraón?

—Somos enviados del rey Sesostris.

El jefe de los puntitas dio unas vueltas en torno a la muchacha, admirado y suspicaz a la vez. Iker y Sekari estaban dispuestos a intervenir en cualquier momento.

—Cuando el faraón aparece, su nariz es de mirra, sus labios de incienso, el perfume de su boca semejante al de un ungüento valioso, su olor el de un loto de estío, pues nuestro país, la tierra del dios, le ofrece sus tesoros —declaró el jefe—. Lamentablemente, la enfermedad nos ha afectado, nuestro país se deseca. Si la naturaleza no reverdece, Punt desaparecerá. El fénix no sobrevuela ya nuestro territorio. Sólo una mujer que posea la piedra venerable y maneje los sistros podrá salvarnos.

—Yo poseo esa piedra y he venido a ofrecérosla y a hacer sonar la música de los sistros para disipar el maleficio.

Mientras que el jefe de los puntitas tocaba a cada uno de sus compatriotas con el mineral salvador, Isis hacía cantar los instrumentos de la diosa Hator.

A ojos vistas, los árboles recuperaban su brillo y la vegetación floreció de nuevo.

Todos levantaron la cabeza: una garza azul, de brillante plumaje, daba vueltas por encima de la aldea.

—El alma de Ra reaparece —advirtió el jefe, sonriendo—. Los perfumes renacen, el árbol de vida se yergue en lo alto del cerro de los orígenes. Osiris gobierna lo que existe, tanto el día como la noche.

—¿Has hablado del árbol de vida? —se extrañó Iker.

—El fénix nace en las ramas del sauce, en Heliópolis. Su misterio se revela en la acacia de Abydos.

El hijo real estaba estupefacto. ¿Cómo podía aquel isleño ser tan sabio?

Éste se prosternó ante Isis.

—Los maravillosos aromas del país de Punt rebrotan gracias al sol femenino, a la emisaria de la diosa de oro, alimentada con cantos y danzas. Sean ofrecidos a tu *ka*, en este feliz momento en el que la tierra del dios reverdece.

Tratándose de festejos, los puntitas, del más anciano al más joven, eran unos expertos, pues estaban dotados de un comunicativo buen humor. Los egipcios, relajados por fin, participaron en un desmelenado corro, acompasado por cantos de bienvenida.

Presa de dos jóvenes bellezas cuyas actitudes presagiaban agradables horas, Sekari no dejaba de observar a su anfitrión por el rabillo del ojo. Sin embargo, el puntita sólo parecía animado por intenciones pacíficas.

Iker no apartaba los ojos de Isis, tan radiante que conquistaba el corazón de los aldeanos.

La esposa del jefe le puso un collar formado por amatistas, malaquita y cornalina, y un cinturón de conchas de oro verde, de excepcional calidad.

El oro de Punt, indispensable para la curación de la acacia.

Su inscripción dejó perplejo a Iker: ¡el nombre de coronación de Sesostris!

—¿Han venido ya por aquí algunos emisarios del rey? —le preguntó al jefe.

—Tú eres el primero.

—Este objeto...

—Procede de nuestro tesoro. ¿Conoces el nombre secreto de Punt? La isla del *ka*. La potencia creadora del universo ignora las fronteras de la especie humana. Ahora, tus compañeros y tú respirad los perfumes de la tierra del dios.

Los puntitas agruparon un gran número de recipientes de vivos colores y los abrieron, y de inmediato se dispersaron los efluvios del olíbano, de la mirra y de distintos tipos de incienso, que perfumaron toda la isla.

—Así se apacigua la Grande de magia, la serpiente de fuego que brilla en la frente del faraón —declaró el jefe—. Bajo la protección de estos perfumes, los justos pueden comparecer ante el señor del más allá. Estos maravillosos aromas son creaciones del ojo de Horus, y se han convertido en las linfas de Osiris. Cuando el preparador de ungüentos cuece los inciensos de Punt, moldea la materia divina, utilizada en el embalsamamiento del resucitado en el templo del oro.

Iker no percibía el sentido de aquellas enigmáticas palabras. Isis, en cambio, sin duda apreciaba su alcance. ¿Acaso no lo había guiado hasta allí para que escuchara aquellas revelaciones?

—Festejemos a nuestros bienhechores como merecen —ordenó su anfitrión—. Llenemos las copas de vino de granada.

Reducido al tercio por ebullición, el zumo de los granos de las granadas maduras proporcionaba, según Sekari, una bebida más bien mediocre, pese a su capacidad de prevenir disenterías y diarreas. Sin embargo, no se hizo el remilgado; era preciso revitalizarse tras aquel movido viaje.

Se celebró luego un banquete al aire libre durante el que todos comieron y bebieron más de lo razonable, a excepción de Isis e Iker, que no olvidaban su misión.

—El oro verde de Punt es indispensable para la supervivencia de Egipto —reveló el hijo real al jefe—. ¿Nos autorizas a llevarnos algunos lingotes?

—Por supuesto, pero ignoro el emplazamiento de la antigua mina.

—¿Alguien la conoce?

—El descortezador.

48

Provisto de una pequeña hacha y un cesto, el descortezador recogía resina con estudiada lentitud. Acostumbrado a hablar con los árboles y a escucharlos, no apreciaba en absoluto la compañía de los humanos. Sekari percibió su hostilidad, por lo que se sentó a unos pasos de él y dejó en el suelo pan fresco, una jarra de vino y un plato de carne seca. Como si estuviera solo en el mundo, el agente especial de Sesostris comenzó a comer.

El descortezador dejó su trabajo y se acercó a él.

Sekari le tendió un pedazo de pan que, tras dudarlo mucho, el puntita cogió.

Menos desconfiado, no rechazó el vino.

—Lo he conocido mejor, pero se deja beber —concedió Sekari—. ¿Satisfecho de tu jornada?

—Podría ser peor.

—Dada la calidad de tus productos, serás generosamente pagado. En Egipto gustan los ungüentos. Los de Punt pertenecen a la categoría de gran lujo. Lamentablemente, nuestro país corre el riesgo de desaparecer.

El descortezador degustó una loncha de carne seca.

—¿Tan grave es la situación?

—Más incluso.

—¿Qué sucede?

–Un maleficio. Nuestra única esperanza eres tú.

El descortezador se atragantó, y Sekari le palmeó la espalda.

–¿Por qué te burlas de mí?

–Hablo en serio. Según las investigaciones llevadas a cabo por una sacerdotisa de Abydos, que está aquí, sólo el oro verde de Punt puede salvarnos. ¿Y quién puede procurárnoslo? Tú.

Sekari dejó que se hiciera un largo silencio.

El artesano no lo negó, y siguió masticando, pensativo, el resto de las vituallas.

–En verdad no soy yo –declaró por fin–. Y debo guardar silencio.

–Nadie te pide que reveles ningún secreto. Preséntame a tu amigo, yo le explicaré la situación.

–Él no hablará nunca.

–¿Acaso es insensible al destino de Egipto?

–¿Cómo saberlo?

–Te lo ruego, dame una oportunidad de convencerlo.

–Es inútil, te lo aseguro. Ninguno de tus argumentos lo conmoverá.

–¿Por qué tanta intransigencia?

–Porque el jefe de la tribu que reina en ese bosque es un babuino colérico, agresivo y sanguinario. Sólo yo logro trabajar aquí sin despertar su furor.

–¿Realmente posee el tesoro?

–Según la tradición, el gran simio preserva desde siempre la ciudad del oro.

–Indícame el lugar donde sueles verlo.

–¡No regresarás vivo!

–Tengo la piel dura.

A bastante distancia de la madriguera del temible simio, el descortezador se negó a seguir adelante. Acompañado por el asno y el perro, Sekari, Isis e Iker cruzaron una maraña vegetal. De pronto, *Viento del Norte* se tendió y *Sanguíneo* lo imitó, con la lengua colgando y la cola entre las patas, en una actitud de total sumisión.

El cinocéfalo que les cerraba el camino blandía un enorme palo, y parecía acostumbrado a utilizarlo. Su pelaje de un gris verdoso formaba una especie de capa, su rostro y el extremo de sus patas estaban teñidos de rojo.

Iker era consciente de que afrontar la mirada del babuino equivalía a una provocación, por lo que bajó los ojos.

—Eres un rey —le dijo—. Yo soy el hijo de un faraón. No abandones tú, encarnación de Tot, dios de los escribas, a las Dos Tierras. No somos ladrones ni avariciosos. El oro está destinado al árbol de vida. Gracias a este remedio, curará y reverdecerá.

Los coléricos ojos del animal fueron de uno a otro de los importunos. Sekari lo sentía dispuesto a saltar. Con sus colmillos podía matar a una fiera. Cuando una manada de babuinos se acercaba, incluso un león hambriento les cedía a su presa.

El cinocéfalo trepó a la copa de un árbol.

Sekari se secó la frente, y el asno y el perro se relajaron.

—¡Mirad —dijo Isis—, está guiándonos!

El poderoso simio indicaba el mejor itinerario, evitándoles los pasos cenagosos o con demasiada maleza. Cuando la vegetación fue más rala, desapareció.

Sekari, atónito, descubrió una carretera adoquinada. Los exploradores la siguieron hasta un altar cubierto de ofrendas.

—Forzosamente hay gente por aquí —consideró Sekari.

Majas, picos, percutores, muelas de frote y albercas de lavado no dejaban duda alguna sobre la labor que se llevaba a cabo en aquel lugar. Sekari descubrió pozos y galerías poco profundas, fáciles de explotar. El material estaba en buen estado, como si algunos artesanos siguieran utilizándolo.

—¡Los simios no suelen ser mineros!

—Los poderes de Tot sobrepasan nuestro entendimiento —declaró Iker.

—Esperemos que no se hayan apropiado de la totalidad del oro, no veo ni una sola onza.

Pacientes búsquedas resultaron infructuosas.

—Qué raro —observó Iker—. Ni oratorio ni capilla. Ahora bien, toda explotación minera debe estar colocada bajo la protección de una divinidad.

—Más raro aún: no hay insectos voladores, ni tampoco rastreros; ¡ni un solo pájaro en este bosque! —señaló Sekari.

—Dicho de otro modo, el lugar ha sido embrujado.

—Así que el Anunciador ha llegado hasta aquí y hemos caído en su trampa.

—No lo creo —objetó Isis—, el rey de los babuinos no nos ha traicionado.

—Entonces, ¿cómo explicar todo esto? —preguntó Sekari.

—El paraje se protege a sí mismo situándose fuera del mundo habitual.

La explicación no tranquilizó al agente especial.

—En cualquier caso, no hay rastro del oro.

—No sabemos descubrirlo. Tal vez la luz del día forme un velo.

—Si pasamos la noche aquí, tendremos que encender una hoguera.

—Es inútil, puesto que ningún animal salvaje nos amenaza —decidió la sacerdotisa—. Con guardianes como *Sanguíneo* y *Viento del Norte*, seremos avisados del menor peligro.

Mientras Isis trataba de percibir mejor al genio del lugar, los dos hombres exploraron los alrededores.

En balde.

Al ocaso se reunieron con ella.

—Ni una sola cabaña de piedra —deploró Sekari—. Voy a hacer unos lechos de hojas.

—Sobre todo, no nos abandonemos al sueño —recomendó Isis—. A la luz de la luna, expresión celestial de Osiris, el misterio se desvelará. Mirad, esta noche será llena. Este ojo nos iluminará.

A pesar del cansancio, Sekari tomó su decisión. No era la primera vez que una misión lo obligaba a prescindir del sueño.

Iker se sentó junto a Isis. Disfrutaba cada instante de aquella inesperada felicidad que le permitía vivir a su lado.

—¿Volveremos a ver Egipto?

—No sin el oro verde —respondió la sacerdotisa—. Punt es una etapa en nuestra ruta, y no tenemos derecho a fracasar.

—Isis, ¿habéis sufrido la temible prueba?

—No conozco el día ni la hora, y la decisión no es cosa mía.

Se atrevió a tomar su mano.

Ella no la retiró.

Cuando su pie tocó suavemente el de la joven, ella no protestó.

El país de Punt se convertía en un paraíso. Iker rogó para que el tiempo se detuviera, para que ella y él se convirtieran en estatuas, para que nada modificase aquella inefable felicidad. Tenía miedo de temblar, de respirar, de romper aquella maravillosa comunión.

El fulgor de la luna cambió y se volvió de una intensidad comparable a la del sol. No era ya una luz plateada, sino dorada, que inundaba la mina por sí sola.

—La transmutación se realiza en el cielo —murmuró la sacerdotisa.

Tres pasos ante ellos, la tierra se iluminó desde el interior, animada por un fuego que subía de las profundidades.

Atentos, *Sanguíneo* y *Viento del Norte* permanecían inmóviles. Sekari no se perdía ni un ápice del fascinante espectáculo.

Isis se estrechó más contra Iker. ¿Tenía miedo o le confesaba, sin decir palabra, sus verdaderos sentimientos?

Pero el muchacho no se lo preguntó, temiendo que se disipara aquel hermoso sueño.

El oro dio paso a la plata, la luna se apaciguó, la tierra también.

—Cavemos —exigió Sekari.

Cogió dos picos y le tendió uno a Iker.

—¿A qué esperas? ¡No voy a deslomarme solo!

El hijo real se vio obligado a separarse de Isis, y aquel desgarrón lo llenó de desesperación. Al aceptar aquella intimidad, al compartir aquellos momentos de ternura, al no rechazar su amor, ¿no estaría diciéndole que habría un mañana?

Los dos amigos no necesitaron cavar mucho.

Al poco descubrieron siete bolsas de cuero de buen tamaño.

—Los buscadores utilizaban unas parecidas —observó Sekari.

La sacerdotisa abrió una.

En su interior, el oro de Punt. Las otras seis bolsas contenían idéntico tesoro.

En la aldea, los marinos egipcios disfrutaban del descanso. Mimados, cuidados, pasaban el tiempo bebiendo, comiendo y seduciendo a las hermosas indígenas, a las que contaban fabulosas hazañas que iban desde la conquista de un mar desconocido hasta la pesca de peces gigantescos. Las doncellas, admiradas, fingían creer sus historias.

—La fiesta ha terminado —anunció Sekari—. Debemos regresar.

La decisión no produjo un entusiasmo inmediato. Sin embargo, ¿quién iba a protestar por regresar a Egipto? Por encantador que fuera, ningún país lo igualaba. La tripulación se encargó, pues, de buena gana de los preparativos de la partida.

—¿Has encontrado lo que habías venido a buscar? —preguntó el jefe de la aldea a Iker.

—Gracias a tu recibimiento, el árbol de vida se salvará. Me habría gustado darle las gracias al descortezador, pero se ha esfumado.

—¿No has visto un gran simio en la copa de los árboles? La tradición lo considera el guardián del oro verde. Puesto que te ha sido favorable, celebremos un último banquete.

Isis fue la reina de la fiesta. Todos los niños quisieron besarla para quedar protegidos contra la mala suerte.

Pero quedaba una pregunta y había que hacerla.

—¿Puedes indicarnos la mejor ruta? —preguntó Iker.

—Punt nunca figurará en un mapa —respondió el jefe—, y es mejor así. Toma de nuevo los caminos del cielo.

Se separaron con buen humor, aunque no sin cierta nostalgia. Punt había reverdecido, los vínculos de amistad con Egipto se reforzaban. La vela se desplegó, y el barco hendió una mar en calma.

Sin estar serenos aún, los marinos sentían total confianza por Iker.

—¿Qué itinerario te ha indicado el jefe? —preguntó Sekari.

—Debemos esperar una señal.

Muy pronto desapareció la isla, y no hubo ya más perspectiva que el horizonte, huidizo siempre, y aquella masa de agua cuya aparente calma no tranquilizaba a Sekari.

—He aquí nuestro guía —anunció Isis.

Un inmenso halcón se posó en lo alto del mástil. Cuando el viento cambió, emprendió el vuelo e indicó la buena dirección.

—¡La costa! —exclamó Sekari—. ¡Ahí está la costa!

Brotaron gritos de alegría. Incluso para los más expertos marineros, aquella misión conservaba una magia especial.

—El halcón nos lleva al puerto de Sauú.

—No —repuso Iker—. Se limita a sobrevolarlo y nos lleva a mar abierto.

La penetrante vista de Sekari descubrió a unos hombres que corrían hacia la ribera.

De modo que los estaban esperando. Probablemente eran merodeadores de las arenas enviados por el Anunciador, que se agrupaban, decididos a no perder su presa.

—Nuestras reservas de agua se han agotado, Iker, y no podremos permanecer mucho tiempo en el mar. En cuanto tomemos tierra, atacarán en masa.

—Sigamos al ave de oro.

Con regular aleteo, la rapaz costeaba. Cuando se acercó a la ribera, poniendo el Ojo de Ra al alcance de las flechas enemigas, un movimiento de pánico disgregó a la tropa de beduinos.

Varios regimientos egipcios, compuestos por arqueros y lanceros, los rodeaban.

—¡Los nuestros! —exclamó Sekari—. ¡Estamos salvados!

Debido a la emoción, el atraque no fue muy ortodoxo. Sin aguardar la pasarela, el general Nesmontu, vigoroso como un joven atleta, subió a bordo.

—¡El faraón acertó! Aquí debía recibiros yo. Esos cobardes no han dado la talla, pero si hubierais desembarcado en Sauú, os habrían masacrado. Puesto que os conducía el halcón divino, habéis encontrado el oro de Punt.

49

Aunque impulsivo, Sobek el Protector sabía mostrarse paciente y metódico. Ninguno de sus fracasos, dolorosos a veces, lo desalentaba. Y su primer éxito de verdad le daba más energía aún para seguir acosando a la organización terrorista de Menfis. A su modo de ver, el ataque al puesto de la policía y el intento de corrupción parecían iniciativas mediocres, indignas del Anunciador. En su ausencia, uno de sus subordinados había procurado brillar, aunque no tenía la envergadura de su patrón.

Sobek creía en la pista de los aguadores. Puesto que el lugar más amenazado era el palacio real, comenzó a hacer que siguieran discretamente a los habituales del sector. Un policía, que representaba el papel de vendedor del precioso líquido, se mezcló con los profesionales.

—Tal vez tenga algo interesante —anunció a su jefe tras varias jornadas de investigación—. Más de treinta aguadores recorren el lugar, pero uno de ellos tiene especial interés. ¡Es imposible pensar en un tipo más anodino! Soy incapaz de describíroslo.

—Pues eso no nos sirve de mucho.

—Ni siquiera me habría fijado en él si no le hubiera hablado una hermosa muchacha. Se marcharon del brazo con arrumacos y significativos gestos.

—Tu historia me parece de una trivialidad lamentable.

—No tanto, jefe, no tanto, a causa de la moza. La reconocí en seguida, pues... En fin, como sabéis...

—Dejemos los detalles. ¿Quién es?

—Una lavandera que trabaja desde hace mucho tiempo en palacio. A veces ayuda a la camarera de su majestad.

Una gran sonrisa iluminó el rostro del Protector.

—¡Buen trabajo, pequeño, buen trabajo! Te asciendo. Ahora voy a interrogar a la damisela.

Un extraordinario rumor recorría Menfis: el regreso del hijo real, que detentaba un fabuloso tesoro procedente del país de Punt.

El aguador, escéptico, había transmitido, sin embargo, la información al libanés antes de salir otra vez de cacería, para confirmar o desmentir los rumores. Forzosamente, sabría algo más gracias a su amante.

La muy coqueta siempre se retrasaba. Una vez terminado su servicio, le encantaba charlar y recoger algunos chismes. Orgullosa de su oficio y encantada de repetir lo que oía, la lavandera resultaba una verdadera mina de informaciones para el aguador y la organización terrorista.

Finalmente apareció.

Varios detalles despertaron la desconfianza de su amante. Caminaba lentamente, crispada, inquieta. La atmósfera de la plaza acababa de cambiar bruscamente: había menos gente, menos ruido, y algunos ociosos se dirigían hacia él.

El error.

Su único error.

¿Cómo suponer que Sobek sospecharía de aquella criada, tan anónima?

Aparentemente relajado, le sonrió.

—¿Cenamos juntos, dulzura?

—¡Sí, sí, claro!

Brutal, la estranguló con su antebrazo.

—¡Dispersaos o la mato! —aulló dirigiéndose a las fuerzas del orden.

La plaza se vació. Tan sólo quedaron los policías, que formaban un semicírculo alrededor de la pareja, que retrocedía hacia las viviendas más cercanas.

—No cometas una estupidez —recomendó Sobek—. Ríndete y te trataremos bien.

El aguador sacó un puñal de su túnica y pinchó a su rehén en la espalda. La lavandera soltó un grito de espanto.

—Apartaos y dejadnos marchar.

Los arqueros se apostaban en las terrazas.

—Que nadie dispare —exigió Sobek—. Lo quiero vivo.

El terrorista empujó a su amante hacia el interior de un edificio en construcción.

—¡Pequeña imbécil, les has hablado de mí! Ahora me estorbas.

Indiferente a sus súplicas, el hombre la apuñaló salvajemente y, luego, trepó por una escalera. Saltando de tejado en tejado, tenía una posibilidad de desaparecer en el barrio que conocía a la perfección.

Cuando comenzaba a correr, la flecha de un arquero, que se negaba a dejar escapar al sospechoso, le rozó la sien. El aguador perdió el equilibrio y no llegó a la cornisa, chocó violentamente contra la pared y cayó sin conseguir controlarse. Al dar contra el adoquinado, se rompió la nuca.

—Está muerto, jefe —advirtió un policía.

—Quince días de calabozo para el indisciplinado que ha transgredido mi orden. Registra el cadáver.

Ni el menor documento.

Una vez más, se había cortado el hilo.

—Os solicitan urgentemente en palacio —advirtió un escriba—. Confirmación oficial: llega el hijo real.

En presencia de una corte muda de estupefacción, Sesostris dio un abrazo a Iker.

—Te revisto de estabilidad, de permanencia y de consumación —declaró el faraón—, te otorgo la alegría del corazón y te reconozco como amigo único.

A partir de aquel instante, Iker pertenecía a la Casa del Rey, el reducido círculo de los consejeros del monarca.

El joven, conmovido, sólo pensaba en sus nuevos deberes.

Deseando felicitar al amigo único y alabar sus innumerables cualidades entre dos copas de vino, los habituales de las recepciones oficiales quedaron muy decepcionados, puesto que el faraón y el hijo real abandonaron a los cortesanos y se retiraron al jardín de palacio. Se sentaron en un quiosco cuyas columnas lotiformes se adornaban con cabezas de Sejmet, la diosa leona. En lo alto del tejado, un uraeus coronado por un sol.

—Desconfía de tus íntimos y de tus subordinados —le recomendó el rey a Iker—. No tengas confidente alguno, no confíes en ningún amigo. El día de desgracia, nadie estará a tu lado. Aquel al que hayas dado mucho te odiará y te traicionará. Cuando te tomes un pequeño descanso, que tu corazón, y sólo tu corazón, vele por ti.

La severidad de aquellas palabras sorprendió al joven.

—Esa desconfianza no puede aplicarse a Isis, majestad, ni siquiera Sekari.

—Sekari es tu hermano, Isis tu hermana. Juntos habéis superado temibles pruebas y se han establecido especiales vínculos entre vosotros.

—¿Ha regresado a Abydos?

—Debe experimentar el oro de Punt.

—¡Así pues, el árbol de vida estará pronto salvado!

—No antes de que Isis haya recorrido el camino de fuego. Y nadie sabe si regresará viva.

—Tantas exigencias, majestad, tantas...

—Está en juego la suerte de nuestra civilización, hijo mío, no un destino individual. Lo que ha nacido morirá; lo que nunca ha nacido no morirá. La vida brota de lo no creado y se desarrolla en la acacia de Osiris. Materia y espíritu no están disociados, al igual que entre el ser y la sustancia primordial de la que se forma el universo. Lo mental establece fronteras entre los reinos mineral, vegetal, animal y humano. Sin embargo, cada uno de ellos manifiesta una potencia creadora. Del océano de energía procede una llama que Isis tendrá que apaciguar. Descubrirá en ella la materia prima, en el corazón de *Nun*, y conocerá el instante en que la muerte no había nacido aún.

—¿Dispondrá de las fuerzas necesarias? —se inquietó Iker.

—Utilizará la magia, el poder de la luz, capaz de desviar los golpes del destino y luchar eficazmente contra *isefet*. Tendrá que desplegar el pensamiento intuitivo, que elaborar las fórmulas de creación y vencer la esterilidad viendo más allá de la apariencia y de lo concreto. El saber es analítico y parcial; el conocimiento, global y radiante. Por fin, Isis tendrá que transmitir lo que perciba, modelar sus palabras como un artesano moldea la madera y la piedra. La palabra justa contiene el verdadero poder. Cuando seas llamado para sentarte en el consejo, sé silencioso, evita la cháchara. Habla sólo si aportas una solución, pues formular es más difícil que cualquier otro trabajo. Coloca en tu lengua la buena palabra, entierra la tuya en lo más profundo de tu vientre, y aliméntate de Maat.

—Gracias a su intuición, ¿no combate Isis activamente al Anunciador?

—Es perfectamente consciente de la importancia de su misión. El Anunciador quiere imponer una creencia dogmática, fechada y revelada de una vez por todas. Así, los humanos quedarán encerrados en una prisión, sin ninguna posibilidad de salir de ella, pues ni siquiera verán los barrotes. Ahora bien, la creación se renueva a cada instante, y todas las mañanas renace un nuevo sol al que la celebración de los ritos arraiga en Maat. Creer en lo divino sigue siendo afectivo. Conocerlo, experimentarlo, formularlo, recrearlo diariamente por medio de una civilización, un arte, un pensamiento, son las enseñanzas de Egipto. Su clave principal sigue siendo Osiris, el ser perpetuamente regenerado.

—¿No podría yo ayudar a Isis?

—¿Acaso no lo has hecho ya, yendo a Punt?

—Ella conducía el navío y sabía cómo encontrar el oro verde. A su lado, el miedo desaparece y la oscura ruta se ilumina.

—¿No te recomienda Isis que la olvides?

—Sí, majestad, por la terrorífica prueba que va a sufrir en Abydos. Ahora sé que se trata del camino de fuego. O desaparece o la acoge el «Círculo de oro».

—No te engaña.

—Tanto en un caso como en el otro, la pierdo.

—¿Por qué no renuncias a ella?

—¡Imposible, majestad! En cada etapa, en cada peligro, ella está presente. Desde nuestro primer encuentro, la amé con ese amor total que no se limita a la pasión y construye una vida entera. Sin duda pensáis que sólo la exaltación de la juventud me dicta estas palabras, pero...

—Si lo pensara, ¿crees que te habría nombrado amigo único?

—¿Por qué me mantenéis apartado de Abydos, majestad?

—Tu formación debe llegar a término.

—¿Y está lejos aún ese término?

—¿Tú qué crees?

—Vuestras enseñanzas, y no la curiosidad, me arrastran hacia Abydos. Allí se encuentra lo esencial. Si me desviara, ya no sería vuestro hijo.

—Abydos sigue estando en gran peligro, pues los fracasos del Anunciador no le impiden hacer daño. El árbol de vida sigue siendo su objetivo.

—¡El oro curativo lo derribará!

—Ojalá tengas razón, Iker. Serás uno de los primeros en advertirlo, en compañía del Calvo y de Isis, siempre que vuelva sana y salva del camino de fuego.

—¿Queréis decir que...?

—Muy pronto te confiaré una misión oficial, que te llevará al dominio sagrado de Osiris. Como amigo único, me representarás allí.

Tanta felicidad hizo que a Iker le diera vueltas la cabeza. Casi en seguida, la angustia lo empujó a insistir.

—Percibo los motivos profundos de vuestra decisión sobre Isis, majestad. Sin embargo...

—No es mi decisión, Iker, sino la suya. También el Calvo intentó disuadirla. Ella no renuncia nunca. Desde su infancia, no acepta las cosas a medias. En vez de permanecer en la corte y llevar una existencia tranquila, de acuerdo con su rango, eligió el camino de Abydos, con sus peligros y sus exigencias espirituales.

Una loca idea pasó por la cabeza de Iker.

—Majestad, si observáis a Isis desde su infancia, eso significa que...

—Soy su padre, ella es mi hija.

El hijo real y amigo único habría querido que lo tragara la tierra.

—Perdonad mi falta de respeto, majestad. Yo... yo...

—No te reconozco, Iker. ¿Qué ha sido del aventurero que no vacila en arriesgar su vida para descubrir la verdad? Amar a mi hija no es ningún delito. Que tú seas campesino, escriba o dignatario no tiene importancia alguna. Sólo cuenta la decisión de Isis.

—¿Cómo osaré ahora dirigirme a ella?

—Que las divinidades le permitan llegar hasta el final del camino de fuego. Cuando te dirijas a Abydos, y si ha sobrevivido, nadie te impedirá hablar con ella. Entonces, sabrás.

50

D esde la desaparición del aguador, su mejor agente, el libanés era incapaz de probar bocado. No había régimen más drástico, es cierto, pero habría preferido adelgazar en otras circunstancias.

—Conociéndolo, murió sin hablar —le dijo al Anunciador.

—De lo contrario, la policía estaría ya aquí.

—Nuestros contactos se han desbaratado, señor, nuestras células están aisladas y reducidas a la inacción, me he quedado sin mi mejor hombre. Y eso, por no hablar de la interrupción del comercio clandestino que financiaba nuestro movimiento.

—¿Acaso dudas de nuestro éxito final, mi fiel amigo?

—¡Me gustaría tanto responderos negativamente!

—Valoro tu sinceridad y comprendo tu angustia. Sin embargo, todo sucede de acuerdo con mi plan, y tus inquietudes no tienen fundamento. Nuestro único objetivo es Abydos y los misterios de Osiris. ¿Por qué voy a preocuparme de un hatajo de cananeos y de nubios? Un día u otro se convertirán. No tiene importancia alguna que Sesostris los someta. Se agota manteniendo el orden y teme, a cada instante, ser atacado tanto por el norte como por el sur. Nuestras maniobras de distracción han funcionado admirablemente, ocultando el verdadero objetivo.

—¿No dispone el faraón del oro capaz de salvar la acacia de Osiris?

—Sí, un auténtico éxito, lo admito. Sin embargo, si Sesostris espera una curación total, quedará decepcionado.

El portero avisó a su patrón.

—Un visitante. Procedimiento correcto.

—Que entre.

Medes se quitó la capucha. A pesar de su regreso a tierra firme, no tenía mejor aspecto que el libanés. Ver de nuevo al Anunciador lo animó.

—Siempre he creído en vos, yo...

—Lo sé, mi buen amigo, no lo lamentarás.

—Las noticias son execrables. La policía peina la ciudad y realiza múltiples interrogatorios. Es imposible reanudar nuestro tráfico con el Líbano, pues el Protector está reorganizando el conjunto de los servicios aduaneros. Y lo peor, Iker ha traído el oro verde del país de Punt. Ahora es amigo único.

—Notable carrera —observó el Anunciador, impávido.

—Ese muchacho me parece muy peligroso —estimó Medes—. Según el último decreto real, próximamente acudirá en misión oficial a Abydos, donde representará al monarca. Suponed que descubre las actividades ocultas de Bega... Ese sacerdote no tendrá el valor de callar. Hablará de Gergu, y Gergu hablará de mí.

—Tú sabrás callar —declaró el Anunciador.

—¡Sí... sí, no lo dudéis!

—Ilusionarse conduce al desastre. Nadie podría resistir un interrogatorio de Sobek. Gergu y tú, bajo la dirección del libanés, restableceréis los vínculos entre nuestros fieles y provocaréis disturbios puntuales en Menfis. Así, el faraón advertirá que seguimos siendo activos incluso en la capital.

—¡Es un riesgo demasiado alto, señor!

—¿Acaso los confederados de Set temen el peligro? Recuerda la señal que llevas grabada en la palma de la mano.

De espaldas a la pared, Medes quiso saber algo más.

—¿Dónde estaréis vos durante esta distracción?

—En el lugar de la lucha final: Abydos.

—¿Por qué no concentrasteis vuestros esfuerzos en ese paraje?

¿No sería duramente castigada la insolencia de Medes?, se preguntó el libanés. Pero el Anunciador no se lo tuvo en cuenta.

—Tenía que dar un golpe fatal, y la víctima adecuada no estaba aún dispuesta a recibirlo.

—¿De quién estáis hablando?

—Del joven escriba, hoy hijo real y amigo único, capaz de escapar a la voracidad del dios del mar, llegar a la isla del *ka* y sobrevivir a mil y un peligros. Al mandarlo a Abydos, Sesostris sin duda le confía una misión de la mayor importancia. Que el faraón en persona sea hoy intocable no me importa en absoluto. Lo destruiremos por medio de su heredero espiritual, pacientemente formado y preparado para sucederlo. El rey no conseguirá sustituirlo. Iker espera hallar la felicidad en el dominio sagrado de Osiris y alcanzar el conocimiento de los misterios. Pero le espera la muerte y, con ella, el naufragio de Egipto.

—Todo el mundo puede equivocarse —le dijo Sobek a Iker—. Siendo rencoroso, comprendería tu frialdad para conmigo. Tu reciente ascenso no me convertirá en una fuente de excusas. Si fueras un simple obrero, me comportaría del mismo modo. Sólo tu conducta y tus actos me obligan a reconocer mis errores.

El hijo real dio un abrazo al jefe de la policía.

—Tu rigor fue ejemplar, Sobek, y nadie tiene derecho a reprochártelo. Tu amistad y tu estima son magníficos presentes.

Aquel hombre rudo no pudo ocultar su emoción. Poco acostumbrado a los testimonios de fraternidad, prefirió hablar de su oficio.

—A pesar de la muerte del aguador, no estoy tranquilo. Era un pez gordo, es cierto. Pero hay otros mucho más gordos.

—Detendrás a los jefes de la organización, estoy convencido de ello.

Un escriba solicitó la opinión de Iker sobre un expediente delicado, luego otro, y otro más. Finalmente, el hijo real consiguió escapar de ellos y se dirigió a casa del visir, que era el encargado de comunicarle sus nuevas funciones en el interior de la Casa del Rey.

Por el camino, el joven se cruzó con un cálido Medes.

—¡Mis más sinceras felicitaciones! Tras tantas hazañas, Iker, vuestro nombramiento resulta una recompensa merecida. Naturalmente, los eternos envidiosos chismorrearán. ¡Pero no importa! Tengo a vuestra disposición el texto del decreto que os autoriza a penetrar en el territorio sagrado de Osiris. ¿Se ha decidido la fecha de vuestra partida?

—Todavía no.

—¡Por fortuna, esta misión será menos peligrosa que las anteriores! Yo espero no volver nunca a Nubia. El país carece de encanto, el barco me enferma. Sobre todo, no vaciléis en solicitar mis servicios, si os son necesarios.

Al empezar la cena, Sekari miró a Iker de un modo extraño.

—Qué raro... Pareces casi normal. ¡Es sorprendente, tratándose de un amigo único! ¿Aceptas que te dirija la palabra?

Iker le siguió el juego y adoptó un aspecto pausado.

—Tal vez deberías olisquear el suelo en mi presencia. Pensaré en ello.

Los dos amigos soltaron una carcajada.

—Cuando abandone Menfis, te confiaré a *Viento del Norte* y a *Sanguíneo*.

—Excelentes auxiliares, ascendidos y condecorados tras su brillante campaña en Nubia —recordó Sekari—. ¿Por qué separarse de ellos?

—Debo ir solo a Abydos. Luego, si las cosas van bien, se reunirán conmigo.

—Abydos... Por fin lo conocerás.

—Dime la verdad: ¿sabes quién es Isis?

—Una joven y hermosa sacerdotisa.

—¿Nada más?

—Es ya notable, ¿no?

—¿Realmente ignoras que es la hija del rey?

—En realidad, no.

—¡Y guardaste silencio!

—El faraón lo exigía.

—¿Están otros al corriente?

—Los miembros del «Círculo de oro». Puesto que el secreto es un aspecto esencial de su regla, lo respetaron.

Iker se sentía abatido.

—Nunca me amará. ¿Habrá sobrevivido al camino de fuego? ¡Estoy impaciente por partir! Qué horrible viaje si, por desgracia...

Sekari intentó reconfortar a su amigo.

—¿Acaso no ha superado Isis, hasta hoy, todas las pruebas, fuera cual fuese su dificultad? Con su lucidez, su inteligencia y su valor, no carece de armas.

—¿Has recorrido tú ese terrorífico camino?

—Las puertas son eternamente idénticas, aun siendo distintas para cada cual.

—Sin ella, la vida no tendría sentido. ¿Pero por qué va a interesarse ella por mí?

Sekari fingió pensarlo.

—Como amigo único e hijo real, careces de experiencia. En cambio, como escriba, eres relativamente competente. Tal vez puedas serle útil, siempre que ella no sea alérgica a los títulos rimbombantes. ¿Hay motivos para asustarla, no?

El alegre humor de Sekari animó a Iker. Unas copas de excelente vino, afrutado y que entraba muy bien, atenuaron un poco sus angustias.

—A tu entender, ¿han salido el Anunciador y sus fieles de Egipto?

—Si se tratara de un hombre normal, habría reconocido su derrota y se habría refugiado en la región sirio-palestina o en Asia —respondió Sekari—. Pero como no es un simple bandido ni un conquistador ordinario, desea la destrucción de nuestro país y sigue manejando las fuerzas de las tinieblas.

—¿Temes, pues, nuevos disturbios?

—El rey y Sobek están igualmente convencidos de que vamos a sufrir otros ataques, en forma de atentados terroristas. De modo que sigue siendo imperativa la vigilancia. Al menos, en Abydos, estarás seguro. Dado el número de militares y policías encargados de proteger el paraje, no correrás riesgo alguno.

Al pronunciar esas palabras, Sekari experimentó una extraña sensación.

De pronto, el viaje de Iker le pareció amenazador. Incómodo e incapaz de explicar sus temores, prefirió callar y no inquietar a su amigo.

Ni una sola vez durante la estancia del Anunciador, el libanés había sido autorizado a hablar de Bina. Cuando volvía a su casa, con la misión cumplida, se velaba y se encerraba en una habitación donde su dueño se reunía a veces con ella. La moral crecía. Gracias a los vendedores ambulantes, a los que la muchacha, una cliente entre otras, daba algunas consignas, los contactos entre las distintas células de Menfis se habían restablecido. Ningún miembro de la organización ignoraba ya que el Anunciador, vivo y en excelente estado de salud, seguía propagando la verdadera fe y proseguía la lucha.

Medes y Gergu proponían, ya, algunos esquemas de acciones puntuales, que podían sembrar el terror.

—Tú elegirás las mejores —le dijo el Anunciador al libanés.

—Señor, soy un comerciante y...

—Deseas algo más, y no te lo reprocho, a pesar de ciertas iniciativas desgraciadas. Si quieres convertirte en mi brazo derecho, en el hombre que lo sepa todo sobre cada habitante de este país y separe a los buenos creyentes de los infieles, tienes que progresar. Mañana, mi buen amigo, dirigirás una policía al servicio de la nueva religión y reprimirás el menor desvío.

Por unos instantes, el libanés imaginó la potestad de la que dispondría. A su lado, Sobek parecería un aficionado. Aquel poder casi absoluto, que esperaba desde hacía mucho tiempo, no era un espejismo. Sólo el Anunciador podía concedérselo.

—Bina y yo nos vamos a Abydos.

—¿Cuántos hombres deseáis?

—Nos bastará con el sacerdote permanente Bega.

—Según Gergu, el lugar está muy vigilado y...

—Me ha facilitado todos los detalles. Encárgate de Menfis. Yo esperaré a Iker. Esta vez, nadie lo salvará. Romperé, al mismo tiempo, el corazón de Abydos y el de Sesostris. La frágil Maat se dislocará, el torrente de *isefet* será una riada que ningún dique podrá contener. El árbol de vida se convertirá en el árbol de muerte.

51

Anubis, el dios con cabeza de chacal, condujo a Isis ante el círculo de llamas.

—¿Aún deseas seguir el camino de fuego?

—Lo deseo.

—Dame tu mano.

Isis confió en el ritualista de voz sorda.

Ningún ser sensato habría osado acercarse a aquellas altas llamas, que desprendían un insoportable calor.

Segura de su guía, la muchacha ni siquiera hizo ademán de retroceder.

Cuando su vestido comenzaba a arder, llegó el apaciguamiento, súbito e inesperado.

Se hallaba en el interior del templo de Osiris.

—Nada queda de tu individuo profano —dijo Anubis—. Hete aquí, desnuda y vulnerable, ante los dos caminos. ¿Cuál eliges?

A su izquierda, un camino de agua, flanqueado por capillas custodiadas por genios con cabeza de llamas. A su derecha, un camino de tierra negra, una especie de dique que serpenteaba entre extensiones líquidas. Y, entre ambos, un canal de lava infranqueable.

—¿No deben recorrerse los dos?

—El de agua aniquila, el de tierra devora. ¿Persistes?

—¿Por qué temerlos, si me conduces al lugar donde debo ir?

—Esta noche tomaremos el camino de agua. Cuando llegue el día, el de tierra.

Se levantó la luna, y Anubis entregó a la sacerdotisa el cuchillo de Tot. Ella tocó con su hoja cada uno de los genios al tiempo que pronunciaba su nombre. La identificación duró hasta el amanecer. Luego, gracias a la claridad nacida de la barca del levante, tomó por el camino de tierra.

Los dos caminos se cruzaban sin confundirse nunca. En su extremo, un canal de lava los fusionaba en el umbral de un porche monumental enmarcado por dos columnas.

—He aquí la boca del más allá —indicó Anubis—, la confluencia de Oriente y Occidente.

Dos guardianes en cuclillas blandían unas serpientes.

—Soy el señor de la sangre. Despejadme el acceso.

El portal se entreabrió.

En el templo de la luna, una suave luz azul envolvió el cuerpo de Isis. La barca de Maat se desveló.

—Se te ha mostrado, así pues, prosigamos.

Siete puertas, cuatro sucesivas seguidas de otras tres, de frente, cerraban el paso.

—Cuatro antorchas corresponden a los cuatro orientes. Empúñalas, una a una, y preséntaselas.

La sacerdotisa llevó a cabo el rito.

—Así, el alma viviente recorre este camino; así, la gran llama brotada del océano anima tus pasos.

Las puertas se abrieron una tras otra, y las tinieblas se disiparon.

Isis vio la luz de la primera mañana, cuyos ojos eran el sol y la luna. Un segundo círculo de fuego hacía inaccesible la isla de Osiris, presidida por una colina de arena donde descansaba el recipiente sellado que contenía las linfas del dios.

—He aquí el último camino, Isis. Yo no puedo ayudarte ya. Tú debes superar el obstáculo.

La muchacha se acercó al brasero.

Una llamita le rozó la boca. En su corazón se grabó una estrella, en su ombligo un sol.

—Que Isis se convierta en seguidora de Osiris, que su corazón no se aleje de él, que su marcha sea libre, día y noche, que esta claridad se introduzca en sus ojos y que atraviese el fuego.

—El camino se traza para Isis, la luz guía sus pasos.

Por un instante, la muchacha permaneció inmóvil en medio del círculo, como prisionera. Luego llegó a la isla de Osiris, indemne y recogida.

Isis se arrodilló ante el recipiente sellado, fuente de todas las energías.

Cuando la cubierta se levantó, ella contempló la vida en su fuente.

El templo entero se iluminó.

—Tu perfume se mezcla con el de Punt —dijo el ritualista—. Tu cuerpo se cubre de oro, brillas en el seno de las estrellas que iluminan la sala de los misterios, tú, que eres justa de voz.

Anubis vistió a la muchacha con una larga túnica amarilla, la tocó con una diadema de oro adornada con flores de loto hechas de cornalina y rosetas de lapislázuli, la adornó con un ancho collar de oro y turquesas con un cierre en forma de cabeza de halcón, ciñó sus muñecas y sus tobillos con brazaletes de cornalina roja que estimulaban el fluido vital, y la calzó con sandalias blancas.

Ya no había rastro de los caminos de agua, de tierra y de fuego.

En el santuario del templo de Osiris aparecieron el faraón y la gran esposa real.

Alrededor de Isis se situaron el visir Khnum-Hotep, Sekari, el gran tesorero Senankh, el Calvo, el general Nesmontu y el Portador del sello real Sehotep.

En el dedo pulgar de la mano derecha de su hija, Sesostris puso un anillo de loza azul, cuyo engaste oval estaba adornado por un motivo hueco que representaba el signo *ankh*, «la vida».

—Ahora perteneces al «Círculo de oro» de Abydos. Que se selle nuestra unión con Osiris y los antepasados.

Las manos se unieron, se formó el círculo y un momento de intensa comunión marcó la última etapa de aquella iniciación.

Isis depositó las siete bolsas que contenían el oro verde de Punt en los siete agujeros que el Calvo había cavado al pie de la acacia de Osiris.

Ante la mirada del rey, esperó la aparición del sol naciente. Aquella mañana, atravesó la oscuridad de un modo especialmente vigoroso.

En muy poco tiempo, todo el paraje de Abydos, desde las tumbas de los primeros faraones hasta el embarcadero, estuvo bañado por una intensa luz.

Apenas el soberano hubo pronunciado la antigua fórmula «Despierta en paz» cuando unos dorados rayos brotaron de las siete bolsas y penetraron en el tronco del gran árbol.

Acto seguido, ramas y ramitas volvieron a florecer.

Cuando el astro del día llegó al cénit, el árbol de vida, de un verde radiante, recuperó toda su majestad.

Por primera vez en su vida, el Calvo lloró.

La impaciencia y el nerviosismo dominaban a Iker. Estando el faraón y la reina de viaje, fuera el visir, Senankh en una gira de inspección, Sehotep supervisando los trabajos de irrigación y el general Nesmontu de maniobras, el hijo real se multiplicaba. Aquella abundancia de trabajo no le molestaba en absoluto, pero una pregunta lo torturaba: ¿cuándo recibiría la orden de dirigirse a Abydos?

Sekari había desaparecido. Sin duda, llevaba a cabo una nueva misión secreta. La tranquilidad era sólo aparente, pues.

Confiado ya, Sobek el Protector hablaba todos los días con Iker. A pesar de los ininterrumpidos esfuerzos de sus hombres, sus informes sonaban vacíos. El jefe de la policía no dejaba de maldecir, convencido de que los restos de la organización terrorista se encogían para golpear con más fuerza. Finalmente regresó Sesostris.

Su primera audiencia la reservó a Iker. Numerosos cortesanos lo consideraban ya como su sucesor, pues al asociarlo así al trono, el monarca lo formaba para la función real y garantizaba la estabilidad de las Dos Tierras.

Iker se prosternó ante el gigante.

—Isis ha recorrido el camino de fuego, y el árbol de vida resucita —reveló el faraón.

El joven contuvo la alegría.

—¿Realmente está indemne, majestad?

—Así es.

—¡La felicidad reina de nuevo en Abydos!

—No, pues la salvaguarda de la acacia de Osiris era sólo una etapa. Su enfermedad y la degradación de los símbolos, privados de energía durante tan largo tiempo, han dejado profundas huellas en el árbol de vida. Tu misión consiste en hacerlas desaparecer.

Iker quedó estupefacto.

—¡Majestad, no conozco Abydos!

—Isis te guiará. Tú eres la mirada nueva.

—¿Lo aceptará?

—Sean cuales sean vuestros sentimientos, sea cual sea la dificultad de la tarea, debes conseguirlo. Por decreto, quedas nombrado príncipe, guardián del sello real y superior de la Doble Casa del oro y de la plata. En adelante, Sehotep y Senankh trabajarán bajo tu dirección. En Abydos serás mi representante y pondrán a tu disposición los artesanos que necesites. Hay que modelar una nueva estatua de Osiris y una nueva barca sagrada. Además de sus cualidades curativas, el oro traído de Nubia servirá para la creación de esas obras. Desde la enfermedad del árbol, la jerarquía de los sacerdotes está trastornada. Y, a pesar de las apariencias, no todo es justo y perfecto. De ese modo, nuestra victoria podría convertirse en un simple espejismo. Tienes plenos poderes para investigar, revocar a los incompetentes y nombrar a seres que estén a la altura de sus tareas.

—¿Me creéis capaz de hacerlo?

—Mientras Isis superaba las etapas de la iniciación que llevaba al camino de fuego, tú seguías tu propia andadura, que conducía a Abydos, el corazón espiritual de nuestro país. Tal vez el Anunciador lo haya gangrenado. Incluso algunos servidores fieles de Osiris pueden ser ciegos. Tú, en cambio, no serás esclavo de ninguna costumbre ni de ningún prejuicio.

—¡Puedo molestar!

—Si tus investigaciones se limitan a apacibles entrevistas, fracasarás. Devuelve al dominio de Osiris su pureza y su coherencia, reconforta la acacia, rechaza la debilidad y el compromiso.

Iker presentía que su título de amigo único sería acompañado por pesados deberes, pero no hasta ese punto.

—Majestad, ¿se abrirá algún día el «Círculo de oro» de Abydos?

—Ve, hijo mío, y muéstrate digno de tu función.

52

Medes estaba satisfecho de sí mismo. En plena forma, recuperaba el conjunto de sus actividades con un gran vigor que agotaba a sus subordinados, incluido el topo de Sobek. El secretario de la Casa del Rey se guardaba mucho de eliminarlo. Disfrazado de escriba, el policía seguiría tranquilizando al Protector. ¿Acaso no se comportaba Medes como un dignatario celoso, al servicio del faraón?

Su esposa se beneficiaba de los cuidados del doctor Gua, y lo importunaba menos. Potentes somníferos ponían fin a sus crisis de histeria. En una noche sin luna, Medes acudió a casa del libanés.

—El Anunciador va de camino a Abydos —le dijo el comerciante.

—Iker no ha salido todavía de Menfis. ¿Cómo puede imaginar que va a meterse en las fauces de su peor enemigo?

—El Anunciador siempre se adelanta a su adversario. ¿Tienes alguna idea para desestabilizar la capital?

—Incendios, agresiones a civiles, robos en los mercados y en casa de los particulares. Las intervenciones rápidas y violentas mantendrán un clima de inseguridad, y el jefe de la policía temerá una acción de envergadura. Además, me parece oportuno saquear algunos despachos de escribas mal protegidos. Anota su emplazamiento.

El libanés recogió las informaciones.

Ahora, su portero le servía de agente de contacto. A diferencia del aguador, sólo se relacionaba con un restringido número de terroristas, que difundían luego sus consignas.

Tras el éxito del Anunciador en Abydos y la desaparición de Iker, habría que actuar más de prisa.

Gracias a la curación del árbol de vida, cuyo follaje brillaba al sol, el dominio de Osiris olvidaba la opresiva atmósfera que, antaño, ponía los corazones en un puño.

Aunque las medidas de seguridad se hubieran mantenido, más temporales tenían acceso al paraje, y eran una apreciable ayuda para los permanentes.

Rumiando su malhumor, Bega seguía engañando a sus colegas. Lo consideraban austero, serio y por completo entregado a su alta función. Y ni sus palabras ni su comportamiento permitían adivinar sus verdaderos sentimientos.

Pese a algunos períodos de desaliento, Bega alimentaba su voluntad de venganza. Sólo ella le permitía soportar las humillaciones.

Al cruzar el umbral de su modesta morada en la que nadie estaba autorizado a entrar, tuvo la certeza de una presencia.

—¿Alguien se ha permitido...?

—Yo —respondió un sacerdote de gran estatura, imberbe, con la cabeza afeitada y vestido con una túnica de lino blanco.

Bega no conocía a aquel hombre, pero su voz no le resultaba extraña. Cuando sus enrojecidos ojos llamearon, se pegó a la pared.

—Sois... sois...

—Shab ha suprimido a un temporal —reveló el Anunciador—. Y yo he tomado su lugar.

—¿Os han visto entrar en mi casa?

—Relájate, amigo mío, por fin ha llegado tu hora. Quiero saberlo todo de Abydos, antes de que llegue Iker.

—¡Iker, aquí!

—Hijo real, amigo único y enviado especial de Sesostris, gozará de plenos poderes. Tal vez intente reformar el colegio de sacerdotes y sacerdotisas.

Bega palideció.

—¡Descubrirá el tráfico de estelas y mis vínculos con Gergu!

—No tendrá tiempo.

—¿Cómo podría impedírselo?

—Eliminándolo.

—¿En pleno dominio de Osiris?

—¡Es el lugar ideal para asestarle un golpe fatal a Sesostris! El rey piensa en Iker para que reine. No es consciente de ello, pero se ha convertido en el zócalo sobre el que se levanta el porvenir del país. Al destruirlo, socavaremos los fundamentos del reino. Incluso ese faraón de colosal estatura se derrumbará.

—El paraje está muy vigilado, la policía y el ejército...

—Están en el exterior y yo en el interior. Shab y Bina no tardarán en reunirse conmigo. Sin ignorar nada de lo que aquí ocurre, estaremos en una posición claramente ventajosa. Esta vez, ningún milagro podrá salvar a Iker.

La separación había sido desgarradora. Ni *Viento del Norte* ni *Sanguíneo* querían despedirse de su dueño, a pesar de sus explicaciones. También Sekari intentó tranquilizarlos, pero los dos animales manifestaron un nerviosismo desacostumbrado, como si desaprobaran el viaje del hijo real.

—No puedo conciliar el sueño —reconoció éste—. En vez de un paraíso, tal vez Abydos sea mi infierno. En primer lugar está la probable negativa de Isis; luego, esa misión condenada al fracaso.

La intervención de Sobek impidió a Sekari consolar a su amigo.

—Me indican que se han producido dos agresiones en los barrios populares y tres conatos de incendio. Tantos incidentes no pueden ser fruto de la casualidad.

—La organización del Anunciador está despertando —afirmó Sekari.

—Pues va a romperse los dientes —prometió Sobek—. Mientras mis hombres llevan a cabo investigaciones oficiales, ¿podrías hacer que tus oídos estuvieran un poco en todas partes?

—Cuenta conmigo.

El jefe de policía acompañó hasta el puerto al hijo real.

Satisfecho de la calidad y la cantidad de los efectivos puestos a disposición de Iker, Sobek asistió a la partida de su barco, precedido y seguido por navíos militares.

En proa, el hijo real no disfrutaba de la belleza del paisaje. Tenía la sensación de estar navegando entre dos mundos, sin poder regresar a aquel del que procedía y sin conocer nada de aquel al que se dirigía. Los acontecimientos vividos desde su terrorífico viaje en *El Rápido* regresaban a su memoria. Varios enigmas se habían aclarado, pero el misterio principal, el del «Círculo de oro» de Abydos, permanecía.

No lejos de la ciudad osiríaca, los arqueros corrieron hacia estribor.

—¿Qué ocurre?

—¡Una barca sospechosa! —respondió el capitán—. Si no se aparta de inmediato, dispararemos.

Iker divisó a un pescador atemorizado, incapaz de maniobrar.

—Esperad —exigió el hijo real—. ¡Ese pobre desgraciado no supone ninguna amenaza!

—Las órdenes son las órdenes. Ese tipo se ha aproximado demasiado, y no debéis correr el menor riesgo.

Hirsuto, Shab el Retorcido recogió la red y se alejó. Quería probar la capacidad de reacción de la escolta y aprovechar un eventual descuido, dispuesto a sacrificar su vida para suprimir la del enemigo. Lamentablemente, no había fallo alguno. Regresó al lugar de contacto con Bega.

El muelle estaba atestado de soldados, policías, sacerdotes y sacerdotisas temporales que llevaban ofrendas. También estaban presentes todos los administradores, nerviosos ante la idea de acoger al enviado del faraón. Nadie conocía exactamente cuál era la misión del nuevo amigo único, precedido por una reputación de decidido e incorruptible. El relato de sus hazañas en Asia y en Nubia demostraba una insólita determinación. Los más optimistas pensaban en una simple visita protocolaria, mientras se asombraban por la ausencia del Calvo, muy poco diplomático.

En cuanto Iker apareció en lo alto de la pasarela, lo evaluaron.

De sobria elegancia, no tenía un aspecto tan temible, pero el porte y la mirada imponían respeto. Bajo su reserva se advertía un auténtico poder. Los halagadores, despechados, se tragaron su letanía de cumplidos.

Tocada con una amplia peluca que disimulaba buena parte de su rostro y maquillada con habilidad, Bina se había hecho irreconocible. En la base de un ramo de flores que pensaba ofrecer al recién llegado había dos agujas invisibles impregnadas de veneno. Al tomarlo en su mano, el hijo real se pincharía y agonizaría entre atroces sufrimientos.

A Bina no le importaba ser detenida, puesto que una sola idea la obsesionaba: vengarse de aquel Iker que la había traicionado pasándose al bando de Sesostris y luchando contra el dios verdadero, el del Anunciador. Se quitaría la peluca y escupiría a la cara del hijo real, para que supiera de dónde procedía el castigo.

El comandante de las fuerzas especiales acantonadas en Abydos saludó al enviado del rey.

—Permitidme, príncipe, que os desee una excelente acogida. Voy a llevaros al palacio que ocupa el faraón cuando reside aquí.

Varias muchachas blandieron sus ramilletes. El de Bina, en primera fila, era soberbio.

Iker quiso acercarse para cogerlo, pero el comandante se interpuso.

—Lo siento, son las normas de seguridad.

—¿Qué puede temerse de estas flores?

—Mis órdenes son estrictas. Seguidme, os lo ruego.

Puesto que no deseaba provocar un escándalo, Iker se limitó a saludar a las portadoras de los ramos.

A Bina le costó contener la rabia. Quería correr, alcanzar al hijo real, clavarle las agujas en la espalda... Pero, lamentablemente, era imposible cruzar el cordón de seguridad.

Abydos... ¡Abydos se le abría, pues! Sin embargo, Iker no veía nada. Mientras no hubiera hablado con Isis, no estaría en ninguna parte.

Ella lo aguardaba en el umbral de palacio.

El más sensible y el más refinado de los poetas no habría conseguido describir su belleza. ¿Cómo evocar la finura de sus rasgos, el fulgor de su mirada, la dulzura de su rostro y su regio porte?

—Bien venido, Iker.

—Perdonadme, princesa. El faraón me ha comunicado quién erais y...

—¿Os sentís decepcionado?

—Mi desvergüenza, mi audacia...

—¿Qué audacia?

—He osado amaros, y...

—Estáis hablando en pasado.

—¡No, oh, no! Si supierais...

—¿Y por qué no voy a saberlo?

La pregunta hizo enmudecer a Iker.

—¿Deseáis visitar vuestros aposentos? Pedidme cuanto necesitéis.

—¡Sois la hija del faraón, no mi sierva! —protestó Iker.

—Quiero convertirme en tu esposa, formar contigo una pareja indisoluble, como la unidad, y moldear una vida única que el tiempo y las pruebas no destruyan.

—Isis...

La tomó en sus brazos.

Fue el primer beso, la primera comunión de los cuerpos, el primer abrazo de las almas.

Fue también el primer sufrimiento que experimentó el Anunciador, cuyas garras de halcón laceraron su propia carne. Ver cómo se constituía aquella pareja le resultaba insoportable. Manchado con su sangre, se juró a sí mismo que pondría fin a aquella unión que comprometía su victoria final. No le concedería a Iker la menor posibilidad de supervivencia.

Este libro se imprimió en
A&M Gràfic, S. L.
Santa Perpètua de Mogoda
(Barcelona)